袁枚诗文注译

（清）袁枚 著

王英志 注译

浙江古籍出版社

图书在版编目（CIP）数据

袁枚诗文注译 /（清）袁枚著；王英志注译 . -- 杭州：浙江古籍出版社，2019.10

ISBN 978-7-5540-1611-4

Ⅰ . ①袁… Ⅱ . ①袁… ②王… Ⅲ . ①古典诗歌—诗集—中国—清代②古典散文—散文集—中国—清代 Ⅳ . ① I214.92

中国版本图书馆 CIP 数据核字（2019）第 221582 号

袁枚诗文注译

（清）袁枚　著　王英志　注译

出版发行　浙江古籍出版社

（杭州体育场路 347 号　电话：0571-85068292）

网　　址　www.zjguji.com

责任编辑　陈小林

责任校对　余　宏

封面设计　刘　欣

责任印务　楼浩凯

照　　排　杭州立飞图文制作有限公司

印　　刷　浙江新华数码印务有限公司

开　　本　880mm × 1230mm　1/32

印　　张　11.125

字　　数　300 千字

版　　次　2019 年 10 月第 1 版

印　　次　2019 年 10 月第 1 次印刷

书　　号　ISBN 978-7-5540-1611-4

定　　价　45.00 元

导　言

一、袁枚生平与文学成就

袁枚（一七一六—一七九八），字子才，号简斋，世称随园先生，晚年自号仓山居士、随园老人等。钱塘（今浙江杭州）人，祖籍慈溪（今属浙江宁波）。乾隆四年（一七三九）进士，选庶吉士，入翰林院。乾隆七年（一七四二）外发江南，历任溧水、江浦、沭阳、江宁等地知县。乾隆十四年（一七四九）辞官，居于江宁（今江苏南京）小仓山随园。以后除了乾隆十七年（一七五二）出于生计曾赴陕西任职不到一年外，终生绝迹仕途。袁枚主持乾隆诗坛，为性灵派领袖。一生著述甚丰，有《小仓山房诗集》三十九卷、《小仓山房文集》三十五卷、《子不语》三十四卷、《小仓山房外集》八卷、《小仓山房尺牍》十卷、《随园随笔》二十八卷、《随园诗话》二十六卷等。由笔者编纂校点的《袁枚全集新编》又收入笔者新发现的《手抄本纪游册（日记）》《乾隆庚午辛未壬申手稿》，以及其他学者发现的《双柳轩文集》《双柳轩诗集》《随园集外诗》等。

袁枚所处时代是所谓的“乾隆盛世”，学术思想十分活跃，崇理学与反理学、重汉学与反汉学的斗争颇为激烈，袁枚是坚定地站在反理学与反汉学的战线上的；与学术思想上的斗争相应，文艺上复古与反复古、重教化与主性灵的斗争也一直未停止，袁枚则是乾隆诗坛反复古、主性灵思潮的杰出代表。他集结的性灵派是乾嘉诗坛最富生气的诗人队伍，袁枚作为主将不仅在诗歌理论、诗歌创作，而且在散文、尺牍、笔记小说等方面都卓有建树，是乾隆三大家（袁枚、蒋士铨、赵翼）中文学创作成就最高的作家。

二、《随园诗话》与性灵说

袁枚影响最大的就是编撰了《随园诗话》，以倡导性灵说诗论，反对乾隆诗坛流行的主张复古与诗教的沈德潜格调说，并批评翁方纲以汉学考据作诗的不良风气。《随园诗话》一方面对性灵说作理论上的阐释，一方面选录大量符合性灵说理论要求的诗歌作品进行印证，通俗易懂，广受青睐。恰如蒋湘南《游艺录》所说："袁简斋独倡性灵之说，江南江北靡然从之。自荐绅先生下逮野叟方外，得其一字，荣过登龙，坛坫之局生面别开。"袁枚性灵说的内涵可作这样归纳：袁枚性灵说的理论主旨是从诗歌创作的主观条件出发，强调创作主体须具有真情、个性、诗才三方面的要素。在这三块理论基石上又生发出创作构思需要灵感，艺术表现应具有独创性并自然天成；作品内容以抒发真情实感、表现个性为主，感情所寄寓的诗歌意象要灵活、新鲜、生动、风趣；诗歌作品以感发人心，使人产生美感为其主要艺术功能等观点。《随园诗话》的精华在于"话"，而基础却在于"诗"，故书中采录了大量可以印证性灵说诗论的作品，其不拘时代、流派，不拘作者身份、性别，尤可称道者是采录闺秀之作甚多，为鼓励女子作诗作了努力。《随园诗话》还记有不少诗坛掌故、诗歌本事、诗人轶闻，从中可见清代文化状况的一个侧面。

钱锺书评《随园诗话》“往往直凑单微，隽谐可喜，不仅为当时之药石，亦足资后世之攻错”（《谈艺录》页一九五至一九六），不失为公允之论。

三、《小仓山房诗集》的思想意旨与艺术特征

《小仓山房诗集》始于乾隆元年（一七三六），终于嘉庆二年（一七九七），收袁枚二十一至八十二岁所作诗四千四百八十馀首，加上笔者所收集的手稿与《全集》编外诗七百来首，则袁枚存诗约五千二百首，大多数诗为其性灵说理论的实践，可称为性灵诗。其诗歌的思想意旨主要有四方面：

一是狂放之性。袁枚自幼较少受封建礼教束缚，养成独立自主的性格，加上晚明反叛传统之思想犹有影响，故早年产生轻视封建传统、追求个性解放的思想。在诗中表现为一种狂放的个性、不羁的激情。有些诗是直抒胸臆，直接表达自由狂放、唯我所适的个性。如《子才子歌示庄念农》就是一篇披露襟怀的个性宣言，所谓“六经虽读不全信，勘断姬孔追微茫”，有“非圣无法”的意味，“不甚喜宋人，双眸不盼两庑旁”，则公开向宋理学挑战。又云“郑孔门前不掉头，程朱席上懒勾留”（《遣兴》），既反汉学，又反理学；“沧溟数子见即嗔，新城一翁头更痛”（《除夕读蒋苕生编修诗……》），直接表明对明七子与王士禛的态度。有些诗是借描写山水景物以烘托独特的气质个性，高扬诗人主体意识。如《登最高峰》，极力描写凤翔峰的独立无羁、昂然向上的精神，目的是衬托“我来登此如登天，无物与我堪比肩”的诗人自我形象与气质个性。而《独秀峰》

“青山尚且直如弦，人生孤立何伤焉”，则以山衬托自己甘愿“孤立”而不与世俗妥协的个性。

二是风雅之怀。这是继承白居易“风雅比兴”之精神，表现为仁爱之心与讽谕之情。前者体现为与百姓休戚相关，特别是百姓遇到天灾人祸，更生出同情之心，感同身受。如《苦灾行》写沭阳连年发生水旱灾，百姓陷入浩劫，《捕蝗曲》写沭阳蝗灾，诗人发出“蝗兮蝗兮去此乡……毋餐民之苗叶兮，宁食吾之肺肠”的哀告，真有“舍身饲虎”的仁爱精神。后者体现为对统治者与社会邪恶势力的揭露，饱含批判与愤恨之情。如《陇西将军歌》《老将行》揭露统治者赏罚不明、用人不公等政治弊病；《征漕叹》《南漕叹》揭露贪官恶吏对百姓的敲诈盘剥。咏物诗《鸡》以比兴揭示君与主对臣与奴的欺骗、利用。这类诗袁枚虽然并不多，但不应该忽视。

三是真挚之情。此指表现个人的性情遭际、无深刻社会意义的私人感情。包括抒写天伦之乐、手足之情、朋友之谊、男女之爱等。袁枚生性多情善感，一旦与亲人悲欢离合乃至永诀，就于心灵深处掀起感情的波澜。如《归家即事》《陇上作》《哭三妹五十韵》等皆是真情流淌乃至血泪浸透的诗作。而《哭蒋心馀太史》《瘗梓人诗并序》则饱含对朋友包括佣人的深情。袁枚的情诗如《寄聪娘》《病中赠内》等亦发自性灵，十分感人。至于一些写与妓女关系的艳情诗，则另作别论了。

四是闲适之趣。袁枚归隐后，悠闲自在，超然物外，处于平和恬静的心境。其诗颇多抒写这种消闲、超脱情致之作。如《水西亭夜坐》“感此玄化理，形骸付空冥。坐久并忘我，何处尘虑撄”；《春日杂诗》之一“山上春云如我懒，日高又宿翠微巅”，于园田林泉中体验到与世无争、闲适自得的乐趣。

袁枚性灵诗在乾隆诗坛崇唐模宋的创作风气中别树一帜，具有自己的艺术特色。

一是选材平凡、琐细。这类素材缺乏社会意义，但贴近诗人基本生活状态，而真实真切。如《到家》《斗蟋蟀三十韵》《削园竹为杖》《齿痛》等，仅从题目即可看出都是生活小事，细枝末节。

二是意象灵动、新奇、纤巧。所谓灵动，即既有灵性，有情味，又活泼，有生趣。有时原本无生命的“木然之物”，诗人会赋之以生命、灵性，使其变得有人情味，如“金焦知客到，出郭远相迎”（《渡江大风》）。有时意象化静为动，如《同金十一沛恩游栖霞寺望桂林诸山》中的山皆灵奇善变，充满活力与动感，化美为媚。新奇即有独创性，新鲜感，如“帆如云气吹将尽，灯近银河色不红”（《江中看月作》），帆与灯皆被“异化”而别具情趣。纤巧指意象的细微、小巧，得益于细致的观察与敏锐的感受。如“月下扫花影，扫勤花不动。停帚待微风，忽然花影动”（《偶作五绝句》之四），“露珠萤光湿，屧响蛩语停”（《水西亭夜坐》）。“花影”“帚”“露珠”“萤光”等意象皆纤巧细小，表现出清幽的意境。

三是情调的风趣、诙谐，具有喜剧意味，是对人生的乐观态度，或暂时的轻松心境的反映。袁枚诗题多“戏题”“戏笔”即可见一斑。如：“爱好由来落笔难，一诗千改始心安。阿婆还是初笄女，头未梳成不许看。”（《遣兴》之一）以女子梳妆比喻创作的严谨认真，妙语解颐，十分风趣。

四是白描手法与口语化。白描乃借用国画技法说明诗歌语言的自然简洁，特别是不用典故。口语化是指语言浅显易懂，家常语、俗语皆可入诗。这在袁枚诗中随处可见。当然袁枚性灵诗成就有限，与其理论要求还有一定距离。人们所诟病的纤佻、无聊之作，则不值一哂。

四、《小仓山房文集》的古文特色

袁枚还是杰出的古文家。其于古文创作也主张独创精神，要自出心裁，反对优孟衣冠，反对摩秦仿汉、谨守八家空套，与其性灵说诗论笙磬相应。其《小仓山房文集》古文体裁涉及碑文、墓志铭、行状、传、序、记、祭文、书、论、说、表、启等。内容则囊括论理、记事、写人、写景、抒情等方面。这里只简略介绍传记、山水、悲悼内容的古文。

袁枚的人物传记古文吸收了《左传》《史记》等先秦古文传统，既基本遵循了其实录的原则，又继承了其塑造人物形象的艺术手法，故既具有真实性，又不乏文学性。此类古文取材广泛，类型众多。例如：神道碑多记当代名公巨卿、封疆大吏等政坛高层人物，从中亦可见国家政治风云之变幻。墓志铭则以记中层官吏为主，可见当时吏治概况；同时亦记社会中层文士及命妇、节妇等。传记写人物，其身份不限，三教九流皆有。这些人物构成乾隆时期不同阶层、不同身份、不同个性的丰富的人物画像长廊。袁枚写人物擅长白描手法，以寥寥数笔，勾勒人物的相貌神情，间接地表现人物个性。如《书鲁亮侪》写晚年鲁亮侪："余避东厢，窥伟丈夫年七十许，高眶大颡，白须彪彪然，口析水科数万言。心异之，不能忘。"奇特的风采，使人感受到鲁氏内含非凡、正义的人格力量。或者不作外貌描写，但重视人物语言、动作细节的刻画。如《厨者王小余传》写传主高超的烹饪技艺，就选取了王氏烹饪过程中全神贯注、干净利落的指令动作，完成了人物塑造。袁枚写人与记事结合，人物的性格、思想是在事件或情节的展开中显示的。神道碑类多写人物参与的政治、军事、经济等大事，小人物则写感人的生活琐事。有时还以唐人传奇手法写人物，情节曲折跌宕，富于戏剧性。如《书马僧》写马僧的豪侠性格及高超武艺，就是通过曲折、纡徐的情节发展而表现的。

袁枚的山水古文，反映出其酷爱自然的天性，及捕捉与表现山水之美的艺术功力。山水在袁枚笔下，是具有生命力的人化的自然，常被赋予感情、个性，是有灵性之物。人与自然是一种和谐的关系，是天人合一的境界。如《游黄山记》，写云、松、石、峰，都具有人一样的情感，活泼的灵性；《游丹霞记》写溪中观山："尤奇者，左窗相见，别矣，右窗又来；前舱相见，别矣，后舱又来。山追客耶，客恋山耶？"山被性灵化，有情有义，与人合一。袁枚山水古文，还经常即景悟理，抒写一种理趣。如《随园记》先写修治随园地势置景，命名"随园"，最后又生发出"余之仕与不仕，与居兹园之久与不久，亦随之而已"的感叹，表达任随自然的生活态度。《游丹霞记》写丹霞之美被人发现迟，而想到名山大川湮没无闻者甚多，进而引申出"愈知圣人经义无涯。若因前贤偶施疏解，而遽欲矜矜然阑禁后人，不许再参一说者，陋矣妄矣，殆不然矣"，阐释的是人间万事万理都需要不断探索、不断发现新义的道理。袁枚山水古文描写各地山水名胜，善于发现并表现其独具的审美特征，互不雷同。如《游桂林诸山记》，一是紧扣七星岩洞的地貌特征，二是抓住诸山“孤峭”的山貌特征。《浙西三瀑记》，明确将雁荡大龙湫与天台石梁瀑布作比：“石梁武，龙湫文；石梁急，龙湫缓；石梁中荡无前，龙湫如往而复：此其所异也。”后写青田石门瀑布，则突出表现其“在石洞中”，位置奇特，“激荡之声，如考钟鼓于瓮内”的特点。三瀑布各自的美皆得到表现。

袁枚的悲悼古文主要是祭文、悼辞类，数量虽不是很多，但其动人心魄的艺术力量与影响却甚大，值得重视。此类古文并不凭空抒情，而是借助于记事来抒写性灵，表达作者的深情。如名篇《祭妹文》，被王文濡评为同韩愈《祭十二郎文》、欧阳修《泷冈阡表》“鼎足而三”的祭文。祭文回忆幼年与三妹袁机手足情深，“罗缕记存”一些家常琐事，夹叙夹议，事事皆含悲喜之情，加上不时插以悲呼哭号之语，淋漓尽致地宣泄了对三妹的怀念与悲思。《韩甥哀词》悼念四妹之子韩执玉，借简略的记事，抒发了“尤哀其能类我也”的真情，以及自己事业后继无人的悲惋。《胡稚威哀词》悼念友人胡天游，悲惋的记事，再配以哀词，极其真挚沉痛。

五、《小仓山房尺牍》的灵活形式与直率性情

袁枚的《小仓山房尺牍》，收尺牍一百五十馀篇。徐鹏展评袁枚“一生聪颖悉露于《尺牍》中”，誉其“议论之雄，笔情之委，旁通曲畅，生机汩汩然来矣”(《小仓山房尺牍详注序》)。尺牍是一种短小精悍的书信，严格说来不属古文体，大多可列为性灵小品的范畴。其题材广泛，形式灵活，写来信手任心，不拘一格，文词雅丽简洁，又不失风趣，颇富意味。尺牍由于可以任意而谈，故最宜

表现袁枚真率的性情，反映袁枚独特的个性。

袁枚一生反理学，而其好友程鱼门信奉理学，程的一些言行，袁枚确实看不惯，如骨骾在喉，乃于《答鱼门》(《小仓山房尺牍》卷二）中直言批评说:“仆恰有进规于足下者:足下高谈心性，不事生产，家中豪奢，业已出千进一矣。又性喜泛施，有求必应，已囊已竭，乞诸其邻，一家之感未铭，一家之怨已伏，久之逋负山积，自累其身……惟恐不节之嗟，债台独上，徒然仰屋，不能著书，白驹过隙，没世无称，可为寒心刻骨也。”其中对鱼门“高谈心性，不事生产”的针砭，毫不客气;而对其不知节俭，债台高筑的批评亦颇直接;对其碌碌无为，“没世无称”的担忧，又充满友爱、关心。恨铁不成钢与爱护朋友的深情，皆表现得淋漓尽致。

袁枚辞官后除乾隆十七年（一七五二）曾短期出山赴陕外，已决意隐居一生，彻底脱离仕途，这一思想亦直接表现于尺牍中。如《再与西圃》(《小仓山房尺牍》卷一），陶西圃新任县令，袁枚贺他“无异登仙”，异日当“头角峥嵘”，仕途上大有前程。但对自己隐居之志已定并不隐瞒，尽管此时说隐居之事有些杀风景，不合时宜，但他并不忌讳，称“仆已挈家入山，随园构草屋数间，蓄五母之鸡，二母之彘，采山钓水，息影蓬庐。从此永赋遂初，虽韩、白按剑于前，苏、张巧说于后，必不出雷池半步矣。昔元微之以州宅夸于乐天，仆则以山房傲于西圃，故人交好，情在于斯。”态度坚决，语句简洁，点缀故事，表白了自己决意远离仕途，归隐随园，任随自然的性情。

袁枚向以“护花使者”自许，对女子怜香惜玉之心毫不掩饰。如《与苏州孔南溪太守》(《小仓山房尺牍》卷四），写苏州妓女金三姊受人牵连而触法，袁枚毅然为之向孔南溪太守说情，称“但念小妮子蕉叶有心，虽知卷雨；而杨枝无力，只好随风。偶茵溷之误投，遂穷民而无告，管敬仲好闾三百，生此厉阶，似乎君家宣圣复生，亦当在少者怀之之例，而不必以杖叩其胫也”，极力渲染金三姊之柔弱可怜，无辜蒙冤，敦请孔太守以其先祖孔子“少者怀之”的仁爱之心予以宽容，语极急切，怜香惜玉、助人为乐的性情，在娓娓诉说中显露无遗。孔太守收到信后果然释放了金三姊，可见此信因感情真率而具有打动人心的力量。

袁枚尺牍有不少辩论说理文字，虽然篇幅多不长，但逻辑性颇强，文锋犀利，寸铁杀人。如《答相园劝独宿》(《小仓山房尺牍》卷一)，因恩师尹继善相国知袁枚身体有疾，劝其“隔绝鲜花，单身独宿”，袁枚回信辩驳。首先是从大处着眼，认为让自己与妻妾分居，“殊乖燮理阴阳之义”，且“更有说焉”:“人惟与花相远，故闻香破戒者有之，逢花必折者有之。”并以“邓尉种梅之夫，洞庭栽橘之叟，终日见花，如不见花”之喻相比附。最后结合自身具体情况申辩说:“枚自幼以人为菑，迄今四十年矣，横陈嚼蜡，习惯自然。颜渊侍于孔子，自称坐忘，若枚者，可称卧忘者也。愿夫子之勿虑也。”尽管有些近于“强词夺理”，但层层辩驳，有理有据。

袁枚性灵诗幽默诙谐的特色，在尺牍中同样有鲜明的体现。有些尺牍如同诗一样明确题为“戏”，则更诙谐风趣。这都显示出袁枚乐观开朗的个性。如《戏答庆都统》(《小仓山房尺牍》卷八)，乃复庆都统书。庆来札虽念袁枚“今岁有秋，可免饥寒”，“见相爱之深”，但札尾却有“荷包业已制就，专等诗来再寄”之言。庆都统当为庆树斋，系尹继善之子，与袁枚关系甚密，故袁枚可大胆戏嘲，极尽诙谐之致。其中有引经据典，似庄实谐:“夫周、郑交质，衰世之文也；朋友先施，圣人之训也。世兄不法圣人，而学衰世，何耶？若寄一荷包，必索一诗；倘寄一冠一靴，必索一赋；有如四世兄之寄我一袍一褂，必索我万言书矣！征求无已，山人比受饥寒更苦矣。”更有戏弄：“在世兄身为都统”，“赏罚严明之号令，平时用惯，故以待军士者移以待故人乎？”“且荷包虽华，不过妾婢之手爪；诗虽劣，恰是老叟之精神。世兄以老叟之精神，易妾婢之手爪，是重妾婢而轻朋交也”。后乃“威胁”：“闲居无俚，戏作驳数行，干犯麾下。如怒之，则荷包永远绝望；如悔过，则荷包作速飞来。诗之有无，问荷包便悉。”这类朋友之间的戏言，蕴含的是深厚的友情。

六、《子不语》的内容与艺术

袁枚笔记小说《子不语》（又名《新齐谐》），书名乃与“不语怪乱力神”的孔子唱反调，又称“《子不语》一书，皆莫须有之事，游戏谰言，何足为典要，故不录作者姓名”（《答杨笠湖》）。

其内容一是记鬼神狐仙之事，但人不怕鬼、人可胜鬼是袁枚的基本思想。如《赵大将军刺皮脸怪》，写赵良栋住宿在有怪的察院衙门，夜半怪至，赵拔戟连刺之，“正中其腹，膨亨有声，其身而不复见矣”，表现了武将的刚勇之气。《蔡书生》则写书生亦不怕鬼，与吊死鬼周旋调侃，使其伏地再拜而去。《子不语》不仅写了鬼怪的凶恶可怕，更揭露了其虚弱的本质，这是人不怕它们的原因。如《鬼有三技过此鬼道乃穷》，就揭露了鬼“一迷，二遮、三吓”的三技，“三技毕矣”，而人仍然不怕，鬼就无计可施了。当然袁枚对于人间是否有鬼是持“二元论”的，所谓“亦在有无之间”，并非如王充那样的无神论者。内容之二是反对佛道，揭露僧侣、道士害人骗人伎俩。如《凡肉身仙佛俱非真体》写恶僧为骗取信徒香火钱，逼迫一和尚演出“活佛升天”的丑剧，将其活活烧死。《清凉老人》写五台山僧清凉老人淫乱行径，揭露僧侣“戒淫欲”的虚伪。而《李通判》则写一道士采取骗术，蒙蔽李通判家人可使李通判死而复生，图财贪色,终被雷震死。《炼丹道士》写朱道士哄骗大宗伯张履投“白银百万”炼长生之丹，结果朱道士窃银而逃。另外对风水客的骗人手段也进行了抨击，如《风水客》《择风水贾祸》等。内容之三是批判理学，嘲讽、斥责理学家。如《全姑》记某县令残忍地处罚自由恋爱的陈生与全姑，被刘孝廉斥为“以他人皮肉，博自己名声”。袁枚则采用春秋笔法曰:“某县令自负理学名。”《麒麟喊冤》则不仅批理学，且批汉学，汉儒郑玄、孔颖达，宋理学家周、程、朱、张，皆被嘲讽。内容之四是抨击吏治。如《莆田冤狱》，揭露县府两级官吏贪赃枉法、昏庸无能。《平阳令》愤慨地揭露“性惨刻”的平阳令朱铄极其猥琐、淫秽的变态心理，凡涉案妇女，必引入奸情讯之；杖妓，则以杖抵其阴，使肿溃数月，“看渠如何接客！”简直是性虐待狂！内容之五是批判科举弊病。当然《子不语》也不乏糟粕，“颇多芜秽”。

《子不语》艺术上比较粗糙，记事简单，篇幅多短小，大部分重记事，而忽略人物性格塑造，笔记意味浓，小说气味淡。长处是鲁迅所说“其文屏去雕饰，反近自然”，写人记事语言简朴，多用白描手法，浅近的文言，接近口语。

目　录

导　言……………………………………………………………… 001

小仓山房诗集选

钱塘江怀古………………………………………………………… 001
同金十一沛恩游栖霞寺望桂林诸山……………………………… 002
别常宁……………………………………………………………… 007
黄金台……………………………………………………………… 008
陇上作……………………………………………………………… 010
意有所得辄书数句（四首选一）………………………………… 013
良乡雾……………………………………………………………… 014
落　花（十五首选一）……………………………………………… 015
捕蝗曲……………………………………………………………… 017
挂　冠（四首选一）………………………………………………… 020
浴…………………………………………………………………… 021
归家即事…………………………………………………………… 022
七月二十日夜……………………………………………………… 028
杂诗八首（选一）…………………………………………………… 029

水西亭夜坐…… 031
茅　店…… 033
寄聪娘（六首选一）…… 034
马　嵬（四首选一）…… 035
登华山…… 036
雨…… 038
瘗梓人诗并序…… 039
登最高峰…… 041
夜过借园见主人坐月下吹笛（二首选一）…… 042
题柳如是画像…… 044
投郑板桥明府…… 047
推　窗…… 048
子才子歌示庄念农…… 049
春日杂诗（十二首选一）…… 055
自　嘲…… 056
偶作五绝句（选一）…… 057
二月十六日苏州信来，道孀女病危，余买舟往视，至丹阳闻讣…… 058
续诗品三十二首（选四）…… 059
鸡…… 065
所　见…… 066
谒岳王墓作十五绝句（选一）…… 067
自　题…… 069

仿元遗山论诗（三十八首选一）…… 070
从国清寺到高明寺看一路山色…… 071
观大龙湫作歌…… 073
卓笔峰（二首选一）…… 076
土人能负客游山者号曰海马，作歌赠之…… 077
悼 松…… 079
独秀峰…… 082
哭蒋心馀太史（二首选一）…… 083
对书叹…… 084
庚戌春暮寓西湖孙氏宝石山庄，临行赋诗纪事（十二首选一）…… 086
遣 兴（二十四首选四）…… 087
二闺秀诗…… 090
示 儿（二首选一）…… 092

小仓山房文集选

长沙吊贾谊赋…… 094
秋兰赋…… 099
俭 戒…… 102
短人传…… 104
随园记…… 107
书鲁亮侪…… 110

黄生借书说…… 116
祭妹文…… 119
答陶观察问乞病书…… 126
答沈大宗伯论诗书…… 131
先妣章太孺人行状…… 137
浙西三瀑布记…… 144
游丹霞记…… 148
游黄山记…… 151
峡江寺飞泉亭记…… 157
游武夷山记…… 160
答程蕺园论诗书…… 164

小仓山房尺牍选

戏招李晴江…… 172
答似村…… 174
答王梦楼侍讲…… 177
与蒋戟门观察…… 180
再答黄生…… 183
答章观察招饮…… 185
戏题小像寄罗两峰…… 188
辞妓席札…… 191
答杨笠湖…… 194

随园诗话选

五十四则…… 200

子不语选

赵大将军刺皮脸怪…… 295
平阳令…… 297
鬼畏人拚命…… 300
李香君荐卷…… 301
鬼有三技过此鬼道乃穷…… 304
陈清恪公吹气退鬼…… 306
秦毛人…… 309
道士作祟自毙…… 310
官 癖…… 313
秀民册…… 314
鬼借官衔嫁女…… 317
择风水贾祸…… 318
僵尸贪财受累…… 320
科场二则（选一）…… 323
全 姑…… 325
狐道学…… 328

铁公鸡…… 330
沙弥思老虎…… 332

后 记 …… 335

小仓山房诗集选

钱塘江怀古

江上钱王[1]旧迹多，我来重唱《百年歌》[2]。劝王妙选三千弩[3]，不射江潮射汴河[4]。

题解

此诗作于乾隆元年（一七三六）。此处钱塘江专指由杭州闸口以下注入杭州湾一段，江口呈喇叭状，海潮倒灌，形成著名的钱塘潮。怀古，追念古昔之事。《小仓山房诗集》卷一以此诗为起始。

注释

[1] 钱王：指五代时吴越国建立者钱镠（八五二—九三二）。相传其筑“捍海塘”，怒涛汹涌，版筑不成。钱镠造竹箭三千，命水犀军用强弩五百以射潮，迫使潮头西向，遂奠基成塘。 [2]《百年歌》：乐曲名。据《旧五代史·庄宗纪》：唐末李克用破孟方立后，置酒于三垂岗，乐作，伶人奏《百年歌》，陈其衰老之状，声调凄苦。克用引满，捋须指李存勖曰：“老夫壮心未已，二十年后，此子必战于此。”诗借此表达设想激励钱王“壮心”之意。 [3] 三千弩：苏轼《八月十五看潮五绝》其五：“安得夫差水犀手，三千强弩射潮低。”（原注：吴越王尝以弓弩射潮头与海神战，自尔水进城。）弩，用机括发箭的弓。 [4] 汴河：唐宋时称隋代所开古运河通济渠之东段为汴河。汴河经汴京（今河南开封），故指代建都汴京的后梁太祖朱温。开平元年（九〇七）罗隐曾劝钱镠讨伐后梁，

但未被采纳。

语译

钱塘江上，留存着不少当年钱王修建海塘的遗迹。我来江畔很想重唱《百年歌》激起钱王的壮心，劝他精选三千弓弩手，不要去射潮头与海神作战，而要去讨伐汴京的朱温，建功立业。

品评

袁枚写此诗时年仅二十一岁，少年气盛，壮志凌云。因此当他闲来钱塘江畔,即景怀古而郁勃着一股雄直之气。诗人与五代吴越王钱镠相距近千年之遥，但他发奇思异想，竟冲破历史之隔膜而与之对话。这种使时间错位的构思，堪称“无理而妙”（贺裳《载酒园诗话》)。其“劝”钱镠“妙选三千弩，不射江潮射汴河”，乃谓继罗隐之后，再次激励钱镠举兵伐梁，“纵无成功，犹可退保杭越，自为东帝”(《资治通鉴》卷二六六)。诗人于射潮治海塘与射朱温图帝业之间，倾慕后者，可见其当时的雄心壮志。

同金十一沛恩游栖霞寺望桂林诸山

奇山不入中原[1]界,走入穷边[2]才逞怪。桂林天小青山大,山山都立青天外。我来六月游栖霞[3]，天风拂面吹霜花。一轮白日忽不见，高空都被芙蓉[4]遮。山腰有洞五里许，秉火直入冲乌鸦。怪石成形千百种，见人欲动争谽谺[5]，万古不知风雨色,一群仙鼠[6]依为家。出穴登高望众山,茫茫云海坠眼前。疑是盘古死后不肯化[7]，头目手足骨节相钩连；又疑女娲一日七十有二变[8],青红隐现随云烟。蚩尤[9]喷妖雾,尸罗[10]袒右肩,猛士植竿发[11]，鬼母[12]戏青莲[13]。我知混沌[14]以前乾坤[15]毁，水沙激荡风轮[16]颠。山川人物镕在一炉[17]内，精灵[18]腾踔[19]有万千，彼此游戏相爱怜。忽然刚风[20]一吹化为石，清气既散浊气坚[21]。至今欲活不得、欲去不能，只得奇形诡状蹲人间。不然造化[22]纵有千手眼，亦难一一施雕镌。而况唐突[23]真宰[24]岂无罪，何以耿耿[25]群飞欲刺天[26]？金台公子[27]酌我酒，听我狂言呼否否[28]；更指奇峰印证之，出入白云乱招手。几阵南风吹落日，骑马同归醉兀兀[29]。我本天涯万里人，愁心忽挂西斜月[30]。

题解

作者于乾隆元年（一七三六）赴桂林，探望在广西巡抚金鉷幕府中供职的叔父。在夏六月的一天与排行第十一的金沛恩（可能是金鉷之子）出游桂林城外栖霞山，并环顾桂林群山而有此作。本诗原见《小仓山房诗集》卷一。

注释

[1] 中原：泛指黄河流域平原地区。 [2] 穷边：指荒远之地桂林。 [3] 栖霞：栖霞山，在桂林城外。 [4] 芙蓉：莲花。喻桂林诸山状如莲花。 [5] 谽谺（hān xiā）：原为山深貌。此处形容山石似张口貌。 [6] 仙鼠：蝙蝠。《方言》八："蝙蝠，自关而东，或谓之仙鼠。" [7] 盘古死后不肯化：《述异记》："盘古氏之死也，头为四岳，目为日月，脂膏为江海，毛发为草木。"盘古，中国神话中开天辟地首出创世的人。化，化身。 [8] 女娲一日七十有二变：《楚辞·天问》王逸注："传言女娲人头蛇身，一日七十化。"女娲，中国神话中人类的始祖。 [9] 蚩尤：中国神话中战神，能呼风唤雨，与黄帝战，失败被杀。见《山海经·大荒北经》。此句喻山间雾气。 [10] 尸罗：据《拾遗记》，沐胥国有术士尸罗，"善蛊惑之术，喷水为氛雾，暗数里间"。 [11] 猛士植竿发：张衡《西京赋》："（夏）育、（乌）

获之俦……植发如竿。” [12] 鬼母:《述异记》载:“南海小虞山中有鬼母,能产天地鬼,一产十鬼。朝产暮食之。” [13] 青莲:青色莲花,原产印度。此喻山花。 [14] 混沌:古人想象中的世界开辟前的状态。 [15] 乾坤:指天地。[16] 风轮:佛教语。《华严经》:“金轮水际,外有风轮。”此即指狂风。 [17] 一炉:指天地间。贾谊《鹏鸟赋》:“天地为炉兮,造化为工。” [18] 精灵:鬼神之类。[19] 腾踔:跳跃。 [20] 刚风:道家语,指高空的风。《朱子全书·理气一》:“问天地有形质否,曰:只是个旋风,下软上坚,道家谓之刚风。” [21] 清气既散浊气坚:《艺文类聚》卷一引《三五历纪》:“天地开辟,阳清为天,阴浊为地。”此句指混沌开而分天地。 [22] 造化:此谓创造化育自然者。 [23] 唐突:冒犯。[24] 真宰:假想中的宇宙主宰者。此谓天。[25] 耿耿:内心不平。 [26] 群飞欲刺天:韩愈《祭柳宗元文》:“一斥不复,群飞刺天。”此指山势欲刺破青天。[27] 金台公子:即诗题中的金沛恩。 [28] 否否:不然。 [29] 醉兀兀:醉沉沉。苏轼《郑州别后马上寄子由》:“不饮胡为醉兀兀?” [30] 愁心忽挂西斜月:本李白《闻王昌龄左迁龙标遥有此寄》“我寄愁心与明月,随风直到夜郎西”之意。愁心,忧愁之情思。

语译

奇山不会进入中原的地带,走入荒远的边区才能呈现雄怪的姿态。桂林天空很窄小而青山却十分高大,座座山峰都争先矗立在青天之外。六月炎夏我来游览栖霞山,高天的冷风拂面好似吹来了霜花。一轮太阳忽然不见了,高空都被莲花般的山遮住。山腰有栖霞洞长约五里多,手执火把直入冲飞了乌鸦。怪洞石头显示千百样式,见人就要动起来争着张口露牙。千万年来洞中不进风雨,一群蝙蝠以洞为家。步出洞口登上山顶环望众山,茫茫云海就坠落在眼前。我怀疑群山是盘古死后不肯变化其身,于是头眼手脚骨节相互钩连;又疑山光是女娲一日七十二变,随着云烟青红变幻忽隐忽现。云气好似蚩尤呼雨化作妖雾,又似尸罗袒肩作法喷吐水烟。竹竿如同猛士竖立起来的头发,山花宛若鬼母戏弄的青莲。我知混沌以前天地都毁坏了,洪水席卷沙石狂风大作。山川人物镕化在天地的火炉内,神怪活泼跳跃有万万千,彼此戏闹玩耍又相互爱怜。忽然刚风一吹精灵都化为山石，清气已飘散浊气凝结的山石更坚硬。它们至今想活不得、想走也不能，只得奇形怪状地蹲踞在人间。否则造化即使具有千手眼，也难以一一雕刻得如此活灵活现。何况冒犯老天乃是滔天大罪，怎么能心怀怨气欲飞刺苍天呢？金家府上公子为我斟上美酒，听我一通狂言连连摇头呼否否，我又手指四周奇峰作印证，群山出没云雾中齐向我招手。几阵南风掠过吹落了衔山的夕阳，我们二人骑马回衙醉得双眼都斜了。我本来是万里天涯作客的人，一颗愁心忽然飞挂上西沉的月亮。

品评

这首诗采用参差不齐的歌行体，并以轶群之才、腾空之笔驱遣古代神话传说与佛道典籍中的奇人异事，比喻之，铺写之，赋予了“桂林诸山”以神奇的色彩，灌注以飞动的气势，使“桂林诸山”具有了新奇眩目的灵性，同时亦显示出当时年仅二十一岁的年轻诗人壮阔的胸襟与非凡的才思。

诗头四句先概括性地总写桂林诸山之奇特风貌。前两句意谓如此“奇山”在中原是看不到的，它只在广西这边远之地“逞怪”，一落笔山即具有了灵性。后两句则突出桂林山之大与高，以“山”与“天”相对照，因山大并多故天显得小，因为山高故矗立“青天外”，写得壮阔而有气魄。

接下四句写作者于六月出游栖霞山所感所见。“天风拂面吹霜花”，形容风寒，六月酷暑而觉风吹霜花，可见栖霞山之高，可谓“高处不胜寒”（苏轼词）。“芙蓉”形容栖霞山如莲花，遮满了高空，连“白日”都“忽不见”，即被群山吞没，此亦是夸张栖霞山之高大。

再接下六句转写进入山腰栖霞洞之景象，极力描摹山洞的阴森冷寂与神奇古老，须“秉火直入”，可见洞中之昏黑阴冷。这里“万古”与世隔绝，是“乌鸦”与“仙鼠”的领地，因此一见有生人闯进，则乌鸦冲突，蝙蝠纷飞，甚至连千百种“怪石”亦成了精怪，好似龇牙咧嘴来吓唬生人。作者入洞不啻于探险，但若没有“入虎穴”的精神，又怎能一睹如此罕见的自然奇观呢？

后面十句继写作者出洞后“登高望众山”之状，诗人以如椽之笔极力铺排其非凡的想象：在“茫茫云海”之中，众山有的像神话中开天辟地的盘古死后所变，“头目手足骨节相钩连”，写出山势崚嶒瘦硬之状，此用《述异记》典；有的山色像神话中炼石补天的女娲善于变化，“青红隐现”于山雾之中；有的像传说中的蚩尤喷出团团妖雾，像沐胥国的术士尸罗，“喷水为氛雾，暗数里间”（《拾遗记》），此写山被云雾笼罩；有的山树木茂盛，似古代传说中的猛士夏育、乌获“植发如竿”（张衡《西京赋》）；有的山长满花草，如传说中南海小虞山的鬼母，正与小鬼嬉戏青莲。此十句写众山险峻、山色变化与云雾、林木等形象，皆与神话传说相联系，为桂林名山涂抹上浓厚的神奇色彩，令人为作者想落天外的构思而惊叹不已。

最为精彩的是作者接下以十四句描述对桂林山水“奇形诡状”得以形成的神思奇想。他认为眼前凝固的山峦都是原来有生命的“精灵”所变，所谓“我知”实际是“我想象”，在天地混沌不分以前，水石激荡，狂风大作，那时“山川人物镕在一炉内”，有无数“精灵”都“化为石”，清气化为天，浊气化为地。于是“精灵”“欲活不得、欲去不能，只得奇形诡状蹲人间”。这是说桂林众山有如此“奇形诡状”，乃是天地自然形成，否则造化即使有千手观音一样的“千手眼”，也不能雕刻成这样的千姿百态；群山也不可能心怀怨气欲飞刺青天。这段奇想虽然荒诞不经，但说明桂林诸山在作者心目中是有灵性的，而他对灵性之被扼杀是充满同情的。他本是自由旷达之人，这其中寓有对社会现实的某种愤慨。

诗最后八句又回到现实，主要写他归去时的心态。“金台公子”听罢作者的“狂言”却连声否定，可见他是个缺乏幻想的实在人，作者乃故意戏弄他：“更指奇峰印证之”；“出入白云乱招手”，云中众山打招呼，仿佛众山确是“精灵”。当日落西山时，两人才喝得醉醺醺骑马同归。“几阵南风吹落日”一句颇妙，好像太阳不是自己落下，而是被南风吹落，这是夸饰山风之烈。作者于饱览桂林诸山奇观之后，忽然产生一种愁绪。因为桂林虽美，不是久居之地。此时作者尚未登第，壮志未酬，又思念故乡杭州，故有“我本天涯万里人，愁心忽挂西斜月”之句。作者身在“穷边”桂林，只能把其“愁心”寄托于“西斜月”，因为此“月”既照着桂林，也照着故乡，同时还照着作者向往的京都，可谓“千里共婵娟”（苏轼词）也。

作者在这首歌行中以独特的审美眼光，展开上天入地的神思，借活脱的形象、奇妙的比喻，描绘出桂林诸山鲜明壮美的特征，并寄寓内心一种不平之气，是一首极具艺术个性的性灵诗。

别常宁

六千里外[1]一奴星[2]，送我依依远出城。知己那须分贵贱，穷途容易感心情[3]。漓江[4]此后何年到？别泪临歧[5]为汝[6]倾。但听郎君[7]消息好[8]，早持《僮约》[9]赴神京[10]。

题解

乾隆元年（一七三六）作者从家乡赴桂林探望叔父，受到广西巡抚金𫓨赏识，被推荐赴京应博学鸿词试。叔父家有小僮仆常宁，与二十一岁的袁枚关系密切，二人建立了真诚的友谊。袁枚远行，常宁送别，二人分手之际依依不舍，袁枚乃写下此诗。本诗原见《小仓山房诗集》卷一。

注释

[1] 六千里外：此指作者赴京后与桂林相距将十分遥远。 [2] 奴星：奴仆，此谓常宁，系作者叔父袁鸿家奴仆。 [3] 感心情：有穷途易感之意。苏轼《答丁连州朝奉启》："穷途易感，永好难忘。" [4] 漓江：此指代广西桂林。 [5] 临歧：即临岔路，面对惜别之地。高适《别韦参军》："丈夫不作儿女别，临歧涕泪沾衣巾。" [6] 汝：你，指常宁。 [7] 郎君：此袁枚自称。 [8] 消息好：指中进士。 [9]《僮约》：西汉王褒撰，内称仆人若来当帮助其生计。 [10] 赴神京：指来北京，意谓帮助常宁安排生活。

语译

距离京城六千里外的叔父家有个小奴仆，依依不舍地送我离开桂林城。既为知己哪里要分别谁贵谁贱？我正处穷途最易感知真正的友情。今漓江一别此后哪年能重新回来呢？分手之际悲泪如雨为你倾泻。一旦听到我袁某人中了进士，你要早持《僮约》尽快来北京找我啊！

品评

首联点题写别常宁情景，表现小奴星“依依”不舍之情。颔联议论写自己的感受，前句表现了人生知己不分贵贱的思想，难能可贵，是诗人切身的体验，在他寄人篱下的“穷途”，曾感受到常宁淳朴善良的心灵。颈联转写自己分别时的惜别之情，想到此次离别不知何时才能返回，乃悲从中来，于是出现了“别泪临歧为汝倾”这感人的一幕。尾联是设想自己此次进京应试，可能步入仕途，那么就有机会帮助常宁摆脱贫困，这既是对常宁的安慰，也是对常宁未来生活的关心。虽然因为落第，作者这一设想未能实现，但诗人的品格仍是值得称道的。此诗写得朴素、平易，如同口语，而感情真挚。

黄金台

东海泱泱[1]大风猛，燕王[2]积怨何时逞[3]。筑台愿招英雄人，黄金[4]之高与天等。台未筑时如无人，台既筑时人纷纷。不知公等[5]竟安在[6]，剧辛乐毅[7]来成群。残兵一队山东走[8]，顷刻齐亡如反手[9]。回问当年豪举[10]心：果然值得黄金否？于今蔓草萦台[11]绿，千年壮士寻台哭。为道[12]昭王今便存，不报仇时台不筑。

题解

此诗作于乾隆二年（一七三七）留寓北京时。黄金台，又称金台、燕台，故址在今河北易县东南北易水南。相传为战国燕昭王所筑，置千金于其上，以招致天下贤士，故得名。后世慕名，在北京等地皆有台以“黄金”为名，此诗所咏即北京黄金台。据《长安客话》：“都城黄金台，出朝阳门循濠而南，至东南角，岿然一土阜是也，日薄崦嵫，茫茫落落，吊古之士，登斯台者，辄低回眷顾，有千秋灵气之想，京师八景有曰‘金台夕照’即此。”本诗原见《小仓山房诗集》卷一。

注释

[1] 东海泱泱：东海，指东面的大海渤海。泱泱，水深广貌。 [2] 燕王：燕昭王（？—前二七九），原为燕王哙的太子。 [3] 积怨何时逞：指燕王哙将王位禅让给其相子之后，不及三年燕国大乱，齐宣王乃乘机伐燕，杀哙及子之，燕国几乎灭亡。燕昭王即位后对齐积恨于心，欲报仇雪恨。 [4] 黄金：置于台上之千金，亦即指黄金台。 [5] 公等：指乐毅、剧辛等贤士。 [6] 安在：在哪里。 [7] 剧辛：赵国人，破齐之计多由其策划。乐毅：魏国名将乐羊之后，事燕昭王为上将军，统兵伐齐，破齐七十馀城。 [8] 残兵一队山东走：谓乐毅与秦、楚、三晋合谋以伐齐，齐兵败，齐闵王败兵逃走状。 [9] 顷刻齐亡如反手：谓齐国很快就残败不堪，燕兵一直攻破齐国都城临淄，尽取其宝，烧其宫室，燕昭王终于雪了破国杀父之恨。 [10] 豪举：谓燕昭王筑黄金台以延请天下士的举动。 [11] 蔓草萦台：蔓生的野草缠绕着黄金台，形容一派衰败景象。 [12] 为道：为此说。

语译

东面的大海无比深广，大风猛烈卷起了海浪，这就好像燕昭王对齐国的积怨很深，立誓要报仇雪恨。燕昭王筑起黄金台想招纳天下的英雄，放置千金的高台上可摩天。黄金台没筑时好像天下没人，黄金台一筑英豪贤士就纷纷投来。不知以前英豪贤士都在哪里，怎么忽然剧辛、乐毅等都成群而来。英豪贤士们出谋伐齐，打得齐闵王兵败山东，顷刻之间像反手一样几乎灭亡。我回问燕昭王当年筑台延请天下士的豪举，真的是像黄金一样有价值吗？你看如今蔓生的野草缠绕着黄金台遗址，破败不堪，千百年来有多少壮志难酬的英雄到黄金台痛哭。为此说燕昭王即使今日还健在，他若不为报仇是不会高筑黄金台的。

品评

燕昭王筑黄金台以招天下贤士，终于使弱小的燕国战胜了强大的齐国，报仇雪恨，成为千古佳话，受到后世的赞扬。诚然，燕昭王此“豪举”是成功的，他不愧为古代有为之君。对此，诗人也作了肯定。但是诗人又独具慧眼，目光如炬,看到了历代统治阶级利用人才为个人效力的目的。因此他对燕昭王之“豪举心”是否亦如“黄金”一样有价值表示怀疑;对因统治者“不报仇时台不筑”，而使“千年壮士寻台哭”，即有才之士无法施展才能的坎坷遭遇寄予同情。因此他的发思古之幽情就具有了讽刺的锋芒。诗先褒而后贬，使此作与历史上单纯为黄金台唱赞歌之什相比,立意更显深刻。袁枚在此之前应博学鸿词试落第，大有怀才不遇之感，故借诗吊古而慨今也。

陇上作

忆昔童孙[1]小，曾蒙大母[2]怜。胜衣[3]先取抱，弱冠[4]尚同眠。髻[5]影红灯下，书声白发[6]前。倚娇频索果，逃学免施鞭[7]。敬奉先生馔[8]，亲装稚子[9]绵。掌珠[10]真护惜，轩鹤望腾骞[11]。行药[12]常扶背，看花屡抚肩。亲邻惊宠极，姊妹妒恩偏。“玉陛胪传夕[13]，秋风榜发天[14]；望儿终有日[15]，道我见无年[16]。”渺渺言犹在[17]，悠悠岁几迁。果然宫锦服[18]，来拜墓门烟。反哺[19]心虽急，含饴梦已捐[20]。恩难酬白骨[21]，泪可到黄泉[22]。宿草[23]翻残照，秋山泣杜鹃[24]。今宵华表[25]月，莫向陇头圆！

题解

此诗为乾隆四年（一七三九）年底作者考中进士授庶吉士后，归杭州完婚时作。陇，通“垄”，坟墓。此指作者祖母坟墓。本诗原见《小仓山房诗集》卷一。

注释

[1] 童孙：幼年的孙子，此袁枚自称。 [2] 大母：祖母柴氏，死时八十八岁，葬于杭州半山陆家牌楼。 [3] 胜衣：谓儿童稍长能穿成人衣服。 [4] 弱冠：《礼记·曲礼上》：“二十曰弱，冠。”弱，年少，古代男子二十岁行冠礼，故弱冠用以指男子二十岁左右年龄。 [5] 髻：挽束在头顶的头发。此指祖母的发髻。[6] 白发：祖母的白发，指代祖母。 [7] 免施鞭：免挨鞭子抽。 [8] 先生馔：《论语·为政》：“有酒食，先生馔。”先生，长辈，从袁枚的角度言，此当指袁枚祖父。馔，饮食。 [9] 稚子：幼儿。此指袁枚一辈孙子、孙女。 [10] 掌珠：掌上明珠。此袁枚自喻其如祖母之“掌珠”。 [11] 轩鹤望腾骞：此句讲祖母盼自己如鹤高飞。《左传·闵公二年》：“卫懿公好鹤，鹤有乘轩者。”轩鹤，比喻受宠幸的人，后也指不同凡响的人。此袁枚自喻。腾骞，腾飞。 [12] 行药：魏晋南北朝士大夫喜服一种烈性药以养生，服药后，漫步以散发药性，叫“散药”。此谓服药后散步。 [13] 玉陛胪传夕：指殿试之后，皇帝传旨召见新科进士，依次唱名传呼。玉陛，帝王宫殿的台阶。胪传，即胪唱。 [14] 秋风榜发天：谓秋天乡试后发榜公布考中举人的时候。 [15] 望儿终有日：盼望孙儿终会有出头之日。 [16] 道我见无年：料想我（祖母自称）没有见到的时候了。 [17] 渺渺言：指前四句祖母的话很遥远了。 [18] 宫锦服：宫锦袍，用宫中特制的锦缎制成的袍子。指官服。 [19] 反哺：典出成公绥《乌赋》：“雏既壮而能飞兮，乃衔食而反哺。”原谓小乌鸦长大后衔食喂养其母。此用以比喻自己要报答祖母多年养育之恩。 [20] 含饴梦已捐：此句谓昔日祖母口含饴糖逗自己玩的情景像梦一样逝去了。 [21] 恩难酬白骨：此句意谓难以报答死去的祖母的恩情。白

骨，指祖母尸骨。 [22] 泪可到黄泉：泪水可流到阴间。黄泉，阴间。《左传·隐公元年》："不及黄泉，无相见也。" [23] 宿草：指墓上野草。《礼记·檀弓上》："朋友之墓，有宿草而不哭焉。" [24] 秋山泣杜鹃：秋山里杜鹃悲啼。杜鹃传说为望帝杜宇之魂所化，诗词常用作令人肠断的意象。按：据袁枚《随园诗话》卷四："己未（乾隆四年）冬，余乞假归聚。"这表明当时已为冬季。此句实乃诗人虚构之景，借以衬托悲凉之感。 [25] 华表：此指祖母墓前石柱。

语译

回忆当年自己还是小孙子的时候，曾得到祖母的怜爱。长大已能穿成人的衣服了，见面祖母仍先要拥抱我，二十来岁了还与祖母同床睡觉。夜晚灯光映照着祖母的白发髻，我坐在旁边朗读着书籍。我常向祖母撒娇索要糖果，有时逃学有祖母保护而免被父母抽打。祖母平时恭敬地服侍祖父的饮食，又亲手为孙子孙女缝制棉衣。把我当做掌上明珠，真是爱护珍惜，盼望我能像仙鹤一样高飞。祖母服药后我常搀扶着她散步，有时一起赏花，祖母会爱怜地抚摸我的肩膀。亲戚邻居都惊讶祖母对我的极度宠爱，姊妹也会妒忌祖母对我偏爱。"我希望皇帝在宫殿召见新中的进士唱名传呼的时候，或者秋天乡试后发榜公布考中举人的日子，我孙儿也有高中的运气，可惜我老了，已经看不到了。"祖母这些很远很远的话语我还记得，岁月悠悠已经过了好多年。今日我果然身穿官服，来祭拜祖母的坟墓。我报答祖母养育之恩的心情虽然急切，但祖母已不能再享受含饴弄孙般的快乐了。我虽然无法回报祖母的恩惠，但我悼念的泪水却可流到黄泉。眼前只见夕阳下的墓上野草在摇曳，耳边似乎又听到秋山传来杜鹃的悲鸣。希望今夜华表坟墓上空，不要出现圆圆的月亮！

品评

袁枚于乾隆四年终于脱颖而出，中进士，授庶吉士，入翰林院深造。是年冬，他由北京回钱塘故里与王氏完婚，可谓春风得意，衣锦还乡。但当他于一个月夜来到祖母墓前祭奠时，又转喜为悲，触景生情而有此悼亡之作。诗人自幼被祖母视为"掌珠"，备受宠爱；同时祖母对孙子的前程亦充满期望，相信孙子能有腾飞之日。今天，祖母的预言已成为现实，但身穿官锦服的孙子却只能“拜墓门烟”。月圆而人不团圆，祖母的恩情已无法报答，诗人怎能不扼腕痛惜，泪如泉涌？ 诗采用自叙的口吻，朴素真切，拉近了与读者的心理距离，容易打动人心。诗前半篇叙事，回忆昔日祖孙共同生活时的情景，注重细节描写，生动有趣，从而为抒情奠定了基础；后半篇抒情，表现今日悼念祖母之悲情，发自肺腑，真挚感人。这是一首比较典型的“独写性灵”（《随园诗话补遗》卷四）之作。

意有所得辄书数句（四首选一）

落笔不经意[1]，动乃成苏韩[2]。将文用韵耳[3]，挥霍非所难[4]。须知此两贤[5]，骚坛[6]别树幡[7]。白象或可驾，朱丝[8]未容弹[9]。毕竟诗人诗，刻苦镂心肝[10]！

题解

组诗作于乾隆六年（一七四一）。辄，就。本诗原见《小仓山房诗集》卷二。

注释

[1] 经意：经心，注意。 [2] 动乃成苏韩：谓一动笔似乎就成为苏轼、韩愈。苏轼（一〇三七——一〇一），北宋文学家、书画家，字子瞻，号东坡居士，眉山（今属四川）人，其文为“唐宋八大家”之一，其诗词书画皆有高深造诣。韩愈（七八六—八二四），唐文学家、哲学家，字退之，河南河阳（今河南孟州南）人，其文为“唐宋八大家”之首。其诗力求新奇，以文入诗。 [3] 将文用韵耳：谓“落笔不经意”者不过是把文章安排诗的韵脚罢了。 [4] 挥霍非所难：谓下笔迅疾并不是难事。挥霍，迅疾貌。陆机《文赋》：“纷纭挥霍，形难为状。” [5] 两贤：两位贤士，指韩愈、苏轼。 [6] 骚坛：诗坛。 [7] 别树幡：犹言独树

一帜。[8]朱丝：染成朱红色的琴瑟弦。[9]未容弹：谓弹好不易。[10]镂心肝：雕刻心肝，极言绞尽脑汁。

语译

有的人创作很不用心，自以为一动笔可以成为苏轼、韩愈一样的大家。这些人不过是把诗歌当做安排韵脚的文罢了，下笔迅疾对他们来说并不是难事。要知道像苏、韩这两位出色的作家，在诗坛上是独树一帜的。白象或许可以驾驭，但朱丝不是那么容易弹奏的。毕竟像苏、韩这类真正诗人的作品，都是刻苦用功，雕刻心肝才得来的。

品评

袁枚性灵说诗论于民歌推崇其犹如“天籁”般自然动听，于文人诗则认为“诗不苦思,虽仙人亦不能工”(《从弟牓斋诗序》)。在诗人有性灵的前提下，他还是主张“刻苦”锻炼的。此诗即以唐宋“两贤”韩愈、苏轼为例，说明其所以能“骚坛别树幡”，与“镂心肝”之功是分不开的。创作是严肃的事情，恰如“朱丝未容弹”，对那种“落笔不经意”，或下笔千言又自以为“动乃成苏韩”者，显然是一种针砭。此诗属于论诗诗，以议论为诗，但七八两句巧用了比喻，增加了诗的形象性，避免了枯燥乏味。

良乡雾

不雨征鞍[1]湿，方知雾里行。晓花[2]难辨色，溪水但[3]闻声。对面人千里，终朝天五更[4]。前程原似梦，何必太分明！

题解

此诗作于乾隆七年（一七四二）作者外放江南县令途中。良乡是旧县名，在北京西南部，现属北京房山县。本诗原见《小仓山房诗集》卷三。

注释

[1] 征鞍：远行者所乘的马。 [2] 晓花：早晨的花。 [3] 但：只。 [4] 终朝天五更：谓整个早晨像五更天一样模糊不亮。

语译

天没下雨马鞍却潮湿了，这才意识到是在雾里行进。清晨的野花很难分辨出什么颜色，只听到路旁溪水的潺潺流淌声。对面来的人如隔千里之外根本看不见，一个早晨都像五更天一样模糊不亮。此去前程原本就像梦一样渺茫，又何必要求天色过于分明呢！

品评

是年作者仕途上出现坎坷：因为清书考试不及格而被外放为江苏溧水县知县。离开翰林院去做“七品芝麻官”，对诗人无疑是一个打击，因此他对仕途前程产生渺茫之感。当他离京上任途中遇到良乡晨雾时，即借景抒情，发“前程原似梦，何必太分明”之慨叹。诗写雾景纯然用白描手法，分别从触觉、视觉、听觉各角度渲染晨雾之特征，生动形象，使人有如临其境之感。而赋予眼前的迷雾以象征意义，寄托怀才不遇的情怀，更十分巧妙自然。尾句“前程”一语双关，既是路程又指仕途，画龙点睛，点明题旨，即前途渺茫又无可奈何的怨意。

落　花（十五首选一）

风雨潇潇[1]春满林，翠波帘幕影沉沉。清华[2]曾荷[3]东皇[4]宠，飘泊原非上帝[5]心。旧日黄鹂浑欲[6]别，天涯绿叶半成阴。荣衰花是寻常事[7]，转[8]为韶光[9]恨不禁[10]。

题解

组诗亦作于乾隆七年（一七四二）作者外放江南县令途中。组诗原见《小仓山房诗集》卷三。

注释

[1] 风雨潇潇：风雨急骤。《诗·郑风·风雨潇潇》："风雨潇潇，鸡鸣胶胶。" [2] 清华：清美华丽。此指花未落时之美。 [3] 荷：承受。 [4] 东皇：司春之神。 [5] 上帝：天帝。此喻天子。 [6] 浑欲：直欲。杜甫《春望》："白头搔更短，浑欲不胜簪。" [7] 荣衰花是寻常事：谓花的盛开与凋落都是平常的事情。 [8] 转：反而。 [9] 韶光：春光。 [10] 恨不禁：指为春光的流逝而忍不住遗憾。

语译

暮春时节，园林里满是风狂雨骤。池塘的碧波与窗门的帘幕都暗影深沉。清美华丽的春花曾承受司春之神的宠爱，今日落花飘泊并非天帝的意愿。旧日的黄鹂直要飞走，天边的花树只剩下半树绿叶洒下了阴影。繁花的盛开与凋落都是平常的事情，我反而为春光的流逝而忍不住遗憾万分。

品评

作者论咏物诗当"不是此诗，恰是此诗"(《随园诗话》卷七)，意谓既要写出物之固有之神韵，又要有"物"外之深意。此诗即是这样的咏物诗。此诗写"曾荷东皇宠"之清华的鲜花，一旦经"风雨潇潇"摧残后的"飘泊"之状，确是写自然界的落花，所谓"恰是此诗"。但又"不是此诗"，因为花有其言外之意。"清华曾荷东皇宠"的昔日盛开的鲜花，实写自己当初在翰林院得意的日子；而写"落花"飘泊，实写如今被外放任县令之遭际。所以诗的意旨是感叹自己仕途的命运多舛。尽管诗人说"荣衰花是寻常事"，"生非薄命不为花"(《落花》另诗)，还说"飘泊原非上帝心"，意谓自己的遭际与天子无关，但这只是故作旷达而已，作者内心却充满了被"贬谪"的痛苦，对"上帝"也不可能毫无怨言。尾句"转为韶光恨不禁"，就有虚度年华、一事无成之憾。但这一切皆以所咏“落花”的意象表现，就显得含蓄蕴藉了。

捕蝗曲

亟捕蝗[1]！亟捕蝗！沭阳[2]已作三年荒。水荒犹有稻，蝗荒将无粱[3]。焚以[4]桑柴火，买以柳叶筐。儿童敲竹枝，老叟围山冈。风吹县官[5]面似漆，太阳赫赫[6]烧衣裳。折枝探瞉[7]虑损德，惟有杀汝[8]为吉祥。我闻苛政猛于虎[9]，蠹吏[10]虐于蝗；又闻刘昆[11]贤令蝗不入，刘澄剪秽[12]蝗为殃。尔今蠕蠕[13]声触草，得毋邑宰非循良[14]？击土鼓[15]，祀神蝗[16]，椒浆[17]奠兮歌琅琅。紫烟为我凌苍苍[18]，皇天[19]好生万物仰，蛇头蝎尾[20]何猖狂！霹雳一声龙不起，反使九十九子[21]相扶将[22]。狠如狼，贪如羊[23]，如虎而翼兮，如云之南翔。安得今冬雪花大如席[24]，入土三尺俱消亡！毋若长平一坑四十万[25]，腥闻于天徒惨伤。蝗兮蝗兮去此乡，东海之外兮草茫茫，无尔仇兮尔乐何央[26]！毋餐民之苗叶兮，宁[27]食吾之肺肠！

题解

此诗作于乾隆八年（一七四三），时作者在江苏沭阳县任县令。沭阳连续三年蝗荒，给百姓带来灾难。作为父母官，作者组织百姓捕蝗，并写下此诗。本诗原见《小仓山房诗集》卷三。

注释

[1] 亟：急。 [2] 沭阳：县名，在江苏省北部。 [3] 粱：指粟，小米。 [4] 以：语助词，无义。 [5] 县官：作者自称。 [6] 赫赫：形容炎热。《诗·大雅·云汉》："赫赫炎炎，云我无所。" [7] 鷇：待哺食的雏鸟。 [8] 汝：指蝗虫。 [9] 苛政猛于虎：烦苛的政令比老虎还要凶暴可怕。孔子语，见《礼记·檀弓下》。[10] 蠹吏：蛀虫一样的官吏。 [11] 刘昆：据《后汉书·儒林列传》，刘昆字桓公，除江陵令，"时县连年火灾，昆辄向火叩头，多能降雨止风"，后迁弘农太守，"先是崤黾驿道多虎灾，行旅不通，昆为政三年，仁化大行，虎皆负子渡河"。[12] 刘澄剪秽：《南史·儒林》："遂安令刘澄，为性弥洁，在县扫拂郭邑，路无横草，水剪虫秽，百姓不堪命，坐免官。"此指刘澄剪除杂草虫秽，蝗虫遭殃。[13] 蠕蠕：蝗虫爬动貌。 [14] 得毋邑宰非循良：谓莫非县令不是守法而有政绩的官吏。 [15] 土鼓：古乐器名，以瓦为框，以革为鼓面。 [16] 祀神蝗：祭祀蝗神。 [17] 椒浆：用花椒浸制的美酒。《九歌·东太一》："奠桂酒兮椒浆。"[18] 凌苍苍：侵入青天。 [19] 皇天：天。《左传·僖公十五年》："君履后土而戴皇天。" [20] 蛇头蝎尾：指代害虫。 [21] 九十九子：喻蝗虫之多。[22] 相扶将：相扶持。《木兰诗》："爷娘闻女来，出郭相扶将。"此言蝗虫成群结队。 [23] 狠如狼，贪如羊：语出《史记·项羽本纪》。 [24] 雪花大如席：采用李白《北风行》"燕山雪花大如席"之句。 [25] 毋若长平一坑四十万：谓不要像秦国军队在长平击败赵国军队而坑死赵军四十万。长平，今山西高平西北，秦昭王四十七年（前二六〇）秦、赵于此大战。事见《史记·白起王翦列传》。 [26] 乐何央：乐无央，欢乐无穷尽。 [27] 宁：乃、就。

语译

快捕蝗虫啊！快捕蝗虫！沭阳已经三年遭遇蝗荒了。水荒还有稻子，蝗荒连小米都要吃光。烧起桑柴火，买来柳叶筐。儿童挥动竹枝击打蝗虫，老翁也来围歼上了山冈。热风吹得县官我脸黑如漆，烈日酷热得像火烧衣裳。如果折枝捅雏鸟恐怕要损阴德，只有杀你蝗虫最是吉祥！我听说苛政残暴胜于老虎，还听说蠹吏肆虐胜过蝗虫；又听说刘昆贤德蝗虫不来，还听说刘澄剪秽蝗虫遭殃。眼下你螽螽蠕动声震荒草，莫非我这县官不够循良？敲土鼓呵祭神蝗，献上椒浆啊歌琅琅。紫烟为我升腾上了苍天，苍天怜悯生灵万物要都依仗它，蛇头蝎尾趁机作祟太猖狂！春雷一声蛟龙未腾上天空，反而使蝗虫成群从天而降。它们狠如狼，贪如羊，如同老虎添了翅膀，又似乌云向南飞翔。怎么能叫今冬的雪花大如席子，入土三尺冻得蝗虫都消亡！不要像长平一战坑兵四十万，屠杀群蝗腥气冲天太悲惨！蝗虫啊蝗虫快快离开这里吧，东海之外啊有茫茫野草，没有仇敌呵可任你乐任你狂！不要吃百姓的禾苗叶啊，要吃就吃我的肺与肠！

品评

此诗题曰“捕蝗曲”，诗人虽然描写了捕蝗的若干场景，但主要从蝗灾与为政的关系进行自我反思，并借“祀神蝗”抒发内心愿望。开头十三句为第一层次，记叙全民捕蝗的情景，为从蝗口夺粮，不仅儿童出击，连老翁也上阵，作者身为县令更身先士卒。捕蝗的战斗气氛表现得很浓郁。接下六句为第二层次，引用典故对自己的政绩进行反思，特别是以“刘昆贤令蝗不入”，引出“得毋邑宰非循良”的自责，这反映出作者自省的精神，难能可贵。再接下十六句为第三层次，深入写如何能捕尽蝗虫，消除蝗灾。大概靠人工捕蝗的强硬手段难以奏效，因此要改为软办法而向神蝗祈祷，在历数蝗虫“猖狂”之后，乃祈祷“安得今冬雪花大如席，入土三尺俱消亡”。最后五句为第四层次，再次表达自己的愿望。因为“入土三尺俱消亡”需待严冬大雪之时，而眼前的蝗灾十万火急，时不我待，于是又改变主意：一是变捕蝗为劝蝗，希望“蝗兮蝗兮去此乡”；二是恳求“毋餐民之苗叶兮，宁食吾之肺肠”，诗人的感情至此而达到高潮。后者的愿望无异于以身饲虎，对于一个父母官来说，可谓鞠躬尽瘁，死而后已，反映了作者高度关心民生疾苦，与百姓感情相通的仁爱之心。这和“虐于蝗”的“蠹吏”相比自有天壤之别。诗以告白口吻抒写，极其真切感人，我们可以体会到作者体恤民瘼的拳拳之心。全诗语言形象，基本上采用白描手法，偶尔用典也十分贴切。

挂　冠（四首选一）

乐府空歌臣马良[1]，十年不召老淮阳[2]。笼中野鹤少高唳[3]，篱外寒花[4]多久香[5]。指膝自怜曾负汝[6]，饮泉终竟是谁狂[7]？爱他岭上孤云意[8]，含雨空归作小凉[9]。

题解

组诗作于乾隆十三年（一七四八）辞官时。挂冠，即辞官。《后汉书·逢萌传》："时王莽杀其子宇，萌谓友人曰：'三纲绝矣，不去，祸将及人。'即解冠挂东都城门"。本诗原见《小仓山房诗集》卷五。

注释

[1] 乐府空歌臣马良：《乐府解题》云："君马黄，臣马苍，二马同逐臣马良。"臣马良，我的马优良。此喻贤人。乐府，诗体名。　[2] 淮阳：在今河南东部、颍河北岸。《汉书·汲黯传》载：西汉汲黯为人性倨少礼，常直言切谏，后被武帝召为淮阳太守，居淮阳十年而卒。　[3] 高唳：高亢地鸣叫。　[4] 寒花：当谓梅花。　[5] 久香：长久芳香。　[6] 指膝自怜曾负汝：《魏书·贾景兴传》载葛荣攻占冀州，贾景兴称病不跪拜，常摸着自己的膝盖说："吾不负汝。"这里袁枚反用其典，谓自己辜负了膝盖，当指跪拜迎送长官之事。　[7] 饮泉终竟是谁狂：用沈约《宋书·袁粲传》狂泉典故，大略谓有一个国家除了国君外，其他的人都饮狂泉之水发了狂，这些发狂的人反而认为国王的不狂是狂，于是用各种法子治疗，国王受不了这种治疗，干脆也喝了狂泉之水，与他们一样发狂。这里是说在官场要保持独立人格太难，有众人皆醉我独醒的意思。　[8] 爱他岭上孤云意：指退隐。用陶弘景"山中何所有，岭上多白云"句意，表明不欲出仕的态度。　[9] 含雨空归作小凉：意谓自己要像孤云一样，挂冠归隐。

语译

乐府诗白白地鼓吹我的马儿优良，当年贤臣汲黯就十年不被汉武帝召回京城，而老死于淮阳。野鹤关进笼子里就难以高亢地鸣叫，而竹篱外的梅花却可长久地散发幽香。手指着膝盖怜爱地说曾辜负了你，不喝狂泉水的人与喝了狂泉水的人究竟谁才是发狂？我最爱岭上孤云自由来去的意态，带着几分雨意轻松地归去，化作些许清凉。

品评

袁枚辞官之时年方三十三岁。他之所以于盛年之际毅然辞官，一方面有“空歌臣马良”、怀才不遇之感，一方面是厌倦县令生涯，而后者是主要的。他尝于《答陶观察问乞病书》中直言不讳地说：“苦吾身以为吾民，吾心甘焉；尔今之昧晨昏而犯霜露者，不过台参耳，迎送耳，为大官作奴耳。”袁枚是要求个性解放的人，因此他终于毅然辞官。诗上半首是铺垫：首联采用汲黯忠而遭贬不被汉武帝重用的典故，是自喻屈居县令之职已有十年，仍提拔无望，这与被尹继善推荐高邮太守职而吏部未批事有关。此道出辞职的第一个原因。颔联借用比喻，寓意一反一正：他岂甘心如“笼中野鹤”失去于云天“高唳”的自由？他渴望的是似“篱外寒花”自吐芬芳。此道出辞官的第二个原因。下半首则转向自身直接抒怀。颈联借“指膝”的细节明确道出不甘为大官作奴跪拜迎送之意，而唯有隐居山林自由自在。尾联乃下定辞官决心，自己要化作一朵孤云乘风归去，对自由充满向往之情，也留下不尽馀意。

浴

浴罢凭栏[1]立，高云掩夕阳。不知何处雨，微觉此间凉。

题解

此诗作于乾隆十三年（一七四八）。本诗原见《小仓山房诗集》卷五。

注释

[1] 凭栏：依着栏杆。

语译

洗完澡依着高楼上的栏杆而立，见高空的云朵遮住了西下的太阳。不知哪里正在下雨，我忽然感觉到几丝凉意。

品评

这首五绝并无微言大义。诗写的是诗人浴后登楼凭栏时一种敏锐的触觉感受，一种细致的体验。而这种因远方下雨而“微觉此间凉”的感受，乃是人人心中所有而笔下所无的。它一旦被诗人形诸笔墨即会使读者产生共鸣，而叹服诗人所言之真切。从中也可感受到作者隐居生活的悠闲自在，如果仍在县衙忙碌，哪有这样的闲情逸致与细微体验？

归家即事

初四[1]出官署[2]，二十整行装，三十抵乌镇[3]，初一[4]入钱塘[5]。钱塘到家近，心急路转长。离乡忘乡音，入耳翻侜张[6]。阍者[7]问名姓，小犬吠篱旁。主人[8]不复顾[9]，直趋上中堂[10]。阿姊[11]扶阿父[12]，老妻[13]扶阿娘[14]。众面一齐向[15]，杂语声满房。阿母向我言，为儿[16]道家常：“我老多疾病，且喜无所妨[17]。不如汝之父，秩膳口颇强[18]。自汝出门后，诸亲如水凉[19]。三妹[20]抱瑶瑟[21]，悔嫁东家王[22]。四妹[23]婿远游，季兰[24]尸祭[25]忙。汝婶自粤归[26]，祀灶无黄羊[27]。舅家[28]风凄凄，满屋堆灵床[29]。告汝各甘苦，便汝相扶将[30]。”阿母言且行，手自罗酒浆[31]。阿父为我言：“望儿穿眼眶。昨得一口信，道汝颇周详：初四出官署，二十整行装，三十抵乌镇，初一入钱塘。新官初摄篆[32]，米谷犹在仓[33]：三釜[34]与四釜，廪人[35]未收量？汝今虽归家，何能长居乡？汝食大官俸[36]，我得屋东厢；汝仰视栌栱[37]，千金宁低昂[38]。荷花三十里，荫柏复沿塘。金丸小木奴[39]，冉冉自垂黄[40]。老人[41]手所植，待儿归来尝。”我将行赴园，有人牵衣裳。一妾[42]抱女至，牙牙[43]拜爷[44]旁。佯怒告诉爷：“索乳颇强梁[45]。”一妾[46]作低语：“外妇[47]宿庚桑[48]。君毋忘菅蒯[49]，专心恋姬姜[50]。”老妻笑哑哑，打开双青箱[51]：“谓当获金珠，而乃空文章[52]！”阿母欲我息，吹去蜡烛光。明日大母坟，长跪奠肴觞[53]：“孙儿十八岁，怀抱犹在床。今儿得官归，古墓生白杨。呜呼苍天恨，此恨何时忘？”后日走西湖，带雨观汤汤[54]。我行周四岳[55]，毕竟此无双。悠悠笑语过，忽忽灯节[56]忙。此身不自持，呼仆买舟[57]航。阿母留儿子，一日如千场。劝儿加餐饭[58]，为儿备糇粮[59]。家园笋似玉，手烘加饴糖[60]。春茶四十挺[61]，片片梅花香。阿父不受拜，但指鬓边霜。妻妾无所言，含泪不成妆[62]；惟问几时归，君归我可望。阿姊出帘拜，甥儿[63]要同行。叔母[64]亦唧唧[65]：阿品[66]交与兄。两郎俱年少，初生别离肠[67]。亲朋来一送，软语都未遑[68]。萧萧[69]北门关，行李[70]

摇夕阳。慈乌[71]哺[72]后去，脊令[73]聚复翔[74]。鸳鸯折荷叶，织女望河梁[75]。浮云为郁结[76]，骊驹为彷徨[77]。人生天地间，哀歌殊未央[78]！

题解

此诗作于乾隆十四年（一七四九）回家乡杭州后。即事，写眼前的事情，归家时所见的情景。本诗原见《小仓山房诗集》卷六。

注释

[1] 初四：指乾隆十三年（一七四八）腊月初四。 [2] 出官署：离开官署。实际指辞官。 [3] 乌镇：在吴兴（今浙江湖州）东南。 [4] 初一：指乾隆十四年（一七四九）正月初一。 [5] 钱塘：县名。今属浙江杭州。 [6] 翻侜张：意谓反而觉得乡音陌生，如同受到欺谩一样。翻，反而。侜张，欺诳，欺谩。[7] 阍者：守门人。 [8] 主人：作者自称。 [9] 顾：回头看。 [10] 直趋上中堂：意谓直接疾步进入厅堂之中。 [11] 阿姊：指二姐，名不详，嫁陆康仲，后言“甥儿”名陆湄君（豫庭），即其长子。 [12] 阿父：袁枚父名滨，曾以贫游幕四方。[13] 老妻：即王氏。 [14] 阿娘：据袁枚《先妣章太孺人行状》：母章氏，杭州耆士章师禄先生之次女。 [15] 众面一齐向：意谓大家的脸朝着一个方向迎候袁枚。 [16] 儿：袁枚自称。 [17] 无所妨：没有大妨碍。 [18] 秩膳口颇强：意谓平常吃饭胃口颇好。秩膳，常膳，平常的饭食。 [19] 诸亲如水凉：意谓诸亲友境遇悲凉。 [20] 三妹：名机，字素文。 [21] 抱瑶瑟：怀抱饰以美玉的瑟。此形容三妹富有才华、美质。 [22] 悔嫁东家王：反用《玉台新咏·歌辞二首》“恨不嫁与东家王”之意。王，王昌，为东平相。此谓后悔嫁给如皋高氏事，据袁枚《女弟素文传》，高氏有禽兽行，而素文闻如不闻，竟嫁给高氏，备受欺凌。[23] 四妹：名杼，字静宜。其夫婿为韩思永，已故。 [24] 季兰：此指四妹。[25] 尸祭：主持祭祀宗庙，求神保佑。此指四妹祭祷亡夫。 [26] 汝婶自粤归：指袁枚叔父袁鸿之妻缪氏从广西归来。袁鸿于乾隆五年(一七四〇)死于广西。

[27] 祀灶无黄羊：意谓贫穷无黄羊祭灶神。据《后汉书·阴识传》，宣帝时有个叫阴子方的人，腊日晨炊而灶神形见。子方用黄羊祭祀，自是以后暴至巨万。故后常以腊日祀灶而荐黄羊。 [28] 舅家：舅父名章升扶。 [29] 灵床：停放尸体的床。 [30] 便汝相扶将：意谓便于你今后给予照顾。相扶将，相扶持。 [31] 罗酒浆：摆酒。 [32] 摄篆：谓代掌印信，即代理某种官职。篆，印信的代称，因旧时印信都刻以篆文。 [33] 米谷犹在仓：此指惦念官府的米仓。袁枚父此时尚不知袁枚已辞官。 [34] 釜：古量器名。《考工记》："量之以为釜，深尺，内方尺而圜其外。其实一釜。"郑玄注："釜，六斗四升也。" [35] 廪人：古官名。掌管粮食出入。 [36] 俸：俸禄，旧时称官吏所得的薪水。 [37] 栌栱：斗栱，柱顶上承托栋梁的方木。此指代官府厅堂。 [38] 千金宁低昂：意谓千斤黄金亦看得很轻，心不为所动。宁，岂。低昂，起伏，升降。 [39] 金丸小木奴：长着金黄色柑橘的橘子树。 [40] 冉冉自垂黄：柔软的枝条垂下金黄的柑橘。 [41] 老人：袁枚父亲自称。 [42] 一妾：此当指乾隆八年（一七四三）所纳亳州（今安徽亳县）陶姬，生女名成儿。 [43] 牙牙：婴儿学语声。 [44] 爷：江南人称父亲。 [45] 强梁：强横。 [46] 一妾：此当指乾隆十三年（一七四八）所纳苏州女子方聪娘。 [47] 外妇：旧谓正妻以外未经结婚而同居的妇人。 [48] 庚桑：庚桑洞，相传为老子弟子庚桑子所居，此借指外妇所居处。 [49] 菅蒯：皆草类。菅可制帚，蒯可织席。此自喻为低贱之人。 [50] 姬姜：春秋时，姬同周姓，姜为齐国之姓，后以姬姜为大国之女的代称，也为妇女的美称。此指"外妇"。 [51] 双青箱：一对收藏书籍字画的箱子。 [52] 而乃空文章：意谓却是空洞无用的文章。而，表示转折，乃，是。 [53] 奠肴觞：供上酒菜，祭奠祖母亡灵。 [54] 汤汤：大水急流貌。 [55] 周四岳：遍及四岳。四岳，指东岳泰山，南岳衡山，西岳华山，北岳恒山。此指到过许多山川。 [56] 灯节：正月十五日元宵节，唐代以来有元宵观灯的风俗，所以又叫"灯节"。 [57] 买舟：实指雇船。 [58] 加餐饭：《古诗十九首》："弃捐勿复道，努力加餐饭。"多吃饭。 [59] 糇粮：干粮。 [60] 饴糖：用麦芽制成的糖浆。 [61] 挺：量词。 [62] 不成妆：无心妆饰、打扮。 [63] 甥儿：即陆建，字湄君，号豫庭。 [64] 叔母：即前面所说的"婶"。 [65] 唧唧：叹息声。 [66] 阿品：堂弟袁树小名，字香亭。

[67] 初生别离肠：意谓初次尝到别离的滋味。 [68] 软语都未遑：委婉的话语都未来得及说。遑，闲暇。 [69] 萧萧：形容凄清寒冷。 [70] 行李：行旅的人，亦指行程。 [71] 慈乌：乌鸦的一种。相传乌能反哺其母，故曰慈乌。此作者自喻。[72] 哺：即反哺。雏鸟长大，衔食哺其母。此喻作者孝敬父母。 [73] 脊令：鸟名。《诗·小雅·棠棣》："脊令在原，兄弟急难。"后因以脊令比喻兄弟，此包括兄弟姊妹。 [74] 聚复翔：团聚又飞开。 [75] 织女望河梁：比喻妻妾与自己惜别。织女，神话传说中的天帝孙女，与牛郎结婚，后被王母娘娘分隔于天河两侧，天帝许其一年一度于七月七日鹊桥相会。河梁，桥。《吴越春秋》："渡河梁兮渡河梁"，后用为送别之词。 [76] 浮云为郁结：意谓飘浮的云为此而聚结在一起，使作者迷路而驻足。 [77] 骊驹为彷徨：意谓纯黑色的马为此而徘徊不前。[78] 哀歌殊未央：悲伤的歌一直未停止。

语译

腊月初四我出了官署，二十我整理好行装出发了，年三十抵达乌镇，大年初一到了钱塘县。钱塘离家很近了，但归心似箭路程反而显得很长。离乡已久几乎忘了乡音，听到乡音反而很陌生好像受到欺谩。到了家看门的仆人竟然问我是谁，连小狗也在篱笆边上朝我狂吠。我不管这些头也不回地直奔向厅堂。只见二姐搀扶着老父，我的妻子搀扶着老母。众亲人都来迎接我，满屋子都是问候声。老母向我说起家里的事："我年老又多病，幸亏无大碍；但不如你父亲，胃口还那么好。自从你出门后，诸亲友的境遇都很悲凉。你三妹虽然富有才情，却后悔嫁给了禽兽般的高氏。你四妹婿亡故如同远游不归，害得你四妹忙于祭祷。你婶子从广西回来，穷得揭不开锅。你舅舅家更是阴风凄惨，连遭丧事。告诉你各家的甘苦，是让你以后多多帮忙。"老母一边说一边忙着操办酒菜。老父又对我说道："我盼你回来眼睛都望穿了。昨天得到口信，说起你的情况挺周详：腊月初四离开官署，二十整理好行装出发，年三十抵达乌镇，大年初一到了钱塘县。你为官掌管着印信，还惦念官府的米仓：那一釜一釜的粮食，廪人是否收管好。你今天虽然回家了，但怎能长期居住？你吃国家的俸禄。我造好了东厢房。你现身居官府的厅堂，我也不贪图你的金银。我只有三十里荷花，沿塘还有松柏。更有橘树的柑橘，柔软的枝条垂下一片金黄。这些都是我亲手所栽，等待你回来品尝。”我听后正想去园子里看看，却有人来拉我衣裳。原来是陶姬抱着女儿成儿走过来了，成儿牙牙学语地拜在我身旁，陶姬则佯怒地向我告状：“这孩子吃起奶来很是霸道！”然后方聪娘又过来悄悄地说：“你有外遇金屋藏娇吧？但不要忘了家里低贱的妻妾，只是一心迷恋外面的相好。”我的妻子只是笑呵呵地打开我的一对箱笼，说：“原以为装的是金银珠宝，谁知是没用的书籍文章！”老母见时间已晚就要我早点去歇息，并吹灭了蜡烛。翌日我来到祖母的坟墓，长跪不起祭奠酒菜，并祭拜道：“孙儿十八岁时，还和您同床睡觉。今日孙儿做了官回来，您墓旁的白杨已经长得很高了。苍天呵，这是多么大的遗憾，这遗憾什么时候能忘掉呢？”第三天我去游西湖，冒雨观看了西湖的水波荡漾。我走遍了不少山川，毕竟还是西湖山水天下无双。日子在笑语声中悠闲地度过，元宵节匆匆地忙完了。我身不由己不可多留，就叫仆人去雇船准备返回南京了。老母闻知就挽留儿子，一天说了无数遍。饭桌上一再劝说儿子多吃点，饭后又忙着准备路上的干粮。有自家园子里的春笋，亲自烘烤再加上饴糖；还有春茶四十挺，片片都有梅花的幽香。老父则不受我辞拜，只是指着鬓角的如霜白发。妻妾们都默默无语，泪水毁了脸上的粉妆；只是问我几时能再回来，我回来才有指望。二姐出了帘子拜别，让我带走外甥。叔母也叹息着说：“我把阿品托付给你。”两郎都年少，初次尝到离别的痛苦滋味。亲朋好友来送别，但委婉的话语都来不及说。途径凄冷的北关，行船一路在夕阳下摇晃。回家孝敬了双亲又离去，与兄弟姐妹团聚后又分开。夫妻如鸳鸯曾在荷塘嬉戏，如今织女又望断了银河。浮云都为此聚结要行者驻足，马驹也为此徘徊不前。人生于天地之间，悲哀的歌声一直未停止过。

品评

这是一首典型的性灵诗。诗人即事写景抒情，真切自然，生动风趣，文字浅显，有“妙手白描，隐隐呼之欲活”（袁枚《宫闺杂咏序》）之功。诗写归家途中的急切之情，临近家乡时的陌生之感，都真挚细致。诗写到家时合家团聚、悲喜交集的情景尤见功力。诗描写不同身份的亲人的举止言语，老母的慈爱，老父的矜持，妻子的喜悦，小妾的亲密，皆神情毕肖，个性鲜明，栩栩如生，使读者如见其人，如闻其声。其中又都灌注着一种亲人相逢的真实的感情，令人为之动容。诗写离家时的情景，注重细节描写，结尾则采用比兴手法，以活脱脱的形象别致地寄寓了父子、夫妻之间生离如同死别的难舍难离的情意。诗人集中笔墨写亲人对自己的感情，实际上也表白了自己对亲人的感情。诗人本是有情人，有情人写有情人则益加感人肺腑。

七月二十日夜

寒风萧萧[1]打窗急，半夜书翻床脚湿。直疑天压银河奔[2]，又恐地动海潮入。披衫开门欲唤人，一峰瘦影灯前立！

题解

此诗作于乾隆十五年（一七五〇）。本诗原见《小仓山房诗集》卷六。

注释

[1] 萧萧：风声。 [2] 直疑天压银河奔：极言雨大。此句化用李白《望庐山瀑布》“飞流直下三千尺，疑是银河落九天”意。

语译

萧萧的寒风急打着窗户，半夜里书籍被吹得四处翻飞，床脚也被雨水打湿。简直怀疑老天压迫着银河奔来，又恐怕是地动激得海潮进入。我赶忙披上衣衫开门要喊人来，却只见灯前是一峰清瘦的影子矗立着。

品评

此诗描写半夜“突发事件”，写出隐居后闲适生活的小波澜，富有情趣。

诗开篇写半夜风雨袭击，来势汹汹，以高度夸饰的神思之笔，给予了富有立体感的描写：天压银河奔，地动海潮入，构成了气势恢宏的阔大意境，也真实地反映了诗人面临风雨淫威时的内心惊恐。而当诗人急匆匆“披衫开门欲唤人”以求援的一刹那，蓦然却见“一峰瘦影灯前立”，堪称警策之笔，意象极其突兀有力，意谓此山仿佛不招而至，欲为诗人排难解忧。如此具有灵性的自然之物，乃是袁枚笔下的“常客”，显示出性灵诗的神韵。

杂诗八首（选一）

入山[1]愁我贫，出山[2]愁我身[3]。我贫犹自可[4]，所愁戚[5]与亲[6]；我身犹自可，所愁吏与民。出处[7]难自择，请以询家人。父母闻作官，劝行语谆谆[8]；妻妾闻作官，膏[9]我新车轮；僮仆闻作官，执鞭追后尘[10]。我意独不然，亦非慕隐沦[11]。朝来见县令，三十须如银。劳苦未得息，大吏[12]犹怒嗔[13]。况我挂其冠[14]，此骨已嶙峋[15]。从前后行船[16]，已据要路津[17]。而我复重来，相见殊逡巡[18]。所恨年齿[19]少，众论犹纷纷：“妇少难守节，日长难关门。”掩耳[20]且捉鼻[21]，痛饮求昏昏[22]。

题解

组诗作于乾隆十七年（一七五二）。本诗原见《小仓山房诗集》卷七。

注释

[1] 入山：辞官隐居。 [2] 出山：出仕。据《晋书·谢安传》：“卿累违朝旨，高卧东山，诸人每相与言：‘安石不肯出，将如苍生何？’今亦苍生将如卿何？”

[3] 身：指失去身份、品格。 [4] 犹自可：自己还没什么。 [5] 戚：亲属。 [6] 亲：谓父母。 [7] 出处：出仕与隐退。《易·系辞上》："君子之道，或出或处。" [8] 谆谆：教诲不倦貌。 [9] 膏：在车轴上涂油膏。 [10] 追后尘：跟在车马行进时扬起的尘土后面。此谓追随。 [11] 隐沦：隐居。 [12] 大吏：大官。 [13] 怒嗔：发怒。 [14] 挂其冠：详参《挂冠》题解。 [15] 嶙峋：瘦削貌。 [16] 后行船：喻仕途上不及作者的人。 [17] 要路津：喻显要的地位。 [18] 逡巡：欲进不进，迟疑不决的样子。 [19] 年齿：年龄。 [20] 掩耳：遮盖住耳朵不听众论。 [21] 捉鼻：抓摸鼻子，鄙夷不屑貌。《世说新语·排调》："初，谢安在东山居，布衣，时兄弟已有富贵者，翕集家门，倾动人物。刘夫人戏谓安曰：'大丈夫不当如此乎？'谢乃捉鼻曰：'但恐不免耳。'"据说谢安少有鼻疾，语音重浊，所以捉鼻者，欲使其声轻细，以示鄙夷不屑之意。 [22] 昏昏：昏昏沉沉，此形容醉酒貌。

语译

隐居忧愁我贫困，出仕又担心失去身份。我自己贫困没什么，我担心的是亲戚与父母。我自己的身份倒也没什么，我担心的是小吏与百姓。出仕与隐居实在难以选择，只好请教家人。父母听说我又要做官，都谆谆地教导我还是出山；妻妾听说我又要做官，忙着为我的车轮加油；僮仆听说我要做官，就要拿着马鞭追随我。我的看法却不一样，也不仅是羡慕隐居。想当年早晨人家来见我这个县令，三十多岁就须白如银了。整天劳苦不能休息，还要被大官怒斥。况且我辞官后，身子骨已经消瘦衰弱。而从前仕途上比我后进的人，如今都占据了高位。我要是再出山，见了他们难免尴尬进退两难。我所恨的是年寿还不算太高，而要被人议论纷纷："女人年轻很难守节，时间长了不会老是关门不出。"我只能掩耳不听，而且作出不屑的样子，整天痛饮以求昏昏沉沉。

品评

乾隆十七年（一七五二）初，袁枚于挂冠近三年后又再度出仕。此诗写作者面临出山之际的犹豫，揭示内心矛盾之状态。一方面是亲友的期望与社会的舆论，对自己施加精神压力——“做官”；一方面是自己已视做官为畏途，既“劳苦”，且遇“大吏”“怒嗔”，而不愿“出山”。诗人进退维谷，难以定夺，只好“掩耳且捉鼻”，在醉乡中“昏昏”以求得一时的解脱。最后诗人虽然还是暂时出山了，但不久就又回归入山，可见隐居才是诗人的真正心愿。此诗描写自己面临出山的两难处境，忽而站在自己的方面考虑，忽而站在他人的方面考虑，左右为难，进退维谷，写出价值观与现实处境的决战状态，非常真实细腻。

水西亭夜坐

明月爱流水，一轮池上明。水亦爱明月，金波[1]彻底[2]清。爱水兼爱月，有客[3]坐于亭。其时万籁[4]静，秋花呈微馨[5]。荷珠不甚惜，风来一齐倾。露零[6]萤光[7]湿，屧[8]响蛩语[9]停。感此玄化[10]理，形骸[11]付空冥[12]。坐久并忘我[13]，何处尘虑[14]撄[15]？钟声偶然来，起念[16]知三更。当我起念时，天亦微云生[17]。

题解

此诗作于乾隆十六年（一七五一）。水西亭，在南京小仓山随园内西端。本诗原见《小仓山房诗集》卷七。

注释

[1] 金波：月光。《汉书·礼乐志》：“月穆穆以金波。”此谓月光下之池水。
[2] 彻底：透底。 [3] 客：作者自称，时作者客居南京。 [4] 万籁：各种声响。
[5] 微馨：淡微的芳香。 [6] 零：原指下雨。《诗·墉风·定之方中》：“灵雨既零。”此喻露水降落。 [7] 萤光：萤火虫的光亮。 [8] 屧：古代鞋子的木底。亦泛指鞋。

[9] 蛩语：蟋蟀叫声。 [10] 玄化：此指玄妙的自然。 [11] 形骸：人的形体。 [12] 空冥：指空远的夜色。 [13] 忘我：谓处于一种淡泊宁静的心境中。 [14] 尘虑：俗念。 [15] 撄：扰乱。 [16] 起念：谓生俗念。 [17] 天亦微云生：意谓天亦生微云而滓秽太空。《世说新语》："司马太傅斋中夜坐，于时天明净，都无纤翳，太傅叹以为佳，谢景重在座答曰：'意谓乃不如微云点缀。'太傅戏曰：'卿居心不净，乃复强欲滓秽太清耶？'"微云，淡云。

语译

明月喜爱流水，一轮明月在池塘上空映照着。流水也喜爱明月，月下的池水被照得透明。有个杭州客既爱水又爱月，所以坐在水西亭里观赏。此时万物都无声响，只有秋花散发出淡淡的芳香。荷叶上的水珠不自珍惜，风一吹来都倾倒在水中。露水降落打湿了萤火虫的光亮，木底鞋走过蟋蟀立即停止了鸣叫。我感悟到大自然玄妙的道理，人的身体似乎化入空远的夜色里。坐久了就会处于淡泊宁静的心境中，不会受到尘事俗念的打扰。忽然听到钟声传来，俗念又起知道时已三更。当我又生出俗念时，明净的天空也出现了淡淡的云彩。

品评

此诗通过写明月、流水、秋花、荷珠、萤光、蛩语等意象，构成一个空远深幽的意境，表现隐居后欲与大自然同化的情思。身处此境中，诗人"坐久并忘我"，摆脱了俗念的纠缠而赏心悦目，并对水西亭月夜之美有其独特的审美感受："明月爱流水"，"水亦爱明月"，水与月皆被赋予了性灵，更衬托出诗人"爱水兼爱月"之性灵。"秋花呈微馨"被置于"其时万籁静"的环境中，就有了音乐的感受。荷珠因"风来一齐倾"，固然使诗人惋惜，但珠倾之刹那又形象活脱，有动态美。"露零萤光湿"的通感描写也极别致，显示出诗人独特的诗心。这一切使诗人产生"形骸付空冥"的奇想是十分自然的。但末尾写自己俗念未净，"天亦微云生"，又有遗憾之意。

茅 店

薄暮[1]投茅店。昏昏倦似泥。草声驴口健,帘影客[2]头低。几仄[3]灯依壁，风停柳卧堤。故乡[4]何处望？斜月乱山西。

题解

这首五律作于乾隆十七年（一七五二）赴陕西途中。茅店，茅草房客店。本诗原见《小仓山房诗集》卷八。

注释

[1] 薄暮：傍晚。《楚辞·天问》："薄暮雷电归何忧？" [2] 客：作者自称。
[3] 几仄：狭小的桌子。仄，狭窄。 [4] 故乡：此处实指定居处南京随园。

语译

傍晚时分投宿一家茅草客店，头脑昏沉浑身累得似一堆烂泥。毛驴牙口好传出吃草的声响,我这旅客在帘影里低着头歇息。店内桌几狭小油灯靠着墙壁，店外狂风停息了，柳树被吹倒在河堤上。故乡迢迢何处能望见呢？只见一勾残月斜挂在乱山的西面。

品评

此诗首联点题，写薄暮投宿茅店疲惫不堪的情态，体力不支，瘫软似泥，后句的比喻极写疲乏之状，甚为传神。颔联以"驴"与"客"相对，驴一天路程尽管肚饥，但牙口很好，吃了草也就满足了;而人则不然，人有思想有感情，"帘影客头低"，描绘出作者郁闷冥想之状。颈联转写茅店内外的荒凉冷寂：室内桌几破旧狭窄，油灯靠着墙壁发出惨淡的光；室外大风过后，柳树倒卧在河堤上。如此残败之景，自然又激发诗人对山清水秀、竹树丛生之随园的怀念，但是远离家乡，望亦不见，只看见斜月挂在乱山之西而已。尾联之景又预示着天快亮了，新的征途又在前头，一种无可奈何的愁绪溢于墨楮之间。作者本来对此次复出就不是心甘情愿，行旅又如此辛苦乏味，已生懊悔之意。诗用白描手法叙事写景，不着议论，也未直接抒怀，纯以朴素的文字与鲜活的形象，传达其羁旅的愁怀。

寄聪娘（六首选一）

一枝花[1]对足风流[2]，何事人间万户侯[3]？生[4]把黄金买离别，是侬薄幸[5]是侬愁。

题解

此诗作于乾隆十七年（一七五二）作者赴陕西任职途中。诗人迫于生计在隐居之后又“东山再起”，并不情愿，一旦登上旅途又儿女情长起来，怀念其于乾隆十三年（一七四八）所纳的宠妾苏州人聪娘，乃写下此诗。本诗原见《小仓山房诗集》卷八。

注释

[1] 一枝花：形容聪娘美貌如花。又，据罗烨《醉翁谈录》，“一枝花”为李娃旧名。[2] 风流：风光，荣耀。 [3] 何事：何物。有贬斥意。万户侯：食邑万户的侯，此指朝廷权贵。此句暗用王昌龄《闺怨》“悔教夫婿觅封侯”之意。 [4] 生：硬，副词。 [5] 薄幸：薄情，负心。

语译

面对着花容月貌已足够荣耀，人间万户侯算什么呢？硬是花费黄金买离别，是我薄情自己找怨愁。

品评

此诗抒写对姬妾聪娘的思念。上联是强烈的对比：即使做了“人间万户侯”（高官），也远不如面对“一枝花”（聪娘）风流，可见聪娘在作者心目中的地位之高。下联则自责，既然如此，自己却因一念之差，为了俸禄而远离聪娘，“生把黄金买离别”，充满深深的懊悔；进而又有真诚地自责：“是侬薄幸是侬愁”，是自己对不起聪娘。这是一首比较大胆、直率地表达情爱的作品，是作者“情所最先，莫如男女”（《答蕺园论诗书》）的主情观的体现。其无所顾忌的个性足以令道学家扼腕切齿，在当时无疑比较大胆。至于纳妾本身自不足为训，乃时代所限，不必苛求作者。

马　嵬（四首选一）

莫唱当年《长恨歌》[1]，人间[2]亦自有银河[3]。石壕村[4]里夫妻别，泪比长生殿[5]上多。

题解

作者于乾隆十七年（一七五四）赴陕西任职，途经马嵬坡。马嵬坡在陕西兴平西，相传晋人马嵬在此筑城，故名。唐安史之乱，唐玄宗自长安逃往四川，经马嵬坡村，禁军哗变，要求杀死权奸杨国忠，又迫使玄宗命杨贵妃自缢，玄宗为保全自己，只能照办。作者缅怀历史，写下四首七绝，此为其一。本诗原见《小仓山房诗集》卷八。

注释

[1]《长恨歌》：唐代诗人白居易所作长篇叙事诗，描写唐玄宗与杨贵妃的爱情故事。　[2] 人间：指平民社会。　[3] 银河：据传说，牛郎与织女相爱，为王母娘娘折散，以银河分隔之。此喻使夫妻分离的力量。　[4] 石壕村：在河南

陕县西南。唐代大诗人杜甫曾写《石壕吏》诗，描写安史之乱时唐军征兵服役，逼迫一对老年夫妻悲惨离别的故事。 [5] 长生殿：在陕西骊山华清宫内，为唐玄宗与杨贵妃居处。

语译

不要吟唱当年的《长恨歌》了，人间也有银河划出阻隔。不见石壕村里夫妻分别时，眼泪比玄宗、贵妃流得还要多！

品评

袁枚认为咏史诗应“借古人往事，抒自己之怀抱”（《随园诗话》卷十四），亦即独抒性灵。此诗即是以历史上的唐玄宗与杨贵妃马嵬坡之死别与杜甫《石壕吏》所描写的平民百姓之生离相对照，而把同情之泪洒向后者，认为“石壕村里夫妻别，泪比长生殿上多”，百姓之痛苦远甚于帝王之不幸，从而表现了“君为轻，民为贵”的民本思想。首句写白居易《长恨歌》，是暗写马嵬的主角唐玄宗与杨贵妃的死别，第三句写石壕村夫妻别，是暗用杜甫《石壕吏》的故事，二事皆发生在安史之乱时，故事的主角又同为夫妻，这是二者可以比较的条件，所以读来并不突兀。但此诗题为“马嵬”，实际并未直接写马嵬之事，只是抒写经过马嵬坡引起的感慨而已，属于借题发挥。此诗与袁枚另一首七绝《灵武》曾被吴应和评为“一沉痛，一凄婉，皆足以动人，与樊川（按：指杜牧）、义山（按：指李商隐）咏古诸作并传无疑”（《浙西六家诗钞》评语），评价不可谓不高。

登华山

太华峙西方[1]，倚天[2]如插刀。闪烁铁花[3]冷，惨淡[4]阴风号。云雷莽回护[5]，仙掌[6]时动摇。流泉鸣青天，乱走三千条。我来蹑[7]芒屩[8]，逸气不敢骄[9]。绝壁纳双踵[10]，白云埋半腰。忽然身入井，忽然影坠巢。天路[11]望已绝[12]，云栈[13]断复交[14]。惊魂飘落叶[15]，定志委铁镣[16]。闭目谢人世[17]，伸手探斗杓[18]。屡见前峰俯[19]，愈知后历高[20]。白日死崖上[21]，黄河生树梢。自笑亡命贼[22]，不如升木猱[23]。仍复自崖还，不敢向顶招。归来如再生，两眼青寥寥[24]。

题解

此诗作于乾隆十七年（一七五二）赴陕西途中。华山，在陕西东部，属秦岭东段。其主峰亦称华山，一名太华山，古称“西岳”，在陕西华阴县南。本诗原见《小仓山房诗集》卷八。

注释

[1] 峙：耸立。 [2] 倚天：靠着天。 [3] 铁花：《本草纲目》：“以铁拍作片段，置醋糟中，积久衣生，刮取者为铁华（花）。”此谓山石岩壁上的表层物。 [4] 惨淡：凄惨。 [5] 云雷莽回护：此句婉言云雷撞击山峰。莽，鲁莽。回护，委曲袒护。 [6] 仙掌：即“仙人掌”，华山峰名，峰侧石上有痕，自下望之，很像手掌，五指俱全。 [7] 蹑：踏。 [8] 芒屩：草鞋。 [9] 逸气不敢骄：意谓不敢掉以轻心。逸气，超脱世俗的气概。骄，放纵。 [10] 踵：脚后跟。 [11] 天路：天上之路。 [12] 绝：断绝。 [13] 云栈：高入云霄的栈道。栈道为峭岩陡壁上凿孔架桥连阁而成的一种道路。 [14] 断复交：断又连。 [15] 惊魂飘落叶：意谓魂受惊如树叶飘落。 [16] 定志委铁镣：意谓安定心志全托铁镣帮忙。铁镣，指山路边上供人攀援的铁索。 [17] 谢人世：辞别人世。 [18] 探斗杓：摸北斗星中的斗杓三星（玉衡、开阳、摇光）。此句化用李白《蜀道难》“扪参历井仰胁息”意。 [19] 前峰俯：谓已经越过的山峰低头。 [20] 后历高：谓将要登的山峰更高。 [21] 白日死崖上：即王之涣《登鹳鹊楼》“白日依山尽”之意。死，指日沉。 [22] 亡命贼：此自嘲语。 [23] 升木猱：善于上树的猿猴。 [24] 青寥寥：即韩愈《感春》“青天高寥寥”之意，谓青天一片空洞。

语译

太华山耸立在西方，靠着青天像倒插的一把钢刀。岩壁铁花闪烁寒气逼人，阴风凄惨地呼号。云雷撞击着山峰，仙掌峰不时地摇晃。青天上流泉轰鸣，似有三千条纷乱地飞泻而下。我来登山穿着草鞋，不敢放纵小心翼翼。双脚踏着绝壁，白云埋住半腰。只觉身子忽然跌进深井，身影忽然坠落鸟巢。上升的路看去已经断绝，云霄的栈道断了又连接。惊悸的魂魄像树叶飘落，安定心志全托山路的铁索帮忙。我闭上眼睛担心要辞别人世了，伸手好像能摸到北斗星。一次一次看到翻越的山低下头，更知后面的山峰还要高。此时夕阳已落入山崖，黄河出现在树梢。自笑就像个亡命贼，还不如善于爬树的猿猴。时间晚了仍从山崖的路返回，不敢再朝山上看。回来后如同再生一次，只觉两眼一片空洞洞。

品评

华山之险，天下闻名，当诗人亲涉其险之后，又有真切独特的体验。诗开篇先勾勒太华山“倚天如插刀”之险峻的整体形象；次写铁花冷、阴风号、云雷响、仙掌摇的阴冷危险的环境；然后着重写登山时的惊险体验。“华山自古一条路”，其险峻可谓无以复加。诗人以细致的心理感受与景物描写突出了绝壁、云栈之艰难险阻，使人为之捏一把汗。当诗人历尽险境，“仍复自崖还”，而产生“归来如再生”之感亦即自然而然，并令读者为之松了一口气。诗人笔触既描绘了华山自然之险境，又揭示了心理体验，二者相得益彰，从而把登华山之艰巨历程叙写得使人如临其境，如见其人，得到一种奇特的审美享受。徐世昌赞袁枚诗“能状难显之境，写难喻之情”（《晚晴簃诗汇》），由此可见一斑。

雨

当窗三日雨，对面一峰沉[1]。花有消魂色[2]，莺无出树心。怒蛙[3]争客语[4]，新水[5]学琴音。折竹教僮试，前溪几尺深？

题解

此诗作于乾隆十八年（一七五三）。本诗原见《小仓山房诗集》卷九。

注释

[1] 沉：隐伏。 [2] 消魂色：谓使人迷醉的颜色。 [3] 怒蛙：鼓足气的蛙。《韩非子·内储说上》：“越王勾践见怒蛙而式（轼）之，御者曰：‘何为式？’王曰：‘蛙有气如此，可无为式乎？’” [4] 争客语：与来客争语，形容蛙鸣。 [5] 新水：下雨刚积成的溪水。

语译

看着窗外连下三天的春雨，对面的山峰已经不见了。但花朵却显出令人迷醉的色彩，黄莺也无意离开树枝。鸣叫的青蛙争着与来客说话，新积的溪水发出叮咚的琴声。折根竹枝叫僮仆测试一下，前溪的水流有几尺深？

品评

此诗写雨，妙在除第一句点题外，其馀几句几乎句句写雨而不明说：“对面一峰”因雨雾而“沉”，“花”因雨水滋润而显出“消魂色”，“莺”因下雨而不愿飞“出树”，“怒蛙”因沐雨而鸣叫，“新水”因雨才发出“琴音”，诗人则因雨才“折竹教僮试”溪水有“几尺深”。如此写“雨”，则“雨”更具情趣，意蕴更为丰富，此王应奎所谓“诗意大抵出侧面”（《柳南随笔》卷六）也。

瘗梓人诗并序

梓人武龙台长瘦多力，随园亭榭，率成其手。癸酉七月十一日病卒，素无家也，收者寂然。余为棺殓瘗随园之西偏，为诗告之。

生理[1]各有报，谁谓事偶然？汝为余作室[2]，余为汝作棺。

瘗汝于园侧，始觉于我安。本汝所营造，使汝仍往还[3]。清风飘汝魄[4]，野麦供汝餐。胜汝有孙子，远送郊外寒。永永作神卫[5]，阴风[6]勿愁叹！

题解

此诗作于乾隆十八年（一七五三）。瘗，埋葬。梓人，此谓建筑工人。癸酉，即乾隆十八年。棺殓，制作棺材入殓，给尸体穿衣下棺。本诗原见《小仓山房诗集》卷九。

注释

[1] 生理：人生之理。 [2] 作室：建造房屋。 [3] 使汝仍往还：谓使你灵魂仍在园内来去。 [4] 魄：原谓人身中依附形体而显现的精神，此处实代指能离开人身体的“魂”。 [5] 神卫：谓随园的卫护神。 [6] 阴风：阴间的风。

语译

人生之理凡事都有报应，谁说凡事都是偶然？你为我造房子，我为你造棺材。把你葬在随园西侧，我才觉得心安。墓地本来是你所营造，让你仍回到那里。你的魂魄驾着清风飘飞，野麦可供你食用。胜过你有儿孙，把你远送到郊外清冷之处。你永做随园的守护神，在阴间也不会哀叹。

品评

诗人以向梓人直白的口吻抒发感情，令人觉得分外真切，表现了诗人对梓人深厚的情谊。诗中虽未用感情色彩强烈的字眼，但娓娓道来，却分明站立着一个热泪盈眶的抒情主人公。“汝为余作室，余为汝作棺”，其中饱含多么深沉的悲慨！“本汝所营造，使汝仍往还”，又流露出多少怀念的真情！作者尝云：“文以情生，未有无情而有文者。”（《随园诗话补遗》卷七）此诗正是有“情”才“有文者”。

登最高峰

群峰齐俯首[1]，争把一峰[2]让。一峰果昂然[3]，独立青天上！我来登此如登天，无物与我堪齐肩：白云蓬蓬[4]生足下，红日皎皎[5]当胸前。手敲山门[6]锁，声落山下风。老僧迎我便扶我，怕我吹堕烟霄[7]中。开窗指示扬州塔[8]，入耳颇闻瓜步[9]钟。摄山[10]到此局[11]一变，怪石奇松都不见。不知人世藏何所，但觉江光[12]摇匹练[13]。仰首频愁真宰侵[14]，长空断绝飞鸟音。游山莫到山绝顶[15]，再上无路生归心。背山摇鞭风洒洒[16]，手掷金轮[17]放[18]西海[19]！

题解

此诗作于乾隆十九年（一七五四）。最高峰，南京东北约二十公里之栖霞山有三峰，中峰凤翔峰最高，故曰最高峰。本诗原见《小仓山房诗集》卷十。

注释

[1] 俯首：低头。 [2] 一峰：即最高峰。 [3] 昂然：高耸貌。 [4] 蓬蓬：茂盛貌，此形容云朵密结。 [5] 皎皎：明亮貌。 [6] 山门：寺院。 [7] 烟霄：云霄。 [8] 扬州塔：当指扬州莲性寺塔。 [9] 瓜步：山名，在江苏六合东南，南临长江。 [10] 摄山：栖霞山别名。 [11] 局：格局，形势。 [12] 江光：长江波光。 [13] 匹练：一匹白练。练，洁白的熟绢。 [14] 真宰侵：犹言侵真宰，此极言山高。真宰，假想中的宇宙主宰者。 [15] 绝顶：最高处。杜甫《望岳》："何当凌绝顶，一览众山小。" [16] 洒洒：象声词。此形容风声。 [17] 金轮：喻太阳。苏轼《韩太祝送游泰山》："恨君不上东峰顶，夜看金轮出九幽。" [18] 放：至。《礼·祭义》："推而放诸东海而准。" [19] 西海：：西方落日处。

语译

群峰都低下头，争着谦让一座山峰。这座山峰确实高耸入云，独立于青天之上。我来登最高峰好比登天，无物可以与我齐肩：密结的白云在我足下飘浮，明亮的太阳靠在我的胸前。我敲响寺院的门锁，响声随着山风飘落山崖。一名老僧迎接我，并搀扶着我，生怕我被山风吹落到云霄中。在楼阁里开窗可指点扬州的寺塔，耳边听得到瓜步的钟声。摄山到此格局一变，怪石奇松都看不见了。不知它们藏到人世哪里去了，只觉得长江的波光像一匹白练在摇动。抬头一直担心冒犯宇宙的主宰者，天空连飞鸟的声音都没有。登山不要登到最高处，再上去就没有路了，只能返回。下山一路风声呼呼，如同有千万条鞭子在挥动，日落西山好像是我投掷出去的一样。

品评

《登华山》极言山之险，此诗则极言峰之高，各有其妙。袁枚笔下的山皆能抓住其主要特征描绘之，而互不雷同。诗首先以“群峰齐俯首”衬托最高峰“独立青天上”的昂然风姿；其次，以“我”之白云生足下、红日当胸前衬托峰之高耸云天；再次，以山上风之猛暗示山之高；第四，则以视野之开阔反衬山之高；第五，以“手掷金轮放西海”的浪漫奇想显示自己所立处之高，并抒发豪放的胸襟。中间安排“老僧迎我便扶我”一段插曲，使诗跌宕有致，也意在表现山之高。全诗处处写山高，层层递进，最后达到高潮便戛然而止，留给人以馀味。此诗笔力遒劲，气势豪放，极尽七古歌行体之致，与最高峰的意象、诗人的情怀皆甚吻合。

夜过借园见主人坐月下吹笛（二首选一）

秋夜访秋士[1]，先闻水上音。半天凉月色，一笛洒人心[2]。响遏碧云近[3]，香传红藕深[4]。相逢清露下，流影[5]湿衣襟。

题解

组诗作于乾隆二十年（一七五五）。借园，南京项某的私家花园，李方膺辞官后借居，起名“借园”，自称“借园主人”。本诗原见《小仓山房诗集》卷十一。

注释

[1] 秋士：谓士之暮年不遇者。《淮南子·缪称训》：“春女怨，秋士悲。”此指借园主人李方膺。李方膺，字虬仲，号晴江，南通人，工画，扬州八怪之一。
[2] 一笛酒人心：谓一曲笛音抒发了酒人之心情。酒人，好酒之人。此指李方膺。
[3] 响遏碧云近：意谓笛音阻止了近处碧云的游动。响遏，响声阻止。《列子·汤问》：“抚节悲歌，声震林木，响遏行云。” [4] 香传红藕深：意谓池水深处的红藕传来芳香。 [5] 流影：月光。

语译

秋夜我去走访暮年不遇的李方膺，未至先听到池塘旁的笛声。半空中都是凉凉的月色，笛声传出酒后主人的心曲。笛声阻止了近处碧云的游动，池水深处的红藕传来芳香。我与好友相逢在清冷的露水下，月光湿润了我们的衣襟。

品评

诗写夜访好友，紧扣“月下吹笛”做文章，凸显“月”与“笛”的意象，并以笛声始，以月色终。诗营构的半天凉月如水、一曲笛音悠扬的意境，幽深含蓄。身处此意境中的借园主人“秋士”何以“坐月下吹笛”，“水上音”抒发的是什么心曲？诗并未明言，但一股悲凉幽怨之意弥漫整个诗境。袁枚论诗重雅，所谓“虽真不雅，庸奴叱咤”（《续诗品·安雅》），此诗遣词造句注重用典与锤炼，具有雅洁精练之美，颔联与颈联，对仗工整，言简意深，尾联也甚优雅。此诗恰似一杯醇酒，诗味浓厚，耐人品尝。

题柳如是画像

生绡[1]一幅红妆影[2]，玉貌[3]珠冠[4]方绣领。眼波如月照人间，欲夺鸾篦[5]须绝顶[6]。怀刺[7]黄门[8]悔误投[9]，遗珠草草尚书收[10]。党人碑上无双士[11]，夫婿[12]班中第二流[13]。绛云楼[14]阁起三层，红豆[15]花枝枯复生。斑管自称诗弟子[16]，佛香同事古先生[17]。勾栏[18]院大[19]朝廷小[20]，红粉[21]情多青史[22]轻。扁舟[23]同过黄天荡[24]，梁家有个青楼样[25]。金鼓亲提妾亦能[26]，争奈江南不出将[27]！一朝九庙[28]烟尘起[29]，手把刀绳劝公死[30]："百年[31]此际盍[32]归[33]乎？万论[34]从今都定矣！"可惜尚书寿正长[35]，丹青[36]让与柳枝娘[37]。

题解

此诗作于乾隆二十二年（一七五七）。柳如是（一六一八—一六六四），本姓杨，名爱，后改姓柳，名隐，又名是，字如是，号河东君，又号蘼芜君。吴江（今属江苏）人，一说嘉兴（今属浙江）人。明末名妓。色艺冠一时，能诗画。后为钱谦益妾，同居绛云楼。明亡，柳如是曾劝钱谦益殉国，钱氏未从。本诗原见《小仓山房诗集》卷十三。

注释

[1] 生绡：生丝织成的薄绸。 [2] 红妆影：谓柳如是画像。红妆，原指女子盛妆，后亦指美女。此指柳如是。 [3] 玉貌：形容女子貌美。 [4] 珠冠：珍珠装饰的凤冠。 [5] 欲夺鸾篦：用李贺《秦宫诗》"鸾篦夺得不还人"意。原指东汉梁冀妻孙寿的奴婢秦宫独得孙寿的宠幸，此指代柳如是受人宠爱。鸾篦，鸾形的篦梳，女子用品。 [6] 绝顶：指杰出的才貌。 [7] 怀刺：怀藏名刺，准备

有所谒见。刺，相当今日的名片。 [8] 黄门：黄门侍郎，官名。此指明陈子龙，字卧子，官兵科给事中（黄门侍郎），人称陈黄门。 [9] 悔误投：按《牧斋遗事》载："柳尝之松江，以刺投陈卧子"，而陈子龙不肯接见。所记不符事实。其实柳、陈两人一见钟情，谈不上"误投"。 [10] 遗珠草草尚书收：意谓柳如是后被南明福王朝礼部尚书钱谦益匆忙娶为妾。遗珠，喻柳如是与陈子龙分离。草草，匆忙。据沈虬《河东君传》，钱氏曾云："吾非能诗如柳如是者不娶。"柳氏则云："吾非才如钱学士者不嫁。"两人结婚时，礼仪具备，并非"草草"。此语与事实不符。 [11] 党人碑上无双士：意谓钱谦益曾是东林党独一无二的名士。党人，东林党人。东林党为晚明以江南士大夫为主的政治集团。他们主张开放言路，实行改良等，曾遭到宦官魏忠贤的迫害。无双，无比。 [12] 夫婿：旧时妻称丈夫。 [13] 第二流：第二等，不是第一流。《世说新语·品藻》："桓大司马下都，问真长曰：'闻会稽王语奇进，尔耶？'刘曰：'极进，然故是第二流中人耳。'"钱氏曾投降清朝，人品有亏，故称第二流。 [14] 绛云楼：钱谦益于常熟家园中修筑的藏书楼。 [15] 红豆：红豆树，结子朱红色，有的一端黑色，或有黑色斑点。古人常用以象征爱情或相思。按：钱氏家园中确种有红豆，此处亦有象征爱情"枯复生"意。 [16] 斑管自称诗弟子：意谓柳如是握笔自称是学诗的弟子。斑管，毛笔。 [17] 佛香同事古先生：意谓柳氏与佛香共同拜佛。据周采泉《柳如是杂论》云："'佛香'，似为'惠香'之误。"考钱谦益《初学集》二十有《留惠香》《代惠香答》《代惠香别》《别惠香》诸诗，俱以"桃花"喻惠香，"柳枝"喻柳如是，这表明柳如是曾与惠香共事钱氏，后惠香离去。古先生，道家称佛为古先生。此喻钱氏。 [18] 勾栏：谓妓院。 [19] 大：意谓看重。 [20] 小：意谓轻视。 [21] 红粉：胭脂和铅粉，后引申为女子。 [22] 青史：古人在竹简上记事，因称史书为青史。 [23] 扁舟：小舟。 [24] 黄天荡：长江下游的一段，在今南京东北。南宋建炎四年（一一三〇），韩世忠大破金兵于此。 [25] 梁家有个青楼样：意谓梁家有个梁红玉是青楼女子的榜样。按：梁红玉为南宋女将，韩世忠妻，曾与丈夫一起在黄天荡阻击金兵，击鼓助战。其出身乃妓女。青楼，妓院。 [26] 金鼓亲提妾亦能：意谓柳氏认为自己也能学梁红玉击鼓抗敌。
[27] 争奈江南不出将：意谓怎奈江南没有像韩世忠那样的战将。江南，指南明。

[28] 九庙：古代帝王祭祀祖先，自王莽地皇元年起皆祖庙五，亲庙四，共九庙。 [29] 烟尘起：指顺治二年（一六四五）清兵攻占南京，南明小王朝沦陷。[30] 手把刀绳劝公死：意谓柳氏劝钱谦益殉国。据顾云美《河东君传》："乙酉（一六四五）五月之变，君劝宗伯死，宗伯谢不能。君奋身欲沉池水中，持之不得入。" [31] 百年：一生。 [32] 盍：何不。 [33] 归：此为死的婉辞。[34] 万论：诸种论说。 [35] 可惜尚书寿正长：意讽刺钱谦益不肯死。 [36] 丹青：丹和青是中国古代绘画常用之色，此指绘画。 [37] 柳枝娘：白居易有妓樊素、小蛮，其《对酒有怀寄李郎中》云："往年江口抛桃叶，去岁楼中别柳枝。" 自注："樊、蛮也。" 此处 "柳枝" 喻柳如是。

语译

生丝的薄绸上是一位美女的画像，美丽的容貌、珠饰的凤冠、方正的绣衣领。眼波如月照亮人间，她得到世人的宠爱全凭其杰出的才貌。她曾为投奔陈子龙而后悔，后来被礼部尚书钱谦益匆忙收留。钱氏是东林党独一无二的名士，但只是第二流丈夫。钱氏盖起了三层绛云楼，枯萎的红豆树又新生了。柳氏握笔自称是学诗的弟子，又与佛（惠）香一起烧香拜佛。钱氏看重勾栏而小看朝廷，与红粉多情而轻视青史。柳氏曾乘小舟经过黄天荡，不禁想到宋朝梁家出了个青楼榜样梁红玉，更想到也能像梁红玉一样亲自击鼓抗敌，怎奈南明朝廷却没有像韩世忠那样的战将。很快南明社稷毁于战事，她手拿刀绳劝钱氏一起殉国说："人生百年总有一死，现在为何不归去呢？诸种论说从此都可以盖棺论定了。" 可惜钱尚书年寿正长不愿死，那么丹青只能描绘欲殉国的柳如是了。

品评

柳如是虽曾不幸沦落风尘，却是一位奇女子，不仅色艺冠时，能诗善画，更具有民族情感。诗人借助礼部尚书钱谦益之贪生怕死、苟且偷安作为陪衬，讴歌了柳氏欲"金鼓亲提"以抗击清兵，以及南明沦陷后欲殉国之民族气节。真乃蛾眉胜于须眉！诗末"可惜尚书寿正长，丹青让与柳枝娘"，意味深长，既表示了诗人对钱谦益之鄙视，更抒发了对奇女之崇仰。此乃学习白居易"卒章显其志”(《新乐府序》) 之法，但较为含蓄。钱谦益被朝廷定为“贰臣”，此亦作者之所以敢公开批判的原因。

投郑板桥明府

郑虔三绝[1]闻名久，相见邗江[2]意倍欢。遇晚共怜双鬓短，才难不觉九州宽[3]。红桥[4]酒影风灯乱，山左官声[5]竹马[6]寒。底事[7]误传坡老死[8]，费君老泪竟虚弹[9]。

题解

此诗作于乾隆二十三年（一七五八）。郑板桥（一六九三——一七六五），名燮，字克柔，号板桥，江苏兴化人。乾隆元年（一七三六）中进士，曾任山东范县、潍县知县。乾隆十八年（一七五三）因灾年为民请赈，得罪大吏，乞病归扬州。郑氏工书、画，又善诗，人称“三绝”，属“扬州八怪”之一。明府，指县令，郑板桥旧职。本诗原见《小仓山房诗集》卷十四。

注释

[1] 郑虔三绝：原谓唐代画家郑虔擅长诗、书、画，此借指郑板桥亦擅长诗、书、画。 [2] 相见邗江：谓与郑板桥于扬州转运使卢雅雨席间相见。邗江，指代扬州。 [3] 才难不觉九州宽：作者原注云：“君曰：天下虽大，人才有数。”谓人才难得因而不觉中国大。 [4] 红桥：又名虹桥，在扬州城西北二里。此处为作者与郑氏相见处，卢雅雨于此处召集文人雅集。 [5] 山左官声：谓郑氏曾于山东任县官的名声。 [6] 竹马：儿童游戏当马骑的竹竿。《后汉书·郭汲传》：“始至行郡，到河西美稷，有儿童数百，各骑竹马，道次迎拜。”后人常用儿童骑竹马迎郭汲事称颂地方官吏。 [7] 底事：何事。 [8] 坡老死：苏东坡曾被误

传死讯,使范镇痛哭。此作者自称坡老。 [9] 费君老泪竟虚弹:作者原注云:“有误传余死者，板桥大恸。”

语译

郑板桥诗书画三绝早已闻名于世，意外在扬州红桥相见分外高兴。相见恨晚互相怜惜对方鬓发已秃，郑氏说天下虽大人才有数。今日红桥雅集宴饮风灯乱摇，郑氏昔日在山东为官口碑甚好却遭人打压。因为什么误传我已经亡故，引得您老泪白白地抛洒。

品评

袁枚与郑板桥虽过从不多，但两人“心有灵犀一点通”，颇多相似之处:郑板桥秉性旷达，袁枚亦落拓不羁;郑板桥任县令为民请命，袁枚做县官亦有循吏之目;郑板桥人称“郑虔三绝”，袁枚亦被誉为“真才子”(赵翼语)。故袁枚称郑板桥心折于自己,曾误闻其死而“大哭,以足踏地”(《随园诗话》卷九)。袁枚亦钦佩板桥“郑虔三绝”与“山左官声”之佳。二人一旦晤面，自然有相遇恨晚之感，并有以“人才”自居之意。但袁枚所言并非皆符合事实，其中不无自炫之意。

推 窗

连宵[1]风雨恶,蓬户[2]不轻开。山似相思久,推窗扑面来。

题解

此诗作于乾隆二十三年(一七五八)，时隐居南京小仓山随园。此诗即描写随园小景以及诗人的感受。本诗原见《小仓山房诗集》卷十四。

注释

[1] 连宵：连夜。 [2] 蓬户：用蓬草编成的门户，形容住房简朴。

语译

连夜的风雨很凶狂，连蓬门都不敢轻易打开。青山好似相思很久了，雨霁一推窗，山色就扑面而来。

品评

此诗前两句写风雨连宵，来势又猛，门窗都不敢开。作者是酷爱山水之人，以亲近大自然为乐，但因“风雨恶”而被关闭在屋内，如处牢笼，自然十分憋闷。一“恶”字既写出风雨之猛，亦写出内心的感受。后两句则“柳暗花明”，写风停雨霁，诗人终于可以打开窗户，欣赏大自然清新的风光了。但诗人不写自己看山，却写青山思念自己已久，因此一旦见诗人推窗，即扑面而来，迫不及待。山在诗人笔下变静为动，化无情为有情，灵活有致，显出性灵诗虚灵活泼的特色。

子才子歌示庄念农

子才子[1]，颀[2]而长，梦束[3]笔万枝，为桴[4]浮大江。从此文思日汪洋[5]。十二举茂才[6]，二十试明光[7]，廿三登乡荐[8]，廿四贡玉堂[9]。尔时[10]意气凌八表[11]，海水未许人窥量[12]。自期必管乐[13]，致主必尧汤[14]。强学佉卢字[15]，误书灵宝章[16]，改官江南[17]学趋跄[18]。一部《循吏传》[19]，甘苦能亲尝。而今野老[20]泪簌簌，颇道我比他人强。投帻[21]大笑，善刀而藏[22]；歌《招隐》[23]，唱“迷阳”[24]；此中有深意[25]，晓人[26]

难具详。天为安排看花处，清凉山[27]色连小仓[28]。一住一十有一年，萧然忘故乡。不嗜音[29]，不举觞，不览佛书，不求仙方[30]，不知《青乌经》[31]几卷，不知樗蒱齿[32]几行。此外风花水竹无不好，搜罗鸡碑[33]雀篆[34]盈东箱[35]。牵鄂君[36]衣，聘邯郸倡[37]；长剑陆离[38]，古玉丁当。藏书三万卷，卷卷加丹黄[39]。栽花一千枝，枝枝有色香。六经[40]虽读不全信，勘断[41]姬孔[42]追微茫。眼光到处笔舌奋[43]，书中鬼泣鬼舞三千场[44]。北九边[45]，南三湘[46]，向禽五岳游[47]，贾生万言书[48]，平生耿耿[49]罗心肠。一笑不中用，两鬓含轻霜，不如自家娱乐敲宫商[50]。骈文追六朝[51]，散文绝三唐[52]。不甚喜宋人，双眸不盼两庑[53]旁，惟有歌诗偶取将[54]。或吹玉女箫[55]，绵丽声悠扬；或披九霞帔[56]，白云[57]道士装。或提三军行古塞，碧天秋老吹甘凉[58]；或拔鲸牙[59]敲龙角[60]，齿牙闪烁流电光。发言要教玉皇[61]笑，摇笔能使风雷忙。出世天马[62]来西极[63]，入山麒麟下大荒。生如此人不传后[64]，定知此意非穹苍。就使仲尼[65]来东鲁[66]，大禹[67]出西羌[68]，必不呼子才子为今之狂。既自歌，还自赠[69]，终不知千秋万世后，与李杜韩苏谁颉颃[70]，大书一纸问蒙庄[71]！

题解

这是袁枚于乾隆二十四年（一七五九）写给朋友庄念农的长诗。庄念农为武进（今江苏常州）人，官至太守。与袁枚过从较密，曾同游栖霞山。本诗原见《小仓山房诗集》卷十五。

注释

[1] 子才子:袁枚自称。子才,袁枚字。子,古代对男子的美称。 [2] 颀:身长貌。 [3] 束:捆扎。 [4] 桴:竹木小筏子。《论语·公冶长》:“道不行,乘桴浮于海。” [5] 汪洋:形容文思深广,为文有气势。 [6] 茂才:秀才。后汉时为避光武帝刘秀名讳,改秀才称茂才。 [7] 二十试明光:谓二十岁于京师保和殿参加博学鸿词试。明光,汉代宫殿名,此借指保和殿。 [8] 廿三登乡荐:谓二十三岁参加顺天乡试,中举人。 [9] 廿四贡玉堂:谓二十四岁殿试赐出身为进士。贡,荐举。玉堂,汉代宫殿名,借此京师殿试之所。 [10] 尔时:那时。 [11] 凌八表:超越八方以外。 [12] 窥量:窥探、测量。 [13] 管、乐:春秋时齐国名相管仲、战国时燕国名将乐毅。 [14] 致主必尧汤:谓使国君务必成为唐尧、成汤一样的明主。唐尧,传说中的圣主;成汤,商朝建立者。此化用杜甫《奉赠韦左丞丈二十二韵》“致君尧舜上,再使风俗淳”意。 [15] 佉卢字:古印度文,借指满文。 [16] 误书灵宝章:谓满文考试不及格。灵宝章,喻满文文章。灵宝,道家语。有《灵宝经》。 [17] 改官江南:指作者于乾隆七年(一七四二)由翰林院外放为江南溧水等地知县。 [18] 学趋跄:即学步,比喻学做地方官。 [19]《循吏传》:《史记》有《循吏列传》。循吏,谓遵理守法的官吏。 [20] 野老:乡野老人。 [21] 投帻:丢掉头巾,喻辞官。 [22] 善刀而藏:《庄子·养生主》:“善刀而藏之。”善,擦拭。此句亦喻辞官。 [23] 歌《招隐》:吟唱《招隐诗》,即抒发归隐之意。《招隐诗》为西晋陆机所作。 [24]“迷阳”:指世路艰难。《庄子·人间世》:“迷阳迷阳,无伤吾行。”迷阳本为一种可刺伤人的棘刺。 [25] 此中有深意:借用陶潜《饮酒二十首》“此中有真意”之句。 [26] 晓人:对人讲明道理。 [27] 清凉山:一名石头山,在南京城西。 [28] 小仓:小仓山,清凉山的支脉。袁枚随园所在地。 [29] 不嗜音:不喜唱曲。 [30] 仙方:道家所谓长生不老的药方。 [31]《青乌经》:一名《葬经》,相传汉代长于相地风水之术的青乌子所著。 [32] 樗蒲齿:古代赌博用的博具骰子。樗蒲,赌博游戏。齿,骰子。《晋书·葛洪传》:“不知棋局几道,樗蒲齿名。” [33] 鸡碑:用晋人戴逵事,戴逵幼时,以鸡蛋汁溲白瓦屑,作郑玄碑而自镌之。此指罕见的古董。 [34] 雀篆:即雀录,赤爵(雀)所衔丹书。此或指名贵字画。 [35] 东箱:犹东厢,正房

东边的房子，其形似箱箧故称。 [36] 鄂君：名子皙，楚王母弟，貌美，后世作美男子的通称。按，袁枚好男色。 [37] 邯郸倡：指善歌舞的女艺人。汉乐府《鸡鸣》："上有双樽酒，作使邯郸倡。" [38] 陆离：长貌。《楚辞·九章·涉江》："带长铗之陆离兮。" [39] 加丹黄：旧时点校古籍时，点校用朱笔，涂改错字用雌黄，合称"丹黄"，谓点校古籍。 [40] 六经：《诗》《书》《礼》《易》《春秋》《乐经》六部儒家经典。《乐经》已佚。 [41] 勘断：核对与判断。[42] 姬孔：周公姬旦与孔子。此指代记有其言论的《尚书》与《论语》。[43] 笔舌奋：奋笔书写。笔舌，以纸笔代口舌。 [44] 书中鬼泣鬼舞三千场：谓其笔记小说《子不语》多描写鬼怪之事。 [45] 北九边：指明代所设北方九个军事重镇，即辽东、宣府、大同、延绥、宁夏、甘肃、蓟州、太原、固原。[46] 南三湘：南方三湘，有不同说法。其中一说指湘水发源与漓水合流后称漓湘，中游与潇水合流后称潇湘，下游与蒸水合流后称蒸湘，总名"三湘"。[47] 向禽五岳游：汉代逸民向长、禽庆游五岳。《后汉书·逸民传》："向长……与同好北海禽庆俱游五岳名山，竟不知所终。" [48] 贾生万言书：指西汉贾谊所著政论《陈政事疏》《过秦论》等。万言书，封建官吏呈送帝王的长篇奏章。[49] 耿耿，忠心貌。 [50] 敲宫商：谓写诗推敲韵律。宫商，指代五声宫、商、角、徵、羽。 [51] 六朝：东吴、东晋及南朝的宋、齐、梁、陈合称六朝。 [52] 三唐：初、盛、晚唐，指整个唐代。 [53] 两庑：指孔庙的东西两廊，崇祀先贤之处。 [54] 取将：取来。 [55] 玉女箫：弄玉之箫。据《列仙传》："萧史者，秦穆公时人也。善吹箫，能致孔雀、白鹤于庭。穆公有女字弄玉，好之。公遂以女妻焉。日教弄玉作凤鸣，居数年，吹似凤声，凤凰来止其屋。公为作凤台，夫妇止其上不下数年。一旦，皆随凤凰飞去。"此为对箫的美称。 [56] 九霞帔：道士装的美称。九霞，道家语。 [57] 白云：白云观，道教著名道观之一，在北京西便门外。此泛指道观。[58] 甘凉：指古代乐曲《甘州曲》《凉州曲》。 [59] 拔鲸牙：喻雄怪有力。韩愈《调张籍》："刺手拔鲸牙。" [60] 敲龙角：喻雄怪不凡。韩愈《送无本师归范阳》："蛟龙弄角牙，造次欲手揽。" [61] 玉皇：玉皇大帝，道教中地位最高的神。[62] 天马：汉朝对西域良马的美称。《史记·大宛列传》："得乌孙马好，名曰天马。及得大宛汗血马，益壮，更名乌孙马曰西极，名大宛马曰天马云。" [63] 西极：

指西域。 [64] 不传后：没儿子。按，袁枚六十三岁才得子，此时尚无子。 [65] 仲尼：孔子字仲尼。 [66] 东鲁：春秋时鲁国。 [67] 大禹：传说中古代部落联盟领袖。 [68] 西羌：指羌族居地，在中国西部。 [69] 自赠：指以歌勉励自己。 [70] 与李杜韩苏谁颉颃：谓谁与李白、杜甫、韩愈、苏轼相抗衡。颉颃，原谓鸟飞上飞下貌，后引申为相抗衡。 [71] 蒙庄：原称庄周，即庄子，春秋宋国蒙人，做过蒙漆园吏。此借指诗题中的朋友庄念农。

语译

子才子这个人，身材又细又长，梦中曾捆扎了万枝笔，做成筏子去渡长江，从此后就文思日益恣肆汪洋。十二岁考中秀才，二十岁保和殿里参加博学鸿词试，二十三岁名登顺天乡试榜，二十四岁殿试赐进士。当时意气扬扬超越八方，恰似海水难以测量。他自期为臣必当管仲、乐毅式的贤士，事主必是唐尧、成汤般的圣王。翰林院里勉力学习满文，但考试译不出满文文章，就此被外放到江南学做县令。早已读过《史记·循吏传》，其中的甘苦都能亲自品尝。至今江南的野老仍热泪簌簌，夸我这芝麻官要比别人强。我却挂冠辞官大笑而去，如同把宝刀擦拭后藏进刀鞘里；高歌着古人的《招隐诗》，吟唱着“荆刺不要把我伤”。我辞官之举自然有深意，恕我不能说得太具体了。老天给我安排了个赏花处，那里清凉山翠色映绿小仓山。我一住就是十一年，闲散得似乎忘了故乡。我不好唱曲，我不爱喝酒，我不看佛经，我不求仙方，我不知《青乌经》有几卷，我不知赌博用的骰子。除此之外风花水竹我都喜欢，还搜来古董玩物装满厢房。我穿着鄂君穿的华服，我聘请歌姬来弹唱，我手中的宝剑长又长，我衣上的佩玉丁当响。我藏书足有三万卷，卷卷我都亲笔校改过。我栽的花不下一千株，株株色彩艳丽芳香扑鼻。六经虽读我不全信，周公、孔子之论也要考核，来探讨其隐秘的意旨。凡是目光所及处我都可以奋笔疾书，我书中鬼哭鬼舞大闹了三千场。我北到了九边的重镇，南到了碧绿的三湘，曾像向长、禽庆一样游览过五岳，曾似贾谊呈上过万言奏章，平生忠心耿耿肝肠火热。自笑忠心无处可用，而两鬓花白宛似银霜，不如自我消遣去推敲诗歌韵律。我的骈文可追逐六朝，我的散文可超越三唐。我讨厌宋人的头巾气，双眼从不看孔庙东西廊的圣贤，我只是闲来作诗自己欣赏：有的似吹奏弄玉箫，缠绵美妙音韵悠扬；有的似身披九霞帔，潇洒出尘如道士装。有的似率领三军出兵古塞，深秋天碧吹奏《甘州》《凉州》曲。有的似力拔鲸牙敲龙角，齿牙闪烁流射出电光。诗成要教玉皇大帝发笑，挥笔能使风雷激荡；如西域的天马出世，又似入山的麒麟奔向蛮荒。这样的人却至今没有后代，这一定不是老天爷的意思！即使孔子去东鲁，即使大禹出西羌，必定不会说子才子是当今的狂人！我既是唱自己，也是勉励自己，还不知千秋万代之后，谁能与李白、杜甫、韩愈、苏轼共飞翔呢？我大书一纸请问你老庄！

品评

此诗实为作者的一篇小传，更是一篇人生观的宣言。袁枚曾说："作诗，不可以无我。"（《随园诗话》卷十）他是一个追求个性解放、蔑视传统礼法的人。此诗中树立的就是诗人这样的自我形象。开篇五句就把自己定位为才气横溢的诗人，此乃作者自小的理想，其幼年所谓"立名最小是文章"。接下十五句乃记叙仕途道路，由秀才、举人、进士，而庶吉士，而外放为县令，为循吏。再下面十句乃写辞官归隐于小仓山随园。其后五十句乃进入本诗的主体，以议论为诗，表白自己的喜恶，抒发自己狂放的个性：他不仅"不嗜音，不举觞，不览佛书，不求仙方"，不信风水，不迷赌博，与世俗的风尚不合；更"不全信"六经，嘲笑宋理学，还要"勘断姬孔追微茫"，对儒家圣人、经典敢于质疑，乃至一定程度上的否定。他无意于仕进，唯一热衷的是"敲宫商"，以诗文自娱。真是唯情所适，无所羁勒。最后五句表达自己的雄心壮志，欲与唐宋大家李、杜、韩、苏相抗衡，并与开篇五句相呼应。全诗可谓心有所想，即笔有所书，独抒性灵，毫不掩饰。这在当时难免被视为"狂"，论者亦称此诗"英雄欺人"。

此诗为杂言歌行体，读来音韵铿锵，觉动人心魄。全诗生气灌注，势如长江大河，浩浩荡荡，唯此体才能淋漓尽致、慷慨激昂地表现个性，抒发感情。诗后半部分则神思飞越，想象奇特，充分显示了诗人脱俗的艺术个性与艺术才华。

春日杂诗（十二首选一）

千枝红雨[1]万重烟，画出诗人得意天[2]。山上春云如我懒，日高犹宿翠微[3]巅[4]。

题解

组诗作于乾隆二十四年（一七五九）。杂诗，谓兴致不一，内容多样，遇物即言之诗。《文选》有《杂诗》一目。本诗原见《小仓山房诗集》卷十五。

注释

[1] 红雨：喻落花。刘禹锡《百舌吟》："花枝满空迷处所，摇动繁英坠红雨。"

[2] 得意天：感到满意的春光。 [3] 翠微：青翠的山气。此指代青翠的山峰。

[4] 巅：峰顶。

语译

千万枝条落花飞坠，千万重雾霭迷蒙，似画出诗人满意的春光。山上的春云像我一样闲懒，日头很高了，还卧睡在青山的峰顶。

品评

此诗以衬托手法描写自己春日懒散闲适的情态。开头两句勾勒出暮春之景，它令"诗人得意"。但"春眠不觉晓"（孟浩然《春晓》），诗人却并不急于去欣赏这良辰美景，而是"日高犹宿"。他写自己的"懒"，又采用拟人手法，"山上春云如我懒"赋春云以性灵，视之为同道，这就更渲染出自己春日懒散之态，亦增添了作者所倡导的诗的"生趣"。

自　嘲

小眠斋[1]里苦吟身[2]，才过中年[3]老亦新。偶恋云山[4]忘故土[5]，竟同猿鸟结芳邻。有官不仕偏寻乐，无子为名又买春[6]。自笑匡时[7]好才调[8]，被天强派作诗人！

题解

此诗作于乾隆二十六年（一七六一）。诗以自我嘲笑的手法抒写性情。本诗原见《小仓山房诗集》卷十六。

注释

[1] 小眠斋：南京小仓山随园的书斋。　[2] 苦吟身：指刻苦作诗的诗人身份。贾岛《三月晦日寄刘评事》："三月正当三十日，风光别我苦吟身。"　[3] 才过中年：时诗人四十六岁，谓刚过中年。　[4] 云山：归隐处，指随园。　[5] 故土：指杭州。　[6] 买春：原称买酒。此指纳妾。按：袁枚因妻子王氏不育，为得子，已先后娶了陶姬、方聪娘、陆姬为妾。　[7] 匡时：挽救艰危的时势。　[8] 才调：才情。李商隐《贾生》："贾生才调更无伦。"

语译

我是小眠斋里苦吟的诗人，刚过中年，虽开始衰老但还算年轻。偶尔恋上云山就忘记了故土，竟然同猿鸟结成了芳邻。有乌纱帽不戴偏去寻快活，以无儿子为名又要纳娶佳人。自笑本有救危济时的好才情，却被老天强行派定做了诗人！

品评

此诗名为"自嘲"，称"自笑匡时好才调，被天强派作诗人"，似乎不甘心于自己今日之隐居处境与诗人身份，其实所谓"苦吟身"，所谓"竟同猿鸟结芳邻”云云，全是戏谑之言。事实是尽管他起初被人誉为“大好官”，但终苦于为官而隐居随园，依恋云山猿鸟，又以“苦吟”为业，这些都是诗人心甘情愿的；其优哉游哉于小仓山，十分潇洒惬意。因此他的“自嘲”，实为摆噱头，这正反映了诗人诙谐的个性。全诗语言幽默，所言皆反话，独具性灵。

偶作五绝句（选一）

月下扫花影，扫勤花不动。停帚待微风，忽然花影弄[1]。

题解

此组绝句作于乾隆三十年（一七六五）。本诗原见《小仓山房诗集》卷十九。

注释

[1] 花影弄：即花弄影。张先《天仙子》：“云破月来花弄影。”弄，摆弄，摇动。

语译

月下扫花的影子，扫来扫去花却纹丝不动。当停下扫帚等待微风，花枝却忽然摆动起来。

品评

袁枚景物小诗多观察细致，表现新巧，富有情趣。此诗写月下花影之静态与动态：花影之静，借“扫花影”而“不动”衬托之；花影之动，借微风吹拂而以“弄”刻画之。皆生动有味，而花影动实为花枝动也。诗人观察自然的细致，又说明了心境的悠闲。诗的语言平浅如话，不见研炼之痕。这类诗不难看出袁枚所崇仰的宋代诗人杨万里的影响。

二月十六日苏州信来，道孀女病危，余买舟往视，至丹阳闻讣

哭婿才揩眼未干[1]，又教哭女泪阑干[2]。半年合卺三生了[3]，千里呼爷一面难[4]。独活草[5]生原命薄，未亡人[6]去转心安。只怜白发无儿叟[7]，再丧文姬[8]影更单。

题解

乾隆三十二年（一七六七）农历二月十六日，作者于南京收到苏州来信，告知他寡居的女儿阿成病危，盼望与他见一面。作者赶快雇船去苏州，船到江苏丹阳就听到阿成病故的讣报，悲痛之馀乃有此诗。本诗原见《小仓山房诗集》卷二十。

注释

[1] 哭婿才揩眼未干：夸饰女婿死去时间不长。按，女儿阿成夫婿于乾隆二十八年（一七六三）病死，早阿成四年。 [2] 泪阑干：热泪纵横。白居易《琵琶行》："梦啼妆泪红阑干。" [3] 半年合卺三生了：谓女儿结婚半年，丈夫即死了。合卺，指结婚。三生，本佛教语，指前生、今生、来生。此指夫妻缘份。 [4] 千里呼爷一面难：谓孀女阿成在苏州呼唤住南京的父亲，想见一面很难。 [5] 独活草：植物名。此喻女儿阿成孀居。 [6] 未亡人：旧称寡妇。此指阿成。 [7] 无儿叟：作者自称，当时尚无子。 [8] 文姬：蔡琰，字文姬。蔡邕女，汉末女诗人，初嫁河东卫仲道，夫亡归母家。汉末大乱，曾为董卓部将所虏，又归南匈奴左贤王。后曹操以金璧赎归。此亦喻阿成。

语译

才痛哭亡婿，擦掉泪水眼睛还潮湿，又痛哭亡女，热泪纵横。她结婚才半载，夫妻缘份即此断绝了；临终在远方呼唤老父，要见一面都未做到。她生来命薄，

丧夫后好似人世的独活草。她死去与丈夫相会应该安心了。可怜我白发苍苍无儿的老头，再失去爱女更加形只影单了。

品评

阿成乃作者的小女儿，幼时一直被视作掌上明珠。四年前，阿成出嫁苏州，袁枚有《嫁女词四首》，抒发依依不舍之情。但阿成薄命，出嫁半年夫婿即病故，守寡四载之后，“未亡人”亦亡矣，而临终前呼爷一见的愿望竟未能满足，这怎么不叫父亲“哭女泪阑干”呢？前两联正是抒发这种悲痛心情。首联写自己才“哭婿”又“哭女”，凸显雪上加霜的悲哀，真令人万分同情。颈联乃作者自我安慰之词：女儿生前命薄，吃尽苦头，她此去阴间可与夫婿相会，该可以心安了。实际这是作者悲痛之极的无奈之言。尾联就露出真情：可怜自己白发无儿，再失去爱女更加孤寂无欢了。此诗字字含泪，催人肠断，是典型的性灵诗。

续诗品三十二首（选四）

题解

《续诗品》作于乾隆三十二年（一七〇七）。原诗小序云：“余爱司空表圣《诗品》，而惜其只标妙境，未写苦心，为若干首续之。”司空表圣，唐代诗论家司空图（八三七—九〇八），字表圣，河中（今山西永济）人。所撰《诗品》又称《二十四诗品》，描述了诗的多种风格意境。袁枚的“续”作是论创作的。本诗原见《小仓山房诗集》卷二十。

葆真

貌有不足[1]，敷粉施朱[2]。才有不足，征典求书[3]。古人文章，俱非得已[4]。伪笑[5]佯哀[6]，吾其[7]优[8]矣。画美无宠[9]，绘兰无香[10]。揆[11]厥[12]所由[13]，君形者亡[14]。

题解

葆真，即保全本性纯真。此处指诗人及其作品应具有真性情。

注释

[1] 貌有不足：容貌有缺陷，不够漂亮。 [2] 敷粉施朱：搽白粉，抹胭脂。 [3] 征典求书：谓征引典籍，乞灵于书本。 [4] 俱非得已：都不是能停止的，即皆是有感而发的。得，能。已，停止。 [5] 伪笑：假笑。 [6] 佯哀：假装悲哀。 [7] 其：语助词。 [8] 优：艺人。 [9] 画美无宠：画出的美人得不到宠爱。 [10] 绘兰无香：笔画的兰花没有香气。 [11] 揆：揣度。 [12] 厥：其。 [13] 所由：所以这样。 [14] 君形者亡：语出《淮南子·说山训》："画西施之面，美而不可悦；规孟贲之目，大而不可畏：君形者亡焉。"指人的真性情不见了。君形者，原指主宰人外表的内心。此处指真性情。

语译

有的人容貌不够俊美，就借涂脂抹粉来弥补。有的诗人才情不够丰富，就凭征引书本典籍来充数。古人所以要写诗作文，是因为心中有话不能不说。如果一味假笑或装出悲哀，那不过是优伶的伎俩。画出来的美人无人会宠爱，笔下的兰花没有芳香。揣度之所以如此，是因为缺乏真性真情。

品评

倡导诗之真性情，乃是袁枚性灵说诗论的主要内涵。它是针对诗坛格调派模拟盛唐、肌理派以考据为诗，以及道学家扼杀抒写真性灵之情诗等状况而发的。作者采用批评“伪笑佯哀”“君形者亡”的假人假诗的手段，从反面来强调诗应该“非得已”即有真情才可进行创作。诗之生命力在于真情。此诗正是抓住了诗歌创作这一关键。全诗基本上是议论，但亦不乏“画美无宠，绘兰无香”这样的生动比喻，增添了诗的形象性。

澄 滓

描诗[1]者多，作诗[2]者少。其故[3]云何[4]？渣滓[5]不扫。糟去酒精，肉去洎馈[6]。宁可不吟[7]，不可附会[8]。大官筵馔[9]，何必横陈[10]！老生常谈[11]，嚼蜡[12]难闻[13]。

题解

澄滓，原谓使液体里的杂质沉淀下去。此喻作诗要清除陈言俗意。

注释

[1] 描诗：摹拟他人作品写诗。 [2] 作诗：谓独出新裁地创作诗歌。 [3] 故：缘故。 [4] 云何：是什么。 [5] 渣滓：物品提取精华后的残馀部分。此喻诗中陈旧无价值的东西。 [6] 肉去：除去肉渣以肉汁进食于人。《左传·襄公二十八年》：“则去其肉，而以其洎馈。”洎，肉汁。 [7] 吟：吟咏。此谓吟诗，即作诗。 [8] 附会：原谓创作过程。刘勰《文心雕龙·附会》：“何谓附会？谓总文理，统首尾，定与夺，合涯际，弥纶一篇，使杂而不越者也。”此处指勉力创作。 [9] 筵馔：酒筵食物。 [10] 横陈：杂陈。 [11] 老生常谈：老书生常讲的话，无新意。 [12] 嚼蜡：喻毫无趣味。《楞严经》卷八：“当横陈时，味如嚼蜡。” [13] 难闻：指老生常谈乏味而使人听不下去。

语译

诗坛是描猫画虎的人多，而敢于创作的人少。其缘故是什么呢？在于诗中无价值的东西未加清扫。酒糟要过滤掉才清澄，肉渣要去掉肉汁才味美。如果不是新创宁可不写，千万不可勉强去涂鸦。大官的酒席，何必杂陈满桌来炫耀！吟诗若是老生常谈，必定味如嚼蜡让人听不下去。

品评

诗贵创新，袁枚所谓“要之，以出新意，去陈言为第一着”(《随园诗话》卷六)。这亦是其性灵说诗论的重要内涵。《澄滓》又重申此旨，仍是针砭“描诗者”之弊端。此诗采用博喻的手法，以正反比喻来阐发诗应创作的思想，即所谓“心精独运，自出新裁”(《随园诗话》卷七)，颇有说服力。

博　习

万卷山积[1]，一篇吟成。诗之与书，有情无情。钟鼓非乐[2]，舍之何鸣[3]？易牙[4]善烹，先羞[5]百牲[6]。不从糟粕[7]，安得精英[8]？曰不关学[9]，终非正声[10]。

题解

博习，即广泛地学习。《随园诗话》卷十四：“余续司空表圣《诗品》，第三首便曰《博习》，言诗之必根于学，所谓‘不从糟粕，安得精英’是也。”

注释

[1] 万卷山积：极言所读书之多。 [2] 钟鼓非乐：谓钟鼓是乐器而不是乐曲本身。 [3] 舍之何鸣：丢掉钟鼓哪来乐曲鸣响？ [4] 易牙：春秋时齐桓公的宠臣，长于烹饪调味。 [5] 羞：进献。《国语·楚》：“不羞珍异。” [6] 牲：供祭祀及食用的家畜。 [7] 不从糟粕：此处用《庄子·天道》典故：轮扁称圣人之言是“古

人之糟粕”。从，原意为追随，此处有接触、鉴别之义。糟粕，酒渣。比喻事物粗劣无用的部分。此处“糟粕”泛指古书。 [8] 安得精英：哪能汲取到有益的精华？ [9] 曰不关学：说“作诗与学问无关”。此处指严羽《沧浪诗话·诗辨》“诗有别材，非关书（引者按，后人称引多误作‘学’）也”之言。 [10] 正声：原指纯正的乐声。荀子《乐论》：“正声感人而顺气应之。”此喻正确的观点。

语译

博习万卷图书作为根柢，一首好诗才能酝酿成功。诗歌与图书相比，一个有情一个无情。但是钟鼓虽不是音乐，乐师若丢掉它们怎么奏乐？易牙善于烹调，其技艺却离不开进献家畜的百姓。如果不广泛地阅读书籍，哪能汲取前人的精华！友人讲“诗与学问无关”，此论终究不是正确的主张。

品评

袁枚论诗重视诗人之才，但并不废弃学问。刘勰尝云：“才为盟主，学为辅佐。”（《文心雕龙·事类》）杜甫云：“转益多师是汝师。”（《戏为六绝句》）袁枚正与此类观点相承。他认为“无情”的学问与“有情”的诗并非互不相干。这如同“钟鼓”虽是无情物，但乐师可以借助钟鼓奏出动听感人的乐曲一样；诗人亦可以借助于学问提高艺术修养与思想修养，并把感情表现得更为深刻、典雅。因此他主张广泛地学习，即所谓“不从糟粕，安得精英”。这与乾隆诗坛崇唐派“必嗤点夫宋”、尚宋派“必嗤点夫唐”（纳兰性德《原诗》）的门户之见相比，自然高明多矣。

神　悟

鸟啼花落，皆与神通。人不能悟，付之飘风[1]。惟我诗人，众妙[2]扶智[3]。但见性情，不着文字[4]。宣尼[5]偶过，童歌沧浪[6]；闻之欣然，示我周行[7]。

题解

神悟，诗人应禀性灵与具有灵感。这是其性灵说的涵义之一。

注释

[1] 飘风：旋风。《诗·大雅·卷阿》：“有卷者阿，飘风自南。” [2] 众妙：万物的玄理。《老子》：“玄之又玄，众妙之门。” [3] 扶智：指诗人因谙“众妙”而聪明。 [4]“但见”两句：语本皎然《诗式》：“但见性情，不睹文字。”但，只。着，有借助之义。 [5] 宣尼：指孔子。据《汉书·平帝纪》，汉元帝元年追谥孔子“褒成宣尼公”。 [6] 童歌沧浪：《孟子·离娄上》：“有孺子歌曰：‘沧浪之水清兮，可以濯我缨；沧浪之水浊兮，可以濯我足。’” 沧浪之水，汉水。 [7] 示我周行：语本《诗·小雅·鹿鸣》：“人之好我，示我周行。”周行，最好的途径。

语译

春鸟啼鸣春花纷落，都与人的心灵相互沟通。如果人们不能感悟，那么鸟啼花落只能付之旋风。只有我们敏感的诗人，才深谙万物玄理而十分聪敏。它表现在内心具有性情，而无需靠文字去指示。当年孔子偶然经过某地，有儿童唱“沧浪之水清”；孔子听到歌声非常欣喜，就说这是教人修养的最好途径。

品评

英国诗人华兹华斯说过：“一朵微小的花朵对于我可以唤起不能用眼泪表达出的那样深的思想。”（转引自宗白华《美从何处寻？》）“鸟啼花落，皆与神通”这两句也说明人的主观思想与客观自然是相互联系的。从创作角度而言，外物可以触发创作灵感。但是“人不能悟，付之飘风”，又说明一个人诗思笨拙，反应迟钝，那么也不会产生创作冲动，“鸟啼花落”之客观因素不起什么作用。作者强调诗人应是能够领悟“鸟啼花落”的人，能由感悟而启动神思，激发情感，并构思出艺术境界。因为诗人有灵性而深谙万物的玄理，显示出异乎常人的聪敏。这反映了袁枚推重天分的思想。而诗人之“众妙扶智”表现在“但见性情，不着文字”。此“性情”指人的内心灵性，意谓诗人的敏感可以使客观世界的各种信息都能在心弦上产生颤动，得到反馈，而无需文字的明确指示，自能“神悟”，此所谓“不着文字”也。为此，诗人以孔子作为天赋灵慧而有“神悟”的例证。孔子能从孺子之歌中，引申出做人的道理，得到深刻的启示。而诗人创作亦是同理，一旦“神悟”就可以产生联想、想象等心理活动，积极调动起生活与感情的积累，从而写出佳作。

鸡

养鸡纵鸡食[1]，鸡肥乃烹[2]之。主人[3]计自佳[4]，不可使鸡知。

题解

这首咏物小诗作于乾隆四十一年（一七七六）。本诗原见《小仓山房诗集》卷二十五。

注释

[1] 纵鸡食：纵容鸡吃食，不加限制。 [2] 烹：烧煮。 [3] 主人：养鸡与烹鸡者。 [4] 计自佳：养鸡的策略自然高明。

语译

养鸡要纵容鸡吃米，养得肥肥的好煮熟了吃。主人计谋自然很高明，只是不可让鸡知道。

品评

袁枚于咏物诗主张：“其妙处总在旁见侧出，吸取题神，不是此诗，恰是此诗。”（《随园诗话》卷七）又云：“咏物诗无寄托，便是儿童猜谜。”（《随园诗话》卷二）他强调咏物诗不能单纯为某物写照，而应寄寓某种深意，力求能予人思想上的启迪。这首《鸡》就是一首既咏鸡又含“寄托”的佳作。此诗着眼于“鸡”与“主人”的关系构思立意。它的表层涵义很浅显：鸡的主人“养鸡纵鸡食”，但“主人”之慷慨大方，为的是“鸡肥”；而把鸡养得肥肥的，最终目的则是“烹之”美餐一顿。养鸡者的策略自然是十分高明的，但此计又“不可使鸡知”，否则它是不肯敞开肚子催肥的。诗称“主人计自佳”寓有讽刺意味，“佳”者，阴险毒辣也，其计“佳”在使鸡能安于其暂时的“优裕”地位，而对其最终被“烹”的命运懵懂无知。“鸡”被蒙蔽，则只知“饱食终日，无所用心”，甚是可怜复可悲。这本是日常生活之小事，不足为奇。但此诗“吸取题神”，即旨在表现诗人对封建社会人际关系的一种深刻认识，自有其深层涵义。这种“主人”与“鸡”的关系会使人悟出一种人生哲理，从中仿佛看到了封建社会中许多君与臣、主与奴等欺骗与被欺骗、利用与被利用的可憎的关系，其中积淀着老诗人六十馀年的人生经验与教训，其感慨之意全在所咏之“鸡”中。

此诗体现了作者所谓“意深词浅，思苦言甘”（《续诗品·灭迹》）之旨。尽管全是口头语，大白话，但对现实中人与人之关系的洞察可谓深入骨髓。凡有一定人生体验的读者都会从中有所醒悟，有所警惕，有所启发。

所　见

牧童骑黄牛，歌声[1]振林樾[2]。意欲[3]捕鸣蝉[4]，忽然闭口立。

题解

此诗作于乾隆四十一年（一七七六）。本诗原见《小仓山房诗集》卷二十五。

注释

[1] 歌声：谓牧童所唱的歌声。亦暗示其正开口。 [2] 林樾：谓道旁成阴的树林。[3] 意欲：内心里想。 [4] 鸣蝉：谓炎夏季节在树枝上鸣叫的蝉。

语译

牧童骑着一头黄牛，他嘹亮的歌声振动了路旁的小树林。心里想抓一只正在树上鸣叫的蝉来玩，于是突然闭紧嘴巴停住，细心地观察起来。

品评

这是一首速写式风物小诗。诗人突出了天真牧童“欲捕鸣蝉”而“忽然闭口立”这一顷刻，化动为静，以诗笔雕成了一尊塑像。他选择的是“最富有孕育性的顷刻，使得前前后后都可以从这一顷刻中得到最清楚的理解”（莱辛《拉奥孔》）。这个形象生动传神，富于情趣，且启人想象，有不尽馀味；读者亦可体会到诗人曾赞赏的“赤子之心”：“诗人者，不失其赤子之心也。”（《随园诗话》卷三）

谒岳王墓作十五绝句（选一）

灵旗[1]风卷阵云[2]凉，万里长城[3]一夜霜。天意小朝廷已定[4]，那容公[5]作郭汾阳[6]！

题解

组诗作于乾隆四十四年（一七七九）。谒，拜谒，凭吊。岳王墓，南宋抗金名将岳飞之墓，在杭州西湖北栖霞岭岳王庙右侧。本诗原见《小仓山房诗集》卷二十六。

注释

[1] 灵旗:《汉书·礼乐志》:"招摇灵旗，九夷宾将。"画招摇（星宿名）于旗以征伐。 [2] 阵云:战地烟云。 [3] 长城:秦始皇统一中国后，为防御北方异族而修缮的城墙，西起临洮（今甘肃岷县），东至辽东，俗称"万里长城"。[4] 天意小朝廷已定:谓南宋小朝廷主和的心意已决定。天意，指帝王的心意。[5] 公:指岳飞。 [6] 郭汾阳:郭子仪(六七九—七八一),唐大将,安禄山叛乱时，任朔方节度使，击败史思明于河北。肃宗即位后任关内河东副元帅，配合回纥兵收复长安、洛阳。因功升中书令，后又进封汾阳郡（今属山西）王，故称郭汾阳。

语译

寒风吹卷着战旗，战地的烟云分外悲凉，万里长城一夜之间也铺满了白霜。南宋小朝廷主和的心意已决定，哪能容许岳飞做抗敌到底的郭子仪!

品评

诗人拜谒岳飞墓而发思古之幽情，并进行历史的评判。前两句乃想象之景，战地云凉，长城夜霜，显示出萧瑟悲凉之气，象征着战事的不利。后两句议论，以唐代名将郭子仪平叛的胜利反衬南宋岳飞抗金的失败。其原因在于尽管岳飞"精忠报国"，"灵旗风卷"以杀敌，在战场上取得了抗金斗争的一个又一个胜利，并迫使金兀术有从河南全部撤退之意;但是苟安于江南"小朝廷"的宋高宗、秦桧等投降派卖国求荣之"天意"已定，在岳家军胜利在望之际连发十二道金牌令岳飞班师回朝，使岳飞"十年之功废于一旦"，亦实现了他们称臣于金的愿望。这就是"那容公作郭汾阳"的内涵。诗人以愤慨之笔，写出扼腕叹息之情。议论中带有激情，故亦感人。

自 题

不矜[1]风格[2]守唐风[3]，不和人诗斗韵工[4]。随意闲吟没家数[5]，被人强派乐天翁[6]。

题解

此诗作于乾隆四十四年（一七七九）。本诗原见《小仓山房诗集》卷二十六。

注释

[1] 矜：顾惜。 [2] 风格：风度品格。 [3] 守唐风：拘守唐人诗风貌。 [4] 斗韵工：讲究诗歌韵律工巧。 [5] 家数：此谓诗歌的流派。 [6] 乐天翁：唐代诗人白居易（七七二—八四六），字乐天，晚年号香山居士，诗语言通俗，相传老妪能解。

语译

我不顾惜风度而拘守唐诗的风格，也不和别人的诗歌比赛韵律的工巧。我只是随意吟唱不讲流派，却被人强说是模仿白居易。

品评

袁枚论诗既然主张“丈夫贵独立，多以精神强”（《题宋人诗话》），因此反对拘守某朝某人之诗。但由于其诗与唐人白居易在语言通俗方面有相通之处，在当时曾被目为“随园法香山，善道意中语”（蒋士铨《论诗杂咏》），此即“被人强派乐天翁”也。袁枚对此并不赞同，故写《自题》以申辩，强调自己“随意闲吟没家数”，决不拘守唐人之诗风。实际上，袁诗与白诗在内容与风格上是有很大差异的。其诗之有似白居易一面，乃“阳货无心，貌类孔子”（袁枚《读白太傅集》题小序），并非有意学之。此诗写得幽默风趣，但态度却是坚定的。

仿元遗山论诗（三十八首选一）

天涯有客[1]号诊痴[2]，误把抄书当作诗。抄到钟嵘[3]《诗品》[4]日，该他知道性灵[5]时。

题解

乾隆四十六年（一七八一），作者仿元好问《论诗三十首》写论诗绝句三十八首。但元好问多论古代诗人，袁枚却“古少今多”（小序），目光注视着当代诗坛。这里选其一首，乃不点名地批评翁方纲。本诗原见《小仓山房诗集》卷二十七。

注释

[1] 客：当指翁方纲（一七三三—一八一八）。翁氏长于考订，论诗主肌理说，诗作偏重学问，堆砌典故。 [2] 诊痴：诊痴符。古代方言，指没有才学而好夸耀的人。 [3] 钟嵘：南朝诗论家，字仲伟，颍川长社（今河南长葛）人。[4]《诗品》：钟嵘所著我国最早的一部诗论专著。 [5] 性灵：主要指人的性情，同时包括人的灵机。

语译

天涯有位客子可称为“诊痴符”，误把抄录古书当成写诗。等他抄到钟嵘《诗品》的日子，应该是他知道什么是“性灵”的时候。

品评

乾隆诗坛沈德潜鼓吹格调说，翁方纲倡导肌理说，袁枚则揭橥性灵说，与二说相抗衡。此诗即针砭翁氏以考据为诗之风。翁氏“所为诗多至六千馀篇，自诸经注疏以及史传之考订、金石文字之爬梳，皆贯彻洋溢于其中，盖以学为诗者”（《清史稿·列传二百七十二》）。其诗堆砌典故，淹没性灵，故为袁枚所讥。此诗以嘲笑口吻进行调侃，一称其为“诊痴符”，二说他“误把抄书当作诗”，又挖苦他一旦抄到钟嵘《诗品》之日，就该懂得什么是“性灵”了。因为《诗品》揭示了诗应“吟咏情性”，“陶性灵，发幽思”，以及“羌无故实”等“自然”之旨，而袁枚性灵说内涵主要亦在于此。从此诗可知袁枚性灵说最早的思想渊源之一乃为钟嵘《诗品》，而非一般论者所说的宋人杨万里。此诗对于认识袁枚性灵说的渊源及要旨有重要参考价值。诗活泼调侃，极尽嘲讽之能事。

从国清寺到高明寺看一路山色

山径凿何处？半在山腰里。舆夫[1]作蛇行[2]，狭处仅容趾[3]。明知临深潭，一坠宁[4]复起？拼将命换山[5]，遇险那肯止！行过小石梁[6]，舍车换屐齿[7]。俄而[8]升云中，俄而落釜底[9]。手方招龙象[10]，足又践屏几[11]。将断势仍续[12]，既背形复倚[13]。更有嵚崎[14]峰，欲比无可拟。一笑语山灵[15]：奇绝太无理[16]！

题解

此诗作于乾隆四十七年（一七八二）游天台途中。国清寺，在今浙江天台县天台山南麓，本名天台寺，中国佛教天台宗的发源地。隋开皇十八年（五九八）高僧智颛募建。该寺屡经兴废。今庙为清雍正十一年（一七七三）重建。高明寺，在天台山，据说亦是高僧智颛创建。因寺后依高明山，故名。本诗原见《小仓山房诗集》卷二十八。

注释

[1] 舆夫：这里指车夫。 [2] 蛇行：伏地爬行。 [3] 容趾：容纳脚趾。极言山径狭窄。 [4] 宁：岂。 [5] 拼将命换山：谓豁出去不要命，也要欣赏山上奇观。

[6] 石梁:石堰。石梁瀑布为天台山一处名胜。 [7] 屐齿:一种木底有齿的鞋子,可防滑。 [8] 俄而:一会儿。 [9] 釜:炊器,无脚之锅。此比喻山谷谷底。[10] 龙象:佛家语。原称诸阿罗汉中,修行勇猛有最大力者为龙象,后以之称高僧。此处亦可解为如龙似象之山峰。 [11] 屏几:此喻岩壁下的小块空地似靠墙的小几。屏,当门的小墙,指岩壁。几,矮小的桌子。 [12] 将断势仍续:谓山峰之路要断绝而仍相连。 [13] 既背形复倚:谓山势既分又合。 [14] 嵚崎:山高峻貌。 [15] 山灵:山的神灵。 [16] 理:条理、规律。

语译

山路凿在哪里?凿在半山腰里。车夫要伏地爬行,狭窄处只能容纳双脚。明知面临深潭,一旦坠落就出不来了。但豁出性命也要观赏山上奇观,遇到艰险也不肯停止。行过小石梁,只能下车换上木底鞋。一会儿升到云中,一会儿落到锅底。手刚招呼龙象,脚又踩上岩壁下的空地,好似墙边的小茶几。山峰之路要断绝而仍相连,山势既分开又复合。更有高峻的山峰,简直无法比拟形容。我不禁笑对山神说:你的奇绝真没有条理可言!

品评

全诗极力在"险"字上作文章,写尽"一路山色"之"奇绝"惊险:山径"狭处仅容趾",又直上直下;山势峻峭,似断仍续。诗人知难而上,"拼将命换山"的探险精神亦正于"险"中闪光。诗既有对山色的夸饰描绘,亦有登山人的心理感受,不仅突出了诗人"那肯止"的坚忍不拔,又凸显了天台山的奇绝,一石双鸟,真切感人。而诗末曰:"一笑语山灵:奇绝太无理!"诙谐中更见诗人旷达乐观的性情。

观大龙湫作歌

龙湫山高势绝天[1]，一条瀑走兜罗绵[2]。五丈以上尚是水，十丈以下全为烟。况复百丈至千丈，水云烟雾难分焉。初疑天孙[3]工织素[4]，雷梭[5]抛掷银河[6]边；继疑玉龙[7]耕田倦，九天[8]咳唾唇流涎[9]。谁知乃是风水相摇荡，波回澜卷冰绡[10]联。分明合并忽迸散,业已坠下还迁延[11]。有时软舞工作态[12]，如让如慢如盘旋；有时日光出照耀，非青非红五色宣[13]。夜明帘[14]献九公主[15]，诸天花散[16]维摩[17]肩。玉尘[18]万斛[19]橘叟赌[20]，明珠九曲桑女穿[21]。到此都难作比拟，让他独占宇宙奇观偏[22]。更怪人立百步外，忽然满面喷寒泉。及至逼近龙湫侧，转复发燥神悠然。真是山灵有意作游戏，教我亦复无处穷真诠[23]。天台[24]之瀑何狂颠[25],雁山[26]之瀑何蝉嫣[27]，石门[28]之瀑何阗喧[29]，龙湫[30]之瀑何静妍[31]！化工[32]事事无复笔[33]，一瀑布耳形万千。要知地位孤高依傍少，水亦变化如飞仙[34]。

题解

此诗作于乾隆四十七年（一七八二）。大龙湫，瀑布名，在浙江乐清县雁荡山。本诗原见《小仓山房诗集》卷二十八。

注释

[1] 绝天：穿天。　[2] 兜罗绵：即兜罗锦，古锦名。曹昭《格古要论》载兜罗锦与剪绒相似，阔五六尺，多作被，亦可作衣服。此喻瀑布之宽阔。　[3] 天孙：

星官名，指织女星。织女为天帝之孙。 [4] 工织素：善于织白色的绢。 [5] 雷梭：轰响的织布的梭子。此喻瀑布轰鸣声。 [6] 银河：喻瀑布。 [7] 玉龙：白龙，喻瀑布。 [8] 九天：高空。 [9] 流涎：流唾液，此喻瀑布水珠。 [10] 冰绡：透明的薄绸，此喻瀑布。 [11] 迁延：拖延，有牵连不断之意。 [12] 工作态：善于表现出各种姿态。 [13] 五色宣：五色鲜明。五色，青、赤、黄、黑、白。 [14] 夜明帘：夜里发光的帘子。据《采兰杂志》："张说于元宵召诸姬共宴，苦于无月，夫人以鸡林夜明帘悬之，炳于白日。夜半月出，惟说宅无光，帘夺之也。"此处亦喻瀑布。 [15] 九公主：当为仙女。 [16] 天花散：《维摩经·观众生品》略云：维摩室中有一天女，以天花散诸菩萨。此喻瀑布水珠。 [17] 维摩：维摩诘，佛名。指代菩萨。 [18] 玉尘：古代传说中仙家的食物。此处喻瀑布水珠。 [19] 斛：量器名。古代以十斗为一斛，南宋末改为五斗。 [20] 橘叟赌：意谓橘叟下棋以万斛玉尘相赌博。橘叟，据牛僧孺《幽怪录》："巴邛人橘园，霜后两橘大如三斗盎，剖开，每橘有二老叟相对象戏，谈笑自若。" [21] 明珠九曲桑女穿：传说孔子得一宝珠，上有九道弯的孔。孔子欲穿上线未成，乃请教一采桑女。女曰"密尔思之，思之密尔"。孔子明白其意，"密"乃"蜜"也，于是捉一蚂蚁，在蚂蚁腰上系上丝线，把蚂蚁放进宝珠孔的一头，在另一头抹上蜂蜜，引逗蚂蚁。果然，蚂蚁带着丝线从珠孔的这头爬到了另一头，就这样把线顺利穿好了。明珠亦喻水珠。 [22] 偏：不公正。 [23] 真诠：真谛，真义。 [24] 天台：天台山，在今浙江东部，多悬崖、瀑布，石梁瀑布最为著名。 [25] 狂颠：疯狂。 [26] 雁山：雁荡山，在浙江省东南部。 [27] 蝉嫣：相连，形容瀑布水势不断。 [28] 石门：石门山，在今浙江青田西七十里，两峰壁立，对峙如门。 [29] 阗喧：哄闹声。 [30] 龙湫：此当指小龙湫瀑布，在雁荡山卷图峰下，久旱则水量不大。 [31] 静妍：静美。 [32] 化工：自然造化者。 [33] 复笔：重复之笔，指雷同。 [34] 飞仙：飞翔的仙人。陆机《云赋》："飞仙凌虚，随风游骋。"

语译

大龙湫所在的山峰高峻，势穿苍天，一条瀑布泻下非常宽阔，就如兜罗绵一样。五丈以上还是水流，五丈以下全是水雾。更有百丈至千丈，水云烟雾难以分辨。开始时怀疑是织女在纺织白丝绢，轰响的梭子在银河边穿动；接着又怀疑玉龙耕田疲倦了，在九天咳唾流出了唾液。谁知是风与水互相摇荡，波澜回卷形成了瀑布，似透明的薄绸。水流分明合并又忽然迸裂分散，本已坠落又牵连不断。有时柔软的飘舞做出各种美妙的姿态，如退让如缓行如盘旋；有时阳光照耀，瀑布青红黄黑白变幻色彩鲜明。又似夜明帘献给九公主，似天女散花落到菩萨肩上。更似橘叟下棋赌博的万斛玉尘，似孔子按采桑女指点穿就的九曲明珠。面对大龙湫一切都难以比拟，只能让它独占宇宙的奇观，实在有点不公。还有怪事是人立百步之外，忽然满脸被喷上冰凉的泉水；而等到你靠近大龙湫边上，又反而头发干燥悠然没事。真是山灵故意在玩游戏，让我也没地方去弄明白其奥妙。天台山的瀑布极其疯狂，雁荡山的瀑布水势不断，石门的瀑布十分喧闹，小龙湫的瀑布非常静美。大自然事事不雷同，光是瀑布就形态万千。要知道如果位置孤高少去依靠，就连泉水也变化多端像飞翔的仙人一样。

品评

郑板桥《赠袁枚》云:“君有奇才我不贫。”此诗正是显示袁枚“奇才”之作。它表现为对大龙湫“水云烟雾”强烈的审美感受，敏锐的观察，新颖的想象等方面。诗人为大龙湫之“独占宇宙奇观”而震惊，从而调动“星月驱使，华岳奔驰”(《续诗品·用笔》)的联想力，把其声响比作“雷梭抛掷”，把其水珠喻为玉龙“流涎”，把其光色拟成“夜明帘”“明珠”等，极尽夸饰之能事。同时细致地描绘出大龙湫“合并忽迸散”“坠下还迁延”之状态以及人们远观、逼近的不同感受，可见其观察之敏锐。诗最后四句又升华出“化工事事无复笔”与“地位孤高依傍少，水亦变化如飞仙”的哲理，有发人深省、举一反三之功。

卓笔峰（二首选一）

孤峰卓立[1]久离尘[2]，四面风云自有神[3]。绝地[4]通天一枝笔[5]，请看依傍是何人！

题解

此诗作于乾隆四十七年（一七八二）。卓笔峰，《名山记》载：雁荡山有五峰：展旗峰、石屏峰、天柱峰、玉女峰、卓笔峰。诸峰皆奇峭耸直，高插天半，而不沾寸土。本诗原见《小仓山房诗集》卷二十八。

注释

[1] 卓立：直立。 [2] 尘：尘土，亦有尘世之意。 [3] 神：神采。 [4] 绝地：绝远之地。 [5] 笔：指卓笔峰。

语译

孤峰直立，很久就远离尘世了，只有四面风云围绕而显得富有神采。身处绝远之地插入青天像一支笔，请看它何尝依傍着谁！

品评

卓笔孤峰“绝地通天”，无所“依傍”，所以“四面风云自有神”。此峰乃寄寓着诗人的人生理想与美学意趣。诗人做人不甘世俗之束缚，有独立无羁之个性；写诗则独来独往，反对拘守门户、依傍名家。写山即写人，个中诗旨当细加体味，不可仅以其为山写照视之。此所谓诗有言外之意也。

土人能负客游山者号曰海马，作歌赠之

黄山[1]有氓[2]真健者，云海横行力如马。惯负游人绝顶游，人亦浑[3]忘马是假。自言少小学飞猱[4]，千岩万壑行周遭[5]。勇可习也胆可养[6]，足所践处无卑高[7]。老我游山不自量，目极危崖[8]心想上。仗汝行缠[9]缚上肩，冲沙犯岭云争让[10]。初登始信[11]两三峰，继极莲花[12]千万丈。暗中偷眼往下注，纯是死生呼吸处。不信飞廉[13]果解飞，且学孟舍[14]能无惧。疑人不用用勿疑[15]，托孤寄命[16]凭他去。果然负重力能胜，个个身如着翅[17]行。有时故意作疾走，万山随我同奔腾。地虽无土总能踏，天如有阶亦可升。上比商丘开[18]，出入水火无惊猜；下比昆仑奴[19]，飞行绝迹[20]何殊[21]乎！八日游山事已了，策勋[22]那更如渠[23]好。不着黄缪[24]肯负人，并非赤兔[25]能先鸟[26]。只我思量转自怜：七十老翁[27]犹襁褓[28]！

题解

此诗作于乾隆四十八年（一七八三）游黄山之后。土人，本地人。海马，即诗中“云海横行力如马”之义。本诗原见《小仓山房诗集》卷二十九。

注释

[1] 黄山：在今安徽南部，以奇松、怪石、云海、温泉著名。 [2] 氓：郊野之民。 [3] 浑：全。 [4] 飞猱：猿类动物，体矮小，攀缘树木，轻捷如飞，故名。 [5] 周遭：周围。 [6] 勇可习也胆可养：谓勇气可以锻炼，胆量可以培养。 [7] 足所践处无卑高：谓脚随处可践踏而不论高低。 [8] 目极危崖：眼望高崖峭壁之巅。 [9] 行缠：绑腿布。 [10] 冲沙犯岭云争让：谓冲开沙石，登上山岭，云彩争着

让路。 [11] 始信：始信峰。 [12] 极莲花：登到莲花峰之顶。 [13] 飞廉：古代传说中的野兽，长毛有翼。此喻“海马”。 [14] 孟舍：《孟子·公孙丑上》：“孟施舍之养勇也，曰：‘视不胜犹胜也，量敌而后进，虑胜而后会，是畏三军者也，舍岂能为必胜哉，能无惧而已矣。’”此诗“孟舍”即“孟施舍”，其事迹已无可考，当是古代一个能培养勇气而无所畏惧的人。 [15] 疑人不用用勿疑：谓信不过的人不要使用，既然使用了就不要再疑心。 [16] 托孤寄命：语本《论语·泰伯》：“可以托六尺之孤，可以寄百里之命。”指把幼小的孤儿和国家的命脉都交付给他。此指一切托付给“海马”。 [17] 着翅：意即安上翅膀。[18] 商丘开：古代晋国人，能出入水火无伤。 [19] 昆仑奴：唐传奇《昆仑奴传》中人物，有异术。 [20] 绝迹：不见痕迹。 [21] 何殊乎：意谓没有不同。[22] 策勋：帝王对臣下授爵评功并记于简册。 [23] 渠：他，指“海马”。此指借海马游黄山事。 [24] 黄缪：黄色的衣褂。此谓清代官服。 [25] 赤兔：骏马名。《三国志·魏志·吕布传》：“布有良马曰赤兔。” [26] 先鸟：飞在鸟之前。[27] 七十老翁：作者自称，时年六十八岁，此约数。 [28] 襁褓：婴儿包。把婴儿包在小儿被子中。

语译

黄山有山民真是强健，在云海里横行力大如马。他们习惯背着游客在山峰高处游，游客全然忘了“海马”是人。他们从小就学习猿猴攀援，千山万壑都走个遍。他们说勇气可以锻炼胆量可以培养，脚所践踏处没有高低。我年老游山不自量力，眼望悬崖峭壁一心想登上。依仗着海马用绑腿布缚住我的肩，一路冲沙登岭，云彩争着让路。先登上始信峰的两三个山峰，接着登到莲花峰顶有千万丈。路上我暗地里偷眼往下看，纯是呼吸之间就可毙命的山谷。我不信飞廉真的能飞翔，那就学学孟施舍无所畏惧。信不过的人不要使用，既然使用了就不要再疑心，托孤寄命都凭他去了。海马们果然力大负重足以胜任，个个如装上翅膀飞行。有时故意加快脚步，万山就随我一起奔腾。地上没土他们总有落脚处，天上好像有阶梯可以攀升。上可以比商丘开，出入水火不惊恐猜疑；下可以比昆仑奴，飞行与不见痕迹没有差别。游山八日已经结束了，即使被帝王记功哪如骑着海马游山好。他们不想穿黄马褂而愿意背人游山，并不是赤兔马，但能走在飞鸟之前。只是想想自己有点可怜，快七十的老翁还被包在婴儿包里。

品评

诗人笔下的黄山“负客游山者”，真无愧于“海马”称号！他们虽背负重量，仍云海横行，身如着翅，凌绝顶，登天阶，飞行绝迹。诗人深为这“土人”的勇气、力量所折服，乃至“托孤寄命凭他去”。同时又戏称自己年近古稀而仍如婴儿在襁褓之中感到“自怜”。诗人生动地记叙了“海马”背自己游山的惊险过程，其中又辅以自己内心的感受，使读者产生如历其境的效果。全诗写得生气灌注，与诗境诗情十分吻合。

悼 松

黄山之松世少伍[1]，不在高长在奇古。根未离地身已曲，性似畏天头早俯。森布俨同华盖张[2]，崛强惯从石缝吐[3]。不阶尺土[4]真英雄，接引游人类佛祖[5]。扰龙破石菩团[6]名，载入诗歌画入谱。一朝人力少周防[7]，甘受樵夫[8]斤与斧[9]。拉杂摧烧[10]渐渐空，八九依稀存二五。奇峰不见瘦蛟[11]蟠[12]，绝巘[13]空馀弱草舞。老僧膜拜[14]力难救，青山无言色惨阻[15]。果为梁栋支[16]明堂[17]，松纵受戕[18]心亦许[19]。其如[20]当作腐草看，半入煤蓬[21]炊瓦釜[22]！古来劫数[23]总皆然，万事原非天作主。车鞭骏马背负盐[24]，盘烝[25]美人头作脯[26]。世充书卷尽沉河[27]，阿房一炬偏遭楚[28]。可怜松亦与之同，带露含霜变灰土。我欲上表通天台[29]，玉皇敕[30]下群官府。栽培保护三千年，或者奇松还再补。河清可俟人寿难[31]，独对荒山[32]泪如雨。

题解

此诗作于乾隆四十八年（一七八三）游黄山后。本诗原见《小仓山房诗集》卷二十九。

注释

[1] 世少伍：世上很少可以与它（黄山松）同列的。 [2] 森布俨同华盖张：谓树冠密布如同帝王的车盖张开。华盖，帝王的车盖。 [3] 崛强惯从石缝吐：谓黄山松秉性倔强，习惯于从石缝中长出。崛强，同“倔强”。 [4] 不阶尺土：不凭借尺土之地。阶，凭借。 [5] 接引：佛教语。谓佛祖释迦牟尼与观世音、大势至两菩萨引导众生入西方净土。 [6] 扰龙、破石、菩团：皆黄山怪松名。[7] 周防：周密地防备。 [8] 樵夫：砍柴的人。 [9] 斤：斧头。 [10] 拉杂摧烧：折碎摧毁焚烧。 [11] 瘦蛟：喻松。 [12] 蟠：盘曲而伏。 [13] 绝巘：绝壁。[14] 膜拜：此谓礼拜佛祖。 [15] 惨阻：同“惨沮”，沮丧失色。 [16] 支：支撑。[17] 明堂：古代天子宣明政教的地方。 [18] 戕：残害。 [19] 许：应许。[20] 其如：怎奈。 [21] 煤蓬：煤与蓬草。 [22] 炊瓦釜：烧瓦锅做饭。 [23] 劫数：此谓厄运。 [24] 车鞭骏马背负盐：谓鞭笞骏马运盐。 [25] 烝：进。 [26] 脯：干肉。 [27] 世充书卷尽沉河：唐太宗击败王世充后，把王世充的图籍沉入滹沱河中，以示不追究部下与王世充有联系的事情。 [28] 阿房一炬偏遭楚：谓秦阿房宫被楚霸王项羽一炬烧光。阿房，秦代大建阿房宫，遗址在西安市西。其实阿房宫并未建成。 [29] 通天台：台名。在今陕西淳化县西北甘泉山甘泉宫中，汉武帝所建。此借指天庭。 [30] 敕：谓玉皇的诏书。 [31] 河清可俟人寿难：《左传·襄公八年》：“俟河之清，人寿几何！”此句谓黄河虽然可以变清（古称千年一清），但人的寿命难以等待。此喻奇松再补难以见到。俟，等待。[32] 荒山：奇松被砍烧后的黄山。

语译

黄山之松世上很少有可与其并列的，其妙处不在树干的高与枝条的长。它树根未离地而身体已弯曲，秉性好似害怕老天头早就低下。其树冠密布如同帝王的车盖张开，秉性倔强，习惯于从石缝中长出来。它不靠尺土之地就能生长真是英雄树，像佛祖一样把游人引导入极乐之地。其扰龙、破石、菩团等名称，都载入了诗歌，绘进了画谱。可一旦人力没有周密地去保护它，它就只能甘心遭受樵夫斧头的砍伐了。奇松被折碎摧毁焚烧掉，剩存的不到十之七八，也就是一半左右了。于是奇峰上不见了蛟龙般盘曲的奇松，绝壁上只有细弱的小草在摇晃。老僧即使膜拜佛祖也难以拯救，青山也无言而神色沮丧。如果能成为栋梁材去支撑厅堂，奇松纵使被砍伐心里也愿意。怎奈它被当作腐草看，大半是与煤块蓬草一起去烧锅做饭。古来的劫难都是这样的，万事原本不是老天做主的。当年有人鞭笞千里马去运盐备受苦难，还有人进献美女头做肉干。唐太宗把王世充的图籍都沉入滹沱河中，阿房宫被楚霸王项羽一炬烧光。可怜奇松也与它们相同，带露含霜就变成了尘土。我要给天庭的玉皇大帝上书，请玉皇下诏给各处官府，命令他们栽培保护奇松三千年，或者再补种许多奇松。只是黄河虽然可以千年变清，但人寿有限难以等到，我也看不到奇松繁茂了，不禁面对光秃的黄山泪如雨下。

品评

黄山松有奇古之风姿，倔强的性格，迎客的热情，可谓集真善美于一身，是世上罕见其匹的松树“英雄”。但是如此奇美之物却遭斧斤戕伐，被拉杂摧烧，如同“腐草”。其命运何其悲也！此诗似乎是“环保诗”。但诗人又联想到“骏马背负盐”“美人头作脯”“书卷尽沉河”“阿房一炬”等种种事实，乃深为有价值的东西被毁灭之悲剧而痛心。诗末“独对荒山泪如雨”，这岂止是悼黄山之松，亦是悼世上无数怀才不遇而劫数难逃的人！此乃诗的言外之意，味外之旨。袁枚说：“咏物诗无寄托，便是儿童猜谜。”(《随园诗话》卷二)《悼松》实为有“寄托”之作。

独秀峰

来龙去脉[1]绝无有[2]，突然一峰插南斗[3]。桂林山形奇八九，独秀峰尤冠其首[4]。三百六级登其巅，一城烟火来眼前。青山尚且直如弦[5]，人生孤立[6]何伤焉[7]！

题解

此诗作于乾隆四十九年（一七八四）南游广西时。独秀峰，又名紫金山，在今广西桂林市中心。山壁有清人书刻的“南天一柱”等大榜书。本诗原见《小仓山房诗集》卷三十。

注释

[1] 来龙去脉：旧时风水先生以山势为龙，称其起伏绵亘的姿态为龙脉，后因称山水地形脉络起伏之势。 [2] 绝无有：谓独秀峰一峰独立，没有起伏延伸的山势。 [3] 南斗：即斗宿，二十八宿之一。也借指南部地区。 [4] 冠其首：谓位居第一。 [5] 直如弦：直如弓弦。《后汉书·五行志》载童谣云：“直如弦，死道边；曲如钩，反封侯。” [6] 孤立：独立无所依傍。 [7] 何伤焉：有什么可伤感的呢？

语译

没有起伏绵亘的山势，好似一峰突然插到这块南方的土地上。桂林山峰奇特的形态多种多样，而独秀峰之奇堪称第一。踏上三百零六级台阶登上山顶，满城的炊烟来到眼前。青山尚且笔直如弓弦，人生独立无依傍又有什么可伤感的呢？

品评

独秀峰孤峰矗立云天，没有“来龙去脉”，这是其独特的审美价值之所在。

但诗人不仅从美的角度赞赏独秀峰居“桂林山”形奇之冠，同时还从善的角度肯定其“直如弦”。此“直”乃双关语，兼有孤介正直之义，这与诗人不怕“人生孤立”的观念有某种相通之处。它表现了诗人不甘与世俗同流的秉性，亦显示了诗人性灵之真。诗大笔如椽，气势沉雄。刻画独秀峰的意象角度不一：首联是直接描写独秀峰“一峰插南斗”的形象，颔联是以独秀峰与其他“桂林山”比较突出其“冠”的地位，颈联是以登上其巅可展望“一城烟火”来侧面衬托其高峻，从而予人立体化的美感。

哭蒋心馀太史（二首选一）

西江[1]风急水摇天，吹去人间老谪仙[2]。名动九重[3]官七品[4]，诗吟一字响千年。空中香雨[5]金棺[6]掩，帐下奇儿[7]玉笋联[8]。如此才华埋地底，夜深宝剑恐腾烟[9]。

题解

此诗作于乾隆五十年（一七八五）。蒋士铨（一六〇一——一六四五），字心馀，一字苕生，号藏园，江西铅山人。进士，曾任翰林院编修。清代戏曲家、文学家。其诗与袁枚、赵翼齐名，有《忠雅堂全集》。太史，明清称翰林为太史。本诗原见《小仓山房诗集》卷三十一。

注释

[1] 西江：指今江西境内之长江。 [2] 吹去人间老谪仙：谓蒋心馀仙逝。谪仙，旧时称才学优异者，如谪降人世的神仙。此指蒋心馀。 [3] 九重：九重天。 [4] 七品：古代官吏等级之一。官吏共分九品，七品属低级官吏。 [5] 香雨：有香味之雨。沈约《弥勒赞》：“慧目晨开，香雨宵坠。” [6] 金棺：有黄金修饰之棺材。李白《古风》之三：“但见三泉下，金棺葬寒灰。” [7] 奇儿：对蒋心

馀后代的美称。 [8] 玉笋联:像笋一样排立。玉笋,喻其后代皆人才。《新唐书·李宗闵传》:“俄复为中书舍人，典贡举，所取多知名士……世谓之‘玉笋’。”
[9] 夜深宝剑恐腾烟：谓蒋士馀如埋在地下的宝剑仍有烟气升腾。此化用“龙光（剑光）射牛斗之墟”（王勃《滕王阁序》）之意境。

语译

西江大风急骤，吹起波浪摇动着水中天，也吹走了谪降人间的老神仙。蒋氏虽是七品小官而名声震动九重天，他吟一句诗就可影响千百年。如今空降香雨蒋氏金棺掩埋了，留下帐前的奇儿似玉笋排列。像蒋氏这样的才华埋到了地下，但夜深时恐怕会像宝剑一样，有如烟的剑气升腾起来。

品评

袁枚与蒋心馀互相推许，堪称知音。袁枚尝称：“蒋君心馀，奇才也……其摇笔措意,横出锐人,凡境为之一空。”(《蒋心馀藏园诗序》)故云“名动九重”，“诗吟一字响千年”。而今“谪仙”虽已仙逝,但诗人对蒋心馀的钦仰之情益增。他认为蒋氏“才华”不会消失,即使人已“埋地底”,仍将如“宝剑”于夜深“腾烟”。奇特的想象蕴含着深厚的友情，痛哭声中充满无限的惋惜与崇敬。此诗表现手法上颇注重借景抒情，比如开篇的“西江风急水摇天”，就借天气的突变表现蒋氏突然去世的悲凉之感;“空中香雨”的美妙景象，乃借以表达对蒋氏的崇敬之情。这些景并非写实,乃是虚构,所以不属于“即景抒情”,而是“构景抒情”。此诗用典也较多，除了颔联，其馀三联皆用典，但非僻典，容易理解，也有助于拓宽诗的意境，引发读者的联想。

对书叹

我年十二三，爱书如爱命。每过书肆[1]中，两脚先立定。

苦无买书钱，梦中犹买归。至今所摘记，多半儿时为。宦成[2]恣所欲[3]，广购书盈屋。老矣[4]夜犹看，例秉一条烛[5]。两儿[6]似我年[7]，见书殊漠然[8]。此事非庭训[9]，前生须夙缘[10]。名将不两代[11]，文人无世家[12]。可怜袁伯业[13]，对书空叹嗟[14]。

题解

此诗作于乾隆五十二年（一七八七）。本诗原见《小仓山房诗集》卷三十二。

注释

[1] 书肆：书店。 [2] 宦成：做了官。 [3] 恣所欲：随心所欲。 [4] 老矣：年纪已老。时诗人年已七十二岁。 [5] 例秉一条烛：谓照例执一根蜡烛照光。 [6] 两儿：阿通、阿迟。阿通原为袁枚从弟袁树之子，过继给袁枚。 [7] 似我年：即像我十二三岁时的年龄。 [8] 殊漠然：十分淡漠，即不感兴趣。 [9] 此事非庭训：谓孩子爱读书不是靠父亲训诲所能做到的。庭训，旧指父亲的训诲，典出《论语·季氏》。 [10] 夙缘：旧缘。 [11] 名将不两代：谓名将不能接连两代人都是。此比喻自己与儿子不能两代都爱书。 [12] 世家：旧时泛指门第高而世代做官的人家，也指世代读书作文之家。 [13] 袁伯业：东汉袁遗，字伯业，以好学著称。此作者自比。 [14] 叹嗟：叹息。

语译

当我十二三岁时，爱书就像爱命一样。每次经过书店，两脚就先站住了。苦恼的是没有买书的钱，但做梦还梦到把书买回来。至今我所摘记的资料，大半是少年时所做的。做官后能随心所欲了，就买了大量的书充满了书房。年老了半夜还看书，照例执一根蜡烛照光。我的阿通、阿迟两儿现在似我当年的年龄，看见书籍却很淡漠。爱书之事不是靠父亲教诲所能做到的，要前生与书有缘分。名将不能接连两代人都是，文人也没有世代读书之家。可怜我这像好书的袁伯业一样的人，只能对着书籍白白地叹息。

品评

诗人对书之“叹”有二：一是自己虽然“爱书如爱命”，但少时家境贫困，“苦无买书钱”，而只能于书肆中“立定”看书；二是今日虽然“广购书盈屋”，自己作出了好学爱书的榜样，但“两儿”“见书殊漠然”。诗人由于自幼苦读才有所成就，但是“文人无世家”，嗟叹亦无用。事实上阿通、阿迟“两儿”也的确没有建树。诗人望子成龙将成泡影，悲哀之感油然而生。此诗前半记事，基本是白描手法，自然无饰，文字口语化，老妪可解。后半议论，偶用典故，但也浅白通俗。这是一首表达真性情的性灵诗。

庚戌春暮寓西湖孙氏宝石山庄，临行赋诗纪事（十二首选一）

红妆[1]也爱鲁灵光[2]，问字[3]争来宝石庄。压倒三千桃李树[4]，星娥月姊[5]在门墙[6]。

题解

组诗作于乾隆五十五年庚戌（一七〇〇）湖楼诗会后。西湖，指杭州西湖。孙氏指孙嘉乐，字令宜，号香岩，浙江杭州人。曾任云南按察使、四川按察使，与袁枚世交。其女孙云凤、孙云鹤皆袁枚女弟子。宝石庄，当在西湖北岸的宝石山麓，为孙氏居处。本诗原见《小仓山房诗集》卷三十二。

注释

[1] 红妆：原谓女子盛妆，后亦指美妙的女子。 [2] 鲁灵光：汉代宫殿名。王文考《鲁灵光殿赋序》：“自西京未央、建章之殿，皆见隳坏，而灵光岿然独

存。”后因称硕果仅存的人或事物为鲁灵光。此作者自称，表示年长。[3]问字：此指求教写诗。[4]三千桃李树：比喻孔子三千弟子。桃李，比喻所培养的学生。[5]星娥月姊：李商隐《圣女祠》：“星娥一去后，月姊更来无？”星娥，织女。月姊，嫦娥。此比喻作者的女弟子。[6]门墙：指师门。典出《论语·子张》：“夫子之墙数仞，不得其门而入，不见宗庙之美、百官之富。”

语译

才女们也喜爱我这个老翁，争先恐后来到宝石庄求教写诗。她们胜过孔子的三千弟子，个个都像织女、嫦娥进入我的师门。

品评

作者于此诗末附小注云：“女公子张秉彝、徐裕馨、汪婶等十三人以诗受业，大会于湖楼。”袁枚收女弟子学诗一事颇遭人非议，但袁枚我行我素，毫不动摇。因此当他寓居宝石庄，女弟子们“问字争来”时，他很欣然，并为之自豪。他不仅美称女学生为“星娥月姊”，且认为“压倒三千桃李树”，连孔老夫子的三千弟子亦不及其女门生。这在尊孔如神、男尊女卑的时代，可谓胆大妄为之论，这充分显示了袁枚蔑视礼法的个性与精神，是十分难能可贵的。此诗写得很形象，这与多用比喻有关；文字典雅，颇具文采，这与“红妆”的身份甚合拍。

遣　兴（二十四首选四）

爱好[1]由来落笔难，一诗千改始心安。阿婆[2]还是初笄女[3]，头未梳成不许看[4]。

题解

组诗作于乾隆五十六年（一七九一）。本诗原见《小仓山房诗集》卷三十三。

注释

[1] 爱好：谓追求艺术价值高的好诗。 [2] 阿婆：老年妇女。此作者自喻。 [3] 初笄女：刚成年的女子。古代女子十五岁行笄礼，可以盘发插簪子了。笄，簪子。 [4] 看：欣赏。

语译

要写出好诗，从来落笔都是很艰难的，一首诗要千百次修改才心安。我这个老阿婆还是个刚可以盘发插簪子的大姑娘，头发没梳好是不许别人观赏的。

品评

诗人于《续诗品·勇改》尝云："人功不竭，天巧不传。知一重非，进一重境。"这正是"一诗千改始心安"的奥秘。其中自有艺术辩证法。诗末两句比喻新颖，妙语解颐，极富风趣：诗人虽然是诗坛宿将，有如白发苍苍的老阿婆；但未敢掉以轻心，仍把自己当作学诗新手，就似"初笄女"一样，不把头发梳好（即不把诗改得完美）是决不轻易让人欣赏的。这种严肃认真的创作态度无疑是值得击节赞赏的。

独来独往[1]一枝藤，上下千年力不胜[2]。若问随园[3]诗学某，三唐[4]两宋[5]有谁应？

注释

[1] 独来独往：不依傍外物而独自往来。 [2] 上下千年力不胜：意谓如果追随千馀年来的古人将是力不胜任的。 [3] 随园：诗人自称随园老人。 [4] 三唐：谓初、盛、晚唐。 [5] 两宋：谓北宋与南宋。

语译

我像一条藤蔓不依傍外物而独自延伸，要我追随千年来的古人我是难以做到的。如果问随园老人诗学的是谁，三唐两宋的诗人有谁敢承认？

品评

乾隆诗坛有宗唐的格调派与宗宋的浙派，袁枚讥前者为“貌袭盛唐”、后者为“皮傅残宋”(《万柘坡诗集跋》)。规唐模宋皆作茧自缚。袁枚论诗主独抒性灵，爱独不爱同。因此，他自称是“独来独往一枝藤”，决不模仿“三唐两宋”中任何一个名家，诗末以问句形式道出此意，益显其自信与自豪之感。

但肯寻诗[1]便有诗，灵犀[2]一点是吾师。夕阳芳草寻常物，解用[3]都为绝妙词。

注释

[1] 寻诗：寻觅诗句，即作诗。 [2] 灵犀：犀牛角。古代把犀牛角视为灵异之物。犀角中心的髓质如白线直通两头，感应灵敏。李商隐《无题》：“身无彩凤双飞翼，心有灵犀一点通。”此处指灵性。 [3] 解用：懂得采用。

语译

我要想写诗就有诗流出来，因为我心中有灵性在引导我写诗。夕阳、芳草等普通的外物，只要你会采用都会变成美妙的意象。

品评

袁枚论诗推崇“笔性灵”(《随园诗话补遗》卷二)。此乃其性灵说诗论要旨之一。这里标举“灵犀一点是吾师”，即是强调灵性在创作中的重要性。与古代诗画论者强调以造化为师相比，此论涂抹着唯心论色彩。但诗人在秉性上确实有“灵”与“笨”之分。唯“笔性灵”者，下笔左右逢源，触处生春，即使“夕阳芳草寻常物”，亦懂得如何点化为生动的意象。这一观点显然并非毫无道理。

郑孔[1]门前不掉头[2]，程朱[3]席上懒勾留[4]。一帆直渡东沂水[5]，文学[6]班中访子游[7]。

注释

[1] 郑孔：郑玄与孔颖达。郑玄为东汉经学家，孔颖达为唐代经学家。 [2] 掉头：回头。 [3] 程朱：程颢、程颐与朱熹，分别为北宋与南宋的理学家。 [4] 勾留：停留。 [5] 东沂水：山东沂水。源出曲阜东南的尼丘，西流经曲阜。《论语·先进》：“浴乎沂。”此指代孔子故乡曲阜。 [6] 文学：文章博学。 [7] 子游：春秋时吴国人。孔子学生，擅长文学。

语译

在郑、孔的汉学门前我绝不回头，在程、朱的理学席上我也懒得停留。我愿意扬帆直渡山东沂水，去拜访“文学”之祖子游。

品评

清代乾嘉时期盛行汉学与程朱理学。袁枚固然贬斥理学，亦不屑于汉学，而独于“文学”上用功，并溯源到子游为“文学”之祖。此诗倡导“文学”之旨，借用具体形象表现，故读来无枯燥乏味之感。

二闺秀诗

扫眉才子[1]少，吾得二贤[2]难。鹫岭[3]孙云凤[4]，虞山[5]

席佩兰[6]。天花双管舞[7]，瑶瑟[8]九霄弹。定是嫦娥伴，风吹落广寒[9]。

题解

此诗作于乾隆五十八年（一七九三）。闺秀，旧称有才德之女。本诗原见《小仓山房诗集》卷三十四。

注释

[1] 扫眉才子：画眉的才子，旧指有文才的女子。 [2] 二贤：两位有才德的人。指下文所举孙云凤、席佩兰。 [3] 鹫岭：杭州飞来峰。此指代杭州。 [4] 孙云凤：字碧梧，杭州人。为袁枚浙江女弟子之首。工诗词，有《湘云馆诗词稿》。[5] 虞山：在江苏常熟，此指代常熟。 [6] 席佩兰：字韵芬，一字道华，号浣云。江苏常熟诗人孙原湘妻，为袁枚第一女弟子。有《长真阁诗稿》。 [7] 天花双管舞：谓用双笔舞出天花。此化用《开元天宝遗事》"梦笔头生花"之典。天花，《维摩经》："时维摩诘室有一天女，见诸天人闻所说法，便现其身，即以天华（花）散诸菩萨大弟子身上。"双管，两枝笔。此指孙、席二人之笔。 [8] 瑶瑟：用玉为饰的乐器瑟。 [9] 广寒：广寒宫，月中宫殿名。

语译

有文才的女子很少，我却收了两位难得的才女做弟子。一位是杭州的孙云凤，一位是常熟的席佩兰。她们好像能用双笔舞出天花，又好似可在九霄用瑶瑟弹出乐曲。她们一定是嫦娥的伙伴，驾着清风从广寒宫落到人间。

品评

按封建陈腐观念，"女子不宜为诗"，所谓"女子无才便是德"。对此袁枚尝驳斥道："陋哉言乎！圣人以《关雎》《葛覃》《卷耳》冠三百篇之首，皆女子之诗。"（《随园诗话补遗》卷一）这显然是对传统观念的挑战！因此他广收女弟子，又在《随园诗话》中博采闺秀之作。此诗则满腔热忱赞扬两位女弟子之诗才，拟之为来自月宫的仙女，其诗才甚至如“双管舞”“天花”、“九霄”弹“瑶瑟”,大有“此曲只应天上有,人间能得几回闻”(杜甫《赠花卿》)之妙。其中或许不无溢美之处，但能如此评价闺秀诗，毕竟是要有过人胆识的。

示　儿(二首选一)

可晓尔翁[1]用意深，不教应试只教吟[2]。九州[3]人尽知罗隐[4]，不在科名[5]记上寻。

题解

诗作于嘉庆二年(一七九七)。示儿，给儿子看。儿，指阿通、阿迟。本诗原见《小仓山房诗集》卷三十七。

注释

[1] 尔翁：你的父亲。此作者自称。　[2] 不教应试只教吟：谓不教儿子参加科举考试，只教写诗。　[3] 九州：谓全中国。　[4] 罗隐：字昭谏，新登(今浙江桐庐)人。唐文学家。　[5] 科名记：科举考试中进士者的名录。

语译

你们可知道老父我的用意很深，不教你们去参加科举考试，而只教你们去学写诗。九州的人都知道罗隐，但不会在科名记上去寻找他。

品评

昔日陆游临死前有《示儿》诗，嘱咐：“王师北定中原日，家祭无忘告乃翁。”诗人乃仿陆游而写《示儿》，同属类似遗嘱之什。袁枚辞官后隐居近五十年，自己不复出仕，亦希望儿子不要奔走于仕途。古来有名的文学家很多人，“不在科名记上寻”，罗隐只是其中一例而已。这其中自有诗人对“科名”的深刻认识。

小仓山房文集选

长沙吊贾谊赋

岁在丙辰[1]，予春秋[2]二十有一，于役粤西[3]，路出长沙，感贾生[4]之吊屈平[5]也，亦为文以吊贾生。其词曰：

何苍苍者[6]之不自珍其灵气兮[7]，代纷纷而俊英[8]。前者既不用而流亡兮，后者又不用而挺生[9]。惟吾夫子[10]之于君臣兮，泪如秋霖[11]而不可止。前既哭其治安[12]兮，后又哭其爱子[13]。为人臣而竭其忠兮，为人师而殉之以死。

君固黄、农、虞、夏[14]之故人兮，行宛曼于先王[15]。不知汉家之自有制度兮，乃嘐嘐[16]然，一则曰礼乐[17]，二则曰明堂[18]。夫固要君以尧、舜[19]兮，岂知其谦让而犹未遑[20]！彼绛、灌[21]之皝皝[22]兮，召儒生而恒东向[23]。见夫子而吠所怪[24]兮，以弱冠[25]而气凌其上。曰丁我躬[26]而未谐夫人世兮，未免负孤姿而抱绝状。

当七国之妖氛[27]将发兮，彼社稷臣无一语。徒申申[28]其排余兮，余又见木索棰笞[29]而怜汝。荪[30]两爱而莫知所为兮，终不知千古之孰为龙而孰为鼠！彼俗儒之寡识兮，谓宜交欢夫要津[31]。使诡遇而获兽[32]兮，吾又恐孟轲[33]之笑人。

圣贤每汶汶[34]而蹇屯[35]兮，历万祀[36]而不知其故也。吾独悲吾夫子兮，为其知而不遇也。明珠耀于怀袖兮，忽中道而置之；淑女欢于衾席兮，媵妉[37]谮而弃之。夫既干将[38]之出匣兮，胡[39]不淬清水而试之？蒙召见于宣室[40]兮，泣鬼神于前席[41]。苏[42]拳拳[43]而托长沙王兮，终不忍使先生之独受此卑湿[44]。欲嘉遁[45]乎山椒[46]兮，感君王之恩重；图效忠于晚节兮，鹏鸟又知而来送[47]。己之薄命固甘心兮，又累梁王[48]而使之翻鞚[49]。伤为傅之无状兮，自贤人之忠爱也；三十三而化去兮，恐终非哭泣之为害也。

彼颜渊之乐道[50]兮，亦时命之不长。贤者不忍其言之验兮，宜其身先七国而亡。误凤凰为钦鸡[51]兮，览德辉[52]而竟去；驷玉虬[53]以上升兮，知九州[54]之不可以久驻。逝者既萧曼[55]以云征兮，名独留乎此处。

乱[56]曰：潇湘之春，水浩浩兮；有美一人，涉远道兮。忽见芳草，生君之庙兮；咨嗟[57]涕洟[58]，感年少兮。

题解

乾隆元年（一七三六），作者从故乡杭州赴广西桂林省叔父袁鸿，途经长沙凭吊贾谊祠，写有此赋。贾谊（前二〇〇—前一六八），洛阳（今河南洛阳东）人。西汉政论家、思想家、散文家。曾被贬为长沙王太傅。后被任为梁怀王太傅。有《陈政事疏》《过秦论》等。文帝十一年（前一六九）梁怀王坠马而死，贾谊自伤失职，后抑郁而死。其文被后人辑为《贾谊集》。本文原载《小仓山房文集》卷一。

注释

[1] 丙辰：指乾隆元年（一七三六）。 [2] 春秋：指年龄。 [3] 于役粤西：指出行到广西桂林。 [4] 贾生：即贾谊。有《吊屈原赋》。 [5] 屈平：屈原。 [6] 苍苍者：指苍天。 [7] 兮：语气词。 [8] 俊英：才能出众的人。 [9] 挺生：挺拔生长。 [10] 夫子：对男子的尊称。此指贾谊。 [11] 秋霖：秋雨。 [12] 哭其治安：《汉书·贾谊传》："谊数上疏陈政事，多所欲匡建。其大略曰：臣窃惟事执可为痛哭者一，可为流涕者二，可为长太息者三。若其它背理而伤道者，难遍以疏举。进言者皆曰天下已安已治矣，臣独以为未也。曰安且治者，非愚则谀。"贾谊认为天下并非平安无事。 [13] 哭其爱子：《史记·屈原贾生列传》："怀王骑，堕马而死，无后。贾生自伤为傅无状，哭泣岁馀，亦死。"爱子，指所敬爱的皇子梁怀王。 [14] 黄、农、虞、夏：黄，黄帝，号轩辕氏，五帝之一。农，神农氏，也称炎帝，五帝之一。虞，虞舜，号有虞氏，五帝之一。夏，夏禹，夏朝的第一个君主。 [15] 行宛曼于先王：《韩非子·外储说左上》："请许学者而行宛曼于先王，或者不宜今乎？"宛曼，谓渺茫广远。 [16] 嘐嘐：志大言夸。 [17] 礼乐：礼节与音乐。 [18] 明堂：古代帝王宣明政教的地方。《孟子·梁惠王下》："夫明堂者，王者之堂也。" [19] 尧、舜：唐尧与虞舜，古代圣明的君主。 [20] 未遑：无暇。遑，闲暇。 [21] 绛、灌：绛，汉初绛侯周勃，右丞相。灌，汉初丞相灌婴。 [22] 赳赳：勇武貌。 [23] 东向：《史记·绛侯周勃世家》："勃不好文学，每召诸生说士，东向坐而责之：'趣，为我语！'"此指不尊重。 [24] 吠所怪：《楚辞·九章·怀沙》："邑犬群吠兮，吠所怪也。" [25] 弱冠：《礼记·曲礼上》："二十曰弱，冠。"指二十岁时行冠礼。 [26] 曰丁我躬：《诗·大雅·云汉》："耗斁下土，宁丁我躬。"意谓不幸之事怎么让我碰上。 [27] 七国之妖氛：指西汉初所封同姓七国诸侯谋反。 [28] 申申：反复。 [29] 木索棰笞：司马迁《报任安书》："其次关索被棰楚受辱。"木索，刑具，加在犯人颈、手、足上的"三木"以及绳索。棰笞，用马鞭抽打。 [30] 荪：香草。《楚辞》中多见，多象征君主执事等。 [31] 要津：显要的职位。 [32] 诡遇而获兽：《孟子·滕文公下》："吾为之范我驰驱，终日不获一；为之诡遇，一朝而获十。"此意谓不循正道而获取富贵。 [33] 孟轲：字子舆。战国时鲁国邹（今属山东）

人。后世称亚圣。 [34] 汶汶：污浊。 [35] 蹇屯：犹豫不决。 [36] 万祀：万年。 [37] 媵妣：古代陪嫁的女子。 [38] 干将：古代宝剑。《吴越春秋》："干将，吴人，与欧冶子同师。阖闾使造剑二枚：一曰干将，一曰莫邪。" [39] 胡：何。 [40] 宣室：汉都长安未央宫前正室。 [41] 泣鬼神于前席：《史记·屈原贾生列传》："后岁馀，贾生征见。孝文帝受釐，坐宣室。上因感鬼神事，而问鬼神之本。贾生因具道所以然之状。" [42] 荪：指代君王汉文帝。 [43] 拳拳：用心诚恳。 [44] 卑湿：低湿。《史记·屈原贾生列传》："闻长沙卑湿，自以寿不得长。" [45] 嘉遁：值得称许的隐遁。《易·遁》："九五，嘉遁贞吉。" [46] 山椒：山顶。 [47] 鹏鸟又知而来送：《史记·屈原贾生列传》："贾生为长沙王太傅三年，有鹏鸟飞出贾生舍，止于座隅。" 鹏鸟，猫头鹰一类的不祥之鸟。知，结交。 [48] 梁王：梁怀王刘揖，汉文帝之子。 [49] 翻鞚：坠马。鞚，马笼头。 [50] 颜渊之乐道：孔子弟子颜渊（又曰颜回）贫而好学，孔子曰："贤哉，回也！一箪食，一瓢饮，在陋巷，人不堪其忧，回也不改其乐。贤哉，回也！" [51] 钦鸡：猫头鹰。 [52] 览德辉：贾谊《吊屈原赋》："凤凰翔于千仞兮，览德辉而下之。" [53] 驷玉虬：驾驭玉龙。 [54] 九州：古代中国分九州，此即指中国。 [55] 萧曼：弥漫疏远。 [56] 乱：赋结尾处有韵的总结词。 [57] 咨嗟：叹息。 [58] 涕洟：眼泪与鼻涕俱下。涕，眼泪。洟，鼻涕。

语译

丙辰年，我年二十一。出行赴广西，经过长沙，有感于当年贾谊作赋吊念屈原，也作一篇赋凭吊贾谊。其词曰：

为什么苍天不珍惜它培育的聪慧秀美之人，而让才能出众的精英一代一代沮谢？前代的既不被重用而四处流亡，后世的又不被重用而只能自己挺立生长。想到我贾生夫子在君臣关系上，也常泪如秋雨其势不止。于前哭天下并非平安无事，于后又哭皇子梁怀王堕马而死。为人臣就应当尽其忠，为人师失职就该殉之而死。

你本像黄帝、神农、虞舜、夏禹时的故人，但行为与上古贤明君王相距广远。你不知汉代有自家的制度，却志大言夸地一谈礼乐，二谈政教。你希望国君要像尧舜一样贤明，哪知他谦让还来不及呢。而那周勃、灌婴的勇武之将，召见儒士总是朝东向高坐而蔑视之，看到夫子你就像邑犬见到怪物而进行攻击，并因为你年才弱冠而盛气凌人。怎么不幸的事都让你碰上，而你不能与世和谐，难免要孤单而面临绝境。

当年西汉初所封同姓七国诸侯将谋反时，那些社稷大臣们没有人说句话，只会相互之间不断地排斥，我又看见你被木索加刑或马鞭抽打而可怜你。君主于对立的臣下不知要做些什么，始终不知千古以来谁是龙谁是鼠。那些凡俗的儒生见识寡陋，只知说要交结身居要津的权贵。即使这样不循正道而获取了功名富贵，我恐怕孟轲要耻笑他们。

所谓的"圣贤"往往内心污浊而做事犹豫，就算经历了万年也不知其中的原因。我只是悲悯我的贾生夫子啊，为的是其虽明智而不被赏识。这好像明珠在怀袖中闪耀，被人揣到半途忽然又丢掉了；又像淑女大婚在枕席间十分欢娱，却因陪嫁女的谗言而忽然被抛弃了。如果宝剑干将已经铸就，何不用清水淬火试试其硬度？贾生蒙文帝召见于宣室讲鬼神事，文帝移坐向前倾听，鬼神都要为之感泣了。主上诚挚地把长沙王托付给你，终不忍心让先生你独尝低地湿热之苦。你想合乎时宜地隐居于山顶，又感念君王的恩重；打算效忠到晚年，而不吉利的猫头鹰又来结交相送。自己命薄本已甘心了，又连累梁怀王使之坠马而亡。贾生感伤自己当师傅而没有尽责，这自然也是贤人具有忠爱之心的表现；他三十三岁就羽化而逝去，恐怕最终不是由于哭泣所害。

那位颜渊虽然安贫乐道，但寿命也不长。你不忍让自己所预言的事应验，所以你就先在七国叛乱之前亡故了。如果误把凤凰当成猫头鹰，那凤凰就是身披着仁德的光辉也得离去；你驾御着四条玉龙升向天空，知道九州不可以长久停驻。逝者已经像云一样弥漫疏远了，只有他的芳名还留在此处。

乱曰：潇湘的春天，水势浩浩，有一位品德美好的人，走向了远方。忽然见到一丛芳草，长在你的庙祠之前。我涕泪俱下，惋惜你是那样的年轻啊。

品评

当年贾谊"为长沙王太傅，既以谪去，意不自得；及度湘水，为赋以吊屈原”(贾谊《吊屈原赋》),为自己怀才不遇,遭受权贵排挤而借吊屈原抒发愤懑。而袁枚写此赋时年已弱冠，仕途无望，前途渺茫，乃“感贾生之吊屈平也，亦为文以吊贾生”。尽管袁枚之遭际、身份尚不可与贾生相提并论，但心怀济世之志而报国无门的情怀是无二致的。这正是作者写此赋的思想基础。

此赋首先提出一个使作者困惑或悲哀的问题:“何苍苍者之不自珍其灵气兮？”而竭忠殉死的“俊英”贾谊正是不被珍惜的典型。贾谊之不被珍惜，亦即作者所同情悲哀处，表现在贾谊因欲改革汉制度不合时宜，而被“绛、灌”排挤，使其“负孤姿而抱绝状”。另外，还表现在“当七国之妖氛将发兮，彼社稷臣无一语”，独有贾生早就建议削弱诸侯王势力，以免祸患，却有“木索棰笞”之忧而令人可怜。最终,则表现在贾谊一生壮志未酬,半途而废,如“明珠耀于怀袖兮，忽中道而置之”，初被贬谪为长沙王太傅，无所事事，继迁梁怀王太傅，又遇梁怀王坠马而死之祸，导致“三十三而化去”。至此作者悲哀、痛惜的感情亦达到了高潮。

但作者意犹未尽，又以安贫乐道的颜渊“亦时命之不长”以及“宜其身先七国而亡”作衬托，对贾谊之早逝进行“开脱”，此乃自我慰藉也。而“乱”辞之“咨嗟涕洟，感年少兮”，作者自然是联想到“春秋二十有一”的自己亦正“年少”，而未来如何？这正是作者所担忧的，从而留下艺术空白。

秋兰赋

秋林空兮百草逝，若有香兮林中至。既萧曼[1]以袭裾[2]，复氤氲[3]而绕鼻。虽脉脉[4]兮遥闻，觉熏熏然[5]独异。予心讶焉，是乃芳兰;开非其时，宁[6]不知寒？于焉[7]步兰陔[8]，循兰池，披条[9]数萼,凝目寻之。果然兰言,称某[10]在斯[11]。业经半谢，尚挺全枝。啼露眼[12]以有待，喜采者之来迟。苟不因风而桭触[13]，虽幽人[14]其犹未知。

于是舁[15]之萧斋[16]，置之明窗。朝焉[17]与对，夕焉与双。虑其霜厚叶薄，党孤[18]香瘦；风影[19]外逼，寒心内疚[20]。乃复玉几安置，金屏掩覆。虽出入之馀闲，必褰帘[21]而三嗅。谁知朵止七花，开竟百日；晚景后凋，含章贞吉[22]。露以冷而未晞[23]，茎以劲而难折；瓣以敛而寿永，香以淡而味逸[24]。商飙[25]为之捐威[26]，凉月为之增色。留一穗之灵长[27]，慰半生之萧瑟。

予不觉神心布覆[28]，深情容与[29]。析佩[30]表洁，浴汤孤处。倚空谷以流思，静风琴[31]而不语。

歌曰：秋雁回空，秋江停波。兰独不然，芬芳弥[32]多。秋兮秋兮，将如兰何？

题解

秋兰，兰花的一种。兰花为多年生草本植物，一般春季开花，为春兰。也有秋季开花者，为秋兰。本文原载《小仓山房文集》卷一。

注释

[1] 萧曼：众多貌。 [2] 裾：衣襟。 [3] 氤氲：浓烈的香气。 [4] 脉脉：连绵不断。 [5] 熏熏然：形容香气沁人心脾。 [6] 宁：怎么。 [7] 于焉：于是就。 [8] 兰陔：去采兰的田埂。束皙《补亡》："循彼南陔，言采其兰。" [9] 披条：分开兰叶。 [10] 某：我。 [11] 斯：这里。 [12] 露眼：喻露珠。 [13] 枨触：触动。 [14] 幽人：幽居之人。 [15] 舁：抬。 [16] 萧斋：书斋。李肇《国史补》："梁武帝造寺，令萧子云飞白大书'萧'字，至今一'萧'字存焉。李约竭产自江南买归东洛，匾于小亭以玩之，号为萧斋。"后沿用称书斋。 [17] 焉：连词，

表示承接，相当于“则”。 [18] 党孤：朋党缺少。此喻茎叶少。 [19] 风影：随风晃动的物影。 [20] 疚：疾病。 [21] 褰帘：撩开帘子。 [22] 含章贞吉：包含美质，美好吉利。《易·坤》：“六三，含章可贞。” [23] 晞：干。 [24] 逸：散发。 [25] 商飙：秋风。 [26] 捐威：减去威仪。 [27] 灵长：绵延长远。 [28] 布覆：布散笼盖。 [29] 容与：徘徊。 [30] 析佩：解开佩戴的饰物。 [31] 风琴：风铃、铁马，悬于房檐前的铁片，风吹发出声响。 [32] 弥：更。

语译

秋林空寂啊百草枯萎，好像有芳香啊从秋林中传来。这芳香浓郁浸透了衣襟，又缭绕于鼻端。虽然连绵不断来自远处，却沁人心脾，香味独特。我心中很诧异：这是兰花的芳香，但开得不是时候，难道不知道寒冷？于是我走在田埂上去采兰，沿着兰花池，找到了兰花，拨开其枝叶，注目寻找花朵。果然有花，似乎在说我在这里。一看已经凋谢了一半，但整个枝条还坚挺着。露珠像是其眼含着泪水有所期待，采摘者虽然来迟，却也很高兴。若不是因为秋风吹扬香气，即使是幽居的人也还不知道。

于是我把兰花搬进书斋，放在明亮的窗前，清晨与它相对，傍晚也与它为伴。我担心它因秋霜厚重，叶片单薄，枝茎稀少而瘦弱；加上秋风逼人，受到寒气而患病。于是又把它放到饰玉的几案上，用绣金的屏风遮盖起来。在出入的闲暇，经常撩开布帘不停地嗅其芳香。谁知虽然只有七朵花，竟连续开了一百天，开到后来凋谢了，但仍然包含美质，显示出美好吉利的意味。露因为冷而没有晾干，花茎坚韧而难于摧折，花瓣敛聚却花期很长，香味淡泊却散向四方。秋风虽为它减却仪容，冷月却为它增添了光彩。留下最长寿的一朵花，也足以慰藉半生的萧瑟了。

我不禁全心地呵护它，深情地眷顾它。我解下所佩戴的饰物以示洁净，又沐浴而独处。我好像身处幽空的山谷中，思想驰骋，只觉得屋檐下的风铃铁马静默无语。

歌曰：秋雁返回北方，秋江平静无波。兰花却不同，秋天更加芳香。秋啊秋啊，你能把兰花怎么样呢？

品评

此赋为作者早年出仕前之作。常言说“春兰秋菊”，此文独赋“秋兰”，大有承袭屈原《离骚》“纫秋兰以为佩”之意，而有所寄托。兰在文学作品中多为美好事物的象征。此赋写兰虽处秋寒之时而仍不失其“芳兰”的本色，其警策之句“朵止七花，开竟百日；晚景后凋，含章贞吉。露以冷而未晞，茎以劲而难折；瓣以敛而寿永，香以淡而味逸”，显示出秋兰顽强的意志，芬芳不消的生命力。此秋兰寄寓着年轻作者的某种人生理想，虽然环境暂时不利，但“芬芳弥多”，信念不会改变，进取不会退缩。“秋兮秋兮，将如兰何？”则是对“寒秋”提出挑战。此赋不类一般咏物之作大肆铺陈，而是采用简洁的叙事手法，娓娓道来，令人感到亲切有味。

俭 戒

某尚书抚浙[1]，以俭率[2]下。过三元坊[3]，见圬者[4]妻红裓褠[5]，簪花，立而目公。公命将某妇诣辕[6]前，驺[7]拥之去。圬者故[8]新娶也，号泣从之。伺辕三日，探刺不得信，乃弃其屋，并其妻之屋，得二十金[9]，贿中军[10]。中军为之请，公笑曰：“吾几忘。”引妇之中庭，而高呼夫人。妇瞠视[11]，俄而有蓬首持畚、衣七缨之布[12]从灶觚[13]来者，曰：“此夫人也。”已，公立妇而训之曰：“夫人封一品，服饰如是；汝家圬者，而若是华妆，行见饥寒之将至矣。吾召汝者，以身立教，俾[14]语而[15]夫知也。”饭[16]脱粟[17]而遣之。妇归，已无家矣，乃雉经[18]死。

袁子[19]曰：俭，美德也。自矜其俭，便为凶德。蓼虫[20]

食苦而甘，彼自甘之，与人无与也。必欲率天下人而为蓼虫，悖矣！尚书亟[21]表己之俭，故并戟辕[22]之尊且严而亦忘之。有所矜乎此者，必有所蔽乎彼也，故曰："克己之谓仁[23]。"

题解

俭，节俭。戒，用于告戒的一种文体。本文原载《小仓山房文集》卷一。

注释

[1] 抚浙：任浙江巡抚。 [2] 率：劝戒。 [3] 三元坊：杭州地名。 [4] 圬者：泥水匠。 [5] 红裲裆：红色绣衣。 [6] 辕：辕门，官署。 [7] 驺：侍从。 [8] 故：通"固"，本来。 [9] 二十金：二十两银子。 [10] 中军：官名，副将。 [11] 瞠视：瞪眼直视。 [12] 七缕之布：粗布。古代布帛在二尺二寸的幅度内以八十根经线为一缕。 [13] 灶觚：灶下，厨房。 [14] 俾：使。 [15] 而：尔，你。 [16] 饭：给……吃。 [17] 脱粟：粗粮。 [18] 雉经：自缢，上吊。 [19] 袁子：作者袁枚自称，一般是发表议论的开头。 [20] 蓼虫：寄生于蓼草的一种昆虫。传说喜吃苦辣之物。 [21] 亟：性急。 [22] 戟辕：指巡抚官署。戟，戟门。辕，辕门。 [23] 克己之谓仁：孔子语，见《论语·颜渊》。此指克制自己的私欲就叫做仁德。

语译

某尚书任浙江巡抚，常以节俭劝戒部下。一次经过三元坊，看见一个瓦匠的妻子身穿红色绣衣，头上还插着花，站在那儿注视尚书。于是尚书命人将此妇带到官府去，随从就把她带走了。妇人本是瓦匠新娶的妻子，瓦匠哭号着追在后面。瓦匠在官府门前窥探了三天，也打听不到妻子的消息，于是就卖掉了自己的房子，又卖掉了老婆的房子，换来二十两银子，向中军行贿，请求帮忙解救妻子。中军就为他去求情。尚书笑着说："我差点儿忘了此事。"妇人被带到衙门厅堂，尚书高呼夫人。妇人瞪眼直视，一会儿见有人蓬松着头发，手里拿着畚箕，穿着粗布衣衫，从灶头处走过来。尚书说："这位就是我的夫人。"然后，尚书让妇人站好而教训道："我夫人诰封一品夫人，穿着是这样；你家是瓦匠，而你打扮如此华丽，你挨饿受冻的日子就要来了。我把你召来，是以我的所为树立教化，让你告诉你丈夫知道。"于是给妇人吃了顿便饭放走了。妇人回去看到已没了家，就上吊自尽了。

袁子说：节俭，是美德。如果以节俭自夸，那就是违背仁德的恶行了。蓼虫喜欢吃苦的东西以为甘甜，是它自以为甘甜，与其他人没关系。如果一定要劝戒天下人都做蓼虫，那就荒谬了。尚书因为急于表现自己的节俭，所以连衙门的尊严都忘了。他有在这方面可自夸的，一定有另方面被隐蔽的。所以孔子说："克制自己的私欲就叫做仁德。"

品评

此文先记事，后就事发表议论，富有杂文意味。记事写某尚书以节俭自居，刁难圬者之妻，导致其自缢而死的经过。叙事简洁，通过某尚书的简短语言与行为，就刻画出其自以为是、固执迂腐的嘴脸，亦表达了作者对圬者夫妻家破人亡的同情。议论乃在"俭"的度上做文章。俭本为美德，但如果过度甚至"自矜其俭"而伤人，则为"凶德"了。议论中穿插的"蓼虫"之喻甚妙，既使笔致生动，亦增强了说服力。

短人传

镇江[1]之短人，曰赵元文，年二十八，长二尺许。侈面博唇[2]，首如覆釜[3]，行则左右摇，立久臀压其膝，两手胶而拳[4]。扬州[5]郑守备[6]贻[7]其母千钱，短人归[8]焉。教之应对[9]，执箕膺揭[10]。短人性黠[11]，无他能，能屈一足跪。客来辄自蜷局[12]，出而试之。郑复得女子一，短如之，将以偶焉[13]。短人辞曰：“不可。短人，天之僇民[14]也。有母在不能养，而又养一短女子，非所愿也。”固[15]与之，将遁矣，乃听焉。

余过扬州，短人出拜，问安必朝夕至。载以如[16]白下[17]，自将军[18]、方伯[19]、太守[20]以下，闻其短，咸具篲[21]来迎短人。短人摩地鞠跽[22]，昂首酬对，卑疵孅趋[23]，转圜[24]如意。皆大喜，赠赐重积。及归，褒衣[25]大冠，箧[26]为之重。

袁子曰：礼之不可已也如是夫！短人知礼，人爱其短。然则人之病[27]，何病乎其有所短耶？

题解

短人，矮人，侏儒。本文原载《小仓山房文集》卷七。

注释

[1] 镇江：今属江苏。 [2] 侈面博唇：脸庞大，嘴唇厚。侈，宽大。博，厚。

[3] 覆釜：倒扣的铁锅。 [4] 胶而拳：拘缩在一起。胶，粘合。拳，弯曲。

[5] 扬州：今属江苏。 [6] 守备：武官名。 [7] 贻：送。 [8] 归：归属。

[9] 应对：酬答。 [10] 执箕膺揲：语出《礼记·少仪》。箕，竹编小盛物器。膺，以胸部抵住。揲，畚箕前端。 [11] 黠：聪慧。 [12] 蜷局：身体弯曲成一团。局，曲。 [13] 偶：婚配。 [14] 僇民：罪人。 [15] 固：坚决。 [16] 如：至。

[17] 白下：江宁，今南京。 [18] 将军：总督，省级军事长官。 [19] 方伯：巡抚，省级行政长官。 [20] 太守：州府最高行政长官。 [21] 具篲：拿扫帚扫地，表示郑重其事。篲，竹扫帚。 [22] 鞠跽：匍匐长跪。 [23] 卑疵孅趋：卑躬屈膝。《史记·日者列传》：“卑疵而前，孅趋而言。” [24] 转圜：应酬答对。

[25] 褒衣：宽大的衣襟。 [26] 箧：箱子。 [27] 病：缺点。

语译

镇江有个侏儒，叫赵元文。年龄约二十八岁，身高二尺左右。脸庞大，嘴唇也宽厚，头像一口倒扣的锅。走起路来左右摇晃，站久了屁股就压得膝盖弯曲，两手也拘挛拳曲。扬州郑守备给了侏儒母亲一千文，他就属于郑守备了。郑教他日常应答，干一些执箴箕拿扫帚的活儿。侏儒很聪明，没有别的能耐，能弯屈一膝下跪。有客人来他就自己蜷曲到一边，有时也叫他出来，试试他的本事。郑守备又得到一女侏儒，高矮与侏儒差不多，就要把女侏儒许配给侏儒。赵元文说："不行。侏儒，是被天刑罚的罪人。我老母亲尚在还不能奉养，而又要养一矮女子，这我不愿意。"郑守备非要把这女侏儒许给他，弄得他要逃婚，这才听从了他。

我去扬州拜访了郑守备处，侏儒出来拜见。每天早晚他还必来问安。后来我把他带回南京，从将军到方伯、太守，知道了这个矮人，于是纷纷郑重其事地来迎请他。侏儒匍匐在地长跪，抬起头来应酬答对，也非常卑恭，而应付自如。这些官员们都很高兴，赠赐的礼物堆积。等到侏儒回去的时候，有很多宽大的衣服和大帽子，箱子非常沉重。

袁子说：礼仪不可缺少竟到了这样的地步。侏儒因为懂得礼仪，所以人们都喜爱他的矮小。那么可见人之有缺陷，哪里是因为他身材短小呢？

品评

短人身体残疾，令作者同情；但短人心灵不残，甚至"性黠"，这又令作者有点钦佩。作者以白描之笔写短人之丑陋形貌，栩栩如生；而写短人拒绝与短女子婚配，通过"不可"的态度、决绝的语言与"将遁"的行为，刻画出其心灵的闪光点与个性的倔强一面，亦甚生动传神。写短人在白下备受官员欢迎，不仅是"人爱其短"，更在于"短人知礼"。作者认为，"礼"是不可少的，无"礼"比人"短"更不可取，人短但有"礼"则不能算"人之病"。作者的见解显然超凡脱俗，具有卓识。

随园记

金陵[1]自北门桥西行二里，得小仓山[2]。山自清凉[3]胚胎[4]，分两岭而下，尽桥而止。蜿蜒狭长，中有清池水田，俗号干河沿。河未干时，清凉山为南唐[5]避暑所，盛可想也。凡称金陵之胜者，南曰雨花台[6]，西南曰莫愁湖[7]，北曰钟山[8]，东曰冶城[9]，东北曰孝陵[10]，曰鸡鸣寺[11]。登小仓山，诸景隆然上浮。凡江湖之大，云烟之变，非山之所有者，皆山之所有也。

康熙[12]时，织造隋公[13]当山之北巅，构堂皇[14]，缭垣牖[15]，树之荻千章[16]，桂千畦。都人游者，翕然[17]盛一时。号曰"隋园"，因其姓也。后三十年，余宰江宁[18]。园倾且颓，弛其室为酒肆，舆台[19]嚾呶[20]。禽鸟厌之，不肯妪伏[21]。百卉芜谢，春风不能花。余恻然而悲，问其值，曰三百金[22]，购以月俸。茨墙剪阖[23]，易檐改涂[24]。随其高，为置江楼；随其下，为置溪亭；随其夹涧，为之桥；随其湍流，为之舟；随其地之隆中而欹侧[25]也，为缀峰岫；随其蓊郁[26]而旷也，为设宧窔[27]。或扶而起之，或挤而止之，皆随其丰杀[28]繁瘠[29]，就势取景，而莫之夭阏[30]者，故仍名曰"随园"，同其音，易其义。

落成，叹曰："使吾官于此，则月一至焉；使吾居于此，则日日至焉。二者不可得兼，舍官而取园者也。"遂乞病[31]，率弟香亭[32]、甥湄君[33]移书史居随园。闻之苏子[34]曰："君子不必仕，不必不仕。"[35]然则余之仕与不仕，与居兹园之久与不久，亦随之而已。夫两物之能相易者，其一物之足以胜之也。余竟以一官易此园，园之奇，可以见矣。

己巳[36]三月记。

题解

随园，袁枚辞官隐居处，乾隆十三年（一七四八）所购，原为江宁织造隋赫德所有，名隋园。本文原载《小仓山房文集》卷十二。

注释

[1] 金陵：今江苏南京。 [2] 小仓山：在今南京清凉山东。 [3] 清凉：清凉山。 [4] 胚胎：喻开端。 [5] 南唐：五代十国时国名。 [6] 雨花台：相传六朝梁武帝时云光法师在此讲经，感动上苍，有落花如雨，故名。 [7] 莫愁湖：相传南齐时，洛阳少女莫愁嫁至江东卢家，居湖畔，湖因之名莫愁。 [8] 钟山：一名紫金山，为金陵名胜。 [9] 冶城：相传为春秋吴王夫差募工冶铸处。 [10] 孝陵：明太祖朱元璋与马皇后合葬的陵墓。 [11] 鸡鸣寺：位于南京鸡鸣山东麓，故名。 [12] 康熙：清圣祖玄烨年号。 [13] 隋公：指隋赫德。 [14] 堂皇：高大的房屋。 [15] 缭垣牖：用围墙环绕。缭，围绕。垣牖，围墙。 [16] 萩千章：楸树千株。 [17] 翕然：指人群聚合的盛况。 [18] 宰江宁：指任江宁县令。宰，治理。江宁，今江苏南京。 [19] 舆台：舆与台皆指地位低下的人。 [20] 嚾呶：喧闹。 [21] 妪伏：《淮南子·原道训》："是故春风至则甘雨降，生育万物：羽者妪伏，毛者孕育。"指鸟类伏卵，孵化小鸟。 [22] 三百金：三百两银子。 [23] 茨墙剪阖：修筑篱笆墙。《周礼·围师》："茨墙则剪阖。"茨墙，用茅草等筑就的篱笆墙。阖，草苫。 [24] 改涂：即改途，修改道路。 [25] 欹侧：倾斜。 [26] 蓊郁：树木茂盛。 [27] 宧窔：指房屋。房屋东北角称宧，东南角称窔。 [28] 丰杀：多与少。 [29] 繁瘠：繁盛与贫瘠。 [30] 夭阏：阻遏。 [31] 乞病：因病请求辞职。 [32] 香亭：作者堂弟袁树，号香亭。 [33] 甥湄君：袁枚甥陆建，字湄君。 [34] 苏子：指宋文学家苏轼。 [35]"君子不必仕"两句：苏轼《灵壁张氏园亭记》："古之君子不必仕，不必不仕。" [36] 己巳：此指乾隆十四年（一七四九）。

语译

金陵从北门桥向西走二里路，就到了小仓山。小仓山山脉从清凉山发端，分为两座山岭而延伸下来，到北门桥为止。山势蜿蜒狭长，两岭间有清池水田，俗称干河沿。旧河以前未干涸时，为南唐避暑之所，其盛况可想。所有被称为金陵胜地的，南有雨花台，西南有莫愁湖，北有钟山，东有冶城，东北有孝陵、鸡鸣寺。登上小仓山，上列诸景都浮现在眼底。凡是江湖之阔大，云烟之变幻，原非山本身所有的景致，也全为此山所有了。

康熙年间，江宁织造隋赫德公于山的北峰顶，构造高大的房屋，环绕以围墙，栽种楸树千株、桂树千畦。从古都城来游玩的人，繁盛一时。此地号称“隋园”，乃是就隋公的姓氏命名。这之后的三十年，我任江宁县令时，隋园已倾圮败落：原来的堂室败坏变成酒店，不三不四的人在里面喧闹，连禽鸟都厌恶，不愿意在这里孵卵了；各种花卉更荒芜凋谢，春风也不能使花朵绽放了。我不禁忧伤痛心，问此园售价多少，回答说是三百两银子。我就拿出薪俸把它买下了。于是修筑了篱笆墙，又翻建了房屋，修改了道路。园内随着高的地方盖上了可望到长江的楼房；随着低下的地方修造溪边的亭子；随着沟涧，则架设了小桥；随着溪流较急的地方，拴上了小船；随着地势高出而倾斜的地方，联缀了假山；随着树木葱茏而空旷的地方，则建造了房屋。有的地方扶持使之起来，有的地方挤缩使之紧凑，都随它的草木等的多少与繁瘠不同情况取景，而不人为地去雕琢它，所以仍叫“随园”，与“隋”音同，而意义已改变了。

园子落成之后，我很感慨：“假如我在此地做官，那么一个月只能来一次；假如我住在这里，那么能天天相伴。做官与园子不可兼得，那我就舍弃官位而取此园罢！”于是就告病请退，带着堂弟香亭、外甥陆湄，连同书籍等一并移居随园。苏东坡曾说过：“君子不一定要做官，也不一定不做官。”那么我是做官还是不做官，与居此园长久还是不长久，也就随其自然了。大凡两种东西可以互换的，是因为其中一样东西有胜于另一样的地方。我竟然以官职换取此园，此园之珍奇，也就可以想见了。

乾隆十四年己巳三月记。

品评

本文开篇先介绍随园所在地小仓山，写小仓山的来龙去脉，及其周围山水环境。从时间看，这里曾是南唐避暑所；从空间看，可见诸景隆然上浮，一览江湖之大，云烟之变：真乃隐居胜地。然后再描述小仓山之随园，在点出随园来历乃“隋园”之后，着重记述修葺、改造随园的工程。重点是几个“随其”的排比句式，既表现出随园的优美景观，饱含作者对随园的赞赏之情，更暗示“随园”名字的来历与意义。最后则发表议论，“舍官而取园”，表明对自然山水的热爱之情，“余之仕与不仕，与居兹园之久与不久，亦随之而已”，则反映了作者任随自然的旷达的人生观。此乃“随园”之“随”的灵魂，使此记非同模山范水之作，而是寄寓了人生理想之文。

书鲁亮侪

己未[1]冬，余谒孙文定公于保定制府[2]。坐甫定，阍启[3]：“清河道鲁之裕白事[4]。”余避东厢，窥伟丈夫，年七十许，高眶大颡[5]，白须彪彪然[6]，口析水利数万言。心异之，不能忘。

后二十年，鲁公卒已久。予奠于白下沈氏[7]，纵论至于鲁。坐客葛闻桥[8]先生曰：鲁字亮侪，奇男子也。田文镜督河南严[9]，提、镇、司、道[10]以下，受署[11]唯谨，无游目视[12]者。鲁效力麾下。一日，命摘中牟[13]李令印，即摄[14]中弁。鲁为微行，大布之衣[15]，草冠，骑驴入境。父老数百扶而道苦之，再拜，问讯曰：“闻有鲁公来代吾令，客在开封，知否？”鲁谩[16]曰：“若问云何？”曰：“吾令贤，不忍其去故也。”又数里，见儒衣冠者簇簇然[17]谋曰：“好官去可惜，伺鲁公来，盍[18]诉之？”

或摇手曰："咄，田督有令，虽十鲁公奚能为？且鲁方取其官而代之，宁肯舍己从人耶？"鲁心敬之而无言。

至县，见李貌温温奇雅，揖鲁入曰："印待公久矣。"鲁拱手曰："观公状貌被服[19]，非豪纵者，且贤称噪于士民，甫下车[20]而库亏，何耶？"李曰："某滇南万里外人也，别母游京师十年，得中牟。借俸迎母，母至被劾[21]，命也。"言未毕，泣。鲁曰："吾暍[22]甚，具汤浴我。"径诣别室，且浴且思，意不能无动。良久，击盆水誓曰："依凡而行者，非夫也！"具衣冠[23]辞李。李大惊曰："公何之[24]？"曰："之省。"与之印，不受。强之，曰："毋累公。"鲁掷印铿然，厉声曰："君非知鲁亮侪者！"竟怒马[25]驰去，合邑士民焚香送之。

至省，先谒两司[26]，告之故。皆曰："汝病丧心耶！以若所为，他督抚犹不可，况田公耶！"明早诣辕[27]，则两司先在。名纸未投，合辕传呼鲁令入。田公南向坐，面铁色，盛气迎之，旁列司、道以下文武十馀人，睨[28]鲁曰："汝不理县事而来，何也？"曰："有所启。"曰："印何在？"曰："在中牟。"曰："交何人？"曰："李令。"田公干笑，左右顾曰："天下摘印者，宁有是耶？"皆曰："无之。"两司起立谢曰："某等教敕亡素[29]，致有狂悖之员。请公并劾鲁，付某等严讯朋党情弊，以惩馀官。"鲁免冠前叩首，大言曰："固也，待裕言之！裕一寒士，以求官故来河南，得官中牟，喜甚，恨不连夜排衙视事[30]。不意入境时，李令之民心如是，士心如是；见其人，知亏帑[31]故又如是。若明公已知其然而令裕往，裕沽名誉，空手归，裕之罪也；若明公未知其然而令裕往，裕归陈明，请公意旨，庶不负大君子爱才之心与圣上孝治天下之意。公若以为无可哀怜，则裕再往取印未迟。不然，公辕外官数十，皆求印不得者也。裕何人，敢逆公意耶？”田公默然。两司目之退。鲁不谢，走出至屋溜[32]外。田公变色，下阶呼曰：“来。”鲁入跪。又招曰：“前。”取所戴珊瑚冠覆鲁头，叹曰：“奇男子，此冠宜汝戴也。微汝[33]，吾几误劾贤员。但疏[34]去矣，奈何？”鲁曰：“几日？”曰：“五日，快马不能追也。”鲁曰：“公有恩，裕能追之。裕少时能日行三百里，公果欲追疏，请赐契箭[35]一枝以为信。”公许之，遂行。五日而疏还，中牟令竟无恙。以此鲁名闻天下。

先是，亮侪父某为广东提督[36]，与三藩[37]要盟[38]，亮侪年七岁，为质子[39]于吴[40]。吴王坐朝，亮侪黄夹衫，戴貂蝉[41]侍侧。年少豪甚，读书毕，日与吴王帐下健儿学赢越勾卒[42]、掷涂赌跳[43]之法，故武艺尤绝人云。

题解

书，记载。鲁亮侪，名之裕，字亮侪，湖北麻城人。时任清河道道员，官至布政使。本文原载《小仓山房文集》卷九。

注释

[1] 己未：此指乾隆四年（一七三九）。　[2] 孙文定公于保定制府：孙文定公，孙嘉淦，字锡公，号懿斋，太原（今属山西）人。官至吏部尚书、协办大学士，谥文定。时任直隶总督，驻保定（今属河北）。制府，总督衙门。　[3] 阍启：

看门人禀报。阍，看门人。 [4] 清河道鲁之裕白事:清河道，官名，掌管河务。白事，汇报事情。 [5] 颡：额头。 [6] 彪彪然：有神采。 [7] 白下沈氏：指南京沈凤，字凡民，号补萝。 [8] 葛闻桥:名祖亮，字闻桥，江宁（今江苏南京）人。乾隆进士，曾官吏部主事。 [9] 田文镜督河南严:田文镜，清汉军正黄旗人。雍正元年（一七二三）任山西布政使，后历任河南巡抚、总督，加兵部尚书衔，太子太保。又因兼领山东，称河东总督。时总督河南，性苛刻严厉。 [10] 提、镇、司、道:均为地方长官。提，提督，统辖全省军事。镇，镇守一地的总兵。司，省级官署名，如布政司、按察司。道，道员。 [11] 受署：受命。 [12] 游目视：目光无定，喻草率马虎。 [13] 中牟：县名。今属河南。 [14] 摄：代理。 [15] 大布之衣：粗布衣服。 [16] 谩：随便。 [17] 簇簇然：聚集在一起貌。 [18] 盍：何不。 [19] 被服：衣着。 [20] 甫下车：指刚到任。 [21] 劾：弹劾。 [22] 暍:受热,中暑。 [23] 具衣冠：穿戴好衣帽,表示尊敬之意。 [24] 之:往。 [25] 怒马:奋力鞭策马匹快跑。 [26] 两司:指布政使(藩司)与按察使(臬司)。 [27] 辕：辕门，衙门。此指总督府。 [28] 睨：斜眼看。 [29] 教敕亡素：平时缺少教诫。亡，无。素，指平素管教。 [30] 排衙视事：升堂处理事务。 [31] 帑：国库钱财。 [32] 屋溜：屋檐。 [33] 微汝：没有你。 [34] 疏：奏章。 [35] 契箭:令箭。 [36] 提督:地方高级长官。[37] 三藩:明朝降将吴三桂、尚可喜、耿精忠被清朝封为平西王、平南卫、靖南王，称三藩。 [38] 要盟：指清政府与三藩订约互不侵扰。 [39] 质子:人质。 [40] 吴:指吴王吴三桂。 [41] 貂蝉：武官和侍从所戴帽子上缀玳瑁蝉、插貂尾作为饰物。 [42] 嬴越勾卒：秦国与越国之兵法。韩愈《曹成王碑》:“王亲教之搏力、勾卒、嬴越之法。” [43] 掷涂赌跳：掷泥、赌跳跃，指武技。

语译

乾隆四年冬，我在保定总督衙门拜见孙文定公。刚坐下，看门人禀报：“清河道员鲁之裕来报告公事。”我在东厢房回避，偷看到鲁是个魁伟的汉子，七十岁左右，高眼眶，宽额头，满腮白胡子很神气。听见他正滔滔不绝地分析水利问题。心里惊异，令人不能忘记。

二十年后，鲁公已故去很久。我在金陵沈凤家吊丧，与来客谈天中说到了他。座中客人葛闻桥先生说：鲁先生字亮侪，是个奇男子。田文镜任河南总督时秉性严厉，提督、总兵、藩司、臬司、道员及以下各级官员，受命办事都很谨慎，没有敢马虎随便的。鲁亮侪也效力于田文镜官署。一天，田文镜命令他去收取中牟县李县令印，并即代任县令。鲁亮侪装扮成百姓前往，穿着粗布衣服，戴着草帽，骑着毛驴到了中牟县境内。

见到几百个老人相互搀扶着在一起诉说着苦楚，鲁亮侪一再施礼询问缘故，老人们回答："听说有位鲁大人来代替我们县令，现暂住在开封，你知不知道？"鲁亮侪随口问道："为何要问这个？"老人们说："因为我们的县令很贤明，舍不得他走，所以才打听。"又走了几里路，见一些穿着读书人衣服的人簇拥在一起，商量道："好官罢掉可惜，鲁大人来了，何不申诉一下？"有人摇摇手道："唉，田总督已有命令，即使有十个鲁大人又能怎么样？何况鲁大人正是来取代李县令官职的，哪里肯牺牲自己而成全别人呢？"鲁亮侪心里对李县令很敬佩，但没有说话。

到了县衙，见李县令相貌温和文雅，向鲁亮侪作揖迎入，说："官印等阁下来接已很久了。"鲁亮侪拱手说："我看大人相貌服饰，不是豪奢放纵的人，况且贤能的名声在士民中传扬，却刚上任钱库就出现了亏空，这是什么原因呢？"县令说："我是万里之外的云南南部人，离别母亲来京城求仕十年，终于得到中牟县令职，就借了公家薪俸接母亲，母亲刚到就被弹劾，这是命啊。"话未完就落了泪。鲁亮侪说："我热得难受，先让我洗个澡。"就径直走到别的房中，一面洗澡，一面思考，心中不能不被感动。过了好久，击打着盆中的水发誓说："按常规办事的，就不是大丈夫！"于是穿戴好衣帽，告别李县令。李县令问："大人要到哪里去？"鲁亮侪说："去省里。"

李县令把官印给鲁亮侪，鲁不肯接受。李县令硬要鲁收下说："不要连累了大人。"鲁亮侪"砰"地一声丢掉官印，厉声说："您不是了解我鲁亮侪的人！"说罢竟策马而去，全城的百姓知道后都烧香拜送他。

到了省里，先拜见两司长官，汇报了事情的缘由。两司长官都说："你脑子出毛病了！以你这样的做法，别的总督、巡抚尚且不会允许，何况是田大人？"

第二天早上，鲁亮侪来到总督衙门，两司长官已先到。帖子姓名还没报上去，整个衙门里就传呼鲁亮侪进去。田大人朝南而坐，铁青着脸，怒气冲冲地等着他，旁边排列着司、道以下的文武官员十几位。田文镜斜视着鲁亮侪说：“你不办县里的公事，到这儿来干什么？”鲁亮侪说：“有事汇报。”田文镜说：“官印在哪里？”鲁亮侪说：“在中牟县。”又问：“交给谁了？”答道：“李令。”田文镜干笑着，看看左右的人说：“天下去摘官印的人，竟能有这样的吗？”大家都说：“没有。”两司长官见状站起来请罪道：“我们平时缺少管束，所以有这样狂妄不懂道理的属员，请大人一并弹劾鲁亮侪，交给我们严厉审讯他的朋党等情况，以警戒其馀的官员。”鲁亮侪脱下帽子上前磕头，大声说：“这是理所当然的，不过要等我说一说实情。我鲁之裕本是个贫寒的读书人，为了求官来到河南，能做中牟县令，非常高兴，恨不得连夜升堂问事。但想不到走入中牟县境时，知道李县令是这样得民心，得读书人的心。见到其本人，知道钱库亏空的原因是这样。如果大人已知道这些情况而命我去，我为了沽名钓誉，空手而回，这是我的罪。如果大人不知其情况而命我前往，我回来详告，请大人指示，才不辜负您大君子爱才之心和皇上以孝治天下的意图。如果大人认为此事没什么值得哀怜的，那么我再去取印也不晚。不然的话，大人衙门外官员数十人，都是求官印而不能得到的，我是何等人，敢违抗大人的意旨？”田公默默无言。两司长官使眼色叫鲁亮侪退下。鲁亮侪也不辞谢，就走了出去。刚到屋檐外，田大人忽然改变了脸色，走下台阶喊道：“回来！”鲁亮侪进来跪下。田文镜又招手说：“上前。”然后取下自己戴的珊瑚顶帽子戴在鲁亮侪头上，感叹说：“奇男子，这顶帽子应给你戴。没有你，我差点误参了一位贤官。但是奏章已送出去了，如何是好？”鲁亮侪问：“送出几天？”田说：“五天，快马也追不上了。”鲁亮侪说：“大人有恩德，我能追回来。我年轻时一天能行三百里。大人果真要追回奏章，就请给我一枝令箭为凭证。”田公答应了，鲁亮侪于是出发。五天后奏章追回。中牟县令终于安然无事，鲁亮侪也因此名闻天下。

鲁亮侪的父亲曾任广东提督，和三藩缔结盟约，鲁亮侪当时才七岁，被当作人质留在吴王处。吴王上朝，鲁亮侪穿黄夹衫、戴貂蝉帽侍立在旁边。虽然年少却很有豪气，每天读书以后，就向吴王帐下的勇士们学习古代兵法和投掷、跳跃之类本领，所以武艺尤其过人。

品评

此文可当作小说阅读。开篇即为鲁亮侪画像，老当益壮，神采飞扬，郁勃一股豪气。然后展开曲折的故事情节，采用“后二十年”由坐客葛闻桥先生倒叙的手法，显得跌宕起伏。情节由三个场面组成。一是鲁亮侪与中牟县百姓的对话，此从侧面写李令乃“好官”，“去可惜”，是为铺垫。二写与中牟李令见面的言行，通过李令交印与鲁亮侪“不受”的矛盾冲突，凸显李令之“温温奇雅”与鲁亮侪之秉公办事，毫无私心。三是写鲁亮侪与以严苛出名的田文镜见面，这是一场重头戏。写鲁亮侪能言善辩，有理有节，突出其既大胆又富智慧；写田氏则重在表情细节，“面铁色”“睨鲁”“干笑”“默然”“下阶呼”“叹曰”“许之”的变化过程，既写出田氏从善的一面，更反衬出鲁亮侪胆略不凡。其中穿插两司的表演，也起到反衬鲁亮侪形象的作用。文末又补叙鲁亮侪少年时“为质子于吴”，学习武艺的往事，则是呼应鲁追疏之“绝人”武艺，使人物形象饱满可信。

黄生借书说

黄生允修借书，随园主人[1]授以书而告之曰：书非借不能读也。子不闻藏书者乎？七略[2]、四库[3]，天子之书，然天子读书者有几？汗牛塞屋[4]，富贵家之书，然富贵人读书者有几？其它祖父积、子孙弃者无论焉。

非独书为然，天下物皆然。非夫人之物[5]而强假[6]焉，必虑人逼取，而惴惴[7]焉摩玩[8]之不已，曰：“今日存，明日去，吾不得而见之矣！”若业为吾所有，必高束[9]焉，庋藏[10]焉，曰“姑俟异日观”云尔[11]。

予幼好书，家贫难致[12]。有张氏藏书甚富，往借不与，归而形诸梦，其切如是。故有所览，辄省记[13]。通籍[14]后，俸去书来，落落[15]大满，素蟫[16]灰丝，时蒙卷轴[17]，然后叹借者之用心专，而少时之岁月为可惜也。

今黄生贫类[18]予，其借书亦类予。惟予之公书[19]与张氏之吝书，若不相类。然则予固不幸而遇张乎？生固幸而遇予乎？知幸与不幸，则其读书也必专，而其归书也必速。为一说，使与书俱[20]。

题解

黄生，袁枚弟子黄允修，南京人。本文原载《小仓山房文集》卷二十二。

注释

[1] 随园主人：作者自称。 [2] 七略：书目名。汉成帝命刘向、刘歆父子先后校录群书，编辑宫廷藏书，分为辑略、六艺略、诸子略、诗赋略、兵书略、术数略、方技略七部，总称“七略”，现已亡佚。班固撰《汉书·艺文志》图书分类，即基本上以七略为依据。 [3] 四库：指经史子集四部内府藏书。唐玄宗于开元年间收集图籍，“以甲、乙、丙、丁为次，列经、史、子、集四库”。见《新唐书·艺文志》。 [4] 汗牛塞屋：即汗牛充栋，极言书籍之多。语本柳宗元《陆文通先生墓志》：“其为书，处则充栋宇，出则汗牛马。”意谓书籍塞满屋子，牛马运载时累得出汗。 [5] 非夫人之物：不是自己的东西。夫，代词。 [6] 假：借。 [7] 惴惴：忧惧不安。 [8] 摩玩：抚摸玩赏。 [9] 高束：束诸高阁。 [10] 庋藏：收藏。庋，放置东西的木架。 [11] 云尔：如此而已。 [12] 致：得到。 [13] 省记：理解记忆。 [14] 通籍：指做官。作者于乾隆四年(一七三九)中进士，入翰林院。籍，二尺长的竹片，上写姓名、年龄、身份等，挂在宫门口，

以便进出宫门时查对。通籍是说记名于竹片上，可以出入宫门。后用以指初做官。 [15] 落落：多貌。 [16] 素蟫：蛀食书籍的蠹鱼，以其为银白色，故曰“素”。 [17] 卷轴：指书卷。古代文籍装轴卷藏。 [18] 类：相似。 [19] 公书：使书大家用。 [20] 俱：一起。

语译

弟子黄允修来借书，随园主人给了他书，而且告诉他说：书如果不是借的，反而不会认真读。你没有听说过藏书者吗？七略、四库的书，是皇帝的书，但是皇帝读书的有几个？运书累得牛马出汗、藏书塞满屋子，是富贵人家的书，但富贵人家读书的有几个？其他像祖父、父亲辈积藏书籍，儿孙辈丢弃的就不必说了。

不光书是这样，天下的物品都是这样。不是他自己的东西而勉强借来，必然担心人家来逼迫索还，从而心中忧惧不安地抚摸玩赏个不停，说：“今天在，明天离去，我就不能见到了。”如果已为我所有，那就必然束之高阁，收藏起来，说：“且等空闲的时候再来观看。”如此而已。

我从小爱书，但家境贫穷难以得到。有张某家藏书很多，去借却不肯借，回来后我做梦也见到。当时心情就迫切到这种程度。所以只要有书看，就用心理解牢记。等到做官后，用薪俸买书很容易，家里放得满满的，蛀虫钻到书里，灰尘蛛网时常落满书上。这时才叹息借书者阅读的专心，而少年时的岁月实在值得珍惜。

如今黄生的贫穷和我相似，借书也和我相似，只是我肯借书给大家看和张某舍不得借书好像不同。那么我是原本不幸而碰到张某呢，还是黄生本来运气好而碰到我呢？知道有幸与不幸，那么读书必然专心，而他还书也必定很快。今天写了这篇文章，让黄生连同书一道带回去。

品评

这篇散文体裁颇别致。标题表明它是“说”体。“说”体在唐宋以后多属一种具有说明性与解说性的理论文章，不过较之严谨的“论”又有其自由灵活的特点，往往类乎杂感，故又可称为“杂说”。此文前两段意在解说“书非借不能读也”的论旨，自然属于“说”体。但是它与一般的“说”体相比，则有其出格或曰新颖之处。因为文章后两段在“说”的基础上，又通过作者个人亲身经历的述说以及同黄生“类”与“不类”、“幸”与“不幸”的两相比较，进而劝勉黄生“读书也必专”，抒发作者对黄生的真挚赤诚的感情。从内容与写法来看，又近乎古代的“君子赠人以言”与“致敬爱、陈忠告之谊”（姚鼐《古文辞类纂序目》论“赠序类”语）的“赠序”体。这种熔“说”与“赠序”于一炉的写法，显然是袁枚对传统“说”体的一种大胆创造革新，是其所谓“我亦自立者，爱独不爱同”（《题叶花南庶子空山独立小影》）的主独创的美学思想的体现。

这篇文章所要“说”的道理并不深奥，但作者却能正说、反说、侧面说，以及明说、暗说，角度多变，波澜起伏，抑扬顿挫，摇曳生姿，使人读来兴味盎然，毫不乏味。作者不仅注意以理服人，更重在以情感人，特别是以个人亲身经历劝勉后学，推出论旨，其意也真，其情也殷，使人读后为之折服。全文结构上特别注重对比手法的运用，如以昔日张氏之“吝书”与今日自己之“公书”对比，以黄生今日之“幸”与自己早年之“不幸”对比，又以自身的早年借书与通籍后藏书甚多但前后读书态度不同对比，在层层对比之中说明论旨。而文风的唯情所适，率性而发，娓娓而谈，明白轻快，亦值得称道。

祭妹文

乾隆丁亥[1]冬，葬三妹素文[2]于上元之羊山[3]，而奠以文曰：

呜呼！汝生于浙而葬于斯，离吾乡七百里矣。当时虽觭梦[4]幻想，宁知[5]此为归骨所耶！汝以一念之贞[6]，遇人仳离[7]，致孤危[8]托落[9]。虽命之所存，天实为之；然而累汝至此者，未尝非予之过也。予幼从先生授经，汝差肩[10]而坐，爱听古人节义事，一旦长成，遽躬[11]蹈之。呜呼！使汝不识诗书，或未必艰贞若是。

余捉蟋蟀，汝奋臂出其间；岁寒虫僵，同临其穴[12]。今予殓[13]汝葬汝，而当日之情形，憬然赴目[14]。予九岁憩书斋，汝梳双髻，披单缣[15]来，温《缁衣》[16]一章。适先生[17]奓户[18]入，闻两童子音琅琅然，不觉莞尔[19]，连呼则则[20]。此七月望日[21]事也。汝在九原[22]，当分明记之。予弱冠粤行[23]，汝掎裳[24]悲恸。逾三年，予披宫锦还家[25]，汝从东厢扶案出，一家瞠视而笑，不记语从何起，大概说长安[26]登科[27]函使报信迟早云尔。凡此琐琐，虽为陈迹，然我一日未死，则一日不能忘。旧事填膺，思之凄梗，如影历历，逼取便逝。悔当时不将嫛婗[28]情状，罗缕纪存[29]。然而汝已不在人间，则虽年光倒流，儿时可再，而亦无与为证印者矣。

汝之义绝[30]高氏而归也，堂上阿奶[31]，仗汝扶持，家中文墨，眴[32]汝办治。尝谓女流中最少明经义、谙雅故者，汝嫂非不婉嫕[33]，而于此微缺然。故自汝归后，虽为汝悲，实为予喜。予又长汝四岁，或人间长者先亡，可将身后托汝，而不谓汝之先予以去也。前年予病，汝终宵刺探，减一分则喜，增一分则忧。后虽小差[34]，犹尚殗殜[35]，无所娱遣，汝来床前，为说稗官[36]野史可喜可愕之事，聊资一欢。呜呼！今而后，吾将再病，教从何处呼汝耶？

汝之疾也，予信医言无害，远吊[37]扬州。汝又虑戚吾心[38]，阻人走报。及至绵惙[39]已极，阿奶问："望兄归否？"强应曰："诺！"已[40]，予先一日梦汝来诀，心知不祥，飞舟渡江。果予以未时[41]还家，而汝以辰时[42]气绝。四支犹温，一目未瞑，盖犹忍死待予也。呜呼痛哉！早知诀汝，则予岂肯远游？即游，亦尚有几许心中言，要汝知闻，共汝筹画也！而今已矣！除吾死外，当无见期。吾又不知何日死，可以见汝；而死后之有知无知，与得见不得见，又卒难明也。然则抱此无涯之憾，天乎，人乎！而竟已乎！

汝之诗，吾已付梓[43]；汝之女，吾已代嫁；汝之生平，吾已作传[44]；惟汝之窀穸[45]，尚未谋耳。先茔在杭，江广河深，势难归葬，故请母命而宁汝于斯，便祭扫也。其旁葬汝女阿印[46]，其下两冢，一为阿爷侍者[47]朱氏，一为阿兄侍者[48]陶氏。羊山旷渺，南望原隰[49]，西望栖霞[50]，风雨晨昏，羁魂有伴，当不孤寂。所怜者，吾自戊寅年[51]读汝哭侄诗[52]后，至今无男[53]；两女牙牙[54]，生汝死后，才周晬[55]耳。予虽亲在未敢言老[56]，而齿危发秃，暗里自知，知在人间，尚复几日？阿品远官河南[57]，亦无子女[58]，九族[59]无可继者。汝死我葬，我死谁埋！汝倘有灵，可能告我？

呜呼！身前既不可想，身后又不可知；哭汝既不闻汝言，奠汝又不见汝食。纸灰飞扬，朔风野大，阿兄归矣，犹屡屡回头望汝也。呜呼哀哉！呜呼哀哉！

题解

祭，祭奠死者表示追悼的仪式。妹，指三妹袁机。本文原载《小仓山房文集》卷十四。

注释

[1] 乾隆丁亥：此指乾隆三十二年（一七六七）。 [2] 素文：名机，字素文，别号青琳居士，据袁枚《女弟素文传》，袁机于"乾隆二十四年十一月死，年四十"。 [3] 上元羊山：上元县（今属江苏南京）羊山，在今南京东。 [4] 觭梦：做梦，得梦。《周礼·春官·大卜》："二日觭梦。"郑玄注："言梦之所得。" [5] 宁知：怎么知道。 [6] 一念之贞：据《女弟素文传》：袁机不满周岁即许给如皋高氏子（高绎）。十馀年后高氏因其子不肖，曾提出解除婚约，袁机却囿于"从一而终"的封建礼教，终于与"有禽兽行"的高氏子成婚，婚后备受欺凌而造成终身不幸。此即所谓"一念之贞"。 [7] 仳离：《诗经·王风·山谷有蓷》："有女仳离，慨其叹矣。"指妇女被遗弃而离去。 [8] 孤危：孤独危殆。 [9] 托落：落拓，寂寞，冷落。 [10] 差肩：并肩。 [11] 遽躬：就亲自。 [12] 临其穴：《诗·秦风·黄鸟》："临其穴，惴惴其栗。"此指到埋葬蟋蟀处凭吊。 [13] 殓：收殓。把尸体装裹后放入棺材。 [14] 憬然赴目：依稀来到眼前。 [15] 单缣：单绢衫。 [16]《缁衣》：《诗·郑风》篇名。 [17] 先生：指私塾教师史玉瓒。 [18] 奓户：开门。 [19] 莞尔：会心地微笑。 [20] 则则：即"啧啧"，赞叹声。 [21] 望日：夏历每月十五。 [22] 九原：墓地。原为春秋时晋国卿大夫的墓地名，后为泛指。 [23] 弱冠粤行：指乾隆元年（一七三六）春，作者经广东去广西桂林看望在广西巡抚金鉷幕中的叔父袁鸿。弱冠，古代男子二十岁行冠礼，表示已成年。 [24] 掎裳：拉着衣裳。 [25] 披宫锦还家：指乾隆四年（一七三九）春作者中进士，授翰林院庶吉士，年底请假回乡与王氏完婚。披宫锦，唐代进士及第后，披宫袍以示荣耀。后遂称中进土为"披宫锦"。 [26] 长安：代指国都北京。 [27] 登科：指在北京考中进士。 [28] 嬰娩：婴儿。此指幼年。 [29] 罗缕纪存：有条理地记录保存。 [30] 义绝：断绝关系。据《女弟素文传》，素文嫁高氏子后，屡遭毒打，甚至要被丈夫卖掉抵赌债，乃逃回娘家，与丈夫

离婚。 [31] 阿奶：指作者母亲章氏。《博雅》：“楚人呼母曰奶。” [32] 眴：以目示意。 [33] 婉嫕：柔顺。 [34] 小差：病愈。差，通“瘥”。 [35] 殗殜：病情不甚严重，可半卧半坐。 [36] 稗官：小官。因小说家出于稗官，后也称野史小说。 [37] 吊：吊唁。 [38] 戚吾心：使我心里担忧。 [39] 绵惙：病情危急。 [40] 已：随后。 [41] 未时：下午一至三时。 [42] 辰时：上午七至九时。[43] 付梓：付印。梓，刻字印刷的板子。袁枚将袁机的诗刻印，名《素文女子遗稿》。 [44] 作传：指袁枚所作《女弟素文传》，见《小仓山房文集》卷七。[45] 窀穸：墓穴。 [46] 阿印：素文有两女，一名阿印，早死；一由袁枚安排出嫁。[47] 阿爷侍者：指作者父亲袁滨的侍妾。 [48] 阿兄侍者：指袁枚的侍妾。[49] 原隰：平原低洼之地。 [50] 栖霞：山名。在今南京东北。 [51] 戊寅年：此指乾隆二十三年（一七五八）。 [52] 哭侄诗：袁枚丧子，素文作诗《阿兄得子不举》以悼之。 [53] 至今无男：指写此文时尚无儿子。两年后妾钟氏生子名阿迟。 [54] 两女牙牙：指作者的两个女儿学话声。 [55] 周晬：周岁。[56] 亲在未敢言老：《礼记·曲礼上》：“夫为人子者，出必告，反必面，所游必有常，所习必有业。恒言不称老。”此指母亲尚健在自己不敢称老。时作者六十一岁。[57] 阿品远官河南：指作者堂弟袁树时任河南正阳知县。阿品为其小名。[58] 亦无子女：写此文时袁树还无子女，后来生子名阿通，过继给袁枚。[59] 九族：本身以上的父、祖、曾祖、高祖和本身以下的子、孙、曾孙、玄孙，连同本身在内，合称九族。

语译

乾隆三十二年冬天，在上元的羊山下葬了三妹素文，并在墓前以此文祭奠：

悲痛啊！你生在浙江却葬在这里，远隔我们家乡七百里了。当初即使是做梦或幻想，哪能想到这里竟是你埋葬尸骨的地方！

你因恪守贞节的观念，而所遇非人被迫离异，以致孤苦无依。这虽说由命运注定，天意如此，然而连累你落到这种地步，又未尝不是我的过错。我幼年跟先生读经书，你和我并肩而坐，爱听古人信守节义的事迹，一旦长大成人，你竟亲身实践了。悲痛啊！假如你不懂诗书，也许未必会这样坚贞。

幼时我捉蟋蟀，你伸出手臂在旁相助。天寒蟋蟀冻僵，我与你一起把它埋葬在洞里。今天我收殓埋葬你入土，而当年的情景依稀就在眼前。我九岁时在书房休息，你梳着双髻，披着单绢衫走来，一起温习《诗经》中的《缁衣》一章。此时恰好先生推门而入，听见我们两个孩子的朗朗读书声，不禁露出微笑，连连发出啧啧的称赞声。这是七月十五的事，你在地下，该是清楚记得的。我二十岁离家去广西，你牵着我的衣裳悲痛不舍。过了三年，我中了进士回家，你从东厢房桌子旁站起来出迎，全家人张大眼睛相视而笑，记不得话题是从何说起的，大概是说我京城登科，信使传报喜讯早晚一类的事情而已。所有这些琐细小事，即使都成为过去，可是我一天不死，就一天不会忘记。往事充塞心胸，想起来就悲伤凄苦，心里阻塞。往事像影子一样清晰，而认真去追索便即消失，真后悔当初不曾把童年时的情状，一件一件都记存下来。可是你已不在人间，即使时光能倒流，儿时的情景可再度出现，却也没有一起来印证的人了。

你当初与高氏子断绝关系而回家，堂上的母亲依靠你侍奉，家中笔墨之事，也托你办理。我曾说女子中很少有懂得经义、熟习文章典故的，你嫂嫂不是不贤惠，但这方面也稍觉欠缺。所以自你回家，虽然为你悲伤，其实也为我高兴。我比你大四岁，人世间总是年长者先亡故，我本可以把身后之事托付给你。却想不到你竟然先我而去。前年我生病，你整夜询问探望，病情减轻一分就喜，加重一分就忧。后来我病情虽有好转，还不便起床，没什么可消遣解闷的，你就来到我床前，给我讲小说野史中可喜可惊的奇闻轶事，来博取我一乐。悲痛啊！从今以后我如果再生病，该到哪里去呼唤你呢？

你生病时，我听信医生说你的病不要紧的话，就去扬州凭吊友人。你又怕我伤心，不让家中派人告诉你的病况。等到病情沉重时，母亲问你："想叫哥哥回来吗？"你才勉强说："是。"而后，我在你逝世前一天梦见你来诀别，心知不吉利，连忙乘船飞速渡江回来，果然我未时到家，你在辰时就已气绝身亡，四肢还温暖，只是一只眼睛没有闭上，原来是你临死时还挣扎着等待我回来啊！啊，真是痛心啊！早知跟你永别，我哪里又肯外出远游？即使外出，也还有一些心里话要说给你听，和你商量啊。如今什么都完了！除了我死去外，再也没有见面的日子了。我又不知哪一天会死，可以见到你。而人死后有无知觉，能不能相见，到现在也难以确知。那么，怀有如此无穷的遗憾，到底是由天命决定的呢？还是由人事决定的？难道就这样完了吗？

你的诗作，我已经交付刻印；你的女儿，我已代为嫁出；你的生平事迹，我已经写成传记；只有你的坟墓，还来不及安排。我们的祖坟远在杭州，江宽河深，难以归葬，所以请示了母亲，把你葬在这里安息，以便于时常祭扫。墓旁埋葬你的一个女儿阿印。其下方还有两个坟，一是父亲的侍妾朱氏，一是兄长的侍妾陶氏。羊山空旷，南面是平原洼地，西面可望栖霞山。风晨雨夕，你客居异乡的灵魂有了陪伴，当不会孤凄寂寞。感到可怜的是，我从戊寅年读了你的哭侄诗后，到现在还没有儿子；两个才呀呀学语的女儿，都出生在你死后，刚满周岁。虽然母亲健在我不敢说自己老，可是齿摇发秃，心中知道，在人世的日子还有几天？阿品远在河南做官，也没有子女，九族中没有能承嗣的。你死后有我埋葬你，我死后又有谁来埋葬我呢？你如果地下有灵，能不能告诉我？

悲痛啊！生前之事既不堪回想，死后的事又无法知道。哭你既听不到你的回音，祭你又不见你来享用。只有纸钱烟灰漫天飞扬，野地里北风劲吹，你兄长回去了，还在不断回首望你，真是悲伤！真是悲伤啊！

品评

这篇祭文，抒写的是“祭奠亲友之辞”（徐师曾《文体明辨序说·祭文》）。它情真意切，哀婉凄绝，是祭文中脍炙人口的名作，被论者评为同韩愈《祭十二郎文》、欧阳修《泷冈阡表》“鼎足而三”者（见王文濡《清文评注读本·哀祭类》）。

全文由八个自然段构成。基本上采用历时性结构，回忆往事系由远及近，自三妹的幼年写到青年，略去不幸的出嫁，再写其离婚归家，直至病危去世。最后写三妹死后家事与安葬的情景。全文井然有序。而大多数段落均以“汝……”句式领起，作情境转换，亦显得脉络清晰而层次分明。结尾借景抒情，“纸灰飞扬，朔风野大”，渲染出悲凉的气氛，正是作者内心哀伤的外现，而“阿兄归矣，犹屡屡回头望汝也”的生动细节，更留给人无限的凄凉之感。

《祭妹文》作为一篇祭文，不同于一般传记的偏重客观记叙，而是具有浓郁的主观色彩与强烈的抒情性。作者“罗缕纪存”昔日家常琐事的文字，每一停顿则直摅哀悼之意，其悲痛凄怆完全是发自至性至情，皆为血泪之言，具有扣人心弦的力量。

另外值得一提的是，祭文往往采用第二人称角度抒写，此文亦然。作者以“汝”直称已死的三妹，就可以随意地向三妹倾诉衷肠，仿佛三妹正活生生地坐在面前，这就消除了生者与死者之间的界限，便于抒情，显得特别亲切感人。

答陶观察问乞病书

公不察仆[1]去官之意，谓如枚乘[2]、汲长孺[3]曾待诏金马门[4]，故耻为令；又谓仆擢秦邮牧不迁[5]，褊心不能无少望[6]，有所激而逃。是二者，皆非知仆者也。夫蒙耻救民，昔人所尚。牧之与令[7]，奚足区别[8]？汉人五十举秀才，未名为老。仆才三十三，前途正长，敢遽赋《士不遇》[9]以退哉？

凡人有能有不能，而官有可久与不可久。即以汉循吏[10]论，桐乡[11]、渤海[12]，专城[13]而居，此官之可久者也。龚遂[14]、朱邑[15]能之，至于久道化行[16]，生荣而死哀[17]。京兆三辅[18]多豪强，兼供张储偫[19]，此官之不可久者也。赵广汉[20]、韩延寿[21]能之，久果不善其终。江宁[22]类古京兆，民事少，供张储偫多。民事，仆所能也；供张储偫，仆所不能也。今强以为能，抑而行之，已四年矣。譬如渥洼之马[23]，滇南之象[24]，虽舞于床[25]，蹲于朝，而约束勉强，常有跅弛[26]泛驾[27]之虞。性好宴起[28]，于百事无误。自来会城[29]，俾夜作昼，每起得闻鸡鸣以为大祥。窃自念曰：苦吾身以为吾民，吾心甘焉。尔今之昧晨昏[30]而犯[31]霜露者，不过台参[32]耳，迎送耳，为大官作奴耳。彼数百万待治之民，犹齁齁[33]熟睡而不知也。于是身往而心不随，且行且愠。而孰知西迎者，又东误矣；全具者，又缺供矣；怵[34]人之先者，已落人之后矣。不踠膝[35]奔窜，便瞪目受嗔。及至日昳[36]始归，而环辕[37]而号者，老弱万计，争来牵衣，忍不秉烛坐判使宁家耶？判毕入内，簿领[38]山积，又敢不加朱墨围[39]，略一过吾目耶？甫脱衣息，而驿券[40]报某官至某所，则又蘧然觉[41]，凿然行[42]。一月中失膳饮节[43]，违高堂[44]定省[45]者，旦旦然[46]矣，而还暇课农[47]巡乡[48]如古循吏之云乎哉？

且一邑之所入有限，而一官之所供无穷。供而善，则报最[49]在是；供而不善，则下考[50]在是。仆平生以智自全，得不小小俯仰同异？然而久之，情见势屈，非逼取其不肖之心[51]而丧所守[52]，必大招夫违俗之累而祸厥身[53]。及今，故宜早为计也。若得十室之邑[54]，肆心广意[55]，弦歌先王之道以治民[56]，则虽为游徼、啬夫[57]，必泰而安之终身焉。今有乘怒骥[58]而驰炎衢[59]者，虽贲、育[60]必偃息[61]于树阴之下。夫仆亦偃息之迟者也，公毋见怪也。

题解

陶观察，姓陶的道员，为省级长官。乞病书，指自己告病辞官的申请书。本文原载《小仓山房文集》卷十六。

注释

[1] 仆：谦称，我。 [2] 枚乘：字叔，西汉人。景帝召拜枚乘为弘农都尉，枚乘久为大国上宾，不乐郡吏，以病去官。 [3] 汲长孺：名黯，字长孺，西汉人。汉孝武、景帝时为太子洗马，后迁为荥阳令。汲黯耻为令，托病辞官。 [4] 金马门：汉武帝时铸铜马于宫门外，此门称金马门。此指代京城北京。 [5] 又谓仆擢秦邮牧不迁：指乾隆十二年（一七四七）两江总督尹继善向上推荐袁枚为秦邮州太守，但吏部未批准。牧，州的长官。 [6] 褊心不能无少望：《汉书·汲黯传》称汲黯"褊心，不能无少望"。褊心，心地狭窄。望，怨恨。

[7] 牧之与令：州牧与县令。 [8] 奚足区别：有何区别。 [9]《士不遇》：表达怀才不遇的赋，如董仲舒《士不遇赋》、陶渊明《感士不遇赋》等。 [10] 循吏：守法循理的官吏。 [11] 桐乡：县名。今属浙江。 [12] 渤海：郡名。在今河北、辽宁渤海海湾一带。 [13] 专城：主宰一城的州牧。 [14] 龚遂：汉代循吏，曾任渤海郡太守。 [15] 朱邑：汉代循吏，曾任桐乡地方官。 [16] 久道化行：长久行循吏之道而教化天下。语见《易》："圣人久于其道，而天下化成。"

[17] 生荣而死哀：《论语·子张》："其生也荣，其死也哀。" [18] 京兆三辅：此处指都城附近的京畿地区。京兆，京畿的行政区域。三辅，汉代设京兆尹、左冯翊、右扶风辅佐帝王之官，亦指其所辖地区。合称"三辅"。 [19] 供张储偫：陈设供宴会用的器具、饮食，储备器物。储偫，储备。 [20] 赵广汉：汉代人，曾任京兆尹，后遭腰斩之祸。 [21] 韩延寿：汉代人，曾任左冯翊，后被斩首。

[22] 江宁：今江苏南京。 [23] 渥洼之马：渥洼川所出之神马。渥洼川为甘肃安西党河支流。 [24] 滇南：云南南部。 [25] 舞于床：《乐府杂录》："马舞者，栊马人着彩衣执鞭于床上，舞蹀躞，蹄皆应节奏也。" [26] 跅弛：放任无约束。

[27] 泛驾：马奔驰不循轨辙。 [28] 宴：通"晏"，晚。 [29] 会城：省城。此指南京。

[30] 昧晨昏：不辨早晚。 [31] 犯：冒着。 [32] 台参：拜见台臣。台臣，谏官，此泛指大官。 [33] 齁齁：鼾声。 [34] 怵：害怕。 [35] 踠膝：屈膝。

[36] 日昳：日落。 [37] 辕：辕门，衙门。 [38] 簿领：官府记事的簿册文书。

[39] 加朱墨围：加朱笔、墨笔的圈点，指处理文书。 [40] 驿券：征发驿马驿夫的凭证。 [41] 蘧然觉：突然惊醒貌。 [42] 凿然行：硬着头皮出行。

[43] 失膳饮节：吃喝皆无定时。 [44] 高堂：指母亲。 [45] 定省：早晚向父母请安。 [46] 旦旦然：天天如此。 [47] 课农：督促农事。 [48] 巡乡：视察乡村。[49] 报最：官吏考绩被评为上等。 [50] 下考：考绩被评为下等。 [51] 不肖之心：小人之心，此谦语。 [52] 丧所守：丧失了自己的操守。 [53] 祸厥身：给自己带来灾祸。 [54] 十室之邑：喻小地方。 [55] 肆心广意：随心所欲。[56] 弦歌先王之道以治民：以先王礼乐之道来教化、治理百姓。弦歌，礼乐教化，典出《论语·阳货》。 [57] 游徼、啬夫：乡官名。 [58] 怒骥：矫健的骏马。[59] 炎衢：热闹的街市。 [60] 贲、育：古代勇士孟贲、夏育。 [61] 偃息：休息。

语译

大人不了解我辞官的意思，认为我像枚乘和汲长孺那样，因为曾经在京城做过官，所以耻于当县令。又认为我被推荐为秦邮州牧未获批准，因心地狭窄不能不有所怨恨，受了刺激而逃避官位。这两种看法都是不了解我的猜测。为官者蒙受耻辱而救助百姓，这是古人所崇尚的，州牧与县令，有多大的区别呢？汉代人五十岁考中秀才，也未称为年老。我才三十三岁，前途正长，怎敢就认为怀才不遇而退隐呢？

一个人有能做的，有不能做的，而为官也有可长久的与不可长久的。就拿汉代奉公守法的好官来说吧，比如桐乡和渤海，在此做主宰一城的长官，这是可以长久任职之地。龚遂、朱邑就做了该地的官，甚至长久行循吏之道而教化天下，生前荣耀，死后也被人民悼念。又比如都城附近的地区，豪强众多，还得为官员准备宴会用的器具、饮食，储备有关器物。此为做官不可长久的地方。赵广汉、韩延寿就做此地的官，时间久了果然没有好下场。江宁类似古代的京城地区，民事少，而备办储备财物的事多。处理民事，是我能做的，备办储备财物，是我不善做的。现在我勉强逞能，压抑自己的秉性做这些事，已有四年了。这就像渥洼的神马，滇南的大象，即使被床上执鞭人指挥着跳舞，踞坐在朝堂圣地，但是受到约束，勉强行事，会常有因放纵出轨而遭责罚的担忧。我生性好晚起，但于百事都不曾耽误。自从来到江宁，把夜晚当作白天，每天早起听到鸡叫都认为是吉祥的事。我暗自考虑说：如果劳苦我自己是为了我的百姓，这是我心甘情愿的。但如今冒着风霜雨露地苦干，不过是参拜台官，迎来送往，为大官做奴隶罢了。那成千上万需要治理的百姓，还在打鼾熟睡而全然不知。于是我身子虽前往而心神没有随行，边走边恼怒。而谁知道到西边去迎接来客，却耽误了东面的官僚；自以为张罗得十分齐全了，又发现缺少了供给；生怕人家抢了先，结果还是落在人家后面了。若不到处奔波跪拜迎送，便要受到上司怒视责怪。等到傍晚才归来，而围着衙门哭诉的老弱百姓数以万计，抢着来拉我的衣裳，这使我怎能忍心不点灯升堂判事，使他们全家都能够安宁呢？到判事完毕走进室内，各种文书堆积如山，又何敢不加朱笔、墨笔圈点，稍微过目一下呢？有时刚刚脱衣休息，而驿站又传来驿票，报知某某官到了某某地方，便又突然惊醒，硬着头皮起身去迎接。一个月中间，吃饭喝水没有定时，不能按时间向母亲请安，天天如此，哪里还有空闲去督促农事、视察乡村，就像古代奉公守法的好官所说的那样呢？

而且一县的收入有限，而一个官员的供给却无穷尽。供给得好，那么官吏考绩被评为上等；供给得不满意，那么考绩时只有被评为下等。我平时靠着智慧来保全自己，所以能够不与上司的意旨有何不同。但时间一久，真情暴露难以伪装，若非逼出我不肖的心思而丧失我的操守，一定会招来违背世俗的牵累而祸害了自己。事到如今，所以我应该早作打算。如果能得到一小块地方，随心舒意，以先王的礼乐之道来治理百姓，那么虽是地位低下的游徼、啬夫一样的乡官，必定会泰然安乐地度过一生。今天有乘骏马飞奔于热闹街市的人，即使是古代的勇士孟贲、夏育，也必然要在树阴下喘息一下。我也是休息于树下的迟到者，请大人不要见怪。

品评

此文以驳论的写法表白自己借病辞官的原因，于认识袁枚的人生转折有重要意义。

文章第一段先摆出了陶观察关于自己“去官”的两个误解：一是“耻为令”，二是被荐为秦邮州牧而“不迁”，心存怨恨而逃避。并毅然予以否定：“是二者，皆非知仆者也。”

第二段乃论述“官有可久与不可久”之理。“官有可久”者以汉代循吏龚遂、朱邑为例，官有“不可久”者以汉代赵广汉、韩延寿为例。又以“江宁类古京兆”一句自然地把自己划人“不可久”者之列，因为两者在“供张储偫”而“不能”方面正相类。然后具体描写自己为“供张储偫”四处奔波、身心疲惫的情状，宣泄“为大官作奴”，而无法为百姓做循吏的苦闷。描写真切生动，非亲历者不能道，使为官“不可久”之理得以形象地表现。

最后则指出若长久为官奴，轻则丧失操守，重则招惹灾祸，故必须早作打算，抽身仕途。

此文的价值不仅在于周全地为自己辞官作出了合情合理的解释，而且揭露了官场的陈规陋习，反映了吏治腐败之一斑。

答沈大宗伯论诗书

先生诮[1]浙诗，谓沿宋习、败唐风者，自樊榭[2]为厉阶[3]。枚，浙人也，亦雅憎浙诗。樊榭短于七古，凡集中此体，数典[4]而已，索索然[5]寡真气。先生非之甚当。然其近体[6]清妙，于近今少偶。先生诗论粹然，尚复何说？然鄙意有未尽同者，敢质之左右[7]。

尝谓诗有工拙，而无今古。自葛天氏之歌[8]至今日，皆有工有拙，未必古人皆工，今人皆拙。即《三百篇》[9]中，颇有未工不必学者，不徒汉、晋、唐、宋也。今人诗有极工极宜学者，亦不徒汉、晋、唐、宋也。然格律莫备于古，学者宗师，自有渊源。至于性情遭际，人人有我在焉，不可貌古人而袭之，畏古人而拘之也。今之莺花，岂古之莺花乎？然而不得谓今无莺花也。今之丝竹[10]，岂古之丝竹乎？然而不得谓今无丝竹也。天籁[11]一日不断，则人籁[12]一日不绝。孟子曰："今之乐，犹古之乐。"[13]乐即诗也。唐人学汉、魏变汉、魏，宋学唐变唐。其变也，非有心于变也，乃不得不变也。使不变，则不足以为唐、不足以为宋也。子孙之貌，莫不本于祖、父，然变而美者有之，变而丑者有之。若必禁其不变，则虽造物[14]有所不能。先生许唐人之变汉、魏，而独不许宋人之变唐，惑也。

且先生亦知唐人之自变其诗，与宋人无与乎？初、盛一变，中、晚再变，至皮、陆二家[15]，已浸淫[16]乎宋氏[17]矣。风会所趋[18]，聪明所极，有不期其然而然者。故枚尝谓变尧、舜[19]者，汤、武[20]也，然学尧、舜者莫善于汤、武，莫不善于燕哙[21]。变唐诗者，宋、元也，然学唐诗者莫善于宋、元，莫不善于明七子[22]。何也？当变而变，其相传者心也；当变而不变，其拘守者迹[23]也。鹦鹉能言，而不能得其所以言，夫非以迹乎哉？

大抵古之人先读书而后作诗，后之人先立门户而后作诗。唐、宋分界之说，宋、元无有，明初亦无有，成、弘[24]后始有之。其时议礼讲学，皆立门户以为名高。七子狃[25]于此习，遂皮傅[26]盛唐，扼腕[27]自矜，殊为寡识。然而牧斋[28]之排之，则又已甚。何也？七子未尝无佳诗，即公安[29]、竟陵[30]亦然。使掩姓氏，偶举其词，未必牧斋不嘉与[31]。又或使七子湮沉无名，则牧斋必搜访而存之无疑也。唯其有意于摩垒夺帜[32]，乃不暇平心公论，此亦门户之见。先生不喜樊榭诗而选[33]则存之，所见过牧斋远矣。

至所云“诗贵温柔，不可说尽，又必关系人伦日用”[34]，此数语有褒衣大祒[35]气象，仆口不敢非先生，而心不敢是先生。何也？孔子之言,《戴经》[36]不足据也,唯《论语》为足据。子曰“可以兴”“可以群”[37]，此指含蓄者言之，如《柏舟》[38]《中谷》[39]是也;曰“可以观”“可以怨”,此指说尽者言之,如“艳妻煽方处”[40]“投畀豺虎”[41]之类是也。曰“迩之事父，远之事君”[42],此诗之有关系者也。曰“多识于鸟兽草木之名”[43]，此诗之无关系者也。仆读诗常折衷[44]于孔子，故持论不得不小异于先生，计必不以为僭[45]。

题解

沈大宗伯，指沈德潜（一六七三——一七六九），字确士，号归愚，长洲（今江苏苏州）人。清代诗坛格调说的倡导者。大宗伯，礼部尚书。本文原载《小仓山房文集》卷十七。

注释

[1] 诮：嘲笑。 [2] 樊榭：浙派诗人代表厉鹗，字太鸿，号樊榭，钱塘（今浙江杭州）人。 [3] 厉阶：祸端。《诗·大雅·桑柔》：“谁生厉阶，至今为梗。” [4] 数典：罗列典故。 [5] 索索然：冷漠无生气的样子。庾信《拟咏怀》：“索索无真气，昏昏有俗心。” [6] 近体：格律诗。 [7] 左右：对对方的敬称。 [8] 葛天氏之歌：《吕氏春秋》：“昔葛天氏之乐，三人操牛尾投足以歌八阕。”葛天氏，传说中的远古君主。 [9]《三百篇》：即《诗经》，有三百零五篇。 [10] 丝竹：弦乐器与管乐器。 [11] 天籁：大自然所发出的音响。 [12] 人籁：人发出的音响。 [13]“今之乐”两句：见《孟子·梁惠王下》。乐，音乐。 [14] 造物：即造物者，创造万物的神。 [15] 皮、陆二家：唐代诗人皮日休、

陆龟蒙。 [16] 浸淫：濡染。 [17] 宋氏：指宋代诗人。 [18] 风会所趋：风气的发展。 [19] 尧、舜：唐尧与虞舜，古代传说中的圣明君主。 [20] 汤、武：商朝国王成汤，周朝国王周武王，皆明君。 [21] 燕哙：战国时期燕国王，治国无方。 [22] 明七子：指明代复古派前七子与后七子。前七子以李梦阳、何景明为代表,后七子以李攀龙与王世贞为代表。 [23] 迹:指外在的形式。 [24] 成、弘：明宪宗年号成化（一四六五——一四八七）与明孝宗年号弘治（一四八八——一五〇五）。 [25] 狃：拘泥。 [26] 皮傅：浅薄地从表面上附会。 [27] 扼腕：抓住手腕，此表示振奋的心情。 [28] 牧斋：明末清初诗人钱谦益，字受之，号牧斋，常熟（今属江苏）人。官至南明礼部尚书，后降清。 [29] 公安：明代以湖北公安三兄弟袁中道、袁宏道、袁宗道为代表的公安派。 [30] 竟陵：明代以湖北竟陵钟惺、谭元春为代表的竟陵派。 [31] 嘉与：奖励扶助。 [32] 摩垒夺帜：指挑战，欲取而代之。摩垒，迫近敌垒。 [33] 选：指《国朝诗别裁集》。 [34] “诗贵温柔”三句：见沈德潜《说诗晬语》。 [35] 褒衣大袑：宽袍大裤，官僚架子，形容议论空廓。 [36]《戴经》：指《礼记》。此指汉代戴圣的《小戴礼记》。 [37] “可以兴” 等句 ：见《论语 · 阳货》：“诗可以兴，可以观，可以群，可以怨。”兴，启发、感染的作用。观，认识社会现实的作用。群，有感染、提高的作用。怨，批评、讽刺不良政治的作用。 [38]《柏舟》：《诗 · 邶风》中的一篇。 [39]《中谷》：《诗 · 王风》中的《中谷有蓷》。 [40] 艳妻煽方处：见《诗 · 小雅 · 十月之交》。艳妻，指周幽王的宠妃褒姒。煽，炽盛。此指气焰嚣张。 [41] 投畀豺虎：见《诗 · 小雅 · 巷伯》。投畀，抛弃。 [42] “迩之事父” 两句：见《论语 · 阳货》。迩，近。 [43] 多识于鸟兽草木之名：见《论语 · 阳货》。 [44] 折衷：折中。用以为判断事物的准则。此有遵从意。 [45] 僭：越礼。

语译

先生讥笑浙派诗歌，说是沿袭宋诗习气、败坏唐诗风格，从厉鹗为祸端。我袁枚是浙江人，也很讨厌浙派诗歌。厉鹗不擅长七古诗，凡是集子中的七古诗，不过是罗列典故而已，冷漠而无生命的活力。先生否定它很恰当。但他的格律诗很清妙,在近代能与之相比的很少。先生诗论很精粹,还有什么好说的?但我的浅见跟您有不完全相同处,大胆提出向您求教。

我曾说过诗有优劣之别,但没有古今之分。从葛天氏的歌谣到今天,都有优有劣,未必古人的诗都优,今人的诗都劣。即使《诗经》中间,也很有些写得不好而不必学的,不仅是汉代、晋代,唐代、宋代如此。今人的诗也有写得很好很适宜于学习的,同样也不仅是汉、晋、唐、宋才如此。但是诗歌格律没有比古代更齐备的了,学诗者效法古人,自有他们的渊源。至于性情遭遇,人人都有自己独具的特点,不能描摹古人而照抄,敬畏古人而受其束缚。今天的莺花,难道是古代的莺花吗?但是不能说今天就没有莺花。今日的管弦乐器,难道是古代的管弦乐器吗?但是不能说今天就没有管弦乐器。大自然的声音一天不断,那么人类声音也就一天不断。孟子说:"今天的音乐,就如同古代的音乐。"音乐就是诗歌。唐代人学习汉、魏诗歌又变化汉、魏诗歌风格,宋代人学习唐代诗歌也变化唐诗风格。这种变化,不是有意要变,而是不得不变。假如不变,那么就不足以成为唐诗,不足以成为宋诗了。子孙的面貌,无不来之于祖父、父亲,但有变得漂亮的,也有变得丑陋的,如果一定要禁锢他们不变,那么虽然是创造万物的上天也没有办法做到。先生允许唐代人变化汉、魏诗歌风格,而偏偏不允许宋代人变化唐代诗歌风格,这就使我感到大惑不解了。

而且先生也知道唐代人也自变其诗,这与宋代人无关吧?初唐、盛唐风格一变,中唐、晚唐风格再一变,到皮日休、陆龟蒙两人,已经变得接近宋人风格了。这是时代风格的发展,是诗人聪明才智的发挥,有预料不到而变成这样的原因。所以我曾说改变唐尧、虞舜的,是成汤、周武,最善于学习唐尧、虞舜的,也是成汤、周武,最不善于学习唐尧、虞舜的是燕王哙;改变唐诗风格的是宋代、元代,最善于学习唐诗的也是宋代、元代,最不善于学习唐诗的是明代前后七子。为什么呢?应当变化而变化,其相传的是靠内心的领会;应当变化却不变化,其墨守的只是外部的形式。鹦鹉能学说话,却得不到说话的真谛。这不就是因为光学表面的形式吗?

大体上古人是先读书再作诗,后代人是先立派别再作诗。唐诗、宋诗分界的说法,宋代、元代没有,明代初年也没有,成化、弘治以后才有。那时候讲礼仪讲学术，都立派别以抬高自己的名声。明七子拘泥于这种习气，于是仅从表面上附会盛唐，还兴奋地自我炫耀，实在太少见识。但是钱牧斋排斥明七子，则又太过分了。为什么呢？明七子并不是没有佳作，即使公安派、竟陵派也是这样。假如隐去姓名，偶尔举出他们的诗句，也不见得钱牧斋就不赞赏。又假如明七子都无名，那么钱牧斋就必然要想法寻访他们的好诗而使之留存，这是毫无疑问的。正因为他存心要向他们挑战取而代之，所以就顾不上公正的评价，这也是门户之见。先生不喜厉鹗的诗，而选诗时则保留了，见识远远超过钱牧斋。

至于先生所说的“诗以温柔为贵，不可以说尽，必须要关系到社会道德和现实生活”，这话有儒家的博大派头。我嘴里不敢否定先生，但心里也不敢苟同先生。为什么呢？孔子的话，《礼记》中记载的不足凭信，只有《论语》中的才足以为据。孔子说诗“可以兴”“可以群”，这是指含蓄的风格而说的，如《诗经》中的《柏舟》《中谷有蓷》就是这样。“可以观”“可以怨”，这是指“说尽”的风格说的，像《诗经》中的“艳妻煽方处”“投畀豺虎”之类就是。说“迩之事父，远之事君”，这是说与社会人生有关的诗歌。说“多识于鸟兽草木之名”，这是说和社会无关的诗歌。我读诗常常遵从孔子的意见，所以所持的观点不能不和先生稍有不同，想来先生一定不会认为我越礼了。

品评

此信是袁枚的一篇重要诗论，通过对沈德潜复古格调说的批判，阐明自己性灵说的观点。这虽然是一篇观点鲜明的论战文章，但鉴于沈的地位与两人的友谊，所以语气和善，不类今日一些论辩文章那样剑拔弩张。

文章开篇先对沈德潜“诮浙诗”予以肯定，“先生非之甚当”，在感情上起到缓冲作用，在谋篇上属于欲抑先扬。然后转入正题。首先，针对沈氏贵古贱今，一味推崇汉魏、盛唐诗，提出“诗有工拙，而无今古”的评诗标准。诗未必越古越好，其关键在于“性情遭际，人人有我在焉”，决定诗之工拙的不是古今时代，而是具体的诗人之“性情遭际”。其次，针对沈氏褒唐贬宋，提出“变”是诗歌发展的规律，变是不可避免的，唐人变汉魏，为沈所首肯，而宋人变唐，沈“独不许”，这是令人困惑的。此可谓以子之矛攻子之盾。然后进一步就沈所崇尚的唐诗本身来分析，认为其亦是一变再变的，论证十分充分。再次，批评“唐、宋分界之说”，矛头表面上是指向明七子，但因为沈氏继承的正是明七子的衣钵，所以实际上亦是批评沈氏之“立门户而后作诗”。最后则批评沈氏的“诗教”观，所谓“诗贵温柔”“必关系人伦日用”。袁枚以孔子之言与《诗经》为据，证明诗可以温柔含蓄，亦可“说尽”；可以“有关系”，亦可“无关系”。采用的是打鬼借助钟馗的策略，以使对方信服。

作为一篇论辩文章，此文观点鲜明，有理有据，有破有立，说服力甚强。而且态度委婉，尽量尊重对方，亦容易使人接受。

先妣章太孺人行状

呜呼！枚辞官奉母，垂三十年，太孺人寿将满百，神明未衰，海内之人，知与不知，争来问讯，以为储休启祐[1]，所以享此遐龄[2]者，必非无因。枚亦思有所称引，以宣扬太孺人之徽音[3]，而曾曾[4]未逮。今年春，太孺人抱恙，枚不孝，医巫不具，又不能吁天请命，致永诀慈颜。擗踊[5]之馀，自伤白发，知睽离[6]膝下亦不多时。恐一息不来，而半词莫措，则人子显亲之志，遗恨弥深。此张凭[7]诔[8]母之文，伊川[9]状[10]母之作，所为泪墨交挥而不能自已也。

谨按太孺人章姓，杭州耆士[11]师禄先生之次女，年二十来归先君。慈和端静，所居之室，謦咳[12]无闻。当是时，家贫甚。先君幕游滇、粤，寄馆谷[13]赡其家，万里路遥，家书屡断。太孺人上奉大母[14]，旁养孀姑[15]，下延师教枚，半取给于十指间。每至赊贷俱穷，旨畜[16]告匮，辄嘿嘿然绕楼而步。枚与诸姊妹犹啼呼索饭，不知太孺人力之竭，心之伤也。

及枚髫年[17]入学，旋即食饩[18]；弱冠举鸿词科[19]，旋入词林[20]，乞恩归娶。一时戚里姻族争奔趋欢贺，为太孺人光荣，而太孺人愔愔[21]如常，与枚作孩提时无以异也。壬戌[22]，枚改官县令，四任花封[23]，禄养稍厚，人为太孺人庆板舆之乐[24]，而太孺人愔愔如常，与枚在词馆时无以异也。壬申[25]，枚改官秦中[26]，念太孺人年衰，陈情乞养，侨居金陵[27]之随园。园中颇饶亭榭，水木清华，人为太孺人庆烟云之奉，而太孺人愔愔如常，与枚在官衙时无以异也。盖太孺人天怀淡定，处困履亨[28]，不加不损[29]，忧喜之色，不形于造化[30]。其教枚也，自幼至长，从无笞督，有过必微词婉讽，如恐伤之。尝谓姊曰："汝弟类我，颜易忸怩，故我不以常儿待之。"枚因此愈加悚惧，常伺察于无形无声之间，有不怿[31]，必痛自改悔，俟色笑如常，而后即安。

晚年抱孙颇迟，人以为忧，太孺人绝不介意，曰："吾儿居心行事，必当有后，如其无之，则亦命也，吾何容心[32]焉！"前年，弟阿品[33]生男，枚抱以来[34]；去冬新娶钟姬有娠，太孺人为之欣然。呜呼！其应嗣者[35]，太孺人已得而见之矣，其将生者[36]，太孺人犹未得而见之也。虽雄雌未卜，而兆已萌芽，偏使免乳婴娩[37]，不及待大母含饴一弄[38]。是则人伦缺陷，枚不能不抱恨于终天。

太孺人不持斋，不佞佛，不信阴阳祈祷之事。针黹之馀，手《唐诗》一卷，吟哦自娱。僮仆微劳，必厚犒之，邻里贱妪，必礼下之。脱肉作鱼[39]，味倍甘鲜，子妇[40]学之，卒不能及。年年花开时，诸姬人循环张饮，为太孺人寿，太孺人亦必婆娑[41]置具，行答宴之礼。常戒枚曰："儿无他出，明日阿母将作主人也。"呜呼痛哉！此情此景，在当时原早知难得，故刻意承欢，亦不图色笑难追[42]，一转瞬而杳如天上。

弥留之际，筋骨不舒，或为搔摩，辄曰："汝手劳，盍[43]少休？"又曰："夜已深矣，汝且往眠。"其仁心体物，临危不乱如此。卒时，召枚诀曰："吾将归去。"枚不觉失声而恸，太孺人呵曰："人心不足，儿痴耶？天下宁有不死人耶？我年已九十四矣，儿何哭为？"举袖为枚拭泪而逝。呜呼痛哉！人世以百龄为上寿，再假六年，太孺人便符此数，天何吝此区区者而不肯赐与耶？抑去来有定，未可强留耶？不然，则终是枚调护无方，奉养有缺，而致太孺人之沉绵不起也。

比年来，枚于古人中百无一慕，惟唐诗人邱为，行年八十，尚有高堂[44]，私心窃向往之，今而后，方知古人之难及也。枚虽苍苍在鬓，而太孺人视若婴儿，每入定省[45]，必与一饼饵一果蓏[46]，诏以寒暄，询其食饮，枚亦陶陶遂遂[47]，自忘其衰。今而后，枚方知为六十三岁之人也。侍膝下愈久，离膝下愈难，晨昏起居，误呼阿奶，瞻望不见，神魂依依[48]，虽苟活须臾，而生意已尽。呜呼，尚何言哉，尚何言哉！

太孺人生于康熙乙丑[49]八月二十三日，殁于乾隆戊戌[50]二月九日。四女三寡，依枚以终。二姊年七十，事母尚健。

孙通[51]四岁，女孙三，俱未适人。不孝男枚谨状。

题解

先妣，亡故的母亲。孺人，七品至九品官员的母亲或妻子所受的封号。本文原载《小仓山房文集》卷二十七。

注释

[1] 储休启祐：积善享福。休，美善。祐，福气。 [2] 遐龄：长寿。 [3] 徽音：美好的声誉。 [4] 曾曾：迟迟。 [5] 擗踊：拊心曰擗，顿足曰踊。《孝经》："擗踊哭泣，哀以送之。" [6] 暌离：分离。 [7] 张凭：晋吴郡人。 [8] 诔母：写记述母亲功德以示哀悼的文章。诔，文体名。 [9] 伊川：宋理学家程颐，世称伊川先生。 [10] 状母：写叙述母亲生平行事的文章。状，即行状，文体名。[11] 耆士：年高有德者。 [12] 謦咳：咳嗽。此指母亲发出的声音。 [13] 馆谷：指父亲袁滨做幕僚所获报酬。 [14] 大母：祖母。 [15] 孀姑：指守寡的姑母沈氏。 [16] 旨畜：生活必需品。 [17] 髫年入学：童年考取秀才，入县学。 [18] 食饩：补廪膳生员。秀才岁试，可补廪生，每年可得到国家若干数量的粮食作为补助。 [19] 鸿词科：乾隆元年（一七三六）开博学鸿词科，袁枚曾被金鉷荐举入京应试，但并未考中。 [20] 入词林：袁枚于乾隆四年（一七三九）中进士，入庶常馆为庶吉士。 [21] 愔愔：安详和悦的样子。[22] 壬戌：指乾隆七年(一七四二)。 [23] 四任花封：即分别任溧水、沭阳、江浦、江宁县令。 [24] 板舆之乐：指母亲得到儿子奉养。板舆，人抬的代步工具。[25] 壬申：指乾隆十七年（一七五二）。 [26] 秦中：陕西。 [27] 金陵：今南京。[28] 困、亨：《易》卦名，困表示艰困，亨表示顺利。 [29] 不加不损：《孟子》："虽大行不加焉，虽群居不损焉。" [30] 造化：自然。这里指表情。 [31] 怿：喜悦。[32] 容心：在意。 [33] 阿品：袁枚从弟袁树小字。 [34] 枚抱以来：指把袁树子阿通过继给自己当嗣子。 [35] 应嗣者：即阿通。 [36] 其将生者：指袁枚嫡亲子阿迟。 [37] 免乳嫛婗：指阿迟。免乳，妇女生孩子。嫛婗，婴儿。[38] 大母含饴一弄：即含饴弄孙，指老人含着饴糖逗孙子之乐。大母，祖母，

指袁枚母。 [39] 脱肉作鱼：指烧菜。《礼记·内则》："肉曰脱之，鱼曰作之。" [40] 子妇：儿媳妇。 [41] 婆娑：劳碌。 [42] 色笑难追：指看不到母亲容貌了。色笑，和颜悦色的态度。 [43] 盍：何不。 [44] 高堂：母亲。 [45] 定省：子女早晚向父母问候，晨曰定，晚曰省。 [46] 果蓏：水果。木实曰果，草实曰蓏。 [47] 陶陶遂遂：和乐顺从的样子。 [48] 伥伥：迷茫的样子。 [49] 乙丑：指康熙二十四年（一六八五）。 [50] 戊戌：指乾隆四十三年（一七七八）。 [51] 通：阿通，袁枚嗣子袁通。

语译

呜呼！我辞官奉养母亲，将近三十年，太孺人将满百岁，精神却没有衰老，海内的人，认识与不认识的，争着来问讯，认为家母积善享福，所以能享此高寿，一定是有原因的。我也想对太孺人有所称述，借以宣扬太孺人的美好声誉，却迟迟没做到。今年春天，太孺人患病，我真是不孝，医生医术不完备，又不能呼吁苍天请求它保护家母生命，导致我永远辞别母亲慈祥的容颜。捶胸顿足之馀，又感伤自己已经满头白发，知道离别家母膝下也不会太久。但我恐怕如果一日突然呼吸断绝，而一个字都没写，那么儿子宣扬母亲美德的心愿，就会留下更深的遗憾。这就是张凭写纪念母亲功德以示哀悼的文章，以及伊川先生写记叙母亲生平行事的文章，都眼泪与墨汁一起挥洒不能控制的原因吧！

我要恭敬地介绍太孺人姓章，是杭州德高望重的章师禄先生的第二个女儿，二十岁时嫁给家父。慈祥和蔼，端庄娴静，平常在其居室，安静无声。那个时候，家里很穷。家父在云南、广东做幕僚，把报酬寄回养家，远隔万里，常常收不到其书信。太孺人上要奉养祖母，旁要供养姑母，下要请教师教育我，收入大半靠十指为他人做针线活。每当借贷无门，生活必需品都缺乏，就一言不发地绕着屋子想办法。我与诸姐妹还哭喊着要吃饭，全不知太孺人精力衰惫、内心忧伤。

到我童年考取秀才，入了县学，不久补廪膳生员；二十岁参加博学鸿词科考试，三年后入翰林院为庶吉士，年底请假回家乡娶妻，一时亲戚邻里、家族成员都争着赶来欢呼庆贺，大为太孺人脸上增光，但太孺人安详和悦的样子一如平常，与我是小孩子时没有两样。乾隆七年，我被外放去做县令，分别任溧水、沭阳、江浦、江宁四县县令，养亲的俸禄不少，人家为太孺人庆贺得到儿子奉养的快乐，但太孺人安详和悦的样子一如平常，与我在庶常馆深造时没有两样。乾隆十七年，我曾改赴陕西任职，后来考虑到太孺人年衰，乃向上司陈情请求供养家母，寄居在金陵随园。园中有许多亭台阁榭，水木清朗秀丽，人家都为太孺人庆贺有烟霭云雾的享受，但太孺人安详和悦的样子一如平常，与我在官衙当县令时没有两样。太孺人出自天性胸怀冷静镇定，遇到艰难或顺利，心情都不会改变，或忧或喜的心情都不会在脸上表露出来。其教育我，从小到大，从来没有抽打责罚过，我犯了错误一定是用委婉的语言从侧面批评，好像怕伤害我。曾经对我的姐姐说："你们的弟弟像我，脸面薄容易害羞，所以我不会以一般的孩子对待他。"我因此更加戒惧，常常在无形无声之间观察家母，做事一旦发现其不快，一定彻底地认错改正，等到家母和颜悦色的态度如平常一样，这才心安。

家母晚年迟迟抱不到孙子，人家都认为会忧愁，其实太孺人绝不介意，并说："我儿子心地好，办事能干，一定会有儿子的，假如没有，那么也是命，我何必在意呢？"去年，堂弟生了儿子，去年冬天我新娶的钟姬怀孕，太孺人为此欣喜。呜呼！过继给我的儿子阿通，太孺人已经看到了，将要出生的孙子，太孺人还未能看见。即使是男是女还未能预测，但征兆已显露，可偏偏使生下的孙子，来不及等到祖母含着饴糖逗他玩。这是人伦的缺失，我不能不终身遗憾。

太孺人不食素，不迷信佛教，不信阴阳相术、向神灵祈祷之事。做完针线活，就手持一卷《唐诗》，吟诵自乐。僮仆有点小功劳，就一定给予重赏。邻里的平凡的老太太，都一定以礼相待。家母烹饪鱼肉做菜，味道非常鲜美，儿媳妇虽然努力学习，但始终赶不上。每年春暖花开的时候，我的各位妻妾轮流设宴，为太孺人祝寿，太孺人也一定忙碌操办宴会，尽答谢之礼。家母常常告诫我说："我儿不要外出，明天老母将做东请客。"呜呼哀痛啊！此情此景，在当时就知道很难得，所以有意博取家母欢心，只是没料到家母慈颜难再见到，转眼之间已消失到天上。

家母病危之时，筋骨不舒，我有时替她按摩，家母就说："你太累了，为何不休息一会儿？"又说："夜已经很深了，你快去睡觉吧！"家母的仁爱体察他人，临危不乱，往往如此。家母临终时，召我来诀别道："我即将回去了。"我不觉失声痛哭，太孺人呵斥说："真是人心不足，我儿痴呆了吗？天下岂有不死的人吗？我年已九十四岁了，我儿还为何痛哭呢？"说完用衣袖为我擦掉眼泪就去世了。呜呼哀痛啊！人世间认为百岁为上寿，如果老天再多给六年生命，太孺人便符合上寿之数，老天为何吝惜此小数目而不肯赐予呢？还是人生死注定，不可勉强留住呢？如果不是这样，那么还是我调理护养家母无方，奉养有不足的地方，而导致太孺人的疾病缠绵不愈。

连年来，我对古人没有羡慕谁，只有唐代诗人邱为，年将八十岁，还有老母，我心里很向往他。从今以后，我才知道古人难以企及。我虽两鬓花白，但太孺人还视作婴儿。我每次早晚去问候家母，一定给我吃饼类与水果，又告知要注意冷暖，问我饮食情况，我也和乐顺从，忘掉了自己已经衰老。从今以后，我才知自己是六十三岁的人了。在家母身边越久，离开家母越觉困难，如今早晚起居时，误呼"阿奶"，却不见其人，不禁神魂迷茫，即使短暂苟活，而生命的活力也快完了。呜呼，还说什么呢，还说什么呢！

太孺人生于康熙二十四年八月二十三日，仙逝于乾隆四十三年二月九日。有四个女儿，三人守寡，都依附我生活而终殁。二姐年七十，服侍母亲时还健朗。孙子阿通四岁，还有孙女三人，都未嫁人。不孝儿子枚恭敬地陈述。

品评

这是一篇感情真挚、泪墨交挥的悼念慈母的文章。

开篇简略交代慈颜抱恙而致永诀的经过，但笔带感情，既有对母亲"徽音"的赞扬，亦有自己"不能吁天请命"的愧疚。然后以时间为线索，进入对母亲高尚品格的追忆。作者幼年时，家贫，父出游，写母亲独力支撑家庭，孝养长辈，照顾子女，反映了母亲坚强、勤劳的秉性。作者成年后，入词林，改官县令，又侨居随园，不管作者身份有何变化，母亲皆"愔愔如常"，"忧喜之色，不形于造化"，则反映了母亲天性淡定、不慕浮华的品格。写作者老年得子甚迟，母亲"绝不介意"，反映了母亲旷达乐观的情怀。写母亲"不持斋，不佞佛"，唯喜吟唐诗自娱，反映了母亲远离世俗、温文尔雅的精神。写母亲弥留之际与作者的对话，则反映了她正确的生死观。

本文追思母亲的“徽音”，与抒发自己的悲痛是相辅相成的。正因为母亲伟大，自己的哀伤才更沉重。因此在每一节赞美母亲的文字中，亦饱含着作者不尽的哀思。文章描写母亲的生活、品格，注意动作与语言细节，使人物形象栩栩如生，如见其人，如闻其声。而呼告语的反复运用，则增添了悲伤色彩，既反映了作者肝肠寸断，亦增强了打动读者心灵的力量。

浙西三瀑布记

甚矣，造物之才也！同一自高而下之水，而浙西三瀑三异，卒无复笔[1]。

壬寅岁[2]，余游天台石梁[3]，四面崒者厜㕒[4]，重者甗隒[5]，皆环梁遮迣[6]。梁长二丈，宽三尺许，若鳌脊跨山腰，其下嵌空。水来自华顶[7]，平叠四层，至此会合，如万马结队，穿梁狂奔。凡水被石挠必怒，怒必叫号。以崩落千尺之势，为群碨砢[8]所挡拯[9]，自然拗怒郁勃[10]，喧声雷震，人相对不闻言语。余坐石梁，恍若身骑瀑布上。走山脚仰观，则飞沫溅顶，目光炫乱，坐立俱不能牢，疑此身将与水俱去矣。瀑上寺曰上方广，下寺曰下方广，以爱瀑故，遂两宿焉。

后十日，至雁宕之大龙湫[11]。未到三里外，一匹练从天下，恰无声响。及前谛视[12]，则二十丈以上是瀑，二十丈以下非瀑也，尽化为烟、为雾、为轻绡、为玉尘、为珠屑、为琉璃丝、为杨白花。既坠矣，又似上升；既疏矣，又似密织。风来摇之，飘散无着；日光照之，五色昳丽[13]。或远立而濡[14]其首，或逼视而衣无沾。其故由于落处太高，崖腹中洼[15]，绝无凭藉，不得不随风作幻。又少所抵触，不能助威扬声，较石梁绝不相似。大抵石梁武，龙湫文；石梁喧，龙湫静；石梁急，龙湫缓；石梁冲荡无前，龙湫如往而复：此其所以异也。初观石梁时，以为瀑状不过尔尔，龙湫可以不到。及至此，而后知耳目所未及者，不可以臆测也。

后半月，过青田[16]之石门洞[17]，疑造物虽巧，不能再作狡狯[18]矣。乃其瀑在石洞中，如巨蚌张口，可吞数百人。受瀑处池宽亩馀，深百丈，疑蛟龙欲起，激荡之声如考[19]钟鼓于瓮内。此又石梁、龙湫所无也。

昔人有言曰："读《易》者如无《诗》，读《诗》者如无《书》，读《诗》《易》《书》者如无《礼记》《春秋》。"[20]余观于浙西之三瀑也信。

题解

浙西三瀑，指浙江天台山石梁、雁宕山龙湫和青田石门山的瀑布。浙西，实际是今浙东与浙东南。古人以左为西，作者从南京南下，三瀑布皆在左方，故曰"西"。本文原载《小仓山房文集》卷二十九。

注释

[1] 复笔：重复的笔法，喻风格相同。 [2] 壬寅岁：指乾隆四十七年(一七八二)。 [3] 天台石梁：天台山石梁瀑布。天台山位于浙江天台县城北，主峰为华顶山。石梁瀑布在天台山中方广寺处。石梁长约两丈，衔接两山山腰，瀑自梁底向下喷坠。 [4] 崒者屡㞞：形容山势险峻貌。 [5] 重者甗隒：形容山势重叠如甗

相加。甗，铜制或陶制炊器。嵰，山崖。 [6] 遮迣:遮拦。 [7] 华顶：华顶山，为天台山最高峰。 [8] 磥砢：众多堆积在一起的石头。 [9] 挡柲：阻挡。[10] 拗怒郁勃：形容水势受抑制急转，奔腾狂泻。 [11] 大龙湫：在雁宕山。[12] 谛视：仔细观看。 [13] 昳丽：色彩缤纷。 [14] 濡：沾湿。 [15] 中洼：中间凹下。 [16] 青田：县名。在浙江东南部。 [17] 石门洞：在浙江青田县城西北括苍山中,洞内有悬崖瀑布。 [18] 狡狯:诡诈。 [19] 考:敲击。 [20]“昔人有言”句：见唐李翱《答朱载言书》。

语译

自然界造物的才能真是太高超了！同样是从高处流下的溪水，浙西的三处瀑布却都不同，毫无重复之处。乾隆四十七年，我游天台山的石梁，四周山势险峻，山势重叠如甗相加，都环绕着石梁遮拦。石梁大约长二丈，宽三尺左右，像巨鳌的脊梁横跨在山腰，其下面完全是空虚的。瀑布来自华顶山，平叠为四层，到这里合为一处，如千万匹骏马结成队伍，穿过石梁狂奔向前。大凡水流如果被石块所阻挡必然汹涌，汹涌必然发出巨响。石梁瀑布从千尺高处倾倒，被堆积的石块所拦阻，自然就奔腾狂泻，水轰响如雷霆，游人面对面都听不到彼此的说话。我坐在石梁上，恍惚就像骑跨在瀑布上。再走到山脚下仰视，瀑布飞散的水沫溅到头顶，人眼花缭乱，无论坐立都无法安稳，怀疑身体就要随瀑布飘荡而去。瀑布上面有上方广寺，下面有下方广寺，我因为喜爱瀑布的缘故，就在两个寺院各住宿了一夜。

十天后，我又游至雁宕山的大龙湫，尚未到达时，三里以外，就见瀑布像一匹白练似的从天而落，却是无声无息。等我走到近处细看，二十丈以上是瀑布，二十丈以下却不是瀑布了，全都化为烟，化为雾霭，化为轻纱，化为白玉屑，化为珍珠粉，化为琉璃丝，化为飘扬的柳絮。落下之后，却又像在向上升腾，已经很稀疏了，却又像密密交织在一起。风一吹动，显得飘忽无着落，阳光一照射，又显得五彩缤纷。有时站在远处会打湿了头，有时逼近看衣服上却无水渍。其原因是瀑布的落点过高，崖的中间凹陷，落下的水完全没有依托，不得不随着风吹变幻。加上水落时很少有山势阻碍，也不能发出撞击的声响，跟石梁瀑布相比毫无相同的地方。大致说来，石梁瀑布威武，龙湫瀑布文雅；石梁瀑布喧闹，龙湫瀑布静谧；石梁瀑布湍急，龙湫瀑布平缓；石梁瀑布冲荡向前，龙湫瀑布回环往复：这就是它们不同的地方。刚看到石梁瀑布时，以为瀑布的情状不过如此，龙湫可以不必去看了。等来到这里，才知道耳目未闻睹的事物，是不可以凭主观猜测的。

半个月后，经过青田山的石门洞，怀疑造物主即使造物之才高超巧妙，也不能再变幻出新花样了。这里的瀑布却在石洞内，像巨大的河蚌张开大口，可吞下几百人。容纳瀑布的水池，有一亩多大，深有百丈，让人怀疑有蛟龙要从水池中飞腾而起，瀑布激越震荡之声像在瓮中敲打钟鼓一般。这又是石梁、龙湫瀑布所没有的。

古人曾经说过："有些人读过《易经》就觉得好像不必读《诗经》了，读过《诗经》就觉得好像不必读《尚书》了，读过《诗经》《易经》《尚书》就觉得好像不必读《礼记》《春秋》了。"我看过浙西的三处瀑布以后，很相信确实有这种人。

品评

在同一篇游记中写三条瀑布，为避免"复笔"，就必须捕捉住每条瀑布的特点，显示其独具的风貌，才能体现"造物之才"。本文以时间为线，写一个月之内观赏石梁飞瀑、雁宕大龙湫、青田石门洞瀑布的所见所闻所感，从形态、声响、气势等不同角度，对三条瀑布进行了对比，在对比中表现大自然的鬼斧神工、气象万千。

文章重点是详细描写石梁飞瀑与雁宕大龙湫的不同风格，通过细致生动的勾勒之后，概括出"大抵石梁武，龙湫文；石梁喧，龙湫静；石梁急，龙湫缓；石梁冲荡无前，龙湫如往而复：此其所以异也"的结论，准确细腻，写尽阳刚与阴柔之美。写青田石洞瀑布则比较简略，突出其瀑在洞内，"激荡之声如考钟鼓于瓮内"的独特之美，使文章详略得当，可见剪裁之功。

文章以唐李翱一段话收束，有些匪夷所思，细细品味，其中不乏人生哲理，即人们往往把自己所看到的东西当作最好的，不知山外有山，天外有天，其实"耳目所未及者，不可以臆测也"。文章意旨得以深化。

游丹霞记

甲辰[1]春暮，余至东粤[2]，闻仁化[3]有丹霞之胜，遂泊五马峰下，别买小舟[4]，沿江往探。山皆突起平地，有横皴[5]，无直理[6]，一层至千万层，箍围不断。疑岭南近海多螺蚌，故峰形亦作螺纹耶？尤奇者：左窗相见，别矣，右窗又来；前舱相见，别矣，后舱又来。山追客耶？客恋山耶？舛午[7]惝恍[8]，不可思议。

行一日夜，至丹霞。但见绝壁无蹊径，惟山胁裂一缝如斜锯开。人侧身入，良久得路；攀铁索升，别一天地。借松根作坡级，天然高下，绝不滑屐。无级处则凿崖石而为之，细数得三百级。到阑天门最隘，仅容一客。上横铁板为启闭，一夫持矛，鸟飞不上。山上殿宇甚固甚宏阔。凿崖作沟，引水僧厨，甚巧。有僧塔在悬崖下，崖张高幂[9]吞覆之。其前群岭环拱，如万国侯伯执玉帛来朝。间有豪牛丑犀、犁靬幻人[10]、鸱张[11]蛮舞者。余宿静观楼，山千仞衔窗而立，压人魂魄，梦亦觉重。山腹陷进数丈，珠泉滴空，枕席间琮琤不断。池多文鱼泳游。余置笔砚坐片时，不知有世，不知有家，亦不知此是何所。

次日，循原路下，如理旧书，愈觉味得。立高处望自家来踪，从江口到此，蛇蟠蚓曲，纵横无穷，约百里而遥。倘用郑康成[12]虚空鸟道[13]之说，拉直线行，则五马峰至丹霞片刻可到。始知造物者故意顿挫作态，文章非曲不为功也。第[14]俯视太陡，不能无悸，乃坐石磴而移足焉。

僧问："丹霞较罗浮[15]何如？"余曰："罗浮散漫，得一佳处不偿劳，丹霞以遒警[16]胜矣。"又问："无古碑何也？"曰："雁宕[17]开自南宋，故无唐人题名；黄山[18]开自前明，故无宋人题名；丹霞为国初所开，故并明碑无有。大抵禹迹[19]至今四千馀年，名山大川，尚有屯蒙[20]未辟者，如黄河之源，元始探得，此其证也。然即此以观，山尚如此，愈知圣人经义更无津涯[21]。若因前贤偶施疏解，而遽欲矜矜然[22]阑禁[23]后人，不许再参[24]一说者，陋矣，妄矣，殆不然[25]矣！"

题解

丹霞，丹霞山，在今广东仁化城南。其山岩由红砂岩构成，色渥如丹，灿若明霞，因以得名。本文原载《小仓山房文集》卷二十九。

注释

[1] 甲辰：指乾隆四十九年（一七八四）。 [2] 东粤：广东东部。 [3] 仁化：县名。 [4] 买小舟：租借一条小船。 [5] 横皴：横的纹理。皴，皮肤皱纹。 [6] 直理：直的纹理。 [7] 舛午：错乱。 [8] 惝恍：恍惚。 [9] 幂：罩子。 [10] 犁靬幻人：犁靬国能行幻术的人。犁靬，汉西域国名。 [11] 鸱张：像鸱鸟张翼一样。鸱，猫头鹰。 [12] 郑康成：东汉经学家郑玄，字康成，北海（今属山东）人。 [13] 虚空鸟道：鸟在虚空飞行而无痕迹，谓鸟道。此处是指空间直线距离。 [14] 第：只是。 [15] 罗浮：罗浮山，在广东惠州境内。 [16] 遒警：指紧凑、集中而惊险。 [17] 雁宕：即雁荡山，在浙江。 [18] 黄山：在安徽黟县地区。 [19] 禹迹：指夏禹治水的功绩。 [20] 屯蒙：《易》中屯、蒙卦的合称。指万物初生状态。 [21] 津涯：边际。 [22] 矜矜然：自负貌。 [23] 阑禁：禁止。 [24] 参：加入。 [25] 殆不然：大概不正确。

语译

乾隆四十九年暮春，我到了广东，听说仁化县有丹霞山胜境，于是船泊在五马峰下，又另外雇了小舟，沿着锦江前往探访。两岸山峰突然崛起于平地，都有一层一层横向的叠压纹理，而没有直的纹理；从一层直到千万层，箍围住整个山体没有间断。我怀疑是不是岭南地区近海多产螺蚌，所以山形也变得有螺蚌纹了呢？尤其奇特的是：这些山，从左边舷窗先看见，到后看不见了，过了一会儿从右边窗口出现；在前舱处看见了，又不见了，却从后舱处出现。是山在追逐游客呢，还是游客迷恋山呢？人错乱而恍惚，不可思议。

航行了一日一夜，到了丹霞山。只见山全是绝壁，没有路径，只有山腰处裂开一条缝，好像被锯子斜着锯开来，人得侧身钻入，好久才能找到路径。手扶铁索向上攀登，才见到另一番天地。我借松树的裸根当作阶梯，自然地上上下下，鞋绝不会踩滑。没有阶梯的地方则崖石被凿开成为石阶，仔细数一下有三百级。到阑天门处最狭隘，仅能容一个人通过。上面横架一块铁板为开关，若有一个壮士拿了长矛守住，飞鸟也上不来。山上面的殿宇很牢固很宏阔。崖上凿出沟洫，引来水供僧人做饭，非常巧妙。有一座僧塔矗在悬崖下面，那悬崖高高的崖檐把塔吞了进去。此处前面群山环拱，像万国的侯伯手执玉器锦帛来朝觐。其中有的似巨牛丑犀，还有的似犁靬国耍幻术的艺人，还有的似猫头鹰张着翅膀、水兽蛮在跳舞。我住在静观楼，窗外紧立着千仞高山，压迫着人的魂魄，梦中也觉得身上很沉重。山腹中间陷入里面好几丈，有点点滴滴的水珠从空中滴下来，枕席间听见琮琤的滴水声不断。有一方水池，许多有花纹的鱼在池中游来游去。我准备好笔砚静坐片刻，竟忘了还有人世，还有家，也忘了此时是在哪里。

第二天，顺着原路下山，像重翻旧书，愈发觉得有味可品。站在高处看来时的路途，从锦江口到这里，像蛇蟠蚓屈纵横无尽，大概有百里之遥。如果用郑玄“虚空鸟道”的说法，如鸟飞一样直线而行，那么从五马峰至丹霞山，片刻就可抵达。这才知道造物者故意抑扬顿挫做出这番姿态，就像写文章，非曲折显不出妙处来。此处向下看太深陡，不能不心悸，只能坐在石阶上慢慢移动下山。

有僧人问："丹霞山同罗浮山比较怎么样？"我说："罗浮山散漫不集中，要找到一处佳景不胜其劳，丹霞山则以紧凑惊险见长。"又问："丹霞山没有古碑碣是为什么？"我说："雁宕山宋时开发，所以没有唐人题刻；黄山明代开辟，因此没有宋人题刻；丹霞山为本朝开国之初才渐为世知，因而不见明代碑。大致从大禹治水以来至今四千多年，名山大川，还有没开发过的，如黄河之源，元代才探测到，这就是证明。然而就此来看：山尚且如此，就愈发知道圣人经书的义理更没有边沿。若是因为前代贤哲偶然疏解过，就想自负地禁止后人再去探讨，不许多增加一说，真是浅陋、狂妄，这大概是不正确的。"

品评

丹霞山水奇观藏在深闺人未识，直到清初才被人发现，至于付诸笔墨恐亦未有。袁枚此记有可能是首次向世人介绍丹霞山，其题材之新颖，引人入胜，自不言而喻。

此记写丹霞山注意从不同角度，表现丹霞山的奇特之美。首先写"沿江往探"，从船上欣赏的角度写丹霞山，凸显其平地突起、峰形似螺纹的形态，以及江随山转、山不离江的地貌。其中写"山追客""客恋山"的情景，极富情趣，极其别致，非亲历其境者不能道。其次从登山所见的角度，写丹霞山的险绝，无论是"山胁裂一缝"的山路，"仅容一客"的阑天门，还是如高幂的山崖，"衔窗而立"的千仞山峰，都刻画逼真，令人惊叹！再次从下山的角度写丹霞山，写其地貌的回环曲折，"顿挫作态"。最后从与僧人对话的角度，写游丹霞山的感悟："山尚如此，愈知圣人经义更无津涯。"人生即如同游丹霞一样，要敢于进取，勇于参与，才能不断有所发现。

游黄山记

癸卯[1]四月二日，余游白岳[2]毕，遂浴黄山之汤泉[3]。

泉甘且洌，在悬厓[4]下。夕宿慈光寺[5]。

次早，僧告曰：“从此山径仄险，虽兜笼[6]不能容。公步行良苦，幸有土人惯负客者，号‘海马’，可用也。”引五六壮佼[7]者来，俱手数丈布。余自笑老乃复作襁褓儿耶！初犹自强，至惫甚，乃缚跨其背。于是且步且负各半。行至云巢[8]，路绝矣，蹑木梯而上，万峰刺天，慈光寺已落釜底。是夕至文殊院[9]宿焉。

天雨寒甚，端午犹披重裘拥火。云走入夺舍[10]，顷刻混沌[11]，两人坐，辨声而已。散后，步至立雪台[12]，有古松，根生于东，身仆于西，头向于南，穿入石中，裂出石外。石似活，似中空，故能伏匿其中，而与之相化。又似畏天不敢上长，大十围，高无二尺也。他松类是者多，不可胜记。晚，云气更清，诸峰如儿孙俯伏。黄山有前、后海[13]之名。左右视，两海并见。

次日，从台左折而下，过百步云梯[14]，路又绝矣。忽见一石如大鳌鱼[15]，张其口。不得已走入鱼口中，穿腹出背，别是一天。登丹台[16]，上光明顶[17]。与莲花[18]、天都[19]二峰为三鼎足，高相峙。天风撼人，不可立。幸松针铺地二尺厚，甚软，可坐。晚至狮林寺[20]宿焉。趁日未落，登始信峰[21]。峰有三，远望两峰夹峙，逼视之尚有一峰隐身落后。峰高且险，下临无底之溪。余立其巅，垂趾二分在外。僧惧挽之。余笑谓“坠亦无妨”。问：“何也？”曰：“溪无底，则人坠当亦无底，飘飘然知泊何所？纵有底，亦须许久方到，尽可须臾求活。

惜未挈长绳缒精铁量之，果若干尺耳。”僧大笑。

次日登大小清凉台[22]。台下峰如笔，如矢，如笋，如竹林，如刀戟，如船上桅，又如天帝戏将武库兵仗布散地上。食顷，有白练绕树。僧喜告曰：“此云铺海也。”初蒙蒙然，熔银散绵，良久浑成一片。青山群露角尖，类大盘凝脂中有笋脯[23]矗现状。俄而离散，则万峰簇簇，仍还原形。余坐松顶，苦日炙，忽有片云起为荫遮，方知云有高下，迥非一族。薄暮往西海门[24]观落日。草高于人，路又绝矣。唤数十夫芟夷[25]之而后行。东峰屏列，西峰插地怒起，中间鹘突[26]数十峰，类天台琼台[27]。红日将坠，一峰以首承之，似吞似捧。余不能冠[28]，被风掀落；不能袜[29]，被水沃[30]透；不敢杖[31]，动陷软沙；不敢仰，虑石崩压。左顾右睨，前探后瞩，恨不能化千亿身，逐峰皆到。当“海马”负时，捷若猱猿，冲突急走，千万山亦学人奔，状如潮涌。俯视深坑、怪峰，在脚底相待。倘一失足，不堪置想。然事已至此，惴慄无益。若禁缓之，自觉无勇。不得已，托孤寄命[32]，凭渠[33]所往，觉此身便已羽化[34]。《淮南子》有“胆为云”[35]之说，信然。

初九日，从天柱峰[36]后转下，过白沙矼[37]，至云谷[38]。家人以肩舆[39]相迎。计步行五十馀里，入山凡七日。

题解

黄山，原称黟山，后改名黄山，因传说黄帝在此修身炼丹，故名。位于今安徽歙县、太平、休宁、黟县间，方圆二百五十公里。本文原载《小仓山房文集》卷二十九。

注释

[1] 癸卯：指清乾隆四十八年（一七八三）。 [2] 白岳：即白岳岭，在今安徽休宁县西。 [3] 汤泉：古名朱砂泉，在黄山紫云峰下。相传黄帝在此浴后白发变黑，返老还童，被誉为“灵泉”。 [4] 悬厓：即悬崖。此指紫云峰。 [5] 慈光寺：在黄山南部朱砂峰下。古称朱砂庵。明万历皇帝敕封“护国慈光寺”，盛极一时。
[6] 兜笼：即兜子，一种只有坐位而没有轿厢的便轿。 [7] 壮佼：壮健。
[8] 云巢：即云巢洞。 [9] 文殊院：在天都、莲花二峰之间。传为明万历年间普门和尚所构建。 [10] 夺舍：弥漫房舍。 [11] 混沌：模糊一团的状态。
[12] 立雪台：位于文殊院西侧。 [13] 前、后海：指光明顶前后两处云海绝妙的风景。 [14] 百步云梯：地名，险峻的山路。《徐霞客游记》描写它“梯磴插天，足趾及腮，而磴石倾侧，兀兀欲动”。 [15] 大鳌鱼：指鳌鱼峰的鳌鱼洞。
[16] 丹台：即炼丹台。在黄山中部炼丹峰前。传说浮丘公为黄帝炼丹于此。
[17] 光明顶：在黄山中部，黄山三大主峰之一，为看日出、观云海的最佳处。
[18] 莲花：莲花峰，在黄山中部，黄山三大主峰之一，主峰突出，小峰簇拥，宛若怒放的莲花。 [19] 天都：天都峰，在黄山东南部，黄山三大主峰之一，山势最为险峻，古称“群山所都”，意谓天上都会。 [20] 狮林寺：在黄山北部狮子峰上。 [21] 始信峰：在黄山东部。传一古人持怀疑态度游山，到此始信黄山可爱，故名。有石笋峰、上升峰左右陪衬，成鼎足之势。 [22] 清凉台：原名法台，在狮子峰腰部，是黄山后山观云海和日出的最佳处。 [23] 笋脯：把竹笋煮熟晾干加上调料的食物。 [24] 西海门：在狮子峰、石鼓峰西的悬崖峭壁处，在此可凭眺西海群峰与落日奇观。 [25] 芟夷：割除铲平。 [26] 鹘突：模糊。 [27] 琼台：在浙江天台县。形似马鞍，下临龙潭，三面绝壁，孤峰卓立。
[28] 冠：做动词，戴帽子。 [29] 袜：做动词，穿袜子。 [30] 沃：浸湿。
[31] 杖：做动词，拄拐杖。 [32] 托孤寄命：以后代与生命相托。《论语·泰伯》：“可以托六尺之孤，可以寄百里之命。” [33] 渠：他，他们。 [34] 羽化：得道登仙。 [35] 胆为云：《淮南子·精神训》：“天有风雨寒暑，人亦有取与喜怒。故胆为云，肺为气，肝为风，肾为雨，脾为雷，以与天地相参也，而心为之主。”高诱注：“胆，金也。金石云之所出，故为云。” [36] 天柱峰：在安徽潜山县西北。

其形状如柱倚天，故名。 [37] 白沙矼：在黄山后海。 [38] 云谷：在黄山钵盂峰下，溪谷蜿蜒，云雾吞吐，有云谷寺。 [39] 肩舆：两人肩扛的便轿。

语译

乾隆四十八年农历四月二日，我游完白岳山，就来到汤泉沐浴。泉水甘美清澄，来自紫云峰悬崖之下。晚间投宿慈光寺。

第二天一早，僧人告知说："从这上去山路又窄又险，就是兜笼也难通过。您若步行会很辛苦。幸亏有习惯背着客人上下的当地人，叫作'海马'，可以雇他们代足。"于是就领来五六个健壮精神的汉子，他们手中都拿着数丈长的布带。我见了不禁自笑又弱又老的人还要被当成婴儿包裹在襁褓中。刚登山的时候还挺逞强，后来实在疲惫了，才被绑缚在"海马"背上。于是走一会儿背一会儿，差不多各占一半。走到云巢时，就完全没有路了。我踏着木梯向上爬，只见万峰高耸插天，慈光寺就像落到了锅底似的。当晚住宿在文殊院。

天上下着雨很冷，虽是端午还得要披着皮袄拥着火炉。云雾涌入，弥漫房舍中，顷刻之间一片模糊。两个人对坐，也只能听到声音罢了。云雾散去后，步行到立雪台。只见有一株古松，根部生在东面，松干却倒向西方，松冠向南，穿入石头中间，又从石头另一端伸出来。石头好像有生命，中间恰似空的，所以松树能躲藏在里面而同石头合为一体；又像是害怕天而不敢向上生长，虽粗大有十围，而高不过二尺。其他的松树都和这差不多，无法一一记述。稍晚一些，云气更清，众多山峰像儿孙一样俯伏。黄山分为前海、后海，站在这里两边看，两海都能看见。

次日，从台左折拐而下，经过百步云梯，又没有路了。忽然看见一堵巨石像个大鳌鱼，张着大口。不得已只有走进鳌鱼口，穿过鳌鱼腹，从鳌鱼背上出来，竟别有一番天地。又登上炼丹台，上到光明顶，这里和莲花峰、天都峰三足鼎立，高高地相互对峙。山顶上天风猛烈地吹人，站不住。幸好有落下的松针铺地有二尺厚，很软，可以坐下。晚上准备住宿狮林寺。趁着太阳还未落山，先去登临始信峰。峰顶可见三个山峰，远望是两峰相对，用力看还有一峰身藏其后。始信峰高且危险，下面是无底的溪水。我立在峰顶，脚趾有二三分向外踏在空处。僧人害怕来拉我。我笑着说："掉下去也没关系。"僧人问："为什么？"我说："下面涧溪无底，那人掉下去也掉不到底，飘飘然知道停在哪里？即使有底，也要好久才能达到，尽可以在片刻间寻求活路。可惜没带来长绳系上铁坠测量一下，看到底有多少尺深。"僧人听了大笑。

次日登上大小清凉台。从台上看下面的山峰如笔，如箭，如笋，如竹林，如刀戟，如船上桅杆，又像天帝一时高兴把武库的兵器都散布到了地上。不过吃顿饭的时间，又看到有东西像白色的丝绢一样绕缠到树上。僧人高兴地告诉说："这是云要涌铺大海了。"起初，迷迷蒙蒙的，像熔化的银流、散开的棉絮，过了很久又浑然连成一片。一群青山只露出山尖顶，好似大盘的凝脂中有竹笋干矗在里面。过了一会儿云雾就散去，则万峰又一簇簇地恢复成原来的形状。我坐在松树间的崖顶，被太阳晒得难受，忽然有一片云飘来为我做了遮阳的荫棚，这才知道，云朵也分高层下层，不是一样的。黄昏时又到西海门观落日。草比人高，又没有路了。叫来十几个山民披荆斩棘之后再行进。此处看到东边山峰像屏风一样排列，西边的山峰拔地而起，中间是数十个山峰模糊一片，好似天台山的琼台景象。红日将落山，有一座山峰好像用山头顶着它，又似要吞也像在捧。我不能戴帽，因风大要吹落；也不能穿袜子，因为已被水浸透；不敢拄拐杖，一拄会陷进软沙；不敢向上看，担心石头崩压下来。左盼右顾，瞻前视后，恨不得此身化为千亿，每一个山峰都能登临。当被"海马"背着的时候，他们轻捷像猿猴，直冲急走，看那千万山峰也像人一样，如潮水一般汹涌。俯视深坑、怪峰，都在脚底。倘若一失足，后果将不堪设想。然而事情已经到了这一步，害怕也没有用。如果让他们慢一些，又显得自己太胆小了。不得已，只能把自己的后代与性命交托给他们，凭他们安排了。感觉到自己身体仿佛已经羽化升天了。《淮南子》有"胆为云"之说，确实如此。

初九这天，从天柱峰后面转下山来，经过白沙矼，到了云谷。家人已经雇了小轿正在等待相迎。这一回游黄山，大约步行了五十多里，在山中待了七日。

品评

这篇《游黄山记》以时间为顺序，描叙了作者入黄山七日，步行五十馀里之所见所感，向人们形象地展现了黄山之险径、古松、怪石、奇峰、云海等令人叹为观止的景观，并真切地描绘了作者当时微妙的心理体验，使人读后大有身历其境、如见其人之感。作者虽然“入山凡七日”，但游记并未逐日记流水账，而主要是记叙前四日的活动；前四日中又重在记四月三日至五日三天的观感，且写景注意选择，文字详略得当，体现了作者“规范本体”“剪截浮词”的“熔裁”功夫。

这篇游记与作者描写黄山的许多性灵诗一样，也体现了主性灵的美学思想，即以新鲜、灵活、风趣的语言抒发真情实感，表现个性及描绘艺术形象。作者笔下的松、石、云、山等艺术形象都写得生动风趣，通性灵，富有人情味，其中饱含着作者的感情。这是一种人化的自然，而不是客观的自然之物。作者写游记不在于模山范水，而重在表现自己的审美情趣，体现自己达观、超俗的性格与酷爱自然的天性。文中穿插“海马”、山僧等人物，不仅增添了游黄山的兴致、风趣，又起到陪衬作者性格的作用。这篇游记的语言虽平浅朴素，却活脱传神，有字立纸上的艺术效果，这与全文所大量采用的新颖奇妙的比喻密切相关。它们出色地发挥了描写黄山景物与表现作者性灵的作用。

峡江寺飞泉亭记

余年来观瀑屡矣，至峡江寺而意难决舍，则飞泉一亭为之也。

凡人之情，其目悦，其体不适，势不能久留。天台之瀑[1]离寺百步，雁宕瀑[2]旁无寺。他若匡庐[3]、若罗浮[4]、若青田之石门[5]，瀑未尝不奇，而游者皆暴日中，踞危崖，不得从容以观，如倾盖交[6]，虽欢易别。唯粤东峡山，高不过里许，而蹬级纡曲[7]，古松张覆，骄阳不炙。过石桥，有三奇树鼎足立，忽至半空凝结为一。凡树皆根合而枝分，此独根分而枝合，奇已[8]！登山大半，飞瀑雷震，从空而下。瀑旁有室，即飞泉亭也。纵横丈馀，八窗明净，闭窗瀑闻，开窗瀑至。人可坐，可卧，可箕踞[9]，可偃仰[10]；可放笔砚，可瀹茗[11]置饮。以人之逸，待水之劳，取九天银河置几席[12]间作玩。当时建此亭者，其仙乎？

僧澄波善弈，余命霞裳[13]与之对枰。于是水声、棋声、松声、鸟声，参错并奏。顷之，又有曳[14]杖声从云中来者，则老僧怀远抱诗集尺许，来索余序。于是吟咏之声又复大作。天籁[15]、人籁[16]，合同而化[17]。不图观瀑之娱，一至于斯，亭之功大矣！

坐久日落，不得已下山，宿带玉堂。正对南山，云树蓊郁[18]，中隔长江[19]。凡帆往来，妙无一人肯泊岸来此寺者。

僧告余曰："峡江寺俗名飞来寺。"余笑曰："寺何能飞？唯他日余之魂梦或飞来耳。"僧曰："无征不信[20]。公爱之，何不记之？"余曰："诺。"已[21]，遂述数行，一以自存，一以与僧。

题解

峡江寺，又名飞来寺。在今广东清远县清远峡。飞泉亭，在峡江寺后。本文原载《小仓山房文集》卷二十九。

注释

[1] 天台之瀑：浙江天台山石梁飞瀑。　[2] 雁宕瀑：浙江雁荡山大龙湫。

[3] 匡庐：江西庐山，有瀑布"飞流直下三千尺，疑是银河落九天"（李白《望

庐山瀑布》)。 [4] 罗浮：罗浮山，在广东惠州境，多瀑布。 [5] 青田之石门：浙江青田县石门山洞内有飞瀑。 [6] 倾盖交：《史记 · 鲁仲连邹阳列传》："白头如新，倾盖如故。"原指车上的伞盖靠在一起，后亦喻初次相逢。 [7] 蹬级纡曲：石阶弯曲。 [8] 已：矣。 [9] 箕踞：两腿伸直岔开而坐，不拘礼节的姿态。[10] 偃仰：俯仰。 [11] 瀹茗：煮茶。 [12] 几席：几和席，凭依、坐卧的器具。[13] 霞裳：刘霞裳，浙江绍兴人。袁枚大弟子，陪晚年袁枚出游多次。 [14] 曳：拖。 [15] 天籁：大自然发出的声响。 [16] 人籁：人口中发出的声响。[17] 合同而化：用《礼记·乐记》语。谓汇合融化。 [18] 蓊郁：浓密。 [19] 长江：指峡江。 [20] 无征不信：用《礼记 · 中庸》成语。指没有证据不能相信。[21] 已：过后。

语译

近年来多次观看过瀑布，而来到峡江寺仍难以舍弃，是因为飞泉亭这个亭子的缘故。

大凡人之常情，如果眼睛看着愉快，而身体感到不舒服，势必不能久留。天台山的瀑布，离寺庙有百步远，雁宕山的瀑布，附近没有寺庙。其他像庐山，像罗浮山，像青田的石门山，那里的瀑布并不是不奇妙，但游览的人都晒在烈日下，站在危险的山崖上，无法从容不迫地观赏，好像与友人在途中相遇，虽然欣喜却不得不很快分手。只有广东东部峡山，高不过一里左右，但爬山的石级弯曲盘旋，古松在上面遮蔽着，火热的太阳晒不到游人。过了石桥，有三棵奇树，鼎足而立，到半空中树冠忽然合拢为一棵。一般树木都是根株连在一起而枝干分离，这三棵树偏是根株分开而枝干合拢，真是稀奇！登山过了一半，有瀑布像雷鸣一样，从高空飞泻下来。瀑布旁边有间房舍，这就是飞泉亭。亭子长宽有一丈多，八扇窗子明亮清洁，关上窗户听到瀑布的响声，推开窗子瀑布就扑来。亭子里可以坐，可以躺，可以放松腿脚，随意舒展，可以放笔墨砚台，可以品茶饮酒，以人的安逸舒适，静待水的奔腾飞泻，就像把天上的银河放在书桌卧榻前赏玩。当时造这亭的人，莫非是仙人啊！

澄波和尚善于下棋，我让刘霞裳跟他对弈。于是水声、棋子声、松涛声、鸟鸣声，错落着响成一片。过了一会儿，听到手杖触地的声音像从云中传来，原来是老和尚怀远抱着一尺多厚的诗集，要我作序。于是吟诵诗文的声音又响起来。大自然的声音，人的声音，完全汇合而融化在一起。想不到观赏瀑布的快乐，竟然到了这般境界。这亭子的功劳实在是大啊！

坐了很久，太阳落山了，只好下山，住在带玉堂。它正对着南山，云树浓密葱郁。中隔着长长的峡江，江中船帆来来往往，妙的是没一个愿意停泊靠岸来此寺庙。

和尚告诉我说："峡江寺，俗称飞来寺。"我笑着说："寺庙哪能飞？只有日后我的梦魂也许能够飞来。"和尚说："没有证据就无法相信。您既然来到这地方，为什么不写篇文章记下来呢？"我说："好。"过后就写了这几行文字，一方面用以自己保存，一方面留给寺里的和尚。

品评

此文主体是写在飞泉亭观瀑布的悠闲与惬意。但在开篇点出"飞泉一亭"后，却把笔势宕开，转向写天台、雁宕、青田等处观瀑布的不称心处，即"游者皆暴日中，踞危崖，不得从容以观"。其目的是反衬下面所写飞泉亭观瀑的从容、惬意。于是在勾勒了峡山古松、三奇树所营造出的阴凉环境后，突然引出"飞瀑雷震，从空而下"，又点出"瀑旁有室，即飞泉亭也"，于是大写在飞泉亭内观瀑的安逸情趣。文章至此，犹嫌不足，再从声音角度写水声、棋声、松声、鸟声、吟咏之声，可享受"天籁、人籁，合同而化"的美妙，表现"观瀑之娱"。结尾通过与僧人对话，交代了写此记的原因，亦颇有情致。

游武夷山记

凡人陆行则劳，水行则逸。然山游者，往往多陆而少水。唯武夷两山夹溪，一小舟横曳而上，溪河湍激，助作声响。

客或坐或卧，或偃仰[1]，唯意所适，而奇景尽获，洵[2]游山者之最也。

余宿武夷宫[3]，下曼亭峰[4]，登舟，语引路者曰：“此山有九曲[5]名，倘过一曲，汝必告。”于是一曲而至玉女峰，三峰比肩，睾如[6]也。二曲而至铁城障，长屏遮迣[7]，翰音[8]难登。三曲而至虹桥岩，穴中庋[9]柱栱[10]百千，横斜参差，不腐朽，亦不倾落。四、五曲而至文公书院[11]。六曲而至晒布崖，崖状斩绝，如用倚天剑截石为城，壁立戍削[12]，势逸[13]不可止。窃笑人逞势，天必夭阏[14]之，唯山则纵其横行直刺，凌逼莽苍，而天不怒，何耶？七曲而至天游，山愈高，径愈仄[15]，竹树愈密。一楼凭空起，众山在下，如张《周官王会图》[16]，八荒[17]蹲伏；又如禹铸九鼎[18]，罔象、夔、魈[19]，轩豁呈形[20]。是夕月大明，三更风起，万怪腾踔[21]，如欲上楼。揭炼师[22]能诗，与谈，烛跋[23]，旋[24]即就眠。一夜魂营营然[25]，犹与烟云往来。次早至小桃源、伏虎岩，是武夷之八曲也。闻九曲无甚奇胜，遂即自崖而返。

嘻！余学古文者也，以文论山，武夷无直笔，故曲；无平笔，故峭；无复笔，故新；无散笔，故遒紧[26]。不必引灵仙荒渺之事为山称说，而即其超隽之概，自在两戒[27]外别竖一帜。余自念老且衰，势不能他有所往，得到此山，请叹观止[28]。而目论[29]者犹道余康强，劝作崆峒、峨眉[30]想，则不知王公贵人，不过累拳石[31]，浚[32]盈亩池，尚不得朝夕玩游；而余以一匹夫，发种种[33]矣，游遍东南山川，尚何不足于怀哉？援笔记之，自幸其游，亦以自止其游也。

题解

武夷山，在今福建崇安西南，汉代在此祭祀武夷君而得名。本文原载《小仓山房文集》卷二十九。

注释

[1] 偃仰：俯仰。 [2] 洵：确实。 [3] 武夷宫：在九曲溪口。始建于唐代天宝年间。[4] 曼亭峰：在武夷山最北端。 [5] 九曲：山有九折，溪随山转而有九曲。[6] 辠如：高耸貌。 [7] 遮泄：遮挡。 [8] 翰音：飞向高空的声音。《易·中孚》："翰音登于天。" [9] 庋：藏有。 [10] 柱栱：柱子斗栱。 [11] 文公书院：宋朱熹在此讲学。朱熹谥文，因此得名。 [12] 戍削：形容山势如砍削。戍，斧状兵器。 [13] 逸：奔。 [14] 夭阏：遏止。 [15] 仄：狭窄。 [16]《周官王会图》：《唐书·南蛮传》："昔周武王时天下太平，远国归款，周史乃书其事，为《王会》篇。今万国来朝，至于此辈章服，实可图写，今请撰为《王会图》。"《周官》，《周礼》，此处当为《逸周书》之误。此《王会图》指地图。 [17] 八荒：八方荒远之地。[18] 禹铸九鼎：《史记·孝武本纪》："禹收九牧之金，铸九鼎。" 九鼎，象征九州。[19] 罔象、夔、魈：各种水怪山妖。罔象，水怪。夔、魈，山中精怪。[20] 轩豁呈形：清楚地显现其形态。 [21] 腾踔：跳跃。 [22] 炼师：道士。《唐六典》卷四：道士"其德高思精者，谓之炼师"。 [23] 烛跋：蜡烛燃尽。跋，通"茇"，烛根。 [24] 旋：不久。 [25] 营营然：萦绕往复貌。 [26] 道紧：紧凑有力。[27] 两戒：古人认为的两大山系。《新唐书·天文志》："天下山河之象，存乎两戒。"[28] 观止：形容事物到此为止，无以复加了。 [29] 目论：见识短浅。 [30] 崆峒、峨眉：皆山名。崆峒，在今河南临汝县西南。峨眉，在今四川峨眉县西南。[31] 累拳石：堆积小石头。 [32] 浚：疏通，挖掘。 [33] 种种：老年头发短而少。《左传·昭公三年》："余发如此种种，余奚能为？"

语译

大概说来，人们走陆路容易疲劳，走水路则比较舒服。但是游览山景，往往是陆路多而水路少。只有武夷山是两座山夹着一条溪流，一只小船逆流而上，山溪水流湍急，为行程增添了声响。游客在船上或坐或卧，或俯或仰，全凭意愿，而奇景一览无馀，实在是我所游山景中最舒适的地方。

我在武夷宫住宿，从曼亭峰下来，上了船，对带路的向导说："这山有'武夷九曲'的名称，如果经过一曲，你一定要告诉我。"于是第一曲来到了玉女峰，只见三座山峰比肩并列，高耸挺拔。第二曲来到铁城障，山岩像长屏风一样遮挡着，连声音都难传进去。第三曲来到虹桥岩，洞中像隐藏着千百根房柱斗栱，横斜不齐，不腐烂也不倒塌。第四曲、第五曲来到文公书院。第六曲来到晒布崖，崖壁的形状陡峭，像用倚天长剑斩截而为城，石壁亦如砍削过，其势像要上冲不可阻挡。我暗笑人若是仗势逞能，天公必然要加以遏止，唯有山却放任它横行直刺，逼近苍天，苍天也不发怒，这是为什么呢？第七曲来到天游峰，山越来越高，山径越来越狭窄，竹树也越来越密。一座楼阁凌空而起，众山都在它的下面，像铺着一张《周官王会图》，八方荒远的山都蹲伏着罗拜，又像大禹铸造的九鼎，山林溪水中的各种精灵鬼怪，清楚地显现其形态。这天晚上，月色很亮，三更时分起了风，如同千万鬼怪在奔腾跳跃，好像要上楼来。揭姓道士能作诗，和他谈论，一直到蜡烛燃尽，然后很快就去睡觉了。一夜神魂不定，还在山中与云烟往来。第二天早上来到小桃源、伏虎岩，这是武夷山的第八曲。听说第九曲没有什么奇特的景致，于是就从崖上返回了。

我是学古文的，如果用文论来形容山势，武夷山没有直笔所以曲折，没有平笔所以劲峭，没有重复之笔所以新奇，没有闲笔所以紧凑有力。不需要引用灵仙怪异等荒诞虚无的传说为山美言，就说它超隽的气概，也能在南北两大山系之外独树一帜。我自感年老体弱，势必不能再游别处山景了，能够到武夷山一游，就可算是看到了最好的景致。见识浅短的人，还说我很健康，劝我再游崆峒山、峨眉山，却不知道那些王公贵人，不过是堆起几块拳头大的石头，开凿疏通一亩方池，尚且无法早晚玩赏。而我一个平民百姓，头发已短而稀少，游遍了东南一带的山川，心里还有什么不满足的呢？于是提笔记述此游，既是为这次游山感到幸运，也是用来终止自己的游山。

品评

乾隆五十一年（一七八六），袁枚游武夷山时已七十一岁高龄。老迈之年而能畅游武夷，实得益于武夷溪随山转，可在九曲溪舟游观赏美景的便利。

文章开篇即赞美武夷山可以舟游“水行”的山水结合的特点，“唯意所适，而奇景尽获”。然后详细记述舟游“九曲”的审美发现，娓娓道来，如数家珍。而写九曲并不平铺直叙、平分笔墨，而是有详有略：一曲至五曲略加点染，六曲至八曲则浓墨重彩，因为此三曲景致尤其奇美，为作者所仅见。九曲则因“无甚奇胜”而放弃。

九曲游毕意犹未尽，乃“以文论山”，概括出武夷山水“曲”“峭”“新”“遒紧”诸特点，十分别致，体现出作者古文家的眼光。最后又称“得到此山，请叹观止”，“自幸其游，亦以自止其游也”，颇有“黄山归来不看岳”、武夷归来不看山之概，是再次衬托武夷山之奇美。

答程蕺园论诗书

来谕谆谆，教删集内缘情之作[1]，云以君子之才之学，何必自以白傅[2]、樊川[3]自累。大哉足下之言，仆[4]何敢当？

夫白傅、樊川，唐之才学人也，仆景行[5]尚恐不及，而足下乃以为规[6]，何其高视仆卑视古人耶？足下之意，以为我辈成名，必如濂洛关闽[7]后可耳，然鄙意以为得千百伪濂洛关闽，不如得一二真白傅、樊川。以千金之珠易鱼之一目，而鱼不乐者，何也？目虽贱而真，珠虽贵而伪故也。

人之才性各有所近，假如圣门四科[8]，必使尽归德行，虽宣尼[9]有所不能。君子修身，先立其大，则其小者毋庸矫饰。韩昌黎上宰相书[10]，杜少陵[11]献哥舒翰[12]诗，后人颇相疵瑕[13]，而二贤集中卒不删去。想见古人心地光明，日月之食，人皆见之。[14]惟沈休文[15]胸多隐慝[16]，故有绮语之悔[17]。竹垞存《风怀》[18]一首，虑为配享[19]累，此亦一时戏言，何足为典要？试思竹垞当时竟删此篇，今日孔庙中果能为渠[20]置一席否？儒者诚其意，虚其心，终日慊慊[21]，望道未见，岂有贪后世尊崇，先掩其不善而著其善之理[22]？仆平生见解，有不同于流俗者：圣人若在，仆身虽贱，必求登其门；圣人已往，仆鬼虽馁，不愿厕其庙。何也？圣门诸人，圣人所教，必非庸流；配享诸人，后代所尊，颇多侥幸。豪杰之士，不屑与侥幸之士同升，使仆集中无缘情之作，尚思借编一二以自污；幸而半生小过，情在于斯，何忍过时抹杀？吾谁欺？自欺乎？

且夫诗者，由情生者也，有必不可解之情，而后有必不可朽之诗。情所最先，莫如男女。古之人屈平以美人比君[23]，苏、李[24]以夫妻喻友，由来尚矣。即以人品论，徐摛[25]善宫体[26]，能挫侯景之威[27]；上官仪[28]词多浮艳，尽忠唐室；致尧《香奁》[29]，杨、刘昆体[30]，赵清献[31]、文潞公[32]亦仿为之，皆正人也。若夫迂袭经文，貌为理语者，虽未尝不窜名儒林，然非顽不知道[33]，即窳[34]不任事，赃私谄谀，史难屈指。白傅、樊川耻之，仆亦耻之。

人能改过自佳，然必深知其非，有所不安于心，而后从谏如流，非可随声附和。缘情之作，纵有非是，亦不过《三百篇》中"有女同车,伊其相谑"[35]之类。仆心安矣,圣人复生,必不取其已安之心而掉罄[36]之也。

宋儒[37]责白傅杭州诗忆妓者多，忆民者少。然则文王"寤寐求之"[38]，至于"辗转反侧"，何以不忆王季[39]、太王[40]而忆淑女耶？孔子厄于陈、蔡，何以不思鲁君而思及门弟子耶？[41]沈朗又云:"《关雎》[42]言后妃,不可为《三百篇》之首。"故别撰《尧舜诗》二章。然则《易》始乾坤[43]，亦阴阳夫妇之义，朗又将去乾坤而变置何卦耶？此种谰言，令人欲嗀[44]。

善乎郑夹漈[45]曰:"千古文章，传真不传伪。"古人之文，醇驳互殊，皆有独诣处，不可磨灭。自义理之学明，而学者率多雷同附和，人之所是是之，人之所非非之，问其所以是、所以非之故，而茫然莫解。归熙甫[46]亦云：今科举所举千二百人，读其文，莫不崇王黜伯[47]，贬萧、曹[48]而薄姚、宋[49]。信如所言，是国家三年之中，例得皋、夔、周、孔[50]千二百人也，宁有是哉？足下来教，是千二百人所共是；仆缘情之作，是千二百人所共非。天下固有小是不必是、小非不必非者，亦有君子之非贤于小人之是者。先有寸心，后有千古。[51]再四思之，故不如勿删也。

题解

程蕺园（一七一八——一七八四），名晋芳，字鱼门，号蕺园，歙县（今属安徽）人。乾隆三十六年（一七七一）进士，由内阁中书改授吏部主事，迁员外郎，被举荐纂修《四库全书》，书成，改翰林院编修。家世业盐于淮扬，殷富。

本文原载《小仓山房文集》卷三十。

注释

[1] 缘情之作：指袁枚诗歌中某些艳情作品。缘情，陆机《文赋》："诗缘情而绮靡。" [2] 白傅：白太傅，即唐代诗人白居易。曾任太傅官职。 [3] 樊川：即唐代诗人杜牧，号樊川居士。白、杜诗歌中多有艳情作品。 [4] 仆：自称的谦词。 [5] 景行：仰慕高尚的德行。《诗·小雅·车舝》："高山仰止，景行行止。" [6] 规：规劝。 [7] 濂洛关闽：指宋代理学四大流派，以濂溪周敦颐，洛阳程颢、程颐，关中张载，闽中朱熹为代表。 [8] 圣门四科：孔子以德行、言语、政事、文学四科教育弟子。 [9] 宣尼：即孔子。 [10] 韩昌黎上宰相书：唐韩愈有《三上宰相书》。 [11] 杜少陵：即杜甫。 [12] 哥舒翰：唐朝将领，屡建战功，后被安庆绪杀害。 [13] 疵瑕：指责。 [14]"日月之食"两句：见《论语·子张》："君子之过，如日月之食焉。过也人皆见之，更也人皆仰之。"食，通"蚀"，亏缺。 [15] 沈休文：名约，梁武帝时官至侍中。 [16] 隐慝：别人不知的罪恶。 [17] 绮语之悔：沈约《忏悔文》："又绮语者众，源条繁广，假妄之愆，虽免大过，微细触犯，亦难备陈。"绮语，此指写男女私情的诗文。 [18] 竹垞存《风怀》：朱彝尊（号竹垞）曾与小姨子冯寿常爱恋，冯死后，朱为作《风怀诗》二百韵以记其事。 [19] 配享：指孔子弟子或历代名儒祔祀于孔庙。 [20] 渠：他。 [21] 慊慊：怨恨，不满足。 [22] 先掩其不善而著其善之理：语出《大学》："小人闲居为不善，无所不至；见君子而后厌然，掩其不善而著其善。" [23] 屈平以美人比君：指屈原《离骚》以美人比喻国君的寄托手法。 [24] 苏、李：汉苏武、李陵。其诗近人认为是伪托之作。 [25] 徐摛：梁人，官太子家令。 [26] 宫体：宫廷艳体诗。 [27] 挫侯景之威：《南史》徐摛本传载，侯景叛梁，攻陷台城，众人奔溃，徐独侍立不动，对侯景说：侯公当以礼见，何得如此？"侯景乃拜，由是常惮摛"。 [28] 上官仪：唐陕州人，工诗。高宗时，官至西台侍郎。武后得宠，仪密请帝废后，后闻而杀之。 [29] 致尧《香奁》：唐韩偓，字致尧，小字冬郎。有《香奁集》。后称闺阁私情诗为香奁体。 [30] 杨、刘昆体：宋刘亿与杨筠等唱和之诗编为一集，名《西昆酬唱集》，诗风浮靡，后

人称为西昆体。 [31] 赵清献：宋赵忭，官至参知政事，卒谥清献。宋代名臣。[32] 文潞公：宋文彦博，累仕四朝，出将入相，封潞国公。宋代名臣。 [33] 不知道：不懂得儒家之道。 [34] 窳：懒惰，羸弱。 [35]“有女同车”两句：见《诗·郑风·有女同车》。 [36] 掉罄：急躁、厌烦。 [37] 宋儒：指宋理学家。 [38] 寤寐求之：见《诗·周南·关雎》。寤寐，醒与睡，指日夜。辗转反侧，翻来覆去睡不着觉，形容有心事。 [39] 王季：太王的幼子，周文王的父亲，继太王为君。 [40] 太王：周文王之祖古公亶父。 [41]“孔子厄于陈、蔡”两句：孔子及其弟子曾被匡人困在陈、蔡之间。事后孔子说：“我于陈、蔡者，皆不及门也。”(《论语·先进》) [42]《关雎》：《诗经》篇名。 [43]《易》始乾坤：指《易》以乾、坤二卦列在前面。《易·说卦》：“乾者，天也，故称呼父；坤者，地也，故称呼母。” [44] 嗀：呕吐。 [45] 郑夹漈：宋郑樵，经学家，居夹漈山，也称夹漈先生。 [46] 归熙甫：明归有光（字熙甫），古文家。 [47] 伯：通“霸”。 [48] 萧、曹：萧何与曹参，汉初名臣。 [49] 姚、宋：姚崇与宋璟，唐代名臣。 [50] 皋、夔、周、孔：皋，皋陶，传说舜时的司法官。夔，相传为舜时乐官。周，周公。孔，孔子。[51]“先有寸心”两句：化自杜甫《偶题》：“文章千古事，得失寸心知。”

语译

来信谆谆教诲，教导我应该删去诗集内抒写艳情的作品，说以我的才能学问，何必学白居易、杜牧来害自己。您的话太夸张了，我怎么敢担当？

白居易、杜牧，是唐代有才能、有学问的人，我仰慕他们还恐怕赶不上，您却用他们来规劝我，为什么高看我而低看古人呢？您的意思，认为我这一辈人成名，一定要像濂洛关闽等理学家才行，但我的意思认为学习千百个虚伪的道学家，不如学习一两个真性情的白居易、杜牧。比如用极其贵重的珍珠去换鱼的一只眼睛，而鱼不高兴，为什么呢？是因为眼睛虽贱却真实，珍珠虽贵而虚假。

人的才性各有其适合的方面。假如孔子门下的德行、言语、政事、文学四科，一定要都归为德行，即使孔子也做不到。君子陶冶身心，要先确立大的方面，而其小的方面无须过分注意。韩愈有《三上宰相书》，杜甫曾向哥舒翰献诗，后代人颇有指责，但二位贤人的诗文集中这些最后都未删去。从中可以想见古人心地光明磊落，如日月之蚀，人们都能看见。只有沈约胸有罪恶感，所以才有抒写绮语的“忏悔”。朱彝尊保留《风怀诗》一首，曾有担心不能祔祀于孔庙之言，这也是一时的戏言，何足为可靠的根据？试想朱彝尊当时竟删去此诗，今日孔庙中真的能为他留一个席位吗？读书人要思想真诚，心地谦虚，终日要怨恨自己没有得到儒家之道的真谛，哪有为贪图后世人的尊崇，而先掩盖其不善而后极力表现其善的道理呢？我平生的见解，有不同于世间平庸者的地方：圣人孔子如果还健在，我的身份即使低贱，也一定登其门求教；现在圣人已经作古，我即使变了饿鬼，也不愿祔祀于孔庙。为什么呢？孔子门下的弟子，都是孔子教诲出来的，一定不是平庸之辈；祔祀于孔庙的人，虽为后代所尊崇，但很多是侥幸获取到名份的。豪杰之士，都不屑与侥幸之人一同升迁。假使我的集子中没有表现艳情之作，我还想编出一二首来“玷污”自己；幸好我半生犯的小过错，就是钟情于艳情之作，现在哪里忍心再去抹杀掉？我欺骗谁呢？欺骗自己吗？

况且诗歌，是由感情产生的，要有确实不可消除的感情，才有确实不会朽败的诗歌。感情中最首要的，是男女之情。古代人屈原以美人比喻国君，苏武、李陵以夫妻比喻朋友，自始以来，艳情之作就很盛行。就是以人品而论，徐摛善于写宫廷艳诗，但他能挫败侯景的凶威；上官仪作品文词大多浮艳，但能为唐朝尽忠而死；韩偓的《香奁集》，刘亿与杨筠的西昆体，赵清献公、文潞公，也曾模仿其诗风格，而赵、文二公都是正人君子。至于迂拙地抄袭经典文字，貌似说理之言，虽然也能在儒家学者群中混个名声，但不是愚顽而不懂得儒家之道，就是懒惰、羸弱而不能办事，贪污营私，谄媚阿谀，历史上这样的例子难以计数。对这种人白居易、杜牧视为耻辱，我也视为耻辱。

人能改错自然很好，但一定要深刻认识自己的过错，心里感到不安，才能乐意听从他人的意见，而不是随声附和。抒写艳情之作，即使有不当之处，也不过是《三百篇》中“有女同车，伊其相谑”之类。我很安心，即使孔子重生，也一定不会让我已安定的心，再变得烦躁。

宋代理学家责备白居易写杭州的诗忆念妓女的多，忆念老百姓的少。那么周文王“寤寐求之”，至于“辗转反侧”，为何不忆念王季、太王，反而忆念淑女呢？孔子被匡人困在陈、蔡之间，为何不忆念鲁国国君而思念其门下弟子呢？沈朗又说：“《关雎》说后妃，不可作为《三百篇》的第一首诗。”所以他另外撰写了《尧舜诗》二章。然而《易经》起始于乾坤二卦，也是表明阴阳夫妇的意义，那么沈朗又将去除乾坤二卦而变换什么卦呢？这种诬枉之言，真令人作呕。

郑樵说得很好：“千古文章，只流传真情之作，而不流传虚假之作。”古人的文章，精纯与驳杂，各不一样，但都有其独到之处，不可磨灭。自从义理之学兴起，而学者大多随声附和，人家肯定的也肯定，人家否定的也否定，问他为何肯定、为何否定的原因，却茫然不解。归有光也说：如今科举所推举的一千二百人，读他们的文章，没有不是尊崇王道而贬低霸道的，贬斥汉萧何与曹参而鄙薄唐姚崇与宋璟的。果真如其所言，那么国家三年之中，大概可得皋陶、夔、周公、孔子类的人物一千二百人，难道有这样的事吗？您的教诲，是一千二百人所共同肯定的；而我的抒写艳情之作，是一千二百人所共同否定的。天下本来就有小的正确不一定要肯定、小的错误不一定要否定的情况，也有君子的错误胜过小人的正确的情况。人要先有真心，以后才有千古文章。我多次考虑，所以决定不如不删除这些艳情之作。

品评

袁枚自称：“仆生性不喜佛，不喜仙，兼不喜理学。”（《答项金门》）反理学是其一贯立场。程蕺园偏好理学，袁枚在《与程蕺园书》中对程氏捍卫“宋儒”地位的观点予以批评。此书则从诗学的角度申明反理学的思想。文章开篇先引出程氏观点：教袁枚“删集内缘情之作”，勿“以白傅、樊川自累”。然后逐层加以反驳。首先是为白傅、樊川正名，认为他们是“唐之才学人也”，是自己敬仰的人，并以“伪濂洛关闽”反衬其“真”。其次以古代圣人、杜、韩同沈、朱为例，从正反两个方面强调人要“心地光明，日月之食，人皆见之”，根本无须“删集内缘情之作”以“自欺”。再次则提出正面观点：诗由情生，“情所最先，莫如男女”。并以古代名篇与“正人”君子之作予以充分的论证，并以“《易》

始乾坤，亦阴阳夫妇之义”反驳宋儒对白傅的指责。最后则规劝程氏不要“雷同附和”理学，要懂得“亦有君子之非贤于小人之是者”的道理，并坚定地表示“勿删”的态度。全文说理清晰，并广引史实与前贤名言以助阵，论证充分，内含一种沛然莫之能御的气势。

小仓山房尺牍选

戏招李晴江

旧雨[1]不来，杏花将去。仆此时酒价与武库[2]争先，足下来车，亦须与东风争速。不然，则残红满地，石大夫[3]虽来，已在绿珠[4]坠楼之后，徒惹神伤。送行诗呈上，所以多用小注者，恐百世后，少陵[5]与孔巢父[6]交情，费注杜者几许精神，终未了了故耳。

足下去矣，所手植借园[7]花木，交与何人？何不尽付山中，当作托孤[8]之计？赠花如赠妾，不妨留与他人乐少年[9]也，如不见信，可使歌者何戡[10]，与花俱留。他年仆则曰："璧犹是也，而马齿加长。"[11]兄则曰："树犹如此，人何以堪。"[12]岂非一时之佳话哉？合肥[13]可有诗人否？可将鄙作带往，教令和成，归而镌板[14]，压之行李担中，较羊肉千斤、肥牛百只，轻重何如？

题解

李晴江，李方膺（一六七九—？），字虬仲，号晴江、白衣山人等，通州（今属江苏）人。曾任山东兰山，安徽潜山、合肥知县。后获罪罢官。寓居金陵，常往来扬州卖画以资衣食，为"扬州八怪"之一。为人傲岸不羁。善画松竹梅兰。本文原载《小仓山房尺牍》卷一。

注释

[1] 旧雨：老朋友的代称。 [2] 武库：储藏武器的仓库。此处喻书库，实谓买书钱。 [3] 石大夫：晋朝石崇（二四九—三〇〇），字季伦。曾任南中郎将、荆州刺史。在荆州劫掠商客，遂致巨富，以生活奢豪闻名。 [4] 绿珠：晋代美女。石崇妾。后石崇被逮，绿珠坠楼自杀。 [5] 少陵：唐杜甫，自号少陵野老。 [6] 孔巢父：唐人，字弱翁。唐德宗时任魏博宣慰使。与杜甫有交往。 [7] 借园：在今南京，为李方膺借居处，李自称“借园主人”。 [8] 托孤：以遗孤相托。 [9] 少年：不几年。 [10] 何戡：唐代歌者。此指代歌者。 [11] “壁犹是也”两句：《春秋穀梁传·僖公二年》：晋献公以屈产之乘，垂棘之璧，借道于虞以伐虢。“献公亡虢，五年而后举虞。荀息牵马操璧而前曰：‘璧则犹是也，而马齿加长矣。’”此处璧喻“花木”；马齿加长指歌者年岁增加。 [12] “树犹如此”两句：《世说新语·言语》：“桓公北伐，经金城，见前为琅邪时种柳皆已十围。慨然曰：‘木犹如此，人何以堪？’” [13] 合肥：今属安徽。 [14] 镌板：指刻板印刷。

语译

老友不来，而杏花即将凋谢。我此时钱要先买酒赏花后买书。您的来车，也要与春风比速度。不然的话，会落花满地，石崇大夫即使来了，已在绿珠坠楼之后，白惹伤心而已。今把送行诗呈上，多用小注的原因，是恐怕久远以后，如同要搞清杜甫与孔巢父的交情，花费为杜诗作注的人多少精神，却始终没有弄清楚的缘故。

您就要离开南京去合肥，亲手种植的借园花草，要交与何人呢？何不都交给我随园，当作托孤之计？赠花如同赠妾，不妨留给别人乐几年，如果放心不下，可派一歌者，与花一起留下。过了若干年，我会说：“花木还是这样，而歌者年岁增长了。”仁兄就会说：“树还是这样，而人怎能忍受？”难道不是一时的佳话吗？合肥可有诗人？您可把我的诗作带去，教合肥诗人唱和新作，回来时印刷出版。诗作压在行李担中，与千斤羊肉、百只肥牛相比，谁轻谁重呢？

品评

此信题为“戏招李晴江”，所以充溢戏谑、调侃的诙谐意味，可见袁枚尺牍风格之一斑。前半写“戏招”之意，请李晴江于赴合肥之前，“须与东风争速”，尽快来随园观赏杏花，为其饯行，其中巧用石崇、绿珠与少陵、孔巢父典故，反映两人“交情”非同一般。后半则主要建议将“借园花木”托自己管理，亦连用《春秋穀梁传》与《世说新语》之典，风趣而典雅。结尾以请合肥诗人写诗，“归而镌板”收束，并与“羊肉千斤、肥牛百只”作比，虽写风雅之事，亦不失俗趣。全文熔诙谐与典雅于一炉，趣味盎然，可读性甚强。

答似村

君为公子，随风车云马[1]以飘然；仆是山人，抱白石青松而老矣。相离之易，相见之难，未有如我二人之销魂[2]者！

君家兰玉[3]，各自峥嵘[4]，有三珠[5]五桂[6]之遗风。然就所见者而衡之：三郎有迈往不屑[7]之韵，而文举[8]冰棱[9]，时嫌流露；五郎如明珠走盘[10]，阿龙超矣[11]，而幽静未足。若内文明，外柔顺[12]，鱼鱼雅雅[13]，吹气如兰[14]，令相对者有一往情深之意，其惟我似村乎？别后青云之直上[15]，鸿藻[16]之流传，交情之始终，仆俱无所赠言。惟玉体少弱，而长安路遥，所当自爱于野田风露[17]之间。送上汉玉索圈，为谢郎[18]提挂紫香囊，比君子之德[19]；玉虾蟆、玛瑙枣二枚，可缚扇头，扬庶人之风[20]。再旧铜水盛二具，可佐文房砚北[21]之需。所以零星琐屑呈献而不惭者，欲足下之衣裳、几案，触目皆有山人在其左右故也。

仆扬州往返，十日为期。倘公子行旌[22]，尚能追及，则或黄冠[23]草服，仍访萧斋[24]，或负弩前驱[25]，送君南浦[26]，亦未可知。

题解

似村，尹庆兰，字似村。尹继善第六子。一生不就官职，赋诗种竹，以林泉终。本文原载《小仓山房尺牍》卷二。

注释

[1] 风车云马：指神灵的车马。亦用以比喻迅疾、快速。 [2] 销魂：形容人灵魂离开身体，极其哀愁。 [3] 兰玉：《世说新语·言语》："谢太傅（安）问诸子侄：'子弟亦何预人事，而正欲使其佳。'诸人莫有言者。车骑（谢玄）答曰：'譬如芝兰玉树，欲使其生于阶庭耳。'"后称人家优秀子弟为"兰玉"。 [4] 峥嵘：草木茂盛。此喻子弟有出息。 [5] 三珠：三珠树，后借喻为对兄弟三人的美称。 [6] 五桂：对亲族五人相继登科折桂的美称。 [7] 迈往不屑：不屑于勇往直前。迈往，勇往直前。 [8] 文举：孔融，字文举。汉献帝时任北海相，后官至太中大夫。因得罪曹操终为曹所杀。 [9] 冰棱：喻毕露锋芒。 [10] 明珠走盘：喻做人圆活，不呆板。 [11] 阿龙超矣：《世说新语·企羡》："王丞相拜司空，桓廷尉作两髻，葛裙策杖，路边窥之，叹曰：人言阿龙超，阿龙故自超。"晋王导字茂弘，小字阿龙。历事三朝，出将入相。 [12] 内文明，外柔顺：《易·明夷》："明夷，内文明而外柔顺，以蒙大雅，文王以之。"即内怀文明之德，外执柔顺之能。 [13] 鱼鱼雅雅：整齐貌，似鱼游成行，鸦飞成阵。雅，通"鸦"。 [14] 吹气如兰：形容美女呼吸清香。 [15] 青云之直上：南朝齐孔稚圭《北山移文》："度白雪以方洁，干青云而直上。" [16] 鸿藻：雄大的文章。 [17] 野田风露：此指男女苟且之事。 [18] 谢郎：晋谢玄。幼时好佩紫香囊。此指代似村。 [19] 比君子之德：《荀子·法行》引孔子语："夫玉者，君子比德焉：

温润而泽，仁也；栗且理，知也；坚刚而不屈，义也；廉而不刿，行也；折而不挠，勇也；瑕适并见，情也；扣之，其声清扬而远闻，辞也。” [20] 庶人之风：《尚书·洪范》：“庶民惟星，星有好风，星有好雨。”庶民，普通百姓。 [21] 砚北：几案朝南，人坐砚北。指从事写作。 [22] 行旌：官员出行时的旗帜。此处指行程。[23] 黄冠：农夫之冠。 [24] 萧斋：书斋。 [25] 负弩前驱：《史记·司马相如列传》：“蜀太守以下郊迎，县令负弩矢先驱。”背负弓箭开路先行、迎接贵宾。
[26] 送君南浦：南朝宋江淹《别赋》：“送君南浦，伤如之何？”南浦，面南的水滨，后指送别处。

语译

君是公子，伴随着风车云马飘游而超然闲适；我是山人，怀抱着白石青松而老去。相离的容易，相见的艰难，没有像我们二人这样伤怀的。

你家的子弟，都各有出息，有前代流传下来三株五桂的风教。但是就我所见到的诸位而衡量：三郎有不屑于勇往直前的风韵，但孔融式的锋芒，时嫌流露；五郎做人圆活，如明珠走盘，如阿龙般出色，但不够幽静。如果说内怀文明之德，外执柔顺之能，整整齐齐，吹气如兰，使与他相对者有一往情深之意的人，或许只有我的尹似村吧。别后你的直上青云，雄文的流传，交情的始终，我都没有什么赠言。只是你玉体比较虚弱，但赴京城路很远，最好自爱，避免野田风露间的风流事。今送上汉白玉的索圈，可为你提挂紫香囊，比配你君子之德；玉虾蟆、玛瑙枣二枚，可绑在扇头，扬起百姓的好风。还有两只旧的盛水器具，可有帮助你书房砚北写作之需。我之所以零星琐碎地呈献这些东西而不惭愧，是要你的衣裳、几案，触目所见都有我的影子在你左右。

我现在往返扬州，大约需要十天。如果公子的行程不远，还能追得上，那么或许我戴黄冠穿草服，仍能拜访你的书斋，或者我能为你开路先行，在南浦送别，也未可知。

品评

尹继善诸子，惟似村与袁枚交往最深，盖二人皆喜林泉，思想相契合也。

此信当是似村欲赴京先作书给袁枚，袁枚时在扬州，乃回信答之，表达送别之情。信开篇即流露“相离之易，相见之难”，分离令好友“销魂”之意，奠定了信的感情基调。然后对尹氏“兰玉”备加赞扬，而突出与似村尤“一往情深”之交，并交代随信赠送礼品的含义，“欲足下之衣裳、几案，触目皆有山人在其左右故也”，有友情相随相伴之意。最后则表示若时间来得及，会赶回南京相送，再致殷殷之情。全信典故络绎，但无僻典，故文采飞扬，典雅有致，而无晦涩之弊。

答王梦楼侍讲

仆西湖人也，别十年矣！今春还乡，得见西湖[1]而喜，得见侍讲而更喜。何也？西湖之见，出诸意中；侍讲之见，得诸意外故也。

侍讲目无凡马，独于鄙人殷殷然有所深契，尊之以前辈，誉之于公卿，送抱推襟[2]，深情若掬。每至两人论诗，如石鼓扣桐鱼[3]，声声皆应，而且至理名言，皆得古人所未有。如言诗宜自出机杼[4]，不可寄人篱下，譬作大官之家奴，不如作小邑之簿尉[5]，何也？簿尉虽卑，终是朝廷命官；家奴虽豪，难免主人笞骂。今之尊韩抱杜[6]，而皮傅[7]其仪形者，能无悚悔？又云，诗如佛法，有正法眼藏[8]，有狡狯神通[9]。参正法者，不贵神通；夸神通者，渺视正法。公自命为正法眼藏，而以神通推心馀、云松[10]二公，惟于鄙人，许其二者能兼。枚虽不能仰副此言，然以此告云松、心馀，恐二人未必不心服也。又言：近多刘季绪[11]一流，所学不工，而好作诋诃，深为可憎。仆以为此理之常，无足怪也。夫离之太远者，其视黑白不明；鼻之齆嚏[12]者，其闻熏莸[13]如一。札中引孔北海[14]之言曰："今之后生，喜谤前辈。"仆则引《山海经》[15]之言曰："山膏如豚，厥性好骂。"[16]盖不特甘苦之分，直是人禽之辨。公闻之，定发大噱[17]。

题解

王梦楼，王文治（一七三〇——一八〇二），字禹卿，号梦楼，丹徒（今江苏镇江）人。乾隆进士，殿试第三人。官翰林院侍读，后出任云南知府。侍讲，即侍读、侍读学士，为帝王、皇子讲学之官。本文原载《小仓山房尺牍》卷三。

注释

[1] 西湖：在今浙江杭州。此指代杭州。 [2] 送抱推襟：推心置腹，彼此真诚相待。[3] 石鼓扣桐鱼：南朝宋刘敬叔《异苑》二："晋武帝时，吴郡临平岸崩，出一石鼓，打之无声，以问（张）华。华云：'可取蜀中桐材刻为鱼形，打之则鸣矣。'于是如言，声闻数十里。" [4] 自出机杼：构思匠心独运，富有新意。机杼，原指织机。此喻创作的构思布局。 [5] 簿尉：掌管簿书的小吏。 [6] 尊韩抱杜：尊崇韩愈，崇拜杜甫。 [7] 皮傅：肤浅地牵强附会。 [8] 正法眼藏：佛教语。指全体佛法。朗照宇宙谓眼，包含万有谓藏。此喻诗歌创作之正确规范。
[9] 狡狯神通：指机灵多变的本事。 [10] 心馀、云松：蒋士铨字心馀，赵翼字云松。 [11] 刘季绪：东汉末年刘表之子，名修。官至东安太守。曹植《与杨祖德书》："刘季绪才不能逮于作者，而好诋诃文章，掎摭利病。" [12] 齆嚏：鼻塞打喷嚏，伤风。 [13] 熏莸：香草与臭草名。《左传·僖公四年》："一熏一莸，十年尚犹有臭。" [14] 孔北海：孔融，字文举，曾任北海太守。 [15]《山海经》：记述各地山川、道里、部族、物产、医巫、风俗等的一部著作。约成书于战国，作者不详。 [16]"山膏如豚"两句：原见晋郭璞《山海经图赞》。山膏，神话

中兽名。 [17] 发大噱：大笑。

语译

我是杭州西湖人，离别十年了。今年春天回到故乡，能够见到西湖很欣喜，能够见到王侍讲更欣喜。为什么呢？见到西湖，是在意料之中，见到王侍讲是出乎意料之外。

王侍讲眼中没有普通的马，但独独对于我情深意厚有投合之处，把我尊为前辈，在公卿面前称誉我，推心置腹，真诚相待，深情若可用手捧住。每到我们二人论诗，就好像用桐树刻的木鱼击打石鼓，声声相应，而且所论的至理名言，都是古人所未言的。比如说诗应该匠心独运，富有新意，不可寄人篱下，好比与其做大官的家奴，不如做小县的簿尉，为什么呢？簿尉即使低下，终究是朝廷任命的官吏；家奴即使强横，难免要被主人打骂。现在崇拜韩愈、杜甫，而肤浅地模仿其外表者，能不惶恐懊悔吗？又说，诗如佛法，有正法眼藏，有狡狯神通。领悟正法的，不看重神力变化；欣赏神力变化的，藐视正法。您自命为正法眼藏，而以神力变化许之蒋心馀、赵云松，只有对我，许为二者能兼具。我虽然不能符合此言，但把此言告诉赵、蒋，恐怕二人未必不心服。又说，近来颇多刘季绪一类人，所学并不精，但喜欢作诋毁文章，非常可憎。我以为这是常理，不值得奇怪。人若距离太远，东西的黑白就看不清楚；若鼻塞打喷嚏，闻香草与臭草的气味就一样。你来信中引用孔融的话说：“现在的后辈，喜欢诽谤前辈。”我则引用《山海经》的话说：“山膏像猪，其个性好骂。”这不只是甘与苦的分别，简直是人与禽兽的区别。您听后，一定会大笑。

品评

袁枚与王梦楼论诗属同调。此信所言：一是主张“诗宜自出机杼”，此乃性灵说的个性论观点。二是要处理好“参正法”与“贵神通”的辩证关系，亦即创作的因革、通变的关系。三是讥讽“好作诋诃”的文坛歪风，讥为“山膏如豚，厥性好骂”。从信中亦可见两人友情深笃，王对袁甚崇拜，袁则颇自负。全文语言诙谐，颇多比喻，读来生动有趣。

与蒋戟门观察

前日笙歌罢后，特许抠衣[1]金屋[2]，平视[3]朱姬，虽上手明珠，有意夸张于座客，而判花法眼[4]，原宜共赏于知音。拜见之下，果然靡颜腻理[5]，淑质艳光[6]，可为观察得人贺矣！

别来半月，南衙[7]花草，被风吹开，想牡丹芍药，与玉女争妍，必更盛于往岁。闻尊纪[8]司访春[9]之事者，主人付线一条，长四尺八寸，先量美人身材，必须如许长，而后再端相[10]于眉目。人皆笑观察太拘，仆心窃是之。考诸经史，《诗》称“硕人其颀”[11]，《骚》称“长眉连蜷”[12]。汉冯偃[13]为子娶长妻；晋武帝称卫瓘[14]女有五美[15]，长而白，一也。可见论美人者，贵长忌短，自古皆然。第鄙意宜娉婷夭袅[16]，不宜挺立森森[17]，如束长竿耳。况观察具曹交之体[18]，虽鞭之长，不及马腹[19]，倘对井跰跹[20]，其能无绠短汲深[21]之虑哉？算法家有量天之尺[22]，观察有测美之丝，付之白袷[23]青箱[24]，可作典故用矣。仆亦新有所获，公如有暇，可来谛视[25]之。元载[26]所宠薛瑶英[27]，除却杨炎[28]，不许见也。

题解

蒋戟门，蒋赐棨，江苏常熟人，文渊阁大学士蒋廷锡之孙。观察，官名。清代指道员。本文原载《小仓山房尺牍》卷四。

注释

[1] 抠衣：提起衣服前襟，表恭敬。 [2] 金屋：华丽之室。《汉武故事》：“若得

阿娇作妇，当作金屋贮之。”此指华美的闺房。 [3] 平视：两眼对面直看。 [4] 判花法眼：此指品评女子容貌的敏锐眼力。法眼，佛教语，“五眼”（法眼、肉眼、天眼、慧眼、佛眼）之一。此指敏锐的眼力。 [5] 靡颜腻理：容貌妍丽，肌理细腻。 [6] 淑质艳光：资质美好，艳丽有光彩。 [7] 南衙：宋时称开封府为南衙。此指代官府。 [8] 尊纪：尊仆，你的仆人。 [9] 访春：原指探赏春景。此指访寻美女。 [10] 端相：审视。 [11] 硕人其颀：《诗·卫风·硕人》：“硕人其颀，衣锦褧衣。”硕人，美人。颀，修长貌。 [12] 长眉连蜷：见屈原《离骚》。长眉，指美人。连蜷，屈曲貌。 [13] 冯偃：东汉人，身材矮小，其子伉亦不高。 [14] 卫瓘：字伯玉。在曹魏末年任廷尉卿，曾监邓艾、钟会军灭蜀汉。晋武帝时官至司空，惠帝立进位太保，因贾后之谗被杀。 [15] 五美：《晋书·惠贾皇后传》：“初，武帝欲为太子取卫瓘女，元后纳贾郭亲党之说，欲婚贾氏。帝曰：‘卫公女有五可，贾公女有五不可。卫家种贤而多子，美而长白；贾家种妒而少子，丑而短黑。’”此处“五美”即指“五可”。 [16] 娉婷天袅：摇曳多姿的美好貌。 [17] 森森：高耸貌。 [18] 曹交之体：春秋时曹君之弟，其身高“九尺四寸”。见《孟子·告子下》。 [19] “虽鞭之长”两句：《左传·僖公十五年》：“宋人使乐婴齐告急于晋，晋侯欲救之。伯宗曰：‘不可。古人有言曰：虽鞭之长，不及马腹。天方授楚，未可与争。’”喻力所不及。 [20] 跰跹：跛行貌。 [21] 绠短汲深：短绳汲深井水，难以做到。绠，汲水器具上的绳索。 [22] 量天之尺：即圭表，测日影的天文仪器。 [23] 白袷：白包袱。 [24] 青箱：收藏书籍字画的箱子。 [25] 谛视：仔细审视。 [26] 元载：字公辅。唐天宝初进士，官至中书侍郎、天下元帅行军司马。 [27] 薛瑶英：元载家妓，杨炎曾赠以诗。 [28] 杨炎：字公南。唐德宗时官至门下侍郎同平章事。此指代蒋戟门。

语译

前日欣赏罢奏乐唱歌之后，您特许我恭敬地来到华美的闺房，平视您的朱姬。虽然高手明珠，有意在座客前夸耀；但座客有品评女子容貌的眼力，您原本应该让知音一起来欣赏。拜见之后，发现她果然容貌妍丽，肌理细腻，资质美好，颇有光彩，可以向观察您祝贺得到德才兼备的人了。

分别半月，南衔的花草，被春风吹得绽开，想来牡丹芍药，与玉女争艳，一定更胜于往年了。听说您的仆人操办寻访美女之事，您给他一根线，长四尺八寸，用来先测量美人的身材，一定要有这样长，然后再审视其眉目长相。人都笑话观察您太拘泥，我心里却暗暗赞同。考证于经史，《诗经》称“美人长得修长”，《离骚》称“美人身材苗条”。汉代冯偃为儿子娶身材高挑的妻子；晋武帝赞美卫瓘女儿有五美，身材高挑而且皮肤白，是一美。可见评论美人，崇尚高而忌讳矮，从古以来都是这样。只是我的意思最好要有摇曳多姿的美，不宜挺立高耸，像绑一捆竹竿。况且观察您身材高似曹交，女子即使身材很高，也难与您相配，所谓“虽鞭之长，不及马腹”，如果美人太矮，恰如人来到水井边，能没有短绳汲深井水的忧虑吗？算数家有测量天象之尺，观察您有测量美人身长之线，放在白袱青箱中，可作为典制用了。我最近也得到一姬，您若有空闲，可来仔细审视。恰如元载所宠爱的薛瑶英，除了杨炎，其他人不许去见面。

品评

此信与蒋戟门谈“美人身材”，针对蒋于女子身材“贵长忌短”，以“长四尺八寸”之线量女身材，而被人讥笑之事作文章。“人皆笑观察太拘，仆心窃是之”一句，明显表明作者的态度与世俗正相反。此信先引经据史，证明“贵长忌短，自古皆然”的道理。然后结合蒋氏本人身材高大，说明只有长身美人才与其相配，并以“虽鞭之长，不及马腹”“绠短汲深”等典故申说之，足以见蒋氏并非拘泥之人。文末邀请蒋氏来随园看自己新得之姬，固然是礼尚往来，也表明对蒋氏的信任，所谓“除却杨炎，不许见也”。

本文引经据典，信手拈来，正反论说，可见作者腹笥甚丰，也颇具情趣。。

再答黄生

近日海内考据之学[1]，如云而起。足下弃平日之诗文，而从事于此，其果中心[2]好之耶？抑亦为风气所移，震于博雅之名，而急急焉欲冒居[3]之也？

足下之意，以为己之诗文，业已是矣；词章[4]之学，不过尔尔，无可用力，故舍而之[5]他。不知天下无难事，只怕有心人；天下无易事，只怕粗心人。诗文非易事也，一字之未协，一句之未工，往往才子文人穷老尽气，而不能释然于怀，亦唯深造者方能知其症结。子之诗文未造古人之境，而半途弃之，岂不可惜？且考据之功，非书不可，子贫士也，势不能购尽天下之书；偶有所得，必为辽东之豕[6]。纵有一瓻之借[7]，所谓"贩鼠卖蛙，难以成家"[8]者也。昔林公语王中郎："着腻颜帢、絺布单衣，挟《左传》逐郑康成车后，问是何物尘垢囊。"[9]近日考据家光景，人人皆然。危乎子之用心也，虑其似此不远也。

题解

黄生，袁枚弟子黄允修。本文原载《小仓山房尺牍》卷四。

注释

[1] 考据之学：汉学，朴学，别于宋学。考据，考证，是研究历史、语言的一种方法。[2] 中心：心中。 [3] 冒居：不适当地居其位。 [4] 词章：诗文的总称。 [5] 之：往，至。 [6] 辽东之豕：汉朱浮《为幽州牧与彭宠书》："往时辽东有豕，生子

白头，异而献之。行至河东，见群豕皆白，怀惭而还。若以子之功论于朝廷，则为辽东豕也。”后喻少见多怪，自命不凡。 [7] 一瓻之借：《广韵》：“瓻，酒器。大者一石，小者五斗。古之借书，盛酒瓶。”古人借书于还书时送一瓶酒为酬报。 [8] 贩鼠卖蛙，难以成家：《易林》：“贩鼠卖蛙，利少无谋，难以成家。”谓获益甚小。 [9] “昔林公语王中郎”四句：《世说新语·轻诋》：“王中郎与林公绝不相得。王谓林公诡辩，林公道王云：‘着腻颜帢、絺布单衣，挟《左传》逐郑康成车后，问是何物尘垢囊。’”林公，林支遁。王中郎，王坦之。腻颜帢，帽子名。絺布，粗布。郑康成，郑玄，字康成，东汉经学家。尘垢囊，装满尘垢的口袋，指没有学问才能的人。

语译

近来国内考据之学，风起云涌。你抛弃平日擅长的诗文写作，却也从事考据之学，是心中确实喜欢考据呢，还是受风气的影响，被考据“博雅”的名声所震撼，而急急忙忙要占居其位呢？

你的意思，认为自己的诗文，已经是这样了；词章之学，不过如此，没有可再用力之处了，所以要舍弃诗文而去从事考据。不知天下无难事，只怕有心人；天下无易事，只怕粗心人。诗文不是易事，有一个字不妥当、一句不工巧的遗憾，往往令才子文人到老用尽力气，而心中不能消除；亦只有艺术造诣很深的人才能知道问题的症结。你的诗文并未达到古人的境界，却半途丢弃了，难道不可惜？而且考据的功夫，非借助大量的书籍不可，你是个穷书生，势必不能买尽天下的书籍；即使偶有发现，也一定是少见多怪。纵然能借到一些书，也是“贩鼠卖蛙，难以成家”，收获很小。当年林支遁公对王坦之说：“戴着腻颜帢帽，穿着粗布单衣，夹持着《左传》追逐在郑玄车后，请问这是什么样的装满尘垢的口袋。”近来考据家的情景，人人都是这样。你的这个想法很危险，离“尘垢囊”不远了。

品评

袁枚一生既批判理学，亦反对考据之汉学。曾云：“考据之学莫盛于宋以后，而近为尤，余厌之”（诗题语），“本朝尚考据。趋之者，如一群之貉，累万盈千”（《覆家实堂》）。因此当其弟子黄生欲赶时髦，“弃平日之诗文，而从事于此”，加入“一群之貉”时，袁枚不能不予以规劝。

此信首先提醒黄生要想清楚，是真的喜欢考据之学，还是“为风气所移”，急于赶时髦，端正动机很重要。此实是委婉地批评黄生“急急焉欲冒居之也”。然后教导黄生，其所擅长的“词章之学”其实还大有可为，若半途而废，甚是可惜。相反，其不擅长的考据之学，作为“贫士”是没有条件从事的。最后则借用《世说新语》为考据学家画了一幅漫画，作为对黄生的警告：考据之学是没有前途的，只能成为无学无才的“尘垢囊”。全信苦口婆心，语重情长。

答章观察招饮

蒙招饮甚喜，闻多菜甚愁。南朝孔琳之[1]曰：“所甘不过一味，而食前方丈[2]，适口之外，皆为悦目之资。”斯言最有道理。

今之人非但悦目也，兼且悦耳。每张饮[3]，必震而惊之曰“三撤席”，曰“两重台[4]”，燕窝如山，海参似海。耳闻者以为既多且贵，敬客之心，至矣尽矣！不知名手作诗，经营惨淡[5]，一日中未必得一二佳句；其所谓对客挥毫、万言立就者，皆以欺妇女童蒙，而不可以示识者也。饮食亦然，但使一席之间，羹过七簋[6]，则虽易牙调和[7]，伊尹割烹[8]，其不能佳可知也。且工于作诗者，所用之字，不过月露风云；工于制菜者，所用之物，不过鸡猪鱼鸭。今不求之于本物自然之味，而徒求之价高名重之物，以钱费自夸，是不如盘碗中散盛明珠一斛[9]矣，其如不可食何！昔何曾[10]日食万钱，犹嫌无下箸处，人多怪其过侈；余以为世之知钱者多，知味者少，故何曾蒙此恶声。夫下箸与不下箸，岂在钱之多寡哉？苟得其味，虽日食百钱，可以下箸也；苟不得其味，虽日食十万钱，依然不可以下箸也，于曾乎何尤[11]？

又闻足下广召笙歌，则尤不必。仆八字中，命少金星[12]，以故不知音乐；今老矣，其不能为媚足下故，耄而好学，抱曲本，执丝竹，受业于笙师[13]也明矣。张文和公[14]有句云："天与人间清静福，不能饮酒厌闻歌。"文和公两代宰相，生长华腴[15]，尚且不能增益其福分之所无，况窭人[16]子耶？倘使酒绿灯红，虬须直视[17]，予欲无言，殊少味也。仆撰《食谱》[18]一书，中有应"戒"者若干条，"须知"者若干条，容日呈教。

题解

章观察，章攀桂（一七三七—？），字华国，号淮树，一作槐墅，安徽桐城人。官至苏松太兵备道，精于形家言。本文原载《小仓山房尺牍》卷四。

注释

[1] 孔琳之：字彦琳，南朝宋人。孔子二十八代孙。 [2] 食前方丈：《孟子·尽心下》："食前方丈，侍妾数百人，我得志弗为也。"赵岐注："极五味之馔食，列于前，方一丈。"极言肴馔丰盛。 [3] 张饮：设帷帐饮酒。此指宴饮。 [4] 重台：同一枝上开出两朵花。此当比喻宴席内容重复。 [5] 经营惨淡：指创作艰苦，呕心沥血。 [6] 簠：古代盛黍稷的器皿。此指碗盆。 [7] 易牙调和：易牙善于调味。易牙，春秋时代著名厨师，齐桓公宠幸的近臣。 [8] 伊尹割烹：伊尹善于烹饪。伊尹，名挚，商汤大臣，佐汤伐夏桀。 [9] 斛：古代十斗为

一斛，南宋末改五斗为一斛。 [10] 何曾：字颖孝，西晋重臣，官拜太尉。性奢，“日食万钱，犹曰无下箸处”（《晋书·何曾传》）。 [11] 何尤：有何可责怪。[12] 金星：双关语，又指琴上的系弦线的金色小柱。此泛指音律。 [13] 笙师：古乐官名。 [14] 张文和公：张廷玉，字衡臣，号研斋，安徽桐城人。清代名臣。谥文和。 [15] 华腴：指贵族。唐柳芳《姓氏论》：“凡三世有三公者，曰膏粱；有令仆者，曰华腴。”令仆，指尚书令、仆射等高官。 [16] 窭人：穷苦人。[17] 虬须直视：怒目而视貌。 [18]《食谱》：指《随园食单》，内有《须知单》《戒单》，揭橥正确的饮食观念。

语译

承蒙您邀请宴饮很高兴，但听说菜很多又甚发愁。南朝孔琳之说过：“人所可口的食物不过一种，但吃饭时前面一丈见方的地方摆满了食物，除了适口的之外，都是愉悦眼目的东西。”此话最有道理。

现在的人不只是要愉悦眼目，而且要愉悦耳朵。每次宴饮，必使人震惊的是喊“三撤席”，喊“两重台”，燕窝堆积如山，海参铺陈似海。耳闻的人认为食物又多又贵，主人敬客之心，达到极致了。不知名手作诗，费尽辛苦，一日之中未必能得到一二佳句；那些所谓对客挥笔、万言立就的人，只是可以欺骗妇女儿童，却不可给有识者欣赏的。饮食也一样，只要一席之间，羹汤超过七碗，那么即使易牙来调味，伊尹来烹饪，都不能可口，这是可以预见的。而且工于作诗的人，所采用的字，不过是月露风云；工于做菜的人，所用的东西，不过是鸡猪鱼鸭。现在不从本物去求得自然之味，而只从名重之物去追求价高，以花费金钱自夸，这还不如在盘碗中盛一斛明珠了，怎奈明珠不可吃啊！当年何曾日食万钱，还嫌没有下筷子的地方，人们多责怪他过于奢侈；我认为世上知道金钱的人多，知道味道的人少，所以何曾蒙此坏名声。下筷子与不下筷子，难道在于金钱的多少吗？如果尝到食物的美味，即使日食百钱，就可以下筷子了；如果尝不到美味，即使日食万钱，依然不可以下筷子，对何曾有什么可责怪的呢？

又听说您广招人奏乐唱歌，那尤其不必要。我的八字中，命少金星，所以不懂音乐;现在老了，不能为了取媚于您的缘故，高龄了还好学，怀抱唱本，手执管弦乐器，从师于笙师学习，这是很明白的事。张文和公有句说:“老天给与人间清静的福分，我不能饮酒也讨厌听歌。”文和公是两朝宰相，生长于贵族之家，尚且不能增加其福分中所没有的东西，何况穷苦人之子呢?如果灯红酒绿，却对客人怒目而视，我要无话可说了，因为极少情味。我撰有《食谱》一书，其中有应“戒”的若干条，应“须知”的若干条，容我过日呈上求教。

品评

袁枚著有《随园食单》,于饮食之道十分重视,颇有研究。其《杂书十一绝句》其十云:“吟咏馀闲著《食单》，精微仍当咏诗看。出门事事都如意，只有餐盘合口难。”可见其尤看重饮食之“合口”。此信借章观察招饮之机,又重申其“适口”的饮食观。信中批评今日饮食追求“悦目”“悦耳”颠倒主次的现象,以及不求“本物自然之味，而徒求之价高名重之物，以钱费自夸”的浪费，体现了袁枚追求自然之味的正确饮食观。此文可与《随园食单》之《须知单》《戒单》参读。

戏题小像寄罗两峰

两峰居士为我画像，两峰以为是我也，家人以为非我也，两争不决。

子才子[1]笑曰:“圣人有二我:‘毋固[2]、毋我[3]’之我，一我也;‘我则异于是’[4]之我，一我也。我亦有二我:家人目中之我，一我也;两峰画中之我，一我也。人苦不自知，我之不能自知其貌，犹两峰之不能自知其画也。毕竟视者误耶?画者误耶?或我貌本当如是，而当时天生之者之误耶?又或者今生之我，虽不如是;而前世之我，后世之我，焉知其不如是？故两峰且舍近图远[5]，合先后天[6]而画之耶？然则是我非我，俱可存而不论也。虽然，家之人既以为非我矣，若藏于家，势必误认为灶下执炊之叟，门前卖浆之翁，且拉杂摧烧之[7]矣。两峰居士既以为是我矣，若藏之两峰处，势必推爱友之心，自爱其画，将与《鬼趣图》[8]，冬心[9]、龙泓[10]两先生像，共熏奉珍护于无穷，是我二我中一我之幸也。故于其成也，不取自存，转托两峰代存，使海内之识我者，识两峰者，共谛视[11]之。”

题解

罗两峰，罗聘，字遁夫，号两峰。原籍安徽歙县，先辈迁居扬州。清著名画家，“扬州八怪”之一，为金农入室弟子。信奉佛教，故下文称其“居士”。本文原载《小仓山房尺牍》卷五。

注释

[1] 子才子：袁枚字子才，此其自称。 [2] 毋固：不固执拘泥。见《论语·子罕》。 [3] 毋我：不自以为是。见《论语·子罕》。 [4] 我则异于是：《论语·微子》：“我则异于是，无可无不可。” [5] 舍近图远：《后汉书·藏宫传》：“舍近谋远者，劳而无功；舍远谋近者，逸而有终。” [6] 先后天：此指前世与后世。
[7] 拉杂摧烧之：指拉断、弄碎、烧掉。语见《汉乐府·有所思》。 [8]《鬼趣图》：罗两峰名画，八幅，以鬼为题材，讽刺现实。 [9] 冬心：金农，字寿田、寿门，号冬心先生，杭州人，寓居扬州。“扬州八怪”之一，为罗两峰老师。 [10] 龙泓：丁敬，字敬身，号龙泓山人，杭州人。擅篆刻，为杭州西泠印派创始人。
[11] 谛视：审视。

语译

罗两峰居士为我画像，两峰认为画的是我，家人认为画的不是我，双方争执不下。

我笑着说:“孔圣人有二我:‘不固执拘泥、不自以为是’的我，一我也;‘我就和这些人不同’的我，一我也。我也有二我：家人眼中的我，一我也；两峰画中的我，一我也。人苦于不知道自己，我不能知道自己的相貌，好像两峰不能知道自己的画一样。到底是看的人错误呢，画的人错误呢？或者我的相貌本来就该是这样，而当时老天生我犯的错误呢？又或者今生的我，虽然不是这样，而前世的我，后世的我，哪里知道不是这样呢？所以两峰姑且舍近求远，合前世与后世而画我呢？那么是我或不是我都可存而不论了。即使这样，家里的人已认为不是我，如果藏于家中，势必会误认为是灶下烧饭的老头，门前卖茶水等饮料的老翁，将要“拉杂摧烧之”了。两峰居士已认为是我了，如果藏于两峰处，势必推演其爱友之心，而自然也爱其友的画像，将与其《鬼趣图》，冬心、龙泓两先生的画像，一起熏香敬奉，无比珍护，这是二我中一我的幸事。所以在画像画好后，我不取来自存，而转托两峰代存，使海内认识我的人，与认识两峰的人，共同审视。

品评

罗两峰为袁枚写生，竟引出家人与画家一场是与不是的争论。此信乃就此发表意见。作为家人自然最了解袁枚，认为此像不是袁枚，说明画像形似不够。画家坚持是袁枚，说明他是写意，重在神似。袁枚则打圆场，含蓄地表达了此像确实不太像自己的意思，以使家人气平；但又给了罗聘很大面子，阐释了一番通脱、豁达的人生哲理：人凡事不可“过于执”，不可认死理，要“毋固、毋我”，应该多角度地看待世间之物，所谓此亦一是非，彼亦一是非，这样就不会烦恼。袁枚《山居绝句》其九云:“问我归心向何处，三分周孔二分庄。”此信就有“二分庄”的意味。而袁枚将自己画像托作者罗聘代存之举，亦令人匪夷所思，可划入“怪”之列矣。

辞妓席札

来书道不赴妓席，疑仆晚年染道学[1]习气，则大不然。仆之不来，正虑逼我走入道学故也。何也？凡人必先抱正心诚意[2]之学，矜矜自持，不得已，一登妓席，被冶容[3]所动，遂丧其生平而溺惑之，如是则乐矣。

今我素非庄士，先存好色之心，欣欣然而来，不料一登妓席，被其恶状阻兴，使顷刻间意不得不诚，心不得不正，终席间如对严师，如是则苦矣。近日秦淮[4]画舫之游，乐少苦多，以故称贞缩屋[5]，实非本怀。不特此也，缠头[6]之费，或言与其赏此辈，不如赈贫穷，此说良迂；然亦必发于中心之所愿，然后挥金如土，亦所甘心。若方且唾之弃之厌之之不暇，而勉强挥霍，应酬主人之情，粉饰家僮之耳目，势必先吝后悔，胸中作数日恶[7]。况我辈缠头，自知不丰，不得不虚词褒赞，佯相附会，断不忍在此等地方，作史鱼之直[8]，面加贬词。于是像做枯窘题一般，无中生有：面目丑则夸其身段，肌理恶则誉其风神。费一片苦心，造几句浮誉，仔细思量，转不如仍作州县官，巧言令色[9]，奉承上官矣。

凡此皆仆所以奉辞之故，足下谅之。至于认钦鸡[10]作凤凰，以符拔[11]为麒麟，则海畔逐臭[12]之夫，自古有之。人心不同，各如其面[13]，不足怪也，毋相强也。

题解

辞妓席，指拒绝参加召妓的宴席。札，书信。本文原载《小仓山房尺牍》卷六。

注释

[1] 道学：宋代儒家的哲学思想，亦称理学。 [2] 正心诚意：儒家提倡的一种道德修养，心术正，意念诚。 [3] 冶容：艳丽的容貌。 [4] 秦淮：秦淮河，在今南京。明清时为烟柳繁华之地。 [5] 称贞缩屋：即缩屋称贞，对危难中的妇女不加侵侮的美德。典出《诗·小雅·巷伯》毛传："昔者颜叔子独处于室，邻之嫠妇又独处于室，夜暴风雨至而室坏，妇人趋而至，颜叔子纳之而使执烛，放乎旦而蒸尽，缩屋而继之。" [6] 缠头：赠送妓女的财物。 [7] 数日恶：几天不好受。 [8] 史鱼之直：《论语·卫灵公》："直哉史鱼，邦有道如矢，邦无道如矢。"史鱼，春秋卫国大夫，以敢谏闻名。 [9] 巧言令色：指用动听的言辞与谄媚的态度取悦于人。《论语·学而》："巧言令色，鲜矣仁。" [10] 钦䲹：神鸟名。见《山海经·西山经》。此指猫头鹰。 [11] 符拔：兽名，形似麟而无角。[12] 逐臭：《吕氏春秋·遇合》："人有大臭者，其亲戚、兄弟、妻妾、知识，无能与居者。自苦而居海上。海上人有悦其臭者，昼夜随之而弗能去。" [13] "人心不同"两句：语出《左传·襄公三十一年》："人心之不同，各有其面。"

语译

来信说我不赴召妓宴席，怀疑我晚年染上了道学习气，却不是这样。我的不来，正是担心逼我走入道学的缘故。为什么呢？大抵人要先怀有心术正、意念诚的修养，小心谨慎，自我克制；一旦无可奈何之时，一登召妓之席，被妓女艳丽的容貌所打动，于是就丧失了其生平所坚持的操守而沉迷其中，这样就觉得快乐了。

我现在本不是正人君子，先怀有好色之心，很高兴地来了；不料一登上召妓之席，被妓女丑陋的相貌扫了兴致，让我顷刻之间，意念不得不诚实，心术不得不正经，整个宴席期间如同面对严厉的老师，这样就很苦恼了。近日我在秦淮河登画舫妓席之游，就乐少苦多，所以这种"称贞缩屋"式的一本正经，实在不是我的本意。不止这些，还有赠送妓女的财物费用，有人说与其赏给这些人，还不如去救济贫穷，这种说法自是迂腐;但也必须是发自内心愿意赏赐，然后再挥金如土，也是心甘情愿的。如果将要唾弃讨厌还来不及，却勉强浪费财物，应酬主人的情分，做样子给家奴看，势必先是吝啬后是懊悔，心里要几天都不好受。况且我们这些人所赠财物，自知不多，不能不以虚词夸奖，假装附和，绝不忍心在这种地方，像史鱼一样鲠直，当面批评。于是就像做枯竭贫乏的题目一样，无中生有:面貌丑陋的就夸奖其身段优美，皮肤的纹理不细腻的，就赞誉其风神不俗。花费一片苦心，编造几句浅薄的赞誉，仔细思量一下，还不如仍去做州县的官吏，用动听的言辞与谄媚的态度取悦长官。

凡是这些都是我拒绝参加召妓宴席的原因，请您体谅。至于有人把猫头鹰当作凤凰，把符拔当作麒麟，那么海畔追逐臭味的人，自古就有。人心不相同，各如其面，不值得奇怪，不要勉强其相同。

品评

袁枚向以风流好色著称，也曾流连秦楼楚馆，但此信却“辞妓席”，为人所不解。此信即解释之所以辞妓席的原因。信中自称“素非庄士”，“存好色之心”，可谓直率坦诚之至。也更引起人们的好奇心，既然如此，为何还辞妓席呢？作者解释其“辞妓席”的缘故，并不想讲些“正心诚意”之道学官话作托辞，而是直言如今之妓多“恶状阻兴”，并以近日秦淮画舫之游为“前车之鉴”，证明如今妓席令人“乐少苦多”。作者既不愿浪费缠头，亦不想“虚词褒赞”或“面加贬词”，否则，转不如去“巧言令色，奉承上官矣”。要之，此信解释辞妓席的理由，并非自己染上道学习气，而是美色不可得，妓女“恶状”使人厌；自己好色之心并未改变，而是妓席不能满足。此信写得毫不隐讳，畅所欲言，非常直接，又语带诙谐，可见作者襟怀坦白的个性，确是性情中人。

答杨笠湖

来札云:“名妓二字,弟所厌闻。”此言也,仆亦厌闻。盍[1]再申之,遵圣人各言尔志[2]之意?人世之有娼妓,犹人世之有僧道;仆不喜二氏[3]家言,独不厌僧道,何也?盖欧公之《本论》[4]不能行,则昌黎之《原道》[5]终为虚说。先王之世,蚕桑纺绩,周礼化行,内无怨女,外无旷夫[6],其时安得有娼妓哉?春秋礼教衰,民无恒产[7],南宫万奔陈[8],陈使妇人饮之酒[9]而缚之,此妇人即妓者之滥觞[10]。管子[11]设女闾[12]三百,待天下之贤者;越王[13]使罢女[14]为士缝衽,皆有苦心作用,并非得已。曾过邯郸[15],见人题壁云:“但使桑麻都遍野,肯教行路夜深来?”立言深厚,最知政体。大抵情欲之感,圣人所宽。周初南国诸侯,沐文王之化[16],尚有“有女怀春,吉士诱之”[17]者;其后采兰赠芍[18],相习成风。《凯风》[19]之母,七子而犹嫁,孟子以为小过[20];倘使季桓子虽受女乐而三日犹朝[21],则孔子亦不去也。二千年来,娼妓一门,历明主贤臣,卒不能禁,亦犹僧道寺观,至今遍满九州,亦未尝非安置闲民之良策。

夫得一以清者天也[22];然而泾水[23]自清,渭水[24]自浊,淮水[25]自清,黄水[26]自浊。天不能厌渭水、黄水之浊,而使尽变为泾水、淮水之清也。且有汾、浍[27]以流其恶,则宫室安矣;有匽潴[28]以泄其秽,则庖湢[29]洁矣;有娼妓以分其类,则良贱别矣。既有其类,固有出乎其类[30]者。谚云:“行行出君子。”妓中有侠者，义者，能文者，工伎艺者，忠国家者，史册所传，不一而足。女不幸坠落，蝉蜕污泥[31]，犹能自立；较之口孔、孟而行盗跖[32]者胜，即较之曹蜍、李志淹淹如泉下人者[33]亦胜。苟为不熟，不为稊稗[34]；伪名儒，不如真名妓。若果有其人，足下秉彝[35]之好，当乐闻，不当厌闻。古之忠臣孝子，皆廓落[36]自喜，不矜细行[37]，目中有妓何妨？心中有妓亦何妨？宋朝胡忠简公[38]请斩秦桧[39]，直声遍天下；贬南海，乃恋恋于黎倩[40]。朱子[41]作诗讥之曰：“十年浮海一身轻，独对黎涡[42]恰有情。世上无如人欲险，几人到此误平生。”我代忠简答云：“从来小节世人轻，万里投荒[43]尚有情。不学遁翁[44]捧蓍草[45]，甘心钳口自偷生[46]！”宋《蓉塘诗话》[47]责白太傅[48]去杭州，忆妓诗多，忆民诗少。余驳之曰：“《关雎》一篇，文王辗转反侧[49]，何以不忆太王、王季[50]，而忆后妃耶？孔子厄于陈、蔡[51]，何以不忆哀公、定公[52]，而忆及门生耶？”凡此数言，皆足下所厌闻，然而我辈立言，宁可使腐儒[53]呕，不可使通儒[54]呕。奉答两书[55]，非好为哓哓[56]，亦陈仲子误食鶂鶂之肉，不得不出而哇之也。[57]

题解

杨笠湖，名潮观（一七一〇—一七八八），字宏度，号笠湖，金匮（今江苏无锡）人。清代戏曲作家，曾任山西、河南、云南和四川等地县令，官至邛州知府。与袁枚有私交。本文原载《小仓山房尺牍》卷七。

注释

[1] 盍：何不。 [2] 各言尔志：《论语·公冶长》："颜渊、子路侍，子曰：'盍各言尔志？'"尔，你们。 [3] 二氏：指佛、道二家。 [4] 欧公之《本论》：指宋欧阳修著《本论》上下篇。阐释排佛的主张。 [5] 昌黎之《原道》：唐韩愈撰《原道》阐释儒家仁义之道，主张对僧道"人其人，火其书，庐其居，明先王之道以导之"。 [6]"内无怨女"两句：见《孟子·梁惠王下》。怨女，应该结婚而尚无配偶的女子。旷夫，成年而无妻的男子。 [7] 恒产：指土地、田园、房屋等不动产。 [8] 南宫万奔陈：《左传·庄公十二年》：宋国南宫万弑闵公于蒙泽，逃到陈国，"陈人使妇人饮之酒，而以犀革裹之"，交还宋国。 [9] 饮之酒：使南宫万饮酒。 [10] 滥觞：事物的起源、发端。 [11] 管子：管仲。春秋齐国人，任齐国上卿，著名政治家、军事家。 [12] 女闾：春秋时齐桓公设于宫中的淫乐场所。闾，里巷中的门。 [13] 越王：指越王勾践。 [14] 罢女：无行的女子。《国语·齐语》："罢士无伍，罢女无家。" [15] 邯郸：今属河北省。 [16] 文王之化：周文王姬昌的教化。 [17]"有女怀春"两句：见《诗·召南·野有死麇》。吉士，对男子的美称。 [18] 采兰赠芍：男女互赠礼品以表达爱情。《诗·郑风·溱洧》："士与女，方秉蕑（兰）兮"，"唯士与女，伊其相谑，赠之以芍药"。 [19]《凯风》：《诗·邶风》篇名。诗言有七子之母，不能安其室。 [20] 小过：小错误。《孟子·告子下》："《凯风》，亲之过小者也。" [21] 季桓子虽受女乐而三日犹朝：《论语·微子》："齐人归女乐，季桓子受之，三日不朝，孔子行。"女乐，歌妓。此处反用其意。 [22] 得一以清者天也：《老子》："昔之得一者，天得一以清，地得一以宁。"得一，得道。 [23] 泾水：今泾河。源出宁夏泾源南六盘山，东南流至陕西泾阳入渭水。 [24] 渭水：即今黄河中游支流渭河。 [25] 淮水：源出今河南铜柏山，东流经安徽、江苏。 [26] 黄水：即黄河。 [27] 汾、浍：二水名，在山西。《左传·成公六年》："新田有汾、浍，以流其恶。" [28] 匽潴：阴沟。 [29] 庖湢：厨房和浴室。 [30] 出乎其类：《孟子·公孙丑上》："出于其类，拔乎其萃。" [31] 蝉蜕污泥：谓从污浊中解脱。 [32] 盗跖：春秋末期人，名跖。是大盗。 [33] 曹蜍、李志淹淹如泉下人者：《世说新语·品藻》："庾道季云：'廉颇、蔺相如，虽千载上死人，懔懔恒有生气。

曹蜍、李志虽见在，厌厌如九泉下人。'”曹蜍、李志，皆晋朝人。淹淹，气息微弱，濒于死亡。泉下，九泉，阴间。 [34] 苟为不熟，不为稊稗：《孟子·告子上》“五谷者，种之美者也；苟为不熟，不如荑稗。夫仁，亦在乎熟之而已矣。”稊稗，长得像稻谷的野草。熟，成熟。 [35] 秉彝：持执常道。《诗·大雅·蒸民》：“民之秉彝，好是懿德。” [36] 廓落：旷达。 [37] 不矜细行：《尚书·旅獒》：“不矜细行，终累大德。”不注意小事小节。 [38] 胡忠简公：胡铨，字邦衡，号澹庵，宋庐陵（今江西吉安）人。官枢密院编修。曾上书乞斩王伦、秦桧、孙近而被谪昭州。 [39] 秦桧：字会之，江宁（今江苏南京）人。宋绍兴年间任宰相，力主对金和议，杀害岳飞等抗金将士。 [40] 黎倩：女伎。 [41] 朱子：朱熹，宋代著名理学家。 [42] 黎涡：形容黎倩美貌，有酒涡。 [43] 投荒：贬谪。 [44] 遁翁：朱熹晚号遁翁。 [45] 蓍草：古代占卜用的蓍草茎。 [46] 钳口自偷生：朱熹于宋宁宗朝被罢官，家居草封事数万言，极陈奸邪蔽主之祸，明赵汝愚之冤。写罢子弟诸生皆谏，以为必且贾祸。朱熹不听，门人蔡元定请以蓍龟决之，得“遁之同人”。朱熹默然，取焚奏稿，因更号“遁翁”。 [47] 宋《蓉塘诗话》：《蓉塘诗话》有明代姜南所著本，说“宋”，或许误记。 [48] 白太傅：唐代诗人白居易，曾任太傅，故称。 [49] 辗转反侧：《诗·周南·关雎》：“求之不得，寤寐思服。悠哉悠哉，辗转反侧。”形容思念之切，翻身不停。 [50] 太王、王季：太王，周文王祖父古公亶父。王季，周文王的父亲季历，古公亶父最小的儿子。 [51] 厄于陈、蔡：指于春秋陈、蔡两小国受阻。 [52] 哀公、定公：鲁哀公、鲁定公。 [53] 腐儒：迂腐的儒生。 [54] 通儒：博古通今的儒者。 [55] 奉答两书：袁枚《答杨笠湖》连写三书，此为第二书，故云“两书”。 [56] 哓哓：争辩声。 [57] “陈仲子误食”两句：《孟子·滕文公下》：“仲子，齐之世家也。兄戴，盖禄万钟，以兄之禄为不义之禄而不食也；以兄之室为不义之室而不居也。避兄离母，处于於陵。他日归，则有馈其兄生鹅者。己频蹙曰：‘恶用是鶃鶃者为哉？’他日，其母杀是鹅也，与之食之。其兄自外至，曰：‘是鶃鶃之肉也。’出而哇之。”鶃鶃，鹅叫声。此指代鹅。

语译

您来信说："名妓二字，是我所厌恶听到的。"你这句话，我也厌恶听到。何不再作说明，遵从孔圣人"各说你的志向"之意呢？

人世有娼妓，就像人世有僧道。我不喜欢僧道二家的学说，唯独不厌恶僧道，为什么呢？欧阳修《本论》排佛的主张不能实行，而韩愈《原道》对僧道的说法终究是虚妄之谈。

上古贤明君王的时代，百姓从事养蚕种桑纺丝之业，周代的礼制教化施行，使家里没有嫁不出去的适婚女子，外面没有讨不到妻子的成年男子。那个时代怎么会有娼妓呢？春秋时期礼教衰败，百姓没有固定的财产，宋国南宫万弑闵公于蒙泽，奔往陈国，陈国人派妇女使南宫万饮酒喝醉了就绑住他。此妇女就是娼妓的起源。管仲设女闾三百处，招待天下的贤士；越王让无行的女子为贤士缝纫：都有苦衷，并不是出于自己的意愿。我曾过访邯郸，看见有人题壁云："只是使桑麻种遍田野，怎肯教路人夜深时来呢？"立论深厚，最懂得为政的要领。大抵情欲的感受，是圣人所宽容的。周初南方的诸侯，承受周文王的教化，还有"少女思慕异性，男子引诱少女"的现象；其后互赠礼品以表达爱情，相互沿袭而成为风气。《凯风》言一母有七子还要嫁人，孟子认为是小错；如果季桓子虽然接受了齐人赠送的歌妓而三日还上朝，孔子也不会离开。两千年来，娼妓这个行当，历代明主贤臣，始终不能禁止，也像僧道的寺庙、道观，至今还遍布九州，也未尝不是安置闲民的良策。

得道而清者是天；然而泾水自清，渭水自浊，淮水自清，黄水自浊。天不能因为厌恶渭水、黄水之浊，而使其都变为泾水、淮水之清。而且有汾、浍二水流去污浊，那么宫室就可安居了；有阴沟排泄污秽，那么厨房和浴室就洁净了。有娼妓而分其类别，那么优良与低贱就可区别了。既然有类别，就有超出一般类别者。谚语说："行行出君子。"娼妓中有侠者，义者，能文者，善技艺者，忠于国家者，史册所传下来的，不一而足。女子不幸坠落，从污浊中解脱，还能自立；比起嘴上说孔、孟而行为却如同盗跖者要强，比起曹蜍、李志濒于死亡如九泉下人者也强很多。五谷如果不成熟，不如稗草；伪名儒，不如真名妓。倘若果真有名妓，以您的喜欢持执常道，应当乐于听到名妓二字，不应当厌恶听到名妓二字。古代的忠臣孝子，都旷达自喜，不注意小事小节，眼中有妓何妨？心中有妓又何妨？宋朝胡忠简公请求天子斩秦桧，正直的名声传遍天下；被贬南海，就迷恋女伎。朱熹作诗讥讽说："十年被贬漂浮在南海一身轻松，只是对美貌的女伎怀有深情。世上没有比人的情欲更危险的了，有多少人因为人欲耽误了平生。"我代替胡忠简公回答说："世人从来都轻视小节，万里贬谪还有深情。不学遁翁用蓍草茎占卜，甘愿缄默苟且偷活。"宋代《蓉塘诗话》责备白居易离开杭州时，忆念妓女的诗多，而忆念百姓的诗少。我反驳说："《关雎》一诗，写周文王辗转反侧，为何不忆念太王、王季，却忆念后妃呢？孔子受困于陈、蔡，为何不忆念哀公、定公，却忆念起学生呢？"这些话都是您所厌恶听到的，但是我们这些人立论，宁可使迂腐的儒生呕吐，不可使博古通今的儒者呕吐。我奉答给您两封信，不是为了争辩，而是像陈仲子误食鹅肉一样，不得不出了门就呕吐掉。

品评

此信为一篇驳论，就杨笠湖厌闻"名妓"之言进行驳斥。首先考证了妓女产生的社会原因、政治原因与经济原因，有其"非得已"的必然性。其次论证"情欲之感"，为"圣人所宽"，娼妓历代明主贤臣亦不能禁，说明娼妓存在的合法合理性，再次论述娼妓本身亦有"出乎其类者"，"妓中有侠者，义者，能文者，工伎艺者，忠国家者，史册所传，不一而足"，不可一棍子打死。甚至提出"伪名儒，不如真名妓"的骇世惊俗之言。最后则引证历代贤士圣人对"情欲之感"的态度，说明"心中有妓"无可厚非，厌闻"名妓"乃是使"通儒呕"的"腐儒"之论。文章层层推进，锋芒毕露，毫不客气，具有很强的说服力。从人道主义的角度看，妓女亦是普通之人，有其"非得已"处，与其人格并无必然联系。袁枚为"名妓"说好话，不可仅仅视为其所谓的"先存好色之心"，而应该从人性的角度考虑。

随园诗话选

一

杨诚斋曰[1]："从来天分低拙之人，好谈格调[2]，而不解风趣[3]。何也？格调是空架子，有腔口易描；风趣专写性灵，非天才不办。"余深爱其言。须知有性情，便有格律，格律不在性情外。《三百篇》半是劳人[4]思妇率意言情之事，谁为之格，谁为之律？而今之谈格调者，能出其范围否？况皋、禹之歌[5]，不同乎《三百篇》；《国风》之格，不同乎《雅》《颂》[6]：格岂有一定哉？许浑[7]云："吟诗好似成仙骨[8]，骨里无诗莫浪吟。"诗在骨不在格也。

题解

本条见《随园诗话》卷一。

注释

[1] 杨诚斋：杨万里（一一二七—一二〇六），字廷秀，号诚斋，吉水（今属江西）人。南宋绍兴进士，曾任秘书监。诗风平易诙谐，称为"杨诚斋体"。下引文未见今《诚斋集》。 [2] 格调：指诗歌的格律声调等外在因素。 [3] 风趣：风格情趣等内在因素。 [4] 劳人：忧伤之人。《诗·小雅·巷伯》："骄人好好，劳人草草。"也指劳苦之人。 [5] 皋、禹之歌：指《尚书》中的《大禹谟》《皋陶谟》等篇。

[6]“《国风》之格”两句:《风》诗的格调较为清新活泼，不同于《雅》《颂》雅正严肃。 [7] 许浑:字用晦，丹阳（今属江苏镇江）人。晚唐诗人。诗多写水，故有“许浑千首湿”之说。 [8] 仙骨：成仙的资质。比喻写诗的内在条件。

语译

杨诚斋说:“从来天资低劣迟钝的人，喜欢谈诗歌的格律声调，却不了解诗歌的风格情趣。为什么呢？格律声调是空架子，有音调容易描摹；风格情趣专门抒写性情，不是天才做不到。”我非常欣赏他的话。要知道，有性情，便有格律，格律不在性情之外。《诗经》大半是反映忧伤劳苦的男人与怀念远方丈夫的妇人随意抒情之事，谁为他们制定格调，谁为他们限定声律？而现在谈格律声调者,能跳出其范围吗？况且《大禹谟》《皋陶谟》之歌,不同于《诗经》;《国风》的格律声调,不同于《雅》《颂》:格律声调难道有固定的限制吗？许浑说:“吟诗就像养育仙骨,骨子里没有诗就不要随便吟诗。”诗在骨子里,不在格调中。

品评

袁枚性灵说主性情、重个性、崇诗才，反对格律声调桎梏性情，倡导风趣、生气，其重要思想渊源之一乃杨万里诗学观。此条诗话即是有力的证据。而袁枚引用“皋、禹之歌”与《三百篇》之经典为“格律不在性情外”的例证，亦极具说服力，有“打鬼借助钟馗”之效。

二

前明门户之习,不止朝廷也,于诗亦然。当其盛时,高、杨、张、徐[1],各自成家,毫无门户。一传而为七子[2];再传而为钟、谭[3]，为公安[4]；又再传而为虞山[5]：率皆攻排诋呵[6]，自树一帜，殊可笑也。凡人各有得力处，各有乖谬处；总要平心静气，存其是而去其非。试思七子、钟、谭，若无当日之盛名，则虞山选《列朝诗》[7]时，方将搜索于荒村寂寞之乡，得半句片言以传其人矣。敌必当王，射先中马[8]：皆好名者之累[9]也！

题解

本条见《随园诗话》卷一。

注释

[1] 高、杨、张、徐：指明初诗人高启、杨基、张羽、徐贲，称“明初四子”，又称“吴中四杰”。 [2] 七子：明弘治、正德时期文学家李梦阳、何景明、徐祯卿、边贡、康海、王九思、王廷相称为“前七子”，基本上都属于“复古派”，主张“文必秦汉，诗必盛唐”。嘉靖、隆庆间，李攀龙、王世贞、谢榛、宗臣、梁有誉、徐中行、吴国伦继续鼓吹复古，称为“后七子”。 [3] 钟、谭：钟惺和谭元春，明代万历年间“竟陵派”的代表人物。他们反对“复古派”摹拟古人，提倡幽深孤峭的文风。 [4] 公安：指“公安派”。明万历年间兴起的一个文学流派，以湖北公安人袁宗道、袁宏道、袁中道兄弟三人为代表。他们极力反对复古，提倡“独抒性灵，不拘格套”。 [5] 虞山：钱谦益（一五八二—一六六四），字受之，号牧斋，人称虞山先生，江苏常熟人。清初诗坛领袖。有《初学集》《有学集》等著作，并编选有《列朝诗集》。 [6] 攻排诋呵：攻击诋毁。 [7]《列朝诗》：即《列朝诗集》，明代诗歌总集。 [8]“敌必当王”两句：语出杜甫《前出塞》：“射人先射马，擒贼先擒王。”意谓爱标榜门户者必然要招致论敌的攻击。 [9] 累：过失。

语译

明代树立门户的习气，不止朝廷有，在诗坛也一样有。在此风气盛行时，高启、杨基、张羽、徐贲，却各自成家，毫无门户的习气。起初传承门户习气的是前后七子；再传的是钟惺和谭元春、公安派；又再传的是钱谦益：都是相互攻击诋毁，自树一帜，十分可笑。大凡人各有得力之处，也各有荒谬悖理之处；总要平心静气，保存好的东西，去掉坏的东西。试想前后七子、钟惺和谭元春，如果没有当日的盛名，那么钱谦益选《列朝诗集》时，将要在荒村寂寞之乡搜索其诗作，以得到半句片言，传扬他们的姓名。擒敌先擒王，射人先射马，这都是好名者的过失。

品评

袁枚反对前明诗坛各立门户、相互诋诃之习，认为“凡人各有得力处，各有乖谬处；总要平心静气，存其是而去其非”。这无疑是正确的。他肯定明初四子“各自成家，毫无门户”亦无可非议。但对“七子”以后各派一棍子打死，则失之偏颇。明七子固然不无“门户之习”，但对与自己论诗相近的“公安”性灵派亦予批评，显然是出于明无学、明无诗的偏见，不足为训。

三

余作诗，雅不喜叠韵[1]、和韵[2]及用古人韵。以为诗写性情，惟吾所适。一韵中有千百字，凭吾所选，尚有用定后不慊意[3]而别改者，何得以一二韵约束为之？既约束，则不得不凑拍[4]；既凑拍，安得有性情哉？《庄子》曰：“忘足，履之适也。”[5]余亦曰：“忘韵，诗之适也。”

题解

本条见《随园诗话》卷一。

注释

[1] 叠韵：依照自己前诗的韵脚作诗。 [2] 和韵：依照别人诗的韵脚作诗。 [3] 慊意：满意。 [4] 凑拍：凑合，拼凑。 [5] "忘足"句：见《庄子·达生》，意谓不去计较脚的大小，鞋子就不存在不合适的问题。

语译

我作诗，很不喜欢叠韵、和韵以及用古人诗歌的韵。我认为诗是抒写性情的，韵只是要适合我抒情。一个韵有千百个字，任凭我所选，还有用定之后不满意而另改的字，怎能被一二个韵约束来作诗呢？既然被约束，那么就不能不去凑合；既然凑合，哪能有性情？《庄子》说："不去计较脚的大小，鞋子自然会适合。"我也说："不去计较用韵，诗自然会适合。"

品评

"诗写性情，惟吾所适"，是性灵说的主旨。韵是为性情服务的，如果为叠韵、和韵等用韵的需要而"约束"了性情，这是颠倒主次，捡了芝麻丢了西瓜。所以"忘韵"虽有矫枉过正之嫌，但可见袁枚以"性情"为诗第一要素的观念。

四

己未朝考[1]题是《赋得"因风想玉珂"[2]》。余欲刻画"想"字，有句云："声疑来禁院[3]，人似隔天河。"诸总裁[4]以为语涉不庄[5]，将置之孙山[6]。大司寇尹公[7]，与诸公力争曰："此人肯用心思，必年少有才者，尚未解应制体裁[8]耳。此庶吉士[9]之所以需教习也。倘进呈时，上[10]有驳问，我当独奏。"群议始息。余之得与馆选[11]，受尹公知，从此始。未几，上命公教习庶吉士。余献诗云:“琴爨已成焦尾断[12],风高重转落花红[13]。”

题解

本条见《随园诗话》卷一。

注释

[1] 己未朝考:乾隆四年(一七三九)朝考。清代新科进士取得出身后,由礼部以名册送翰林院掌院学士,奏请皇帝,再试于保和殿,并特派大臣阅卷。

[2] 赋得“因风想玉珂”:清代朝考,要考“试帖诗”,选取古人诗句加上“赋得”两字作为试题。“因风想玉珂”,是杜甫《春宿左省》五律中语,全诗表现的是“忠勤为国”的思想感情。玉珂,系在马脖子上的装饰品。 [3] 禁院:宫中庭院。

[4] 总裁:指主持考试的正副考官。 [5] 不庄:不庄重。 [6] 置之孙山:即不予取录。《过庭录》:“吴人孙山,滑稽才子也。赴举他郡,乡人托以子偕往。乡人子失意,山缀榜末,先归。乡人问其子得失,山曰:‘解名尽处是孙山,贤郎更在孙山外。’” [7] 大司寇尹公:尹继善,字符长,清满洲镶黄旗人。雍正进士,累官至文华殿大学士。曾一督云贵,三督川陕,四督两江。卒谥文端。他是袁枚的“恩师”。大司寇,对刑部尚书的尊称。 [8] 应制体裁:即“试帖诗”。应制,应皇帝之命写诗文。 [9] 庶吉士:朝考合格前列者为庶吉士,为翰林院官名,由进士中文学优长者充任。 [10] 上:天子。此指乾隆皇帝。

[11] 得与馆选:入翰林院庶常馆深造。 [12] 琴爨已成焦尾断:比喻自己在朝考中几乎落选。琴爨,烧琴(梧桐)。焦尾,汉蔡邕有一次听到梧桐在火中爆裂的声音,认为是制琴的上等材料,便取出来做成琴,然琴尾已经烧焦,名为“焦尾琴”。 [13] 风高重转落花红:比喻赖尹继善鼎力挽回自己的命运。风高,指尹。落花,自喻。

语译

乾隆四年己未朝考题是《赋得“因风想玉珂”》。我要刻画“想”字,有句云:

“听声音怀疑来到宫中庭院，人似相隔着银河不能相见。”诸位考官认为语言不庄重，将不予录取。大司寇尹公，与诸位考官力争说：“此人肯用心思，必定是年少有才者，只是还不了解试帖诗的结构及文词。这正是庶吉士需要教习的原因。如果进呈时天子有驳问，我会自己进言的。”这样诸考官的议论才平息。我能够入翰林院庶常馆，得到尹公的赏识，就从此开始。不久，皇帝命尹公教习庶吉士。我献诗云：“我像火中梧桐已烧焦了琴尾，您如大风把我这落地红花又重新吹起来。”

品评

朝考题目袁枚竟写出“声疑来禁院，人似隔天河”之句，涉嫌男女私情，故被考官评为“语涉不庄”并不冤枉。由此可见袁子才风流本性。而尹继善力挽狂澜，竭力回护，终于使袁枚“得与馆选”，可见尹氏慧眼识珠。袁枚一生比较顺利,有尹氏为靠山是重要原因。袁枚撰《文华殿大学士尹文端公神道碑》称“俗传公貌类佛，而不喜佛法。闻人才后进，则倾衿推毂，提训孳孳”，可与此条诗话相互发明。

五

本朝王次回[1]《疑雨集》，香奁[2]绝调[3]，惜其只成此一家数耳。沈归愚[4]尚书选国朝诗，摈而不录，何所见之狭也！尝作书难之云[5]：“《关雎》为《国风》之首，即言男女之情。孔子删诗[6]，亦存《郑》《卫》[7]，公何独不选次回诗？”沈亦无以答也。唐李飞讥元、白诗“纤艳不逞，为名教罪人”。[8]卒[9]之千载而下，知有元、白，不知有李飞。或云飞此言见于杜牧集中[10]。牧祖佑年老不致仕[11]，香山有诗讥之，故牧假飞语以诋之耳。

题解

本条见《随园诗话》卷一。

注释

[1] 本朝王次回：王彦泓，字次回，金坛（今属江苏）人。明崇祯时以岁贡为华亭训导，卒于崇祯十五年（一六四二）。此称“本朝”，误。其诗近于唐人韩偓之香奁体，《疑雨集》为其代表作。 [2] 香奁：原指妇女梳妆用具。唐韩偓有《香奁集》一卷，写妇女绮罗香艳之词，后来即称此类作品为“香奁体”。 [3] 绝调：绝妙的曲调。此借指绝妙的诗歌。 [4] 沈归愚：沈德潜，字确士，号归愚，长洲（今江苏苏州）人。乾隆进士，曾任内阁学士兼礼部尚书。论诗主格调，倡导“温柔敦厚”的诗教。有《沈归愚诗文全集》。又选有《古诗源》《唐诗别裁》《明诗别裁》《国朝诗别裁》等书。 [5] 作书难之：指《再与沈大宗伯书》，现存《小仓山房文集》卷十七。 [6] 孔子删诗：据《史记》等书记载，孔子以前，有古诗三千多首。经孔子删定，存三百多首，即现在的《诗经》。 [7]《郑》《卫》：指《诗·国风》中的《郑风》和《卫风》，多爱情诗，被斥为淫靡之音。 [8]“唐李飞讥元、白诗”句：此是唐杜枚引述李戡之言，袁枚误作李飞。原文是：“元和以来，有元、白诗者，纤艳不逞，非庄士雅人，多为其破坏”云云。元、白，指元稹、白居易。 [9] 卒：最终。 [10] 见于杜牧集中：见《樊川集·唐故平卢节度使巡官李府君墓志铭》。 [11]“牧祖佑年老不致仕”等句：白居易《秦中吟·不致仕》：“七十而致仕，礼法有明文。何乃贪荣利，斯言如不闻？可怜八九十，齿堕双眸昏。”此诗可能是白居易为杜佑而作。杜佑，字君卿，历任岭南、淮南等节度使，检校司徒平章事等职，封岐国公。致仕，辞去官职。

语译

本朝王次回的《疑雨集》，是香奁体的绝妙之作，可惜他只成就这一种风格。沈归愚尚书选本朝诗歌，摈弃而不采录，其见地何等狭窄！我曾作《再与沈大宗伯书》为难他说："《关雎》为《国风》的首篇，就是说的男女之情。孔子删诗，也保存《郑风》《卫风》，您为何单单不选次回诗呢？"沈也没有什么可以回答的。唐代李飞（戡）讥讽元稹、白居易诗歌"细巧艳丽，于人有害，是名教罪人"。最终千年以后，人们知道唐代有元稹、白居易，而不知道有李飞（戡）。有人说此言见于杜牧集子中。杜牧祖父杜佑，年老不辞官，白居易有《秦中吟·不致仕》诗讥讽他，所以杜牧借李飞（戡）的话来诋毁白居易。

品评

袁枚《答程蕺园论诗书》云："且夫诗者，由情生者也，有必不可解之情，而后有必不可朽之诗。情所最先，莫如男女。"可见其对情诗之推重。沈德潜鼓吹保守的诗教观，故"《别裁》中独不选王次回诗，以为艳体不足重教"（《再与沈大宗伯书》）。可见袁、沈于艳体的观点势同水火。但袁枚以《诗经》中有"言男女之情"作品予以反驳，可谓"义正辞严"，以致"沈亦无以答也"。在这场论战中，显然以袁枚占上风收场。袁枚的观点虽然正确，但也有疏漏，王次回非清朝人，本不在"国朝诗"选录之列，如果沈德潜以此反驳，"无以答也"的恐怕是袁枚自己了。或许沈氏也认为王次回是国朝人耶？

六

余戏刻一私印[1]，用唐人"钱塘苏小是乡亲"[2]之句。某尚书过金陵[3]，索余诗册。余一时率意[4]用之，尚书大加诃责。余初犹逊谢[5]，既而[6]责之不休，余正色曰："公以为此印不伦[7]耶？在今日观，自然公官一品，苏小贱矣。诚恐[8]百年以后，人但知有苏小，不复知有公也。"一座𪨶然[9]。

题解

本条见《随园诗话》卷一。

注释

[1] 私印：个人印章。 [2] 钱塘苏小是乡亲：唐王建诗句。苏小，即苏小小，相传为南齐时著名歌妓，钱塘（今浙江杭州）人。常乘油壁车往来西湖之上。乡亲，袁枚与苏小小同是钱塘人。 [3] 金陵：今江苏南京。 [4] 率意：随意。[5] 逊谢：道歉谢罪。 [6] 既而：不久，短时间。 [7] 不伦：不成样子。 [8] 诚恐：唯恐。 [9] 辴然：笑的样子。

语译

我以游戏的态度刻了一枚私章，采用唐人“钱塘苏小是乡亲”的句子。某尚书过访金陵，索取我的诗册。我一时随意用了这枚私章，尚书见了严厉责备。我开始还道歉谢罪，但他很快就责骂不停，我就庄重严肃地说：“您认为此印不成样子吗？现在来看，您自然是一品高官，苏小小很低贱了。唯恐百年以后，人们只知道古代有个苏小小，而不再知道有您了。”满座的宾客都笑了。

品评

歌妓苏小小与达官某尚书，在袁枚内心的评价天平上，竟是前者远重于后者。这在男尊女卑的卫道士看来自是石破天惊的怪论。但苏小小多才多艺，流传千古；某尚书迂腐无能，将人死灯灭。袁枚所言乃是事实，但敢道出此事实，必须胆识过人才行。袁枚的品格于此可见。

七

陆鲁望[1]过张承吉[2]丹阳[3]故居，言：“佑善题目[4]佳境，言不可刊置[5]别处，此为才子之最也。”余深爱此言。自古文章所以流传至今者，皆即情即景，如化工肖物[6]，着手成春[7]，故能取不尽而用不竭。不然，一切语古人都已说尽，何以唐、宋、元、明，才子辈出，能各自成家而光景常新耶？即如一客之招，一夕之宴，开口便有一定分寸，贴切此人、此事，丝毫不容假借[8]，方是题目佳境。若今日所咏，明日亦可咏之，此人可赠，他人亦可赠之，便是空腔虚套，陈腐不堪矣。尹文端公[9]在制府署[10]中，冬日招秦、蒋两太史[11]及余饮酒，曰：“今日席上，皆翰林[12]，同衙门，各赋一诗。”蒋诗先成，首句云：“卓午[13]人停问字车[14]。”公笑曰：“此教官请客诗也。”秦惧不肯落笔。余亦知难而退，公不许，乃呈一律[15]云：“小集平泉[16]夜举觞，春风座上不知霜。偶然元老开东阁[17]，难得群仙[18]共玉堂[19]。”公大喜，曰：“开口已包括全题。白傅夸刘禹锡《金陵怀古》诗‘前四句已探骊珠’[20]，此之谓矣！”

题解

本条见《随园诗话》卷一。

注释

[1] 陆鲁望：即唐诗人陆龟蒙，字鲁望，苏州人。 [2] 张承吉：唐诗人张佑，字承吉，清河（今属河北）人。有《张处士诗集》。 [3] 丹阳：今属江苏镇江。 [4] 题目：品评。 [5] 刊置：刻印安置。 [6] 化工肖物：如自然造物主刻画事物。指天然的功夫。 [7] 着手成春：语出司空图《诗品·自然》：“俯拾皆是，不取诸邻。俱道适往，着手成春。如逢花开，如瞻岁新。”喻诗文艺术高超，下笔即自然清新。 [8] 假借：借助他力。 [9] 尹文端公：尹继善，官至文华殿大学士。卒谥文端。

[10] 制府署：总督府。 [11] 秦、蒋两太史：指秦大士与蒋士铨。秦大士，字鲁一，号秋田老人，江宁（今江苏南京）人。官至侍讲学士。蒋士铨，字心馀，号藏园，铅山（今属江西）人。与袁枚、赵翼并称为“乾隆三大家”。有《忠雅堂诗文集》《藏园九种曲》等作品。太史，指翰林院编修等属官。 [12] 翰林：指翰林院属官，即编修等。 [13] 卓午：正午。 [14] 问字车：《后汉书·扬雄传》记载，扬雄家居，常有人车载酒肴来问奇字。 [15] 乃呈一律：即《腊月五日，相公招同秦学士大士、蒋编修士铨小集西园，各赋四首》，收入《小仓山房诗集》卷十八。 [16] 平泉：洛阳平泉庄，唐李德裕别墅。这里借用，指尹公总督府。 [17] 元老开东阁：据《汉书》，汉公孙弘“起宾馆，开东阁，以延贤人”。元老指尹公，东阁指款待宾客的地方。 [18] 群仙：喻参加宴会者。 [19] 玉堂：神仙的居处。此喻总督府。 [20]“白傅夸刘禹锡”句：《古今诗话》：“长庆中，元微之、刘梦得、韦楚客同会白乐天舍，各赋《金陵怀古》诗。刘诗先成，曰‘王濬楼船下益州’云云。白览诗曰：‘四人探骊龙，子先获珠，所馀鳞爪何用耶？’于是罢唱。”白傅，白居易，曾任太傅。刘禹锡，字梦得。骊珠，据《庄子·列御寇》，深渊中有骊龙（黑龙），颔下有千金之珠，很难得到。探骊珠，探骊得珠，指吟诗能抓住关键。

语译

陆鲁望（龟蒙）过访张承吉（佑）的丹阳故居，说道：“张佑善于品评诗文佳境，称其不可刊置别处，这是才子首要的功力。”我深爱此言。自古以来诗文流传至今的原因，都是即情即景抒写，如自然造物主刻画事物，下笔即自然清新，艺术高超，所以能取之不尽，用之不竭。否则的话，一切话语古人都说完了，为何唐、宋、元、明，才子仍一批一批地出现，能够各自成家而景象常新呢？就如一位客人的招待，一个晚上的宴饮，开口就有一定的分寸，贴近此人此事，丝毫不容借助他力，才是品评佳境。如果今日所咏，明日也可吟咏，此人可赠，他人也可赠，便是老调子、空洞的虚套，极其陈腐了。尹文端公在总督府中，冬日招秦、蒋两位太史及我饮酒，说：“今日的酒席上，都是翰林院属官，同在一个衙门，请各赋一诗。”蒋士铨诗先作好，首句说：“正午时分有人车载酒肴来问奇字。”尹公笑道：“这是教官请客的诗。”秦大士畏惧不敢落笔。我也知难而退，但尹公不许。我就呈上一首七律说：“在尹公总督府小集夜晚举起酒杯，满座春风不觉得有寒霜。尹公偶然兴来打开东阁宴客，难得群仙聚集在玉堂。”尹公大喜，说：“开口已经包括了全题的意思。白居易夸奖刘禹锡《金陵怀古诗》‘前四句已经探骊得珠’，就是说这种诗啊！”

品评

此条强调创作应该“即情即景，如化工肖物，着手成春，故能取不尽而用不竭”，换言之即从生活、自然出发，在现实情景中发现美，而不是从概念出发，亦不是套用古人。如此方有个人的体验感受，有独特的表现，“能各自成家而光景常新”，避免“空腔虚套，陈腐不堪”之弊端。沈德潜的复古格调，翁方纲的以考据为诗，之所以被袁枚批评，是因为违背创作应“即情即景”之规律。至于最后引用尹文端公夸奖之语，乃袁枚喜自我标榜之习，可一笑置之。

八

熊掌、豹胎[1]，食之至珍贵者也；生吞活剥，不如一蔬一笋矣。牡丹、芍药，花之至富丽者也；剪彩[2]为之，不如野蓼[3]、山葵[4]矣。味欲其鲜，趣欲其真，人必知此，而后可与论诗。

题解

本条见《随园诗话》卷一。

注释

[1] 豹胎：豹的胎盘，为珍贵的佳肴。 [2] 剪彩：剪裁花纸或彩绸。 [3] 野蓼：植物名。味辛，又名辛菜，可作调味用。 [4] 山葵：蔬菜名。可腌制。

语译

熊掌、豹胎，是食物中非常珍贵的东西；如果不加烹调，那么就不如蔬菜、竹笋鲜美。牡丹、芍药，是鲜花中非常富丽的品种；如果靠剪彩制成，那么还不如野蓼、山葵真实。滋味要鲜，趣味要真，人必须知道这个道理，才可与他论诗的真谛。

品评

前一处比喻倡导诗“味欲其鲜”，后一处比喻强调诗“趣欲其真”，道出袁枚性灵说的要旨。每处比喻又从正反两面言之，其本身即味鲜趣真，妙语解颐。

九

本朝开国时，江阴城最后降[1]。有女子为兵卒所得，绐[2]之曰：“吾渴甚！幸[3]取饮，可乎？”兵怜而许之。遂赴江死。时城中积尸满岸，秽不可闻。女子啮[4]指血题诗云：“寄语路人休掩鼻，活人不及死人香。”

题解

本条见《随园诗话》卷一。

注释

[1] 江阴城最后降：南明弘光元年（一六四五），清兵南进，江阴百姓奋起抵抗，守城八十一天，最后被清军攻陷。江阴，今属江苏。 [2] 绐：哄骗。 [3] 幸：期望。 [4] 啮：咬。

语译

本朝建国时，江阴城最后投降。有一女子被士兵俘获，她欺骗士兵说："我非常口渴，期望取点水喝，可以吗？"士兵可怜她就同意了。女子就投江而死。当时城中江岸堆满尸体，腐烂的气味臭不可闻。女子死前咬破手指，以血题诗云："传话给路上的行人不要捂住鼻子，苟活的人不如死去的人芳香。"

品评

好一个聪明而刚烈的江阴女子！其誓死不降的民族精神，与其所题诗句，皆可百世流"香"。抗清斗争之惨烈，于此可见一斑。袁枚于乾隆盛世撰诗话犹记载此事，胆量可谓不小。

一〇

少陵[1]云："多师是我师[2]。"非止可师之人而师之也。村童牧竖[3]，一言一笑，皆吾之师，善取之皆成佳句。随园[4]担粪者，十月中，在梅树下喜报云："有一身花矣！"余因有句云："月映竹成千个字，霜高梅孕一身花。"余二月出门，有野僧送行，曰："可惜园中梅花盛开，公带不去！"余因有句云："只怜香雪梅千树，不得随身带上船。"

题解

本条见《随园诗话》卷二。

注释

[1] 少陵：唐诗圣杜甫，自号少陵野老。　[2] 多师是我师：杜甫《戏为六绝句》：

"转益多师是汝师。" [3] 牧竖:牧童。 [4] 随园:作者隐居处,在今南京小仓山。

语译

杜甫说:"要多方面学习,人们都是我的老师。"不止可以学习的人而去向他学习。村童牧童,一言一笑,都是我的老师,善于汲取都可成为好诗。随园一个挑粪的佣工,十月中旬,在梅树下高兴地报告说:"有一身梅花了!"我因此有句云:"月亮映照竹叶变成千百个'个'字,秋高气爽梅树孕育出一身花。"我二月出门,有山野僧人送行,说:"可惜随园中梅花盛开,您带不去。"我因此有句云:"只可惜香雪一样的千树梅花,不能随身带上船去。"

品评

性灵诗通俗易懂,不卖弄学问,故与村夫野民容易沟通。随园担粪者之大白话,野僧送行之戏语,一经诗人妙手点化,即成佳句。由此亦可见好诗源于生活与高于生活,实乃颠扑不破之真理。

一一

改诗难于作诗,何也?作诗,兴会[1]所至,容易成篇;改诗,则兴会已过,大局已定,有一二字于心不安,千力万气,求易不得,竟有隔一两月,于无意中得之者。刘彦和[2]所谓"富于万篇,窘于一字"[3],真甘苦之言。荀子[4]曰:"人有失针者,寻之不得,忽而得之;非目加明也,眸而得之也。"[5]所谓"眸"者,偶睨[6]及之也。唐人句云:"尽日觅不得,有时还自来。"[7]即"眸而得之"之谓也。

题解

本条见《随园诗话》卷二。

注释

[1] 兴会:兴致,灵感。 [2] 刘彦和:南朝梁刘勰,字彦和,原籍山东莒县东莞镇,世居京口(今江苏镇江)。官至东宫通事舍人。晚年出家,法名慧地。所著《文心雕龙》,是我国古代第一部体大思精的文学理论著作。 [3] 富于万篇,窘于一字:见《文心雕龙·练字》。"窘",原作"贫"。 [4] 荀子:战国思想家、散文家荀况,又称荀卿,现存《荀子》三十二篇。 [5]"人有失针者"诸句:见《荀子·大略》,与原文有出入。眸,低头注视。 [6] 睨:视。 [7]"尽日觅不得"两句:见唐贯休《咏诗者》诗。

语译

改诗比作诗要难,为什么呢?作诗,是灵感袭来,容易成篇;改诗,却灵感已消失,诗的框架已经确定,有一二字于心不安,花了很多力气,想改换却不能做到,竟有相隔一两个月,在无意中得到的。刘彦和所谓"可以写出万篇作品,却想不出一个字修改好",真是深知甘苦的话。荀子说:"人有丢掉银针的,遍寻而不得,却忽然找到了;不是眼睛明亮了,是眸而得之。"所谓"眸",偶然看到了。唐人有句云:"整日找不到,有时还自己回来。"这就是"眸而得之"的意思。

品评

此条标举"作诗,兴会所至,容易成篇",是性灵说强调作诗需要灵感。有灵感则思维活跃,想落天外。而改诗因为灵感状态已失,思维迟钝,故难于推敲。诗话引证丰赡,以显"兴会"之可贵。

一二

康熙间，曹练亭[1]为江宁织造[2]。每出，拥八驺[3]，必携书一本，观玩不辍。人问："公何好学？"曰："非也。我非地方官，而百姓见我必起立，我心不安，故藉此遮目耳。"素与江宁太守陈鹏年[4]不相中[5]。及陈获罪，乃密疏荐陈。人以此重之。其子雪芹[6]撰《红楼梦》一部，备记风月繁华之盛。我斋[7]读而羡之。当时红楼[8]中有某校书[9]尤艳，我斋题云："病容憔悴胜桃花，午汗潮回热转加。犹恐意中人看出，强言今日较差[10]些。""威仪棣棣[11]若山河，应把风流[12]夺绮罗[13]。不似小家拘束态，笑时偏少默时多。"

题解

本条见《随园诗话》卷二。

注释

[1] 曹练亭：曹寅，字子清，号荔轩，又号楝亭，清满洲正白旗人。曾刻印《全唐诗》。此处"练亭"系"楝亭"之误。 [2] 江宁织造：官名。掌管织造丝织品，供皇室之用。 [3] 八驺：古代贵官外出，车轿前有八名驺从喝道。驺，驺从，骑士。 [4] 陈鹏年：字北溟，又字沧州，湘潭人。康熙进士，擢任江宁知府，人称"陈青天"。为总督阿山诬劾下狱。事白，起为苏州知府。官至河道及漕运总督。 [5] 不相中：关系不合。 [6] 其子雪芹：当为其孙雪芹。雪芹，名霑，字梦阮，号雪芹。 [7] 我斋：富察明义，号我斋，满洲镶黄旗人。清朝皇室成员。有《题红诗》二十首，收诗集《绿烟琐窗集》中。 [8] 红楼：青楼，妓女居处。[9] 校书：原为古代校勘书籍的官名。因为唐人诗中称当时名妓雪涛为"女校书"，后来就成为妓女的尊称。引诗题咏的是《红楼梦》人物，患病的林黛玉，"意

中人”是贾宝玉。袁枚称其为校书，则把林黛玉当做妓女了，说明袁氏对《红楼梦》不熟悉，可能没有看过。 [10] 差：病愈。 [11] 威仪棣棣：仪态端庄。《诗·邶风·柏舟》：“威仪棣棣，不可选也。”威仪，庄重的仪容举止。棣棣，雍容娴雅貌。此当指贾宝玉。 [12] 风流：潇洒的风度。 [13] 绮罗：华贵的丝织品或丝绸衣服。后亦为贵妇、美女的代称。

语译

康熙年间，曹练亭（楝亭）任江宁织造。每次外出，车轿前有八名骑士喝道，他必定带上一本书，观赏玩味不停。有人问：“您为何这样好学？”他答道：“不是好学。我不是地方官，但百姓看见我一定要站起直立，我心里不安，所以藉此遮住耳目罢了。”平素与陈鹏年不合，等到陈获罪，却暗里上疏推荐赞美陈。人们因此敬重他。他儿（孙）子雪芹撰写《红楼梦》一部，完备地记载了男女情事与奢华风气的盛行。我斋读后很是艳美。当时青楼中有某位校书尤其艳丽，我斋题诗云：“病容憔悴胜似桃花，午汗使面色潮红热度升高。还怕意中人看出病情，勉强说今日身体好些了。”“仪态端庄好似山河，大概以潇洒的风度胜过美女的风姿。不似出身低微人家的那样姿态拘束，欢笑的时候少沉默的时候多。”

品评

此条是研究《红楼梦》及曹楝亭、曹雪芹的重要材料。后来的道光刊本《随园诗话》于“备记风月繁华之盛”句后还多了“中有所谓大观园者，即余之随园也”两句（但并不可靠）。尽管此条记载的事实不尽准确，作者对《红楼梦》也未深入了解，但至少可知《红楼梦》为曹雪芹所作，以及当时其为人所熟知的情况。

一三

杭州孙令宜[1]观察[2]，余世交也。女公子云凤[3]，幼聪颖，八岁读书，客出对云："关关雎鸠[4]。"即应声曰："嗈嗈鸣雁[5]。"观察大奇之。和余《留别杭州》诗四首，录其二云："扑帘飞絮一春终，太史[6]归来去又匆。把菊昔为三径客[7]，盟鸥[8]今作五湖[9]翁。囊中有句皆成锦[10]，闺里闻名未识公。遥忆花间挥手别，片帆天外挂长风[11]。""未曾折柳[12]倍留连，纵得重来又来年。远水夕阳青雀舫[13]，新蒲[14]春雨白鸥天[15]。三千歌管[16]归花县[17]，十二因缘[18]属散仙[19]。安得讲筵[20]为弟子，名山随处执吟鞭[21]！"

题解

本条见《随园诗话》卷二。

注释

[1] 孙令宜：孙嘉乐，字令宜，杭州人。曾任四川按察使。 [2] 观察：官名。此指按察使。对道员的尊称。 [3] 云凤：字碧梧，孙嘉乐长女。有诗集《湘筠馆诗》，今已佚。 [4] 关关雎鸠：《诗·周南·关雎》中的首句。关关，鸟鸣声。雎鸠，水鸟名。 [5] 嗈嗈鸣雁：《诗·邶风·匏有苦叶》中的一句。嗈嗈，雁鸣声。 [6] 太史：明清时翰林院的属官。这里指任翰林院庶吉士的袁枚。 [7] 三径客：指隐士。据《三辅决录》载，西汉末年，兖州刺史蒋诩不满王莽专权，称病还乡隐居，在院内辟三径。因指归隐后的居所为"三径"。 [8] 盟鸥：与鸥结成盟友，指归隐。 [9] 五湖：吴越地区的湖泊。说法不一。 [10] 囊中有句皆成锦：据《新唐书》李贺本传，李贺常骑驴出，从小奚奴，背古锦囊，途中得佳句，即书投囊中，及暮归，整理成篇。 [11] 长风：远风。 [12] 折柳：

古人送别时,常折柳枝赠给行人,表示惜别。 [13] 青雀舫:船首画有青雀的舟。指华美的游船。青雀,水鸟名。 [14] 蒲:植物名,香蒲。 [15] 白鸥天:白鸥飞翔,布满天宇。 [16] 歌管:唱歌奏乐。 [17] 花县:泛指县城。晋潘岳为河阳令,遍种桃花,当时有"河阳一县花"的称誉。此指代昔日做县令的袁枚。 [18] 十二因缘:佛家用语,指轮回的理论。 [19] 散仙:放荡不羁、自由闲散的人。此指归隐的袁枚。 [20] 讲筵:讲学的处所。 [21] 吟鞭:诗人的马鞭。

语译

杭州孙令宜观察,我的世交。其女儿云凤,幼时很聪明,八岁读书时,有客人出对子说:"关关雎鸠。"她就应声答道:"嗈嗈鸣雁。"孙观察对此大为惊奇。云凤唱和我的《留别杭州》诗四首,录其二云:"扑打着帘幕的飞絮告示春天结束了,太史归来又匆匆离去。手执菊花当年是位隐士,与鸥结成盟友又做漂游五湖的老翁。古锦囊中有佳句皆成锦绣,我在闺阁里曾闻说您大名却不认识。遥想着花丛里挥手辞别,一片白帆在天外乘着远风而去。""还未曾告别就倍加留连,即使能重新回来也要隔上一年。在远水夕阳下乘着青雀舫,春雨滋润着新蒲,白鸥布满天宇。三千歌妓唱歌奏乐都曾归属昔日的县令,十二因缘今又属于自由闲散的神仙。怎么能在讲筵成为您的弟子,名山处处都手执马鞭吟咏诗句。"

品评

孙云凤为袁枚第二女弟子,屈居席佩兰之后,但浙江女弟子"以孙碧梧为首"(潘素心《湖楼即事呈随园夫子》引袁枚语)。袁枚曾作《二闺秀诗》云:"扫眉才子少,吾得二贤难。鹫岭孙云凤,虞山席佩兰。"可见席、孙在女弟子中的地位非同一般。从所录的孙云凤诗作来看,意境阔大,此盖与其婚前曾从父赴川滇行万里路的阅历有关。

一四

阮亭先生[1]，自是一代名家。惜誉之者，既过其实；而毁之者，亦损其真。须知先生才本清雅，气少排奡[2]，为王、孟、韦、柳[3]则有余，为李、杜、韩、苏[4]则不足也。余学遗山[5]，《论诗》一绝云："清才未合长依傍，雅调如何可诋娸[6]？我奉渔洋如貌执[7]，不相菲薄不相师。"

题解

本条见《随园诗话》卷二。

注释

[1] 阮亭：即王士禛（一六三四——一七一一），又作王士祯，字子真，号阮亭，又号渔洋山人，新城（今山东桓台）人。官至刑部尚书，谥文简。论诗倡导"神韵说"，为康熙诗坛盟主。 [2] 排奡：矫健有力貌。 [3] 王、孟、韦、柳：指唐诗人王维、孟浩然、韦应物、柳宗元。 [4] 李、杜、韩、苏：指唐李白、杜甫、韩愈，宋苏轼。 [5] 遗山：元好问，字裕之，号遗山，金秀容（今山西忻州）人。官至尚书省左司员外郎，金亡不仕。有《遗山集》。集中有《论诗三十首》，对后世影响甚大。 [6] 诋娸：毁谤。 [7] 貌执：以礼貌相待。语出《荀子·尧问》。

语译

阮亭先生，自然是诗坛一代名家。可惜赞扬他的，有些言过其实；而毁谤他的，也损害其真实。应该知道阮亭先生才情本是清新雅致，风格气势却不够矫健有力，写作王维、孟浩然、韦应物、柳宗元风格的诗则绰绰有余，写作李白、杜甫、韩愈、苏轼风格的诗则嫌不足。我学习元遗山，作《论诗》一绝句云："清新的才情不应该长久地模仿，雅致的格调又怎能加以毁谤？我尊奉渔洋山人以礼相待，不予轻视也不加仿效。”

品评

王阮亭为清康熙诗坛执牛耳者，后人褒贬不同，皆走极端，如“归愚、子逊奉若斗山，玙沙、心馀弃若刍狗”（《随园诗话》卷三），就属于“誉之者，既过其实；而毁之者，亦损其真”的代表。袁枚的态度是“不相菲薄不相师”，同题另诗又评王士禛为“一代正宗才力薄”。“一代正宗”指其诗坛地位，“才力薄”即“气少排奡”，认为王氏不擅七古，只可写王孟派神韵悠远之作，而不能为李杜苍健沉雄之什。此论大体不错，王确实有其清才雅调的主体风格，但亦不可绝对化。若评王士禛《蜀道集》，袁枚所谓“蹊径殊小，尚茶洋比部称‘盆景诗’”（《随园诗话》卷七），则并不正确，林昌彝即有“直同香象渡河，岂独羚羊挂角”（《海天琴思录》）的持平之论。

一五

咏物诗无寄托，便是儿童猜谜。读史诗无新义，便成《廿一史弹词》[1]；虽着议论，无隽永之味，又似史赞[2]一派：俱非诗也。余最爱常州刘大猷《岳墓[3]》云：“地下若逢于少保[4]，南朝天子[5]竟生还。”罗两峰[6]咏始皇云：“焚书早种阿房火[7]，收铁还留博浪椎[8]。”周钦来咏始皇云：“蓬莱觅得长生药[9]，眼见诸侯尽入关。”松江徐氏女咏岳墓云：“青山有幸埋忠骨，白铁无辜铸佞臣[10]。”皆妙。尤隽者，严海珊[11]咏张魏公[12]云：“传中功过如何序？为有南轩下笔难。[13]”冷峭蕴藉，恐朱子[14]在九原，亦当干笑。

海珊自负咏古为第一，余读之果然。《三垂冈[15]》云：“英雄立马起沙陀[16]，奈此朱梁跋扈何[17]？赤手难扶唐社稷[18]，连城[19]犹拥晋山河。风云帐下奇儿在，鼓角灯前老泪多。[20]萧瑟三垂冈下路，至今人唱《百年歌》[21]。”

题解

本条见《随园诗话》卷二。

注释

[1]《廿一史弹词》：长篇弹词，明杨慎作。以正史所记事迹为题材，用浅近文言写成。唱文均为十字句，后再系以诗或曲。其一段略似一回，体例与后来的弹词相近，故可视为近世弹词之滥觞。 [2] 史赞：附在史传后面的评语。 [3] 岳墓：南宋抗金将领岳飞之墓，在今杭州西湖畔岳王庙内。 [4] 于少保：明英宗朝兵部尚书、太子少保于谦。正统十年（一四四五），瓦剌首领也先侵扰大同，英宗亲征，在土木堡兵败被俘。一部分大臣主张放弃北京南迁。于谦坚决反对，拥立英宗弟即帝位（景帝），主持军务，击退也先军。景泰元年（一四五〇），也先请和，送回英宗。于谦后被害，昭雪后追封太子少保。 [5] 南朝天子：此处指宋徽宗、宋钦宗。 [6] 罗两峰：名聘，歙县（今属安徽）人。清代画家，有《鬼趣图》，为当时所重。 [7] 焚书早种阿房火：意为秦王朝的灭亡起因于秦始皇焚书。阿房，秦宫名。实未建成。项羽入咸阳，烧秦宫室。 [8] 收铁还留博浪椎：《史记·秦始皇本纪》：秦始皇收天下之兵器聚之咸阳，予以销毁。博浪椎，始皇于二十九年（前二一八）东游至阳武博浪沙，张良令力士操铁锤狙击秦始皇，“误中副车”。 [9] 蓬莱觅得长生药：秦始皇为求长生不死，派人去蓬莱山采不死药草。蓬莱，今属山东烟台。 [10] 铸佞臣：岳飞墓前有铁铸的秦桧、秦妻王氏、张俊、万俟卨四人的跪像。这四人合谋杀害岳飞、岳云父子及大将张宪。佞臣，奸邪谄上之臣。 [11] 严海珊：严遂成，字崧瞻，号海珊，乌程（今浙江湖州）人。雍正进士。有《海珊诗钞》，所作《明史杂咏》，当时

即已风传。[12] 张魏公：即张浚。南宋高宗时任枢密院事，主抗金，曾被贬在外。孝宗时复起，封魏国公。[13]“传中功过”两句：朱熹与张浚子张南轩关系亲密。朱曾撰《张魏公行状》对张浚应负责任的富平之败、符离之败的叙述，措词有所顾虑。[14] 朱子：指朱熹。[15] 三垂冈：又名三垂山，在今山西长治。[16] 英雄立马起沙陀：英雄，指唐西突厥沙陀族人李克用，曾带领沙陀人进攻唐末黄巢军队，迫使黄巢退出长安。唐朝任李克用为河东节度使。[17] 奈此朱梁跋扈何：黄巢军将领朱温，降唐，赐名全忠，先并吞各方割据势力，后杀唐昭宗自称帝，国号梁，建都汴京。朱温降唐后受黄巢攻击，向李克用求救。沙陀军击败黄巢，进入汴州城，却被朱温袭击，从此两人结下深仇。其后朱温势力转强，两次围攻太原，李克用被压缩在河东境内。[18] 赤手难扶唐社稷：在朱温灭唐以后，李克用始终不放弃以拥唐的名义，来取得政治上的主动。[19] 连城：城邑相连。指李克用拥有河东一带，封为晋王。[20]“风云帐下”两句：唐僖宗光启四年（八八八）李克用破孟立方后，置酒三垂冈，令人奏《百年歌》。当时克用长子存勖五岁，在侧，克用指着他说：“吾行老矣，此奇儿也。后二十年，其能代我战于此乎？”[21]《百年歌》：即《百年诗》，乐府诗的一种。

语译

咏物诗如果没有寄情托兴，便是儿童猜谜一样。读史诗如果没有新的含义，便成了《廿一史弹词》；虽然也附有议论，但是没有深长的意味，又好似史赞一派风格：这都不是诗。我最爱常州刘大猷《岳墓》云：“如果岳飞在地下遇到于少保，那么宋徽宗、宋钦宗终究会活着回来的。”罗两峰咏始皇云：“秦始皇焚书早埋下了项羽焚烧阿房宫的火种，收缴兵器但遗留下博浪沙狙击始皇的铁锤。”周钦来咏始皇云：“即使在蓬莱山找到长生不老的仙药不死，那么也会亲眼看见起事的诸侯都杀入函谷关。”松江徐氏女咏岳墓云：“青山有幸埋葬了岳飞等忠臣的尸骨，但白铁无辜却用来浇铸成秦桧等奸臣的塑像。”都写得奇妙。尤其隽永的是严海珊咏张魏公云：“张魏公传记中的功过如何叙述？因为有与其子南轩的亲密关系而觉得下笔为难。”写得冷峭蕴藉，恐怕朱子在九泉之下，也会尴尬地笑。

严海珊自负其咏古诗为第一，我读了觉得确实如此。其《三垂冈》云:“英雄李克用立马崛起于沙陀族，但面对朱温的骄横勇猛又有什么办法呢？空手难以扶持起唐朝的江山，城邑相连只拥有河东一带地盘。风云帐下他的奇儿存勖尚在，鼓角灯前他为衰老而老泪横流。在萧瑟的三垂冈下的路上，至今人们还在唱着《百年歌》。”

品评

此条对读史诗提出要求：一要有“新义”，有独到见解，不可老生常谈；二要有“隽永之味”，含蓄蕴藉，值得咀嚼。如其引证的读史名句“青山有幸埋忠骨，白铁无辜铸佞臣”，流传至今，即极为新颖深刻，耐人寻味。

一六

人或问余以本朝诗谁为第一，余转问其人:《三百篇》[1]以何首为第一？其人不能答。余晓之曰：诗如天生花卉，春兰秋菊，各有一时之秀，不容人为轩轾[2]。音律风趣，能动人心目者，即为佳诗，无所为第一、第二也。有因其一时偶至而论者，如“不愁明月尽，自有夜珠来”一首，宋居沈上[3]，“文章旧价留鸾掖，桃李新阴在鲤庭”一首，杨汝士压倒元、白[4]，是也。有总其全局而论者，如唐以李、杜、韩、白[5]为大家，宋以欧、苏、陆、范[6]为大家，是也。若必专举一人，以覆盖一朝，则牡丹为花王，兰亦为王者之香[7]，人于草木，不能评谁为第一，而况诗乎？

题解

本条见《随园诗话》卷三。

注释

[1]《三百篇》：即《诗经》。 [2] 轩轾：车前高后低叫轩，前低后高叫轾。引申为高低、优劣。此处作动词用。 [3]"不愁明月尽"等句：据《唐诗纪事》卷三《上官昭容》：唐中宗游昆明池，命群臣赋诗，由上官婉儿评定。婉儿认为沈佺期、宋之问两人诗最好。但沈诗落句"微臣雕朽质，羞睹豫章才"，词气已衰，宋诗落句"不愁明月尽，自有夜珠来"，笔力仍然健拔，因此评宋居沈之上。

[4]"文章旧价留鸾掖"等句：据王定保《唐摭言》：唐宝历间，大臣杨嗣复之父杨于陵来到长安。嗣复率领门生迎接，并大宴宾客。元稹、白居易、杨汝士等都在座，即席赋诗。汝士诗最后成，元、白看后为之失色。汝士当日大醉回家，说："今日压倒元、白矣！""文章旧价留鸾掖"两句，是杨诗中警句。鸾掖，鸾台，即门下省。杨曾为中书舍人。鲤庭，《论语·季氏》载，孔鲤"趋而过庭"，遇见其父孔子，孔子教他学诗、学礼。后"鲤庭"为受父训之典。 [5] 李、杜、韩、白：即李白、杜甫、韩愈、白居易。 [6] 欧、苏、陆、范：即欧阳修、苏轼、陆游、范成大。 [7] 兰亦为王者之香：据《琴操》：孔子云："兰者，当为王者香。"王者，帝王，此喻花中无与伦比者。

语译

有人以本朝诗歌谁为第一问我，我反过来问这个人：《诗经》以哪一首为第一？这个人不能回答。我告诉他说：诗歌如天生的花卉，春天的兰花与秋天的菊花，各有一时的秀美，不容勉强地区分高下。诗的音律与风趣，能够打动人的内心，就是好诗，没有所谓的第一、第二。有根据一时偶然的情况而评论的，如"不愁明月会落下，自会有夜明珠来"一首，上官婉儿评宋之问居于沈佺期之上；"杨嗣复的文章还流传于鸾台，其门生又一同领受杨嗣复的父教"一首，杨汝士此诗压倒元稹、白居易，就属此类。有的总览其全局而评论的，如唐代以李、杜、韩、白为大家，宋代以欧、苏、陆、范为大家，就属此类。如果一定要专门举出一个人，用来覆盖一个朝代，那么就像牡丹是花王，兰花也有王者之芳香一样，人对于草木，都不能评谁是第一，何况诗歌呢？

品评

此诗推重"佳诗"风格的多样性，"如天生花卉，春兰秋菊，各有一时之秀，不容人为轩轾"。"佳诗"的标准是"音律风趣，能动人心目者"，或曰"其言动心，其色夺目，其味适口，其音悦耳，便是佳诗"（《随园诗话补遗》卷二），亦即所谓"'诗可以兴'，以其最易感人也"（《随园诗话》卷十二）。在"感人"的前提下，则允许诗的风格百花齐放，而不必人为地对其比较优劣。清代诗坛有唐宋之争，于唐宋之诗亦"人为轩轾"。袁枚主张兼融唐宋，并不对唐宋诗总体强分高下，同样对于唐宋之个别诗人亦不强分"谁为第一"。这正是袁枚论诗的圆通高明之处。

一七

阮亭《池北偶谈》[1]笑元、白作诗，未窥盛唐[2]门户。此论甚谬。桑弢父[3]讥之云："大辩才从觉悟馀[4]，香山居士老文殊[5]。渔洋[6]老眼披金屑[7]，失却光明大宝珠。"余按：元、白在唐朝所以能独竖一帜者，正为其不袭盛唐窠臼[8]也。阮亭之意，必欲其描头画角[9]若明七子[10]，而后谓之窥盛唐乎？要知唐之李、杜、韩、白，俱非阮亭所喜。因其名太高，未便诋毁；于少陵亦时有微词，况元、白乎？阮亭主修饰，不主性情。观其到一处必有诗，诗中必用典，可以想见其喜怒哀乐之不真矣。或问："宋荔裳[11]有'绝代消魂王阮亭'之说，其果然否？”余应之曰：“阮亭先生非女郎，立言当使人敬，使人感且兴，不必使人消魂也。然即以消魂论，阮亭之色，亦并非天仙化人[12]，使人心惊者也。不过一良家女，五官端正，吐属[13]清雅；又能加宫中之膏沐，熏海外之名香，倾动一时，原不为过。其修词琢句，大概捃摭[14]于大历十子[15]、宋元名家，取彼碎金，成我风格，恰不沾沾于盛唐，蹈七子习气，在本朝自当算一家数。奈归愚、子逊[16]奉若斗山，玙沙、心馀[17]弃若刍狗[18]，余以为皆过也。”

题解

本条见《随园诗话》卷三。

注释

[1]《池北偶谈》：清诗人王士禛（号阮亭）所著笔记。 [2] 盛唐：一般以开元到大历为盛唐。 [3] 桑弢父：清学者桑调元，字弢甫，一字伊佐，钱塘（今杭州）人。雍正进士，官工部主事，引疾归。讲学泺阳书院。有《论语说》《弢甫集》。 [4] 大辩才从觉悟馀：白氏的诗才是从悟通禅理而来的。辩才，佛教语，指义理圆通，言词流畅。觉悟，佛教用语，从世俗的迷惘中醒悟过来。白居易晚年笃信佛教，故云。 [5] 文殊：即文殊师利，佛教菩萨名。 [6] 渔洋：王士禛号渔洋山人。 [7] 老眼披金屑：指眼睛被金屑遮迷，看不清东西。《五灯会元·临济义玄禅师》：“金屑虽贵，落眼成翳。” [8] 窠臼：旧式门上承受转轴的臼形小坑。比喻陈旧的格调。 [9] 描头画角：刻意模仿。 [10] 明七子：指明代前七子李梦阳、何景明等与后七子李攀龙、王世贞等复古格调派。

[11] 宋荔裳：宋琬号荔裳，清初诗人。与施润章齐名，称为“南施北宋”。有《安雅堂全集》。 [12] 化人：仙人。 [13] 吐属：谈吐。 [14] 捃摭：搜集，采集。

[15] 大历十子：唐诗人卢纶、吉中孚、林翃、钱起、司空曙、苗发、崔峒、耿玮、

夏侯审、李端称为大历十子。 [16] 归愚、子逊：清格调派代表沈德潜号归愚，清诗人许廷荣字子逊。 [17] 玙沙、心馀：钱琦号玙沙，蒋士铨字心馀。[18] 刍狗：草扎的狗，古人祭祀时的用物，祭后则弃之于地。借以喻无用之物。《老子》："天地不仁，以万物为刍狗。"

题解

本条见《随园诗话》卷三。

语译

阮亭先生《池北偶谈》讥笑元稹、白居易作诗，没有摸着盛唐诗的门径。这个说法很荒谬。桑弢父讥讽他说："出色的诗才是从悟通禅理而来的，香山居士就如同是文殊师利菩萨。渔洋山人老眼被金屑遮迷，看不见明亮的大宝珠。"我查考：元稹、白居易在唐朝能独竖一帜的原因，正是因为他们不模仿盛唐诗的陈旧格调。按阮亭先生的意思，一定要他们刻意模仿明七子，这才算是摸着盛唐诗的门径吗？应该知道唐代的李白、杜甫、韩愈、白居易，都不是阮亭先生所喜爱的。只是因为他们名声太高，而不便于诋毁；他对于杜甫也时有隐晦的批评，何况元稹、白居易呢？而阮亭重视修饰词句，不重视抒写性情。看他到一个地方就一定写诗，诗中一定用典故，可以想见他的喜怒哀乐并不真实。有人问：宋荔裳有"绝代销魂王阮亭"的说法，这是真的吗？我回答他说："阮亭先生不是女郎，立言应当使人尊敬，不需要使人销魂。就是以销魂来说，阮亭的词藻并不是像天仙，使人心中惊艳的那样。不过是像一位良家女子，五官还端正，谈吐清新文雅；又能涂抹宫中的脂粉，熏海外的名香，能引起一时的震动，亦不过分。他的修饰琢句，大概从大历十子中采集，并拾取宋元名家的碎金，铸成自己的风格，而恰恰没有学习盛唐诗人，蹈袭明七子习气，如此在本朝算是自成一家。无奈的是沈归愚、许子逊奉之若泰山、北斗，钱玙沙、蒋心馀弃之若猪狗，我认为这都过分了。"

品评

此条批评王士禛，可与前面有关条目相参照。吴乔曾讥王士禛是“清秀李于鳞”(《答万季埜诗问》)，即与明后七子李攀龙（字于鳞）同为模拟盛唐的复古者，只是王模拟王孟“清秀”一格而已。袁枚批评王“主修饰，不主性情”，虽然言之过苛，但未尝没道出王某些诗的弊病。袁枚论诗主性灵，反对模拟复古，因此对王士禛的评价始终留有馀地。

一八

诗虽奇伟，而不能揉磨入细，未免粗才。诗虽幽俊，而不能展拓开张，终窘[1]边幅[2]。有作用[3]人，放之则弥六合[4]，收之则敛方寸[5]，巨刃摩天[6]，金针刺绣[7]，一以贯之[8]者也。诸葛躬耕草庐，忽然统师六出[9]；蕲王中兴首将，竟能跨驴西湖[10]：圣人用行舍藏[11]，可伸可屈，于诗亦可一贯。书家北海如象，不及右军如龙[12]，亦此意耳。余尝规[13]蒋心馀云：“子气压九州矣，然能大而不能小，能放而不能敛，能刚而不能柔。”心馀折服曰：“吾今日始得真师。”其虚心如此。

题解

本条见《随园诗话》卷三。

注释

[1] 窘：狭隘。 [2] 边幅：原指织物的幅面宽度。这里借指诗文意境的深广度。《新唐书》：“张九龄如轻缣素练，实济时用，而窘边幅。” [3] 作用：努力用心。

[4] 弥六合：充塞天地四方。 [5] 敛方寸：收缩于一寸见方之地。 [6] 巨刃摩天：比喻风格雄劲。语出韩愈《调张籍》："巨刃磨天扬。" [7] 金针刺绣：比喻风格纤巧。化用元好问《论诗》之三"鸳鸯绣了从教看，莫把金针度与人"语。 [8] 一以贯之：用一个根本性的事理贯通事情的始末。 [9] "诸葛躬耕"两句：三国时蜀国诸葛亮原来躬耕于南阳草庐，后来辅佐刘备及其子，为了统一中国，曾六次出师祁山进攻魏国。 [10] "蕲王中兴"两句：宋代中兴名将蕲王韩世忠力抗金兵，但自岳飞被害、和议成功以后，杜门谢客，口不言兵，常跨驴携酒，纵游西湖以自乐。 [11] 用行舍藏：《论语·述而》："用之则行，舍之则藏。"用，被任用；行，出仕。舍，不被任用；藏，退隐。 [12] "书家北海如象"两句："右军如龙，北海如象"，董其昌《跋李北海缙云三帖》中语。北海，唐李邕，官北海太守。右军，晋王羲之，官右军将军。象，比喻字体的凝重、稳当。龙，比喻字体的夭矫多变。 [13] 规：规劝，规谏。

语译

诗歌虽然要奇特壮美，但不能琢磨达到细腻，未免还是粗俗之才。诗歌虽然要幽深俊逸，但不能开阔恢宏，终究意境狭窄。用心写作的诗人，开放时则气势充塞天地四方，收缩时则收敛在方寸之地，既像巨刃摩天，又似金针刺绣，这是贯通创作始末的真谛。诸葛亮原来躬耕于南阳草庐，后来却六次出师祁山进攻魏国；蕲王韩世忠原是中兴名将，晚年竟能跨驴携酒，纵游西湖：孔圣人所谓"被任用则出仕，不被任用就退隐"，可伸可屈，此理于诗也可贯穿创作始末。书法家李北海书法如大象般稳重，却不及王右军书法如蛟龙般多变，也是这个意思。我曾规劝蒋心馀说："你的诗歌气势可压九州，但是能大而不能小，能开放而不能收敛，能阳刚而不能阴柔。"蒋心馀听后表示折服说："我今天才得到真正的老师。"他就这样虚心。

品评

此条讲诗歌创作的艺术辩证法，即诗要能大能小，能放能敛，能刚能柔。其目的是反对一味"奇伟"之"粗才"不能"揉磨入细"。盖诗过粗，过刚，难以深入人心，难以达到“感人”的效果。为论证此理，以诸葛亮与韩世忠之“用行舍藏”的人生，及“书家北海如象，不及右军如龙”的书法特点为喻，出人意外，奇特新颖。

一九

谚云：“死棋腹中有仙着[1]。”此言最有理。余平生得此益，不一而足；要之，能从人而不徇人[2]，方妙。乐取于人以为善，圣人也；无稽之言勿听[3]，亦圣人也。作史三长：才、学、识，缺一不可。余谓诗亦如之，而识最为先，非识，则才与学俱误用矣。北朝徐遵明[4]指其心曰：“吾今而知真师之所在。”其识之谓欤！

题解

本条见《随园诗话》卷三。

注释

[1] 死棋腹中有仙着：喻心有奇计可挽救败局。翟灏《通俗编·识馀》：“死棋肚里有仙着，强将手下无弱兵。” [2] 不徇人：不曲从他人。 [3] 无稽之言勿听：没有根据的话不听。语出《书·大禹谟》。 [4] 徐遵明：字子判，北朝后魏华阴（今陕西渭南）人。经学家。据《魏书·徐遵明传》，徐少孤，好学。数次投师都不卒业而去，指其心曰：“吾今知真师之所在矣！”于是苦读深思，六年不出门院，后来博通诸经。

语译

谚语说："遇到死棋而心里有挽救败局的奇招。"此言最有道理。我平生从中得到益处，不是一次两次；重要的是能听从人家的建议，但不曲从他人的看法,这样才好。乐于听取别人的意见认为是对的,这是圣人;没有根据的话不听,也是圣人。写作历史有三个条件:才、学、识，缺一不可。我说作诗也像这样,但见识最为首要，没有识见，那么才能与学问都将误用。北朝徐遵明曾指着自己的心口说:"我今天才知道真师在什么地方！"他是在说识见啊!

品评

作诗如作史，"才、学、识，缺一不可"，"而识最为先，非识，则才与学俱误用矣"，此乃承袭唐代史学家刘知几的观点。所谓"识"即"不徇人"，有独到的见解，独立的人格。此乃从性灵说之个性论角度立论。袁枚又说过"作诗如作史也，才、学、识三者宜兼，而才为尤先"，"诗人无才不能役典籍，运心灵，才之不可已也如是夫！"(《蒋心馀藏园诗序》)又似与此条诗论相悖。盖此是从性灵说之诗才论角度立论，出发点不同，故侧重点也不同。

二〇

杭州赵钧台买妾苏州。有李姓女,貌佳而足欠裹。赵曰:"似此风姿，可惜土重。"土重者，杭州谚语，脚大也。媒妪曰:"李女能诗，可以面试。"赵欲戏之，即以《弓鞋[1]》命题。女即书云:"三寸弓鞋自古无，观音大士[2]赤双趺[3]。不知裹足从何起，起自人间贱丈夫！"[4]赵悚然[5]而退。

题解

本条见《随园诗话》卷四。

注释

[1] 弓鞋：旧时缠足妇女穿的鞋。 [2] 观音大士：佛教菩萨名。 [3] 趺：脚。
[4] 此诗后收黄秩模编《国朝闺秀柳絮集》，作者为江苏李氏。 [5] 悚然：恐惧貌。

语译

杭州人赵钧台到苏州买小妾。有位姓李的女子，相貌不错但脚缠裹得嫌大。赵说："似这样的风姿是不错，可惜土重。"土重，是杭州谚语，脚大的意思。媒婆说："李女会作诗，可以当面试试。"赵想调戏李女，就以《弓鞋》命题。李女当即写道："三寸弓鞋自古是没有的，观音大士也是赤着双脚的。不知道裹足从哪儿开始的，大概起自人间的贱男人！"赵吓得赶紧告退。

品评

缠足是封建社会对妇女的严重伤害，却成为风气，并造就了像赵钧台这样的恋足癖患者。李姓女没有受此恶习影响，保持了天然双足，难能可贵。而面对赵氏的无耻挑衅，更以其不凡的诗才赋诗斥之为"人间贱丈夫"，可谓痛快淋漓。袁枚虽未发一句评论，但其褒贬不言而喻，而且于赵氏颇有幸灾乐祸之意。

二一

人有满腔书卷，无处张皇[1]，当为考据之学，自成一家；其次，则骈体文，尽可铺排。何必借诗为卖弄？自《三百篇》至今日，凡诗之传者，都是性灵[2]，不关堆垛[3]。惟李义山[4]诗，稍多典故，然皆用才情驱使，不专砌填也。余续司空表圣《诗品》[5]，第三首便曰《博习》[6]，言诗之必根于学，所谓“不从糟粕[7]，安得精英[8]”是也。近见作诗者，全仗糟粕，琐碎零星，如剃僧发，如拆袜线，句句加注，是将诗当考据作矣。虑吾说之害之也，故续元遗山《论诗》[9]，末一首云：“天涯有客[10]号诊痴[11]，误把抄书当作诗。抄到钟嵘《诗品》[12]日，该他知道性灵时。”

题解

本条见《随园诗话》卷五。

注释

[1] 张皇：炫耀，显扬。 [2] 性灵：性情与灵机。袁枚《钱玙沙先生诗序》：“今人浮慕诗名而强为之，既离性情，又乏灵机。” [3] 堆垛：指堆砌典故。 [4] 李义山：唐诗人李商隐，字义山。 [5] 余续司空表圣《诗品》：唐司空图字表圣，著有《诗品》一卷，论列诗的风格，分为“雄浑”“冲淡”等二十四品。袁枚作《续诗品》，小序云：“余爱司空表圣《诗品》，而惜其只标妙境，未写苦心，为若干首续之。” [6]《博习》：全诗如下：“万卷山积，一篇吟成。诗之与书，有情无情。钟鼓非乐，舍之何鸣？易牙善烹，先羞百牲。不从糟粕，安得精英？曰不关学，终非正声。” [7] 糟粕：酒渣，喻事物粗劣无用的部分。但这里指书籍。《庄子·天道》，轮扁认为圣人已死，桓公所读只是“古人之糟魄（粕）”。 [8] 精英：即精华。 [9] 元遗山《论诗》：元好问（遗山）有《论诗三十首》。 [10] 客：此为对人客气的称呼。实指翁方纲。 [11] 诊痴：古代方言，称没有才学而好夸耀的人为“诊痴符”。此实指翁方纲。 [12] 钟嵘《诗品》：南朝梁钟嵘著有《诗品》三卷。主张诗吟咏性情，自然英旨，反对专用典故，专讲声律。与袁枚性灵说有相同之处。

语译

人有满腔的书卷，没地方炫耀，应当去做考据的学问，可以自成一家；其次，就去作骈体文，尽可以去铺排典故。何必借写诗作为卖弄的方法？自《诗经》至今日，凡是诗歌作品能流传下来的，都是抒写性情与灵机，与堆砌典故无关。只有李义山诗，典故稍微多些，但都运用才情，不是专门堆砌填塞。我续作司空表圣《诗品》，第三首便是《博习》，说诗歌一定要以学问为根柢，所谓“不跟随糟粕，从哪里得到精华”就是这个意思。近来看见作诗的人，全靠糟粕，琐碎零星，如剃和尚的头发，如拆袜子的线头，句句诗都加注释，这是把诗当作考据了。担心我的说法害了他们，所以续作元遗山《论诗》，最后一首说：“天涯有客号为诊痴符，错误地把抄书当作诗了。如果抄到钟嵘《诗品》的日子，该是他知道什么是性灵的时候了。”

品评

乾嘉时期汉学考据之风盛行，乃有翁方纲等一批考据家、经学家大张“学人之诗”旗帜。他们“以学为诗”，则与性灵说所标举的真情、个性、诗才无关，“所谓学人之诗，读之令人不欢”（《随园诗话》卷四），无诗味可言。因此袁枚讥讽其“当为考据之学”，无须“借诗为卖弄”。袁枚正面揭橥的是：“自《三百篇》至今日，凡诗之传者，都是性灵，不关堆垛。”并引其《续诗品·博习》与仿元遗山论诗绝句，予以充分论证。袁枚虽然反对以学为诗，但并不排斥“诗之必根于学”，诗人要有学问素养，亦不完全否定用典故，于用典主张“用才情驱使”，而且要如盐着水，不见堆垛、砌填痕迹。袁枚诗论之圆通由此可见一斑。

二二

抱韩、杜[1]以凌人，而粗脚笨手者，谓之权门托足[2]。仿王、孟[3]以矜高[4]，而半吞半吐者，谓之贫贱骄人。开口言盛唐及好用古人韵者，谓之木偶演戏。故意走宋人冷径[5]者，谓之乞儿搬家。好叠韵[6]、次韵[7]，刺刺不休[8]者，谓之村婆絮谈。一字一句，自注来历者，谓之骨董[9]开店。

题解

本条见《随园诗话》卷五。

注释

[1] 韩、杜：唐诗人韩愈、杜甫。 [2] 托足：托身，立脚。 [3] 王、孟：唐诗人王维、孟浩然。 [4] 矜高：高傲自大。 [5] 宋人冷径：此指作诗用宋代冷僻的典故材料。 [6] 叠韵：此指赋诗重用前韵。 [7] 次韵：亦称步韵，和诗的一种方式，就是依次用原韵、原字按原次序相和。 [8] 刺刺不休：话很多的样子。 [9] 骨董：即古董。原指古器物，此指买卖、鉴赏古玩的人。

语译

抱着韩愈、杜甫以势压人，但粗脚笨手者，可说是托身于豪门。模仿王维、孟浩然以高傲自大，但半吞半吐者，可说是以贫贱傲视他人。开口就说盛唐诗以及好用古人韵者，可说是木偶演戏。作诗故意用宋代冷僻的典故材料者，可说是乞丐搬家。好叠韵、次韵，话很多者，可说是乡村老妇唠唠叨叨地闲扯。诗的一字一句，都自己注释来历者，可说是买卖古玩的人开店。

品评

此条以生动通俗的比喻为清代诗坛各派与各类诗人画像："权门托足"喻宗唐诗人，"贫贱骄人"喻神韵派诗，"木偶演戏"喻格调派诗，"乞儿搬家"喻浙派诗，"村婆絮谈"喻摹拟古人声律者，"骨董开店"喻以考据为诗的肌理派。真乃妙语解颐，又发人深思。

二三

诗人家数[1]甚多，不可硁硁[2]然域[3]一先生之言，自以为是，而妄薄前人。须知王、孟[4]清幽，岂可施诸边塞？杜、韩[5]排奡[6]，未便播之管弦。沈、宋[7]庄重，到山野则俗。卢仝[8]险怪，登庙堂则野。韦、柳[9]隽逸，不宜长篇。苏、黄[10]瘦硬，短于言情。悱恻芬芳[11]，非温、李、冬郎[12]不可。属词比事[13]，非元、白、梅村[14]不可。古人各成一家，业已传名而去。后人不得不兼综条贯，相题行事。虽才力笔性，各有所宜，未容勉强；然宁藏拙[15]而不为则可，若护其所短，而反讥人之所长，则不可。所谓以宫笑角[16]、以白诋青者，谓之陋儒。范蔚宗[17]云：“人识同体[18]之善，而忘异量[19]之美。此大病也。”蒋苕生[20]太史[21]《题〈随园集〉》云：“古来只此笔数枝[22]，怪哉公[23]以一手持。”余虽不能当此言，而私心窃向往之。

题解

本条见《随园诗话》卷五。

注释

[1] 家数：风格流派。 [2] 硁硁：浅陋固执。 [3] 域：局限。 [4] 王、孟：唐诗人王维、孟浩然。 [5] 杜、韩：唐诗人杜甫、韩愈。 [6] 排奡：矫健有力。 [7] 沈、宋：唐诗人沈佺期、宋之问。 [8] 卢仝：唐诗人。 [9] 韦、柳：唐诗人韦应物、柳宗元。 [10] 苏、黄：宋诗人苏轼、黄庭坚。 [11] 悱恻芬芳：指忧思抑郁而令人感动。芬芳，比喻美好的德行。 [12] 温、李、冬郎：唐诗

人温庭筠、李商隐、韩偓。 [13] 属词比事：连缀词句，排比史实。语出《礼记·经解》。 [14] 元、白、梅村：唐诗人元稹、白居易，清诗人吴伟业（号梅村）。 [15] 藏拙：掩藏拙劣。常用作自谦之辞。 [16] 以宫笑角：以宫音讥笑角音。宫、角，古代五声音阶的第一音级、第三音级。 [17] 范蔚宗：名晔，南朝宋顷阳（今河南邓县）人。《后汉书》的作者。 [18] 同体：同一形体。此指相同的风格。 [19] 异量：不同规格。此指不同风格。 [20] 蒋苕生：蒋士铨一字苕生。 [21] 太史：翰林院属官。 [22] 笔数枝：指代多种风格。 [23] 公：指袁枚。

语译

诗人的风格流派很多，不可以浅陋固执地局限于一位文人学者之言，自以为是，而随便地菲薄前人。要知道王维、孟浩然诗的清幽，怎可施加在边塞诗上？杜甫、韩愈诗的矫健有力，不适合用管弦乐器演奏。沈佺期、宋之问诗的庄重，放到民间就变得俗气。卢仝诗的险怪，进入朝廷就变得粗野。韦应物、柳宗元诗的俊秀飘逸，不适宜作长篇。苏轼、黄庭坚诗的瘦硬，不擅长言情。忧思抑郁而令人感动的诗，非温庭筠、李商隐、韩偓不可。连缀词句、排比史实的诗，非元稹、白居易、吴伟业不可。古代诗人各成一家，已经传名而离去。后来的人不能不综合条理，看题下笔。虽然才力笔调，各有所适宜的，不容勉强；但是藏拙而不为是可以的，如果掩盖自己的短处，反而讥讽他人的长处，就不可以。所谓用宫音讥笑角音，用白色诋毁青色，可称其为见识浅陋的儒生。范蔚宗说："人往往知道同一形体的好，而不知道不同规格的美。这是大毛病。"蒋苕生太史《题〈随园集〉》说："自古以来只有这几种风格，奇异的是您一手都掌握了。"我虽然不能承当此言，但私下里暗暗向往。

品评

此条列举唐宋与清诗坛大家各自擅长的艺术风格，如"清幽""排奡""庄重""险怪""隽逸""瘦硬""悱恻芬芳""属词比事"，概括准确，亦具有典型意义，而且既点出其"家数"之美，亦揭示其家数之短。后人面对古人之"家数甚多"的多元艺术格局，不可盲目摹拟，而应"相题行事"，根据自己的"才力笔性”有所选择，“未容勉强”，若不“藏拙”，难免贻笑大方。而且对自己不喜欢的“家数”要持宽容态度，不可“忘异量之美”。扬长避短，不排斥他人，才能构筑万紫千红的诗苑。

二四

王荆公[1]作文，落笔便古；王荆公论诗，开口便错。何也？文忌平衍[2]，而公天性拗执[3]，故琢句选词，迥不犹人。诗贵温柔[4]，而公性情刻酷[5]，故凿险缒幽[6]，自堕魔障[7]。其平生最得意句云：“青山扪虱坐，黄鸟挟书眠。”[8]余以为首句是乞儿向阳，次句是村童逃学。然荆公恰有佳句，如：“近无船舫犹闻笛，远有楼台只见灯。”[9]可谓生平杰作矣。

题解

本条见《随园诗话》卷六。

注释

[1] 王荆公：王安石（一〇二一—一〇八六），字介甫，晚号半山，临川（今江西抚州）人。宋神宗时任宰相，封荆国公。有《临川集》。散文为唐宋八大家之一。所作诗“既能险绝，复归平正”（孙过庭语）。 [2] 平衍：平铺直叙，缺少变化。 [3] 拗执：固执倔强。 [4] 温柔：温和柔顺。 [5] 刻酷：苛刻、严酷。 [6] 凿险缒幽：比喻追求峻险幽奇的艺术境界。 [7] 魔障：佛教语，指修身成事的障碍、磨难。 [8]“青山扪虱坐”两句：引诗为断句，见宋叶梦得《石林诗话》。 [9]“近无船舫犹闻笛”两句：见《次韵平甫金山会宿寄亲友》。

语译

王荆公作文，落笔便古板；王荆公论诗，开口便错误。为什么呢？文章忌讳平铺直叙，缺少变化，而荆公天性固执倔强，所以雕琢挑选词句，与他人大不相同。诗歌贵在温和柔顺，但荆公性情苛刻严酷，所以要追求峻险幽奇的艺术境界，自堕入魔障。他平生最得意的诗句云："面对青山摸着虱子而坐，听着黄鸟啼鸣挟着书卷睡着了。"我认为首句是乞丐晒太阳，次句是村童逃学。但荆公却有佳句，如："附近没有船舫仍听到笛声，远处有楼台但只看见灯火。"可以说是其平生的杰作了。

品评

袁枚论诗，主细反粗，主柔反硬，故王荆公诗不为其喜好。袁枚于文反对"平衍"，所以对王作文"迥不犹人"则予一定的肯定，对王诗亦不一笔抹杀，因其"佳句"境界含蓄，耐人咀嚼，启发人想象，所以誉为"生平杰作"。

二五

凡作诗，写景易，言情难。何也？景从外来，目之所触，留心便得；情从心出，非有一种芬芳悱恻之怀，便不能哀感顽艳[1]。然亦各人性之所近：杜甫长于言情，太白不能也；永叔[2]长于言情，子瞻[3]不能也。王介甫[4]、曾子固[5]偶作小歌词[6]，读者笑倒，亦天性少情之故。

题解

本条见《随园诗话》卷六。

注释

[1] 哀感顽艳：内容悲伤，文词艳丽。 [2] 永叔：宋文学家欧阳修，字永叔。

[3] 子瞻：宋文学家苏轼，字子瞻。 [4] 王介甫：宋文学家王安石，字介甫。

[5] 曾子固：宋古文家曾巩，字子固。 [6] 小歌词：按谱填写的短篇歌词。

语译

凡是作诗，写景容易，抒情艰难。景致从外面来，是眼睛所接触的，留心就会得到；感情从内心出来，不是有一种忧思抑郁与美好的情怀，就不能内容悲伤，文词艳丽。但也是各人性情所接近的：杜甫擅长抒情，李太白不能；永叔擅长抒情，子瞻不能。王介甫、曾子固偶尔作小歌词，读者会笑倒，也是天性少情的缘故。

品评

“写景易，言情难”，道出诗歌创作真谛。因为景是客观存在，随时可描摹。而情是主观意识，藏在心中，并非时时具备，而且亦并非任何性情都能感人，唯有“芬芳悱恻之怀”，即抑郁动人之情化为诗才能“哀感顽艳”。而且写情与人天性有关，“天性少情”或不易动情者亦难有感人之作。

二六

司空表圣[1]论诗，贵得味外味[2]。余谓今之作诗者，味内味[3]尚不能得，况味外味乎？要之，以出新意、去陈言为第一着。《乡党》云：“祭肉[4]不出三日，出三日，则不食之矣。”能诗者，其勿为三日后之祭肉乎！

题解

本条见《随园诗话》卷六。

注释

[1] 司空表圣：唐司空图，字表圣。著《诗品》。 [2] 味外味：苏轼《志林》："司空表圣自论其诗，以为得味外味。"指诗文言辞之外的意境、情味。 [3] 味内味：针对"味外味"而言。指诗文言辞本身表现的意境、情味。 [4] 祭肉：古代祭祀供奉之肉。

语译

司空表圣论诗，认为要崇尚味外味。我认为今天作诗的人，味内味还不能做到，何况味外味呢？要之，诗以表达新意、去掉陈言为第一着。《乡党》云："祭祀供奉之肉不能超过三天，超过三天，就不能吃了。"能写诗的人，不要做超过三天的祭肉啊！

品评

"味外味"是诗歌的魅力所在，具备"言有尽而意无穷"的审美效果。诗要有"味外味"，必须"出新意、去陈言"，即立意要新，文辞亦要新。陆机《文赋》所谓"谢朝华于已披，启夕秀于未振"，果蔬、祭肉新鲜才有滋味，诗歌亦不例外。所以新鲜有味乃性灵说的要旨之一。

二七

"博士卖驴，书券三纸，不见'驴'字。"[1] 此古人笑好用典者之语。余以为用典如陈设古玩，各有攸宜[2]：或宜堂，或宜室，或宜书舍，或宜山斋[3]；竟有明窗净几，以绝无一物为佳者，孔子所谓“绘事后素”[4]也。世家大族，夷庭高堂[5]，不得已而随意横陈，愈昭名贵。暴富儿自夸其富，非所宜设而设之，置械窬[6]于大门，设尊罍[7]于卧寝，徒招人笑。吴西林[8]云:“诗以意为主,以辞采为奴婢。苟无意思作主，则主弱奴强，虽僮指[9]千人，唤之不动。古人所谓诗言志[10]，情生文，文生韵，此一定之理。今人好用典，是无志而言诗；好叠韵，是因韵而生文；好和韵，是因文而生情。儿童斗草，虽多亦奚[11]以为！”

题解

本条见《随园诗话》卷六。

注释

[1]“博士卖驴”等句:语见《颜氏家训·勉学》。指作文堆砌典故,废话连篇。博士，学官名。书券,书写契约。 [2]攸宜:所宜。 [3]山斋:山中居室。 [4]绘事后素:语见《论语·八佾》。意即绘画先要有纯白的质地，然后加上色彩。 [5]夷庭高堂:平正的华屋。 [6]械窬:便桶。 [7]尊罍:酒器。 [8]吴西林:吴颖芳，字西林，号树虚，仁和（今浙江杭州）人。清代音韵学家。 [9]僮指:僮仆、奴婢。 [10]诗言志:诗歌是表达人的志意的。语见《尚书·尧典》。 [11]奚:何。

语译

“博士卖驴，写了三张纸的契约，不见‘驴’字。”这是古人笑话喜欢用典故者的话。我以为，用典如同陈设古玩，各有所宜:或宜厅堂，或宜居室，或宜书房，或宜山斋;竟然还有明窗净几，以全然没有一物为佳者，孔子所谓“绘画之事后于素”。世家大族，平正的华屋，无可奈何而随意横躺着，愈加显示出名贵。暴富儿自夸其富裕，不宜设置的东西却乱设置，把便桶置于大门口，把酒器放在卧室，只是招人嘲笑。吴西林说："诗以意思为主人，以词采为奴婢。如果没有意思做主人，那么主弱奴强，即使有僮仆千人，但使唤不动。古人所谓诗言志，情生文，文生韵，这是必然的道理。现在人好用典故，这是没有情志而作诗；好叠韵，这是因韵而生文；好和韵，这是因文而生情。如同儿童斗草玩耍，即使草很多，又用它们来做什么呢？"

品评

此条以"陈设古玩"比喻用典之道，甚是有趣。用典贵在恰当，用得恰到好处，有时甚至"以绝无一物为佳"，即不用典更佳。用典忌讳的是非所宜而用，如同于大门处置马桶，在卧室里放酒器，徒招人笑。关键在于"诗以意为主，以辞采为奴婢"，或如袁枚自己所说："意似主人，辞如奴婢。主弱奴强，呼之不至。"（《续诗品·崇意》）意即诗人的情志，是"主人"；典故辞采是为抒写情志服务的，是"奴婢"。如果只是"好用典"，而不能表现情志，则"喧奴夺主"，无诗可言，"虽多亦奚以为"！

二八

诗分唐、宋，至今人犹恪守。不知诗者，人之性情；唐、宋者，帝王之国号。人之性情，岂因国号而转移哉？亦犹道者人人共由之路，而宋儒[1]必以道统[2]自居，谓宋以前直至孟子，此外无一人知道者。吾谁欺？欺天乎？七子[3]以盛唐自命，谓唐以后无诗，即宋儒习气语。倘有好事者，学其附会[4]，则宋、元、明三朝，亦何尝无初、盛、中、晚之可分乎？节外生枝，顷刻一波又起。《庄子》曰："辨生于末学。"[5]此之谓也。

题解

本条见《随园诗话》卷六。

注释

[1] 宋儒：宋代理学家。 [2] 道统：宋明理学家称儒家学术思想系统为道统。[3] 七子：明代前七子李梦阳、何景明等与后七子李攀龙、王世贞等，鼓吹“诗规盛唐”。 [4] 附会：生拉硬扯，把两种没关系的事联系在一起。 [5] 辨生于末学：引文见韩愈《读墨子》，今《庄子》未见。辨，通“辩”，争论。末学，没有根基的学识。

语译

诗歌界分唐代与宋代，至今人们还在恪守。不知道诗歌是人的性情，唐、宋是帝王的国号。人的性情，怎么会因国号不同而转移呢？就像道是人人共同经过的路，但宋儒必以承担道统自居，认为宋代以前直至孟子，此外没有一个人知道道的。我欺骗谁，欺骗老天吗？明七子以诗规盛唐自命，说唐代以后没有诗，就是宋儒习气的话。如果有喜欢生事的人，学习他们生拉硬扯，那么宋、元、明三朝，也何尝不可以界分为初、盛、中、晚呢？节外生枝，顷刻间一波又兴起。《庄子》说：“争辩生于没有根基的学识。”说的就是这个。

品评

自南宋以来，唐宋诗之争一直延续不断，至清代尤其激烈。袁枚反对唐宋之争，而主张唐宋兼融，论诗不以朝代为标准，而以诗工拙为准的。明七子与清沈德潜格调派，片面推崇盛唐，而贬斥宋诗，即是按朝代论诗的代表。袁枚说：“诗者，人之性情；唐、宋者，帝王之国号。人之性情，岂因国号而转移哉？”可谓诛心之论。

二九

为人，不可以有我[1]，有我则自恃很用[2]之病多；孔子所以“无固”“无我”[3]也。作诗，不可以无我[4]，无我则剿袭[5]敷衍[6]之弊大；韩昌黎[7]所以“惟古于词必己出”[8]也。北魏祖莹[9]云：“文章当自出机杼[10]，成一家风骨，不可寄人篱下[11]。”

题解

本条见《随园诗话》卷七。

注释

[1] 有我：此指品行方面缺点，自以为是，强调自我。 [2] 自恃很用：自负、刚愎自用。 [3] 无固：不固执。无我：不自以为是。 [5] 剿袭：剽窃他人言说为己用。 [6] 敷衍：铺陈发挥。 [7] 韩昌黎：文学家唐韩愈，祖籍河北昌黎，世称韩昌黎。 [8] 惟古于词必己出：见韩愈《南阳樊绍述墓志铭》：“惟古于词必己出，降而不能乃剽贼。” [9] 祖莹：字符珍，北魏范阳人。累迁车骑大将军。以文学见重于当时。 [10] 自出机杼：比喻写文章要有自己独创构思与风格。机杼，本指织布机上的筘，织布时每条经线都要从筘齿间穿过，比喻心思、心意。 [11] 寄人篱下：借居他人门下。比喻依附别人。

语译

做人处世接物，不可以强调自我，强调自我就会自负、刚愎自用的毛病多；这是孔子所以要“不固执”“不自以为是”的原因。作诗，不可以没有个性，没有个性就剽窃他人言说为己用、铺陈发挥的弊端大；这是韩愈所以认为“唯有古人的写作文词必定从自己的构思里创作出来”的原因。北魏祖莹也说：“文章要有自己独创的构思与风格，成就独特的一家风格，不可依附别人。”

品评

做人，不可以“有我”，否则容易刚愎自用；作诗则必须有我，否则模拟抄袭，毫无出息。因为作诗乃艺术创造，创造必须要有所发现，有所前进，独树一帜，独具风骨。此乃性灵说个性论的重要思想。

三〇

东坡云：“作诗必此诗，定知非诗人。”[1]此言最妙。然须知作此诗而竟不是此诗，则尤非诗人矣。其妙处总在旁见侧出，吸取题神，不是此诗，恰是此诗。古梅花诗佳者多矣！冯钝吟[2]云：“羡他清绝西溪水，才得冰开便照君。”真前人所未有。余咏芦花诗，颇刻划矣。刘霞裳[3]云：“知否杨花翻羡汝，一生从不识春愁。”余不觉失色。金寿门[4]画杏花一枝，题云：“香骢[5]红雨上林[6]街，墙内枝从墙外开。惟有杏花[7]真得意，三年又见状元来。”咏梅而思至于冰，咏芦花而思至于杨花，咏杏花而思至于状元，皆从天外[8]落想[9]，焉得不佳？

题解

本条见《随园诗话》卷七。

注释

[1]“作诗必此诗”两句：见苏轼《书鄢陵王主簿所画折枝》。 [2]冯钝吟：冯班，

字定远，晚号钝吟老人，常熟（今属江苏）人。论诗有卓见。著有《钝吟杂录》。[3] 刘霞裳：袁枚弟子。 [4] 金寿门：金农，字寿门，号冬心，钱塘（今浙江杭州）人。清书画家，扬州八怪之一。 [5] 香骢：骢马的美称。骢，青白色相杂的马。[6] 上林：古宫苑名。 [7] 杏花：据《唐摭言》，唐朝新进士在宫苑杏园举办宴会。[8] 天外：极远处。此指意想不到处。 [9] 落想：构思。

语译

苏东坡说："作诗只是表达了此诗的意思，一定知道作诗者不是诗人。"此言最妙。但是要知道作此诗而竟不能表达出此诗的意思，那么作诗者尤其不是诗人了。诗的妙处总在于从不同的角度和侧面表现意境，吸取诗题的精神，做到好像不是此诗，但恰好是此诗。古代梅花诗好诗很多。冯钝吟云："艳美那清绝的西溪水，才化了冰就照见你梅花。"真是前人所没有的。我咏芦花诗，很是描摹。刘霞裳云："知否杨花反而羡慕你，你一生从不知道春愁。"我不觉因羞愧而变了脸色。金寿门画了一枝杏花，题诗云："骢马走在铺满杏花的宫苑路上，墙内的杏花开出了墙外。只有杏花真是得意，过了三年又看见状元骑马来。"咏梅而思绪想到冰，咏芦花而思绪想到杨花，咏杏花而思绪想到状元，都是从意想不到处构思，怎能不佳妙?

品评

袁枚对苏轼"作诗必此诗，定知非诗人"之说，进行了阐释补充，更加辩证圆通。袁枚认为作诗首先还应该"是此诗"，"吸取题神"，符合题意，此为前提；其次则"旁见侧出"，借题发挥引申，以达到"不是此诗，恰是此诗"的境地。其所引证诸诗，"咏梅而思至于冰，咏芦花而思至于杨花，咏杏花而思至于状元，皆从天外落想"，正属于"不是此诗，恰是此诗"的佳什，可使人浮想联翩，得"味外味"。

三一

诗难其真也，有性情而后真，否则敷衍[1]成文矣。诗难其雅也，有学问而后雅，否则俚鄙[2]率意矣。“太白斗酒诗百篇”[3]，东坡“嬉笑怒骂，皆成文章”[4]，不过一时兴到语，不可以词害意。若认以为真，则两家之集，宜塞破屋子，而何以仅存若干？且可精选者，亦不过十之五六。人安得恃才而自放乎？惟[5]糜[6]惟芑[7]，美谷也，而必加舂揄[8]扬簸之功；赤堇[9]之铜，良金[10]也，而必加千辟万灌[11]之铸。

题解

本条见《随园诗话》卷七。

注释

[1] 敷衍：铺陈发挥。 [2] 俚鄙：粗俗。 [3] 太白斗酒诗百篇：见杜甫《饮中八仙歌》：“李白斗酒诗百篇。” [4] 嬉笑怒骂，皆成文章：语出黄庭坚《东坡先生真赞》：“东坡之酒，赤壁之笛，嬉笑怒骂，皆成文章。” [5] 惟：助词。 [6] 糜：黍。 [7] 芑：粱。 [8] 舂揄：指舂米。于臼中捣米曰舂，舂臼中取出米曰揄。[9] 赤堇：山名，在今浙江省。相传欧冶子在这里造剑。 [10] 良金：优质的金属。 [11] 千辟万灌：多次冶炼浇铸。张协《七命》：“楚之阳剑，欧冶所营……乃炼乃炼，万辟千灌。”辟，重复。灌，浇铸。

语译

诗难的是真实，有性情才会真实，否则铺陈发挥就可以写成文章了。诗难的是典雅，有学问才会典雅，否则就粗俗轻率了。“李太白饮了一斗酒可以吟诗百篇”，苏东坡“嬉笑怒骂，都可以成为文章”，这不过是一时兴致来时的话，不可拘泥于词义而误解作者的原意。如果认以为真，那么两家的集子，应该塞破屋子了，但为何仅存若干？而且可以精选者，也不过十分之五六。人怎能依仗有才而自骋其才气呢？黍与粱，是很好的谷子，但一定要加以舂米扬簸的功夫；赤堇山的铜，是优良的金属，但一定要加以反复浇铸的功夫。

品评

此条标举诗之真与雅。袁枚强调“性情得其真”(《寄程鱼门》)，“情以真而愈笃”(《答尹相国》)，因为真是诗歌生命力之所在，其所谓“画美无宠，绘兰五香。揆厥所由，君形者亡”(《续诗品·葆真》)。诗不仅要真，还要雅，“虽真不雅，庸奴叱咤”(《续诗品·安雅》)。雅指典雅，雅驯，雅正，与腹笥丰富有关，与“鄙俚率意”相悖。而在创作态度上，袁枚主张“精思”“勇改”，所谓“文不加点，兴到语耳！孔明天才，思十反矣”(《续诗品·精思》)，“人工不竭，天巧不传。知一重非，进一重境”(《续诗品·勇改》)，皆可与“必加舂揄扬簸之功”“必加千辟万灌之铸”之论相互发明。

三二

用典一也，有宜近体[1]者，有宜古体[2]者。有近古体俱宜者，有近古体俱不宜者。用典如水中着盐，但知盐味，不见盐质。[3]用僻典如请生客入座，必须问名探姓，令人生厌。宋乔子旷[4]好用僻书，人称“狐穴诗人”[5]，当以为戒。或称予诗云：“专写性情，不得已而适逢典故；不分门户，乃无心而自合唐音。”虽有不及，不敢不勉。

题解

本条见《随园诗话》卷七。

注释

[1] 近体:诗体名。指唐代定型的律诗及绝句，对诗的字数、句数、对仗、用韵、平仄等都有严格规定。 [2] 古体:诗体名。与近体诗相对。不要求对仗，用韵也较自由。 [3]“用典如水中着盐”等句:《西清诗话》引杜少陵云:“作诗用事，要如禅家语‘水中着盐，饮水乃知盐味’，此说诗家之秘藏也。” [4] 乔子旷:据周达观《诚斋杂记》，乔子旷为宋初人，能诗，善用僻典。 [5] 狐穴诗人:狐性狡猾，穴在偏僻处，后因用“狐穴”喻僻典。

语译

同一用典，有适宜近体诗的，有适宜古体诗的，有近古体诗都适宜的，有近古体诗都不适宜的。用典好像是在水中放盐，要只知盐味，不见盐的形质。用生僻的典故如请陌生的客人入座，必须要探问名与姓，令人生厌。宋代乔之旷好用冷僻书的典故，人称“狐穴诗人”，应当以其为戒。有人称赞我的诗说:“专门抒写性情，不得已时而恰好遇到典故;不分门户，是无心而自与唐诗相合。”我虽然做不到，但不敢不以此勉励自己。

品评

此条专讲诗歌用典。袁枚倡导“一味白描神活现”(《仿元遗山论诗》)，并不推崇用典。但亦不排斥用典，关键在于如何用典。他强调用典:一是要根据诗歌体裁确定。二是用典要巧妙，不见堆砌痕迹，“如水中着盐，但知盐味，不见盐质”，可谓绝妙的比喻。三是反对用生僻典故，使人如读天书或看考据文章，故又云:“用一僻典，如请生客。如何选材，而可不择！”(《续诗品·选材》)

三三

老学究论诗，必有一副门面语。作文章，必曰有关系[1]；论诗学，必曰须含蓄。此店铺招牌，无关货之美恶。《三百篇》中有关系者，“迩之事父，远之事君”[2]是也。有无关系者，“多识于鸟兽草木之名”[3]是也。有含蓄者，“棘心夭夭，母氏劬劳”[4]是也。有说尽者，“投畀豺虎”“投畀有昊”[5]是也。

题解

本条见《随园诗话》卷七。

注释

[1] 关系：指诗文题旨关涉人伦教化。 [2]“迩之事父”两句：语出《论语·阳货》：“《诗》可以兴，可以观，可以群，可以怨，迩之事父，远之事君。” [3] 多识于鸟兽草木之名：见于《论语·阳货》。 [4]“棘心夭夭”两句：语出《诗·邶风·凯风》：“凯风自南，吹彼棘心，棘心夭夭，母氏劬劳。”棘心，棘木心。夭夭，茂盛。劬劳，辛苦。 [5]“投畀豺虎”两句：语出《诗·小雅·巷伯》：“取彼谮人，投畀有北；有北不受，投畀有昊。”投畀，投给。有，语气词。昊，上天。

语译

老学究论诗，一定有一副门面话。作文章一定说有人伦教化；论诗学，一定说必须含蓄。这是店铺的招牌，与货物的好坏无关。《三百篇》中有人伦教化的，“近处侍奉父亲，远处侍奉国君”就是这样。有无关人伦教化的，“多认识鸟兽草木的名称”就是这样。有含蓄的，“棘木心茂盛，母氏辛苦”就是这样。有说尽的，“（把谮人）投给北方荒凉之地”“（把谮人）交给上天惩治”就是这样。

品评

此条实际是批评沈德潜保守的“诗教”观。袁枚于《答沈大宗伯论诗书》亦曰:“至所云‘诗贵温柔，不可说尽，又必关系人伦日用’，此数语有褒衣大袑气象。”并举孔子之言与《诗经》为据予以反驳，可与此条相互印证。诗歌的内容与风格本是多元的，有关系与无关系，含蓄与说尽，应该并存，才能构建百花齐放的诗苑，若必要加以规定限制，既违背诗歌创作的规律，也将使诗苑一片荒芜。

三四

文尊韩[1]，诗尊杜[2]，犹登山者必上泰山[3]，泛水者必朝东海也。然使空抱东海、泰山，而此外不知有天台[4]、武夷[5]之奇，潇湘[6]、镜湖[7]之胜，则亦泰山上之一樵夫，海船上之舵工而已矣。学者当以博览众家为精妙。

题解

本条见《随园诗话》卷八。

注释

[1] 韩：唐代文学家韩愈。 [2] 杜：唐代诗人杜甫。 [3] 泰山：位于山东泰安。 [4] 天台：山名，在今浙江天台。 [5] 武夷：山名，在今福建。 [6] 潇湘：湖南湘江。 [7] 镜湖：又名鉴湖，在今浙江绍兴。

语译

古文尊崇韩愈，诗歌尊崇杜甫，犹如登山的人一定要登泰山，渡水的人一定要渡东海。但是假使只抱着东海、泰山，而此外不知有天台山、武夷山之奇观，潇湘、镜湖之胜景，那么也只是泰山上的一个砍柴人，海船上的舵工罢了。学习的人应当以博览众家为精妙。

品评

韩文、杜诗如泰山、东海，造诣高，地位尊，后人自当用心学习。但如同泰山之外还有天台、武夷之奇，东海之外另有潇湘、镜湖之胜一样，唐宋诗文大家、名家甚多，不可唯韩、杜是崇，应该转益多师，不拘一家，否则所得有限,难有成就。“博览”是写诗作文的必备功夫。此条诗话比喻恰当,文辞优美。

三五

明季误国臣马、阮[1]，皆庸人也，奸而不雄，较之曹操[2]，直奴才耳！宿迁[3]女子倪瑞璇[4]嘲之云：“卖国仍将身自卖[5]，奸雄两字惜称君。”《忆母》句云：“暗中时滴思亲泪，只恐思儿泪更多。”

题解

本条见《随园诗话》卷八。

注释

[1] 马、阮：指马士英、阮大铖，在南明福王朱由崧的小朝廷分别担任东阁大学士和兵部尚书，专权跋扈。清兵南下，先后被杀。 [2] 曹操：三国时魏国国君，有“奸雄”之称。 [3] 宿迁：今属江苏。 [4] 倪瑞璇：字玉英，清代宿迁著名女诗人。瑞璇出身书香门第，其父倪绍赞为县学秀才。 [5] 将身自卖：

指被杀。

语译

明末误国奸臣马士英、阮大铖，都是庸人，奸诈而不雄豪，与曹操相比，简直就是奴才罢了！宿迁女子倪瑞璇嘲讽他们说：“卖国又把自身也卖了，舍不得用‘奸雄’两个字称呼你们。”《忆母》句云：“我暗里经常滴洒思念母亲的眼泪，只恐怕母亲思念女儿的眼泪更多。”

品评

此条采录宿迁女子倪氏两首诗之断句。前首嘲马、阮“奸而不雄”，辛辣有力，后首忆母，真挚深沉，皆堪称警策之句。可见民间有好诗，女子亦有好诗。

三六

苏州太守孔南溪[1]，风骨冷峭，权贵不敢以情干[2]。青楼金蕊仙以事挂法[3]，一时交好，无能为之道地[4]。乃遣人至白下[5]，求余关说[6]。余与金甚疏，仅半面耳。窃念书中语倘不佯为亲狎，转生孔之疑，乃寄札云：“仆老矣，三生杜牧[7]，万念俱空；只花月因缘[8]，犹有狂奴故态。今春到治下[9]，欲为寻春[10]之举。而吴宫花草[11]，半属虚名；接席衔杯，了无当意。惟女校书[12]金某，含睇宜笑[13]，故是矫矫于庸中[14]。遂同探梅邓尉[15]而别。刻下接萧娘一纸[16]，道为他事牵引，就鞫黄堂[17]，将有月缺花残[18]之恨。其一切颠末，自有令甲[19]，凭公以惠文冠弹治之[20]，非仆所敢与闻。只念此小妮子蕉叶有心，虽知卷雨；而杨枝无力，只好随风。偶茵溷之误投[21]，遂穷民[22]而无告。似乎君家宣圣[23]复生，亦当在‘少者怀之’[24]之例，而必不‘以杖叩其胫’[25]也。且此辈南迎北送，何路不通？何不听请于有力者之家，而必远求数千里外之空山一叟[26]？可想见夫子之门墙，壁立万仞[27]，而非仆不足以替花请命耶？元微之[28]诗云：‘寄与东风好抬举，夜来曾有凤凰栖。’敬为明公诵之。”孔得札后，覆云：“凤鸟曾栖之树，托抬举于东风；惟有当作召公之甘棠，勿剪勿伐而已。[29]”二札风传一时。

未二年，余又往苏州。过京口[30]，已解缆矣，丹徒[31]徐令挽舟相留道：“妓戴三与太守淮树章公司阍者[32]狎，章知之，逐阍人，而不罪戴。戴往城隍庙焚香还愿，一庙欢然。章怒其张扬，严檄[33]拘讯，将使荷校以徇[34]。”徐婉求不听，乞余解围。余召见戴三，则雾鬓风鬟[35]，春秋[36]老矣。然马骨千金[37]，不可以不援手也。草札与太守云：“昔钱穆父刺常州宴客，将笞一妓，妓哀请。[38]钱云：‘得座上欧阳永叔[39]一词，故当贷汝。’欧公为赋一阕，遂释之。仆虽非永叔，而公则今之穆父也。请为二章，以当小调。词曰：‘东风吹散野鸳鸯，私爇神前一瓣香。为祝长官千万福，缘何翻恼长官肠？’‘樊川[40]行矣一帆斜，那有情留子夜[41]家？只问千秋贤太守，可曾几个斫桃花？’”交书徐公，即挂帆还白下。终不得消息，心殊惓惓[42]。半月后，章寄函来，开看只七字曰：“桃花依旧笑东风。”[43]

题解

本条见《随园诗话》卷九。

注释

[1] 孔南溪：孔子第六十三世孙。与袁枚有交往。 [2] 干：干预。 [3] 挂法：触犯法律。 [4] 道地：代人说情。 [5] 白下：今南京。 [6] 关说：代人说好话。 [7] 三生杜牧：姜夔《吴都赋》："十里扬州，三生杜牧，前事休说。"比况出入歌舞繁华之地的风流才士。三生，佛教语，指前生、今生、来生。杜牧，唐诗人，喜爱声色，故作者用于自况。 [8] 花月因缘：与花月的缘分。花月比喻女子。 [9] 治下：所管辖的范围。此指苏州。 [10] 寻春：此指狎妓。 [11] 吴宫花草：比喻苏州一代妓女。吴宫，指春秋吴王的宫殿。此指代苏州。 [12] 女校书：妓女的雅称。 [13] 含睇宜笑：含情斜视，笑容很美。 [14] 矫矫于庸中：在常人中显得卓然不群。 [15] 邓尉：苏州邓尉山，其梅花甲天下。 [16] 萧娘一纸：杨巨源《崔娘》诗："风流才子多春思，肠断萧娘一纸书。"萧娘，古诗中泛指情人。此指金氏。一纸，一封信。 [17] 就鞫黄堂：在知府衙门受审。鞫，审讯。黄堂，太守之厅事。 [18] 月缺花残：此比喻美女之死。温庭筠《和友人伤姬歌》："月缺花残莫怆然，花须终发月终圆。" [19] 令甲：指司法官员的案卷。 [20] 惠文冠弹治之：根据法律惩治。惠文冠，指法冠。 [21] 茵溷之误投：指命运不一样。《梁书·范缜传》："人之生譬为一树花，同发一枝，俱开一蒂，随风而堕，自有拂帘幌，坠于茵席之上；自有关篱墙，落于粪溷之侧……贵贱虽复殊途，因果竟在何处。"茵，茵席。溷，猪圈。此偏于溷，喻金氏命不好，如花坠于猪圈。 [22] 穷民：无依无靠的人。 [23] 宣圣：即孔子，孔子在唐开元中被追谥为文宣王。 [24] 少者怀之：对少年人包容、爱惜。这是孔子说的话。见《论语·公冶长》。 [25] 以杖叩其胫：孔子曾骂原壤，并以杖叩其小腿。见《论语·宪问》。 [26] 空山一叟：作者自称。其隐居金陵小仓山随园。 [27]"夫子之门墙"两句：化用《论语·子张》语："夫子之墙数仞，不得其门而入。"仞，古代七尺为一仞，或说八尺为一仞。 [28] 元微之：唐诗人元稹，字微之。下引诗见《襄阳为卢窦纪事五首》其五。 [29]"惟有当作"两句：《诗·甘棠》：

“蔽芾甘棠，勿剪勿伐，召伯所茇。”传说西周的召伯循行南国，宣扬文王之政，曾在甘棠树下休息，后人乃保留这株甘棠。 [30] 京口：今江苏镇江市。 [31] 丹徒：今属江苏镇江。 [32] 司阍者：看门人。 [33] 严檄：下严厉的命令。檄，原指讨伐的檄文。 [34] 荷校以徇：戴着枷示众。 [35] 雾鬓风鬟：形容女子头发蓬松散乱。 [36] 春秋：指年龄。 [37] 马骨千金：《战国策》：古有国君悬千金买千里马不得，后以五百金买来千里马之骨，于是真正的千里马接踵而来。 [38]“昔钱穆父”等句：此事载《尧山堂外纪》等书。欧阳修任河南推官，亲一妓，时钱穆父（勰）为西京（今河南洛阳）留守，一日宴于后园，妓移时方来，钱责问：“未至，何也？”妓云：“中暑，往凉堂睡觉，失金钗，犹未见。”钱曰：“若得欧推官一词，当偿汝金钗。”欧即席赋云：“柳外轻雷池上雨，雨声滴碎荷声……”座皆击节，遂令公库偿钗。 [39] 欧阳永叔：北宋文学家欧阳修，字永叔。 [40] 樊川：唐代文学家杜牧，自号樊川居士。此处当指被赶走的司阍者。 [41] 子夜：相传为创制《子夜歌》的女子名。此指戴三。 [42] 惓惓：烦闷失意貌。 [43] 桃花依旧笑东风：唐孟棨《本事诗·情感》载崔护《题都城南庄》：“去年今日此门中，人面桃花相映红。人面不知何处去，桃花依旧笑东风。”“东风”原为“春风”。此喻戴三安然无恙。

语译

苏州太守孔南溪，品性严峻，权贵不敢以私情干预其政事。青楼女子金蕊仙因事犯法，一时的好友，没有能够为她说情的。于是派人到南京，求我从中说好话。我与金交往很疏远，仅是瞥见一面罢了。暗想信中的话如果不假装亲近狎昵，反而让孔南溪生疑心，于是寄去一信说：“我老了，似三生杜牧，万念俱空；只有与花月的缘分，还有狂放不羁的老脾气。今春到苏州，想要享受寻春的乐趣。但苏州的花草，大半徒有虚名；坐席相近一起饮酒的，全无合意者。只有女校书金某，含情斜视，笑容很美，所以在常人中显得卓尔不群。于是一起去邓尉山赏梅后告别。眼下接到金某一信，说为别的事牵连，在知府衙门受审，将有月缺花残之恨。其一切事情的本末，自有司法官员的案卷记录，任凭您根据法律惩治，不是我所敢参与过问的。只是念及此小女子好似芭蕉叶有心，即使知道留住雨水;但是杨柳枝无力，只好随风飘扬。她如落花偶然坠于猪圈，于是孤苦无依而无处投诉。似乎君家文宣王再生,她也应该在‘对少年人包容、爱惜’之例，而一定不会‘以杖敲其小腿’。而且这些人南迎北送，哪条路子不通？为什么不听从、请求有权势的人家，而一定要远求数千里之外的我这空山老翁呢？可以想见是夫子之门墙，壁立万仞，非我不足以替花请命吗？元微之诗云:‘传送给春风你真是喜欢抬举，夜来树上曾有凤凰栖息。’敬为您背诵这两句。”孔收到信以后，回复说:“既然凤凰曾栖息之树，托春风所抬举；那只有当作召伯曾歇息过的甘棠树，不剪不伐罢了。”这两封信曾风传一时。

没过两年，我又去苏州。经过镇江，已经解开缆绳要启程了，丹徒徐县令挽舟相留说:“妓女戴三与章树淮太守的看门人亲近，章知道了，于是赶走看门人，而不归罪戴。戴去城隍庙烧香还愿，一庙的人都欢闹。章怒其声张，严厉下令拘捕审讯，要把她戴着枷示众。”徐令婉求不听，就请我来解围。我召见戴三，只见她头发蓬松散乱，年纪很老了。但是千里马之骨也值千金，不可以不伸手援助。我写信给章太守道:“当年钱穆父任常州太守宴客，要抽打一个妓女。妓女哀求。钱说:‘你能得到欧阳永叔一首词，一定赦免你。’欧公就为她赋了一首词,钱于是放了妓女。我虽然不是永叔,但您则是当今的钱穆父啊。请作两首诗，以当作小词。词曰:‘春风吹散了野鸳鸯，私下去神前烧了一瓣香。为的是祝愿长官千万福气，为什么反而惹恼了长官的肚肠？’‘樊川走了一帆倾斜，哪有私情留在子夜家？只是请问千年以来贤明的太守，可曾有几个砍伐桃花的？’”把信交给徐公,我就挂帆回到白下。始终得不到消息,心情很烦闷。半个月后，章寄信来，打开一看只有七个字:“桃花依旧笑东风。”

品评

此条记以两札解救金蕊仙与戴三两妓女之善举，反映了袁枚怜香惜玉之“好色”本性，亦可见对弱者的爱护与同情。而两太守孔南溪与章公接袁枚说情信皆欣然同意,又可见袁枚当时声望之不一般。袁枚两札不仅写得情意殷殷，足以动人，而且文采斐然，堪称美文。两太守亦非俗士，回札虽简短，但引经据典，极尽典雅之致。故袁信与孔信“风传一时”，绝非偶然。由此也可想见当时文士追求风雅之一般。

三七

吾乡诗有浙派[1]，好用替代字，盖始于宋人，而成于厉樊榭[2]。宋人如："水泥行郭索[3]，云木叫钩辀[4]。"不过一蟹一鹧鸪耳。"岁暮苍官能自保，日高青女尚横陈。含风鸭绿鳞鳞起，弄日鹅黄袅袅垂。"[5]不过松、霜、水、柳四物而已。廋词谜语[6]，了无馀味。樊榭在扬州马秋玉[7]家，所见说部书[8]多,好用僻典及零碎故事,有类《庶物异名疏》[9]《清异录》[10]二种。董竹枝[11]云："偷将冷字骗商人。"责之是也。不知先生之诗,佳处全不在是。嗣后学者,遂以"瓶"为"军持","桥"为"略彴","箸"为"挟提","棉"为"芮温","提灯"为"悬火","风箱"为"扇喷","熨斗"为"热升","草屦"为"不借";其它"青奴"[12]"黄奶"[13]"红友"[14]"绿卿"[15]"善哉"[16]"吉了"[17]"白甲"[18]"红丁"[19]之类,数之可尽,味同嚼蜡。余按《世说》[20]："郝隆[21]为桓温[22]南部参军[23]。三月三日作诗曰：'娵隅[24]跃清池。'桓问何物。曰：'鱼也。'桓问：'何以作蛮语[25]？'曰：'千里投公，才得蛮部参军，那得不作蛮语？'"此用替代字之滥觞。《文选》中诗,以"日"为"耀","灵风"为"商飙","月"为"蟾魄"，皆此类也。唐陈子昂[26]出，始一洗而空之。

题解

本条见《随园诗话》卷九。

注释

[1] 浙派：清代诗歌流派之一，宗宋诗，喜用冷僻典故。厉鹗为代表人物。

[2] 厉樊榭：厉鹗（一六九二—一七六二），字太鸿，号樊榭，钱塘（今浙江杭州）人。有《樊榭山房集》。 [3] 郭索：螃蟹行走的样子。见《太玄·锐》。后用以代蟹。 [3] 钩辀：钩辀格磔，鹧鸪鸟的叫声。见《本草》。后用以代鹧鸪。按，上引两句是宋人林逋的诗。 [5]"岁暮苍官能自保"四句：王安石诗。苍官指松，青女指霜，鸭绿指水，鹅黄指柳。 [6] 廋词谜语：都指隐语。《国语》："秦客廋词于朝，诸大夫不如也。" [7] 马秋玉：马曰琯，字秋玉，扬州盐商。与其弟马曰璐常资助文人。 [8] 说部书：小说笔记、杂著类书籍。 [9]《庶物异名疏》：明陈懋仁撰。 [10]《清异录》：宋陶穀撰。 [11] 董竹枝：康乾间人董伟业。因董氏《扬州竹枝词》末首有"问何家世何名目？自号扬州董竹枝"之句，世人咸以"董竹枝"呼之。 [12] 青奴：竹夫人。夏天置床上取凉的工具。[13] 黄奶：《岁时风土记》："唐人呼昼睡为黄奶。"又，《金楼子》载：有人把卷即睡，因呼黄卷为黄奶。 [14] 红友：酒名。《鹤林玉露》："东坡南迁北归……地主携酒来饷曰：'此红友也。'" [15] 绿卿：竹。《青异录》引王彪赋："绿卿高拂，宿烟露以参差。" [16] 善哉：树。《少室山房笔丛》："汉武游上林，见一好树，问东方朔。曰：'名善哉。'" [17] 吉了：鸟名。即秦吉了。 [18] 白甲：菌名。[19] 红丁：菌名。 [20]《世说》：《世说新语》，南朝宋刘义庆组织人撰写。[21] 郝隆：字佐治，东晋名士，无书不读，有博学之名。后投奔桓温，官至南蛮府参军。 [22] 桓温（三一二—三七三）：字元子，谯国龙亢（今安徽省怀远县）人。东晋政治家、权臣。 [23] 南部参军：指南蛮府参军。参军，武官名。[24] 娵隅：古代西南少数民族称鱼。 [25] 蛮语：南方少数民族语言。 [26] 陈子昂（六六一—七〇二）：字伯玉，梓州射洪（今属四川）人。唐代诗人。武则天光宅元年（六八四）进士。于诗标举汉魏晋风骨，反对六朝柔靡诗风，是唐代诗歌革新的先驱。有《陈拾遗集》。

语译

我的家乡杭州有浙派，作诗喜欢用替代字，这开始于宋代，而成熟于厉樊榭。宋人如："水泥行郭索，云木叫钩辀。"不过是指一蟹一鹧鸪罢了。"岁暮苍官能自保，日高青女尚横陈。含风鸭绿鳞鳞起，弄日鹅黄袅袅垂。"不过是指松、霜、水、柳四物罢了。都是隐语，毫无馀味。樊榭在扬州马秋玉家，所见说部书很多，好用僻典及零碎故事，就像《庶物异名疏》《清异录》二种。董竹枝云："偷将冷字骗商人。"责备的很对。不知樊榭先生之诗，佳处全不在这儿。以后学诗的人，于是以"瓶"为"军持"，"桥"为"略彴"，"箸"为"挟提"，"棉"为"芮温"，"提灯"为"悬火"，"风箱"为"扇喷"，"熨斗"为"热升"，"草屦"为"不借"；其他"青奴""黄奶""红友""绿卿""善哉""吉了""白甲""红丁"之类，数之可尽，味同嚼蜡。余按《世说新语》："郝隆为桓温南部参军。三月三日作诗曰：'娵隅跃清池。'桓问是什么东西。郝隆回答说：'是鱼。'桓问：'为何说蛮语？'曰：'千里之外来投奔您，才得蛮部参军的官，那能不说蛮语？'"此用替代字之源头。《文选》中诗，以"日"为"耀"，"灵风"为"商飙"，"月"为"蟾魄"，都是此类。唐陈子昂出来，才把此风气一洗而空。

品评

厉鹗是浙派代表人物，袁枚对他褒多贬少，如《仿元遗山论诗》评云："小雅才兼大雅才，僧虔用典出新裁。幽怀妙笔风人旨，浙派如何学得来？"评价颇高，且把浙派末流的弊端与其分别开来。但厉鹗因"学问淹洽，尤熟两宋典实"（沈德潜《国朝诗别裁集》卷二十四），因此于诗中"好用替代字"，"索索然寡真气"（袁枚《答沈大宗伯论诗书》），无法感人。此条诗话探讨了替代字的渊源，对于认识用替代字的历史发展颇有参考价值。

三八

吴中[1]诗学，娄东[2]为盛。二百年来，前有凤洲[3]，继有梅村[4]，今继之者，其弇山尚书[5]乎？《过吴祭酒[6]旧邸》诗云："我是娄东吟社[7]客，瓣香[8]私淑[9]不胜情[10]。"其以两公[11]自命可知。然两公仅有文学，而无功勋，则尚书过之远矣！尚书虽拥节钺[12]，勤王事[13]，未尝一日释书不观，手披口诵，刻苦过于诸生[14]。诗编三十二卷，曰《灵岩山人诗集》。灵岩[15]者，尚书早岁读书地也。

题解

本条见《随园诗话》卷十一。

注释

[1] 吴中：今苏州地区。 [2] 娄东：今江苏太仓。 [3] 凤洲：即明后七子代表人物王世贞，字元美，号凤洲，又号弇州山人，江苏太仓人。累官至刑部尚书。 [4] 梅村：即吴伟业，字骏公，号梅村，江苏太仓人。长于七言歌行，后人称之"梅村体"。 [5] 弇山尚书：即毕沅，字秋帆，号灵岩山人，江苏太仓人。清乾隆进士，官至湖广总督、兵部尚书。 [6] 吴祭酒：吴伟业（梅村），曾官国子祭酒。 [7] 娄东吟社：太仓的诗社。 [8] 瓣香：师承，敬仰。 [9] 私淑：古人对自己所敬仰而不得从学的前辈，往往自称"私淑弟子"。 [10] 胜情：尽情。 [11] 两公：指王世贞与吴伟业。 [12] 节钺：符节与斧钺，授予将帅，作为兵权的象征。 [13] 勤王事：效力于王事。 [14] 诸生：秀才。 [15] 灵岩：山名，在今苏州西南十五公里。

语译

苏州一带的诗学，以娄东为兴盛。二百年来，前有王凤洲，后有吴梅村，现在的承继者，是毕秋帆尚书吗？其《过吴祭酒旧邸》诗云："我是娄东诗社里的人，对两公很崇仰，愿为其私淑弟子还不能尽情。"其以两公自命可知。但是两公仅有文学成就，而没有功勋，那么尚书超过他们很远了。尚书虽然拥有兵权，效力于王事，但未尝一日放下书卷不看，手翻口诵，刻苦程度胜过秀才。其诗编了三十二卷，曰《灵岩山人诗集》。灵岩山，是尚书早年读书的地方。

品评

《随园诗话补遗》卷四称："余编《诗话》，为助刻资者，毕弇山尚书、孙程田（慰祖）司马也。毕公诗，采录甚多。"此条即采录毕沅一首诗，并将毕诗置于吴中娄东诗学发展的链条中进行评价，有些许娄东诗史的意味。而将其与王世贞、吴伟业诗坛大家相提并论，不乏溢美之辞，当与毕氏资助作者刻印《随园诗话》有关，可见《诗话》选诗的人情因素。

三九

予幼时，大母[1]常为予言：大父[2]旦釜公，性豪侠，与沈遹声秀才交好。秀才中表[3]杨大姑，有文君夜奔[4]之事，托先祖为之道地[5]。杨纤足，夜行不能逾沟。先祖助沈，为扶而过之。事发，藏匿余家。大姑纤腰美盼，吐属[6]娴雅。大母亦怜爱之。母家讼于官。太守某恶其越礼，鬻与驻防旗下[7]。大姑佯狂披发，自啖其溺。旗人不能容。沈暗遣人买归，终为夫妇，生一女而亡。后阅《香祖笔记》[8]载此事，称武林[9]女子王倩玉者，盖即杨氏，讳其姓为王也。其寄沈《长相思》一曲云：“见时羞，别时愁，百转千回不自由；教奴[10]争[11]罢休！懒梳头，怕凝眸[12]，明月光中上小楼，思君枫叶秋！”

题解

本条见《随园诗话》卷十一。

注释

[1] 大母：祖母。 [2] 大父：祖父。 [3] 中表：指与祖父、父亲的姐妹的子女的亲戚关系，也指与祖母、母亲的兄弟姐妹的子女的亲戚关系。 [4] 文君夜奔：据《史记・司马相如列传》：汉临邛富商卓文孙之女卓文君，寡居在家。司马相如过饮于卓氏，以琴心挑之，卓文君夜奔司马相如，同归成都。 [5] 地道：代人事先疏通，留有馀地。 [6] 吐属：谈吐。 [7] 旗下：旗人。清代编入旗籍的人，指满族人。 [8]《香祖笔记》：清王士禛所撰杂记。 [9] 武林：今浙江杭州。 [10] 奴：妇女自称。 [11] 争：怎。 [12] 凝眸：注视。

语译

我年幼时，祖母常与我说：祖父旦釜公，秉性豪迈讲义气，与沈遹声秀才交好。沈秀才的中表杨大姑，有类似文君夜奔之事，托祖父为她事先疏通。杨小脚，夜行不能过沟。祖父帮助沈秀才，就扶她过了沟。事情暴露，藏在我家。大姑细腰，美目流转，谈吐娴雅。祖母也很怜爱她。娘家把大姑告到官府。太守某厌恶其逾越礼法，就将她官卖给了驻防的旗人。大姑装疯，披头散发，自喝其尿。旗人不能忍受。沈暗地里派人买了回来，二人终成夫妇，大姑生下一个女儿而亡故。我后来阅读《香祖笔记》记载此事，称武林女子王倩玉的，就是杨氏，避讳其杨姓改为王。她寄给沈《长相思》一曲云：“见时羞，别时愁，百转千回不自由；教奴争罢休！懒梳头，怕凝眸，明月光中上小楼，思君枫叶秋！”

品评

此条是由怀念豪侠的祖父而引出曾得到祖父援助的杨大姑。其所记杨大姑，为追求自由恋爱，学文君夜奔，被迫嫁旗人又佯狂披发，终与有情人成为眷属。可谓既有情，又有胆有识。从《长相思》一曲可知其还不乏才情。此真乃为封建礼教所不能束缚的奇女子。

四〇

考据家不可与论诗。或訾余《马嵬》[1]诗，曰："'石壕村里夫妻别[2]，泪比长生殿[3]上多。'当日贵妃不死于长生殿。"余笑曰："白香山《长恨歌》'峨嵋山[4]下少人行'，明皇幸蜀[5]，何曾路过峨嵋耶？"其人语塞。然太不知考据者，亦不可与论诗。余《钱塘江怀古》[6]云："劝王妙选三千弩，不射江潮射汴河[7]。"或訾之曰："宋室都汴[8]，不可射也。"余笑曰："钱镠射潮时，宋太祖[9]未知生否。其时都汴者何人[10]，何不一考？"

题解

本条见《随园诗话》卷十三。

注释

[1] 訾：指责。《马嵬》：见《小仓山房诗集》卷八。马嵬，马嵬坡，在陕西兴平西。唐安史之乱，玄宗自长安逃往四川，经马嵬坡时禁军哗变，杀死权奸杨国忠，又迫使杨贵妃自缢。 [2] 石壕村里夫妻别：杜甫叙事名篇《石壕吏》，写安史

乱之中，一老妪被强征应役，与老翁离散的情景。 [3] 长生殿：唐宫殿名。据白居易《长恨歌》及陈鸿《长恨歌传》，唐玄宗与杨贵妃曾在长生殿共度七夕。[4] 峨嵋山：位于今四川峨嵋山市。 [5] 明皇幸蜀：指唐玄宗自长安逃往四川事。[6]《钱塘江怀古》：见《小仓山房诗集》卷一。相传五代吴越王钱镠筑“捍海塘”，怒涛汹涌，版筑不成。钱镠造竹箭三千，命水犀军以强弩五百射潮，迫使潮头西向，遂奠基成塘。 [7] 汴河：古代开封市区偏南有条通达江、淮的水道，从西到东，横贯全城，即汴河。 [8] 宋室都汴：北宋以汴河所在地开封为国都。 [9] 宋太祖：宋朝开国皇帝赵匡胤（九二七—九七六），涿州（今属河北）人。 [10] 都汴者何人：射潮事系在天宝三年（九〇九），下距宋王朝的建立尚有五十馀年，当时都汴者乃五代梁太祖朱温。

语译

考据家不可和他论诗。有人指责我的《马嵬》诗，说：“‘石壕村里夫妻别，泪比长生殿上多。’可当日贵妃不死于长生殿。”我笑答：“白香山《长恨歌》‘峨嵋山下少人行’，唐明皇逃到四川，何曾路过峨嵋山呢？”其人说不出话来。但是太不懂考据者，也不可和他论诗。我的《钱塘江怀古》诗云：“奉劝吴越王好好挑选三千弓弩，不要去射江潮而去射开封的汴河。”有人指责说：“宋室以汴河（开封）为国都，不可射汴河。”我笑答说：“钱镠射潮时，宋太祖不知出生没有。当时以汴河为国都者是何人，为什么不去考证一下？”

品评

袁枚于多处说过考据家不可写诗，此更说“不可与论诗”。诗是艺术，允许某种程度的想象或虚构，倘若句句要落实，要依据，则不成其为诗。有人批评袁枚“泪比长生殿上多”句，说“当日贵妃不死于长生殿”，即属此类。反之，诗特别是咏史怀古诗又不能不懂史实，有人批评袁枚“不射江潮射汴河”，说“宋室都汴，不可射也”，其实当时都汴者乃五代梁太祖朱温，此即是不懂历史的例证。

四一

选家选近人之诗，有七病焉，其借此射利[1]通声气[2]者，无论矣。凡人全集，各有精神，必通观之，方可定去取；倘捃摭[3]一二，并非其人应选之诗，管窥蠡测[4]：一病也。《三百篇》中，贞淫正变[5]，无所不包；今就一人见解之小，而欲该[6]群才之大，于各家门户源流，并未探讨，以己履为式[7]，而削他人之足以就之：二病也。分唐界宋，抱杜[8]尊韩[9]，附会[10]大家门面，而不能判别真伪，采撷精华：三病也。动称纲常名教，箴刺[11]褒讥，以为非有关系[12]者不录；不知赠芍采兰[13]，有何关系，而圣人不删。宋儒责蔡文姬[14]不应登《列女传》[15]；然则"十七史"列传，尽皆龙逢、比干[16]乎？学究条规，令人欲呕：四病也。贪选部头之大，以为每省每郡，必选数人，遂至勉强搜寻，以宽滥录：五病也。或其人才力与作者相隔甚远，而妄为窜改，遂至点金成铁[17]：六病也。徇一己之交情，听他人之求请：七病也。末一条，余作《诗话》[18]，亦不能免。

题解

本条见《随园诗话》卷十四。

注释

[1] 射利：谋取财利。 [2] 通声气：指朋友间联络感情，或沟通旨趣。 [3] 捃摭：摘录。 [4] 管窥蠡测：比喻眼界狭小，见识短浅。蠡，瓠瓢。 [5] 贞淫：忠贞

与淫荡。正变:指《诗经》中的正风、正雅和变风、变雅。 [6] 该:包括,具备。 [7] 式:规格,标准。 [8] 抱杜:尊崇杜甫。 [9] 尊韩:尊崇韩愈。 [10] 附会:追随,附和。 [11] 箴刺:规诫。 [12] 关系:指与人伦日用之教化相关。 [13] 赠芍采兰:《诗·郑风·溱洧》:"溱与洧,方涣涣兮。士与女,方秉蕑兮……维士与女,伊其相谑,赠之以芍药。" 蕑,兰。赠芍采兰,后指男女表达爱情。 [14] 蔡文姬:蔡琰,字文姬,东汉末陈留人。蔡邕之女。汉末大乱,为董卓部将所虏,归南匈奴左贤王,居匈奴十二年。曹操以金璧赎归,再嫁董祀。 [15]《列女传》:汉刘向撰。 [16] 龙逢、比干:关龙逢,夏桀的臣子;比干,商纣的臣子。两人皆以忠言进谏被杀。 [17] 点金成铁:语出《景德传灯录》。比喻把好文章改坏。 [18]《诗话》:即《随园诗话》。

语译

选家选近代人的诗,有七种毛病,其中借此谋取财利、联络感情的不用说了。凡是诗人的全集,各有精神,一定要全部看过,才可以决定舍弃或保留;如果摘录一二,并不是其人应该选取的诗,管窥蠡测:这是第一种毛病。《诗经》中,贞淫正变,无所不包;现在只凭一人见解的狭小,而想包括群才的广大,对于各种派别源流,并未探讨,以自己的鞋子为规格,而削他人的脚来适合它:这是第二种毛病。划分唐宋诗,尊崇杜甫、韩愈,附和大家的面子,而不能判别真假,采摘精粹的部分:这是第三种毛病。动不动就说纲常名教,规诫、嘉奖、讥讽,认为与人伦日用之教化无关系的不录;不知赠芍采兰与人伦教化有何关系,但孔圣人删诗时没有删去。宋代理学家指责蔡文姬不应登录《列女传》;那么"十七史"的列传,都是龙逢、比干吗?迂腐的读书人的规则,令人要呕吐:这是第四种毛病。贪图选集部头的巨大,认为每省每郡,必选数人,于是导致勉强搜寻,以宽宏而过多地选录:这是第五种毛病。有人才力与作者相距很远,但胡乱地改动他人作品,于是导致点金成铁:这是第六种毛病。曲从自己的私情,听从他人的请求:这是第七种毛病。最后一条,我作《随园诗话》,也不能避免。

品评

此条列举“选家选近人之诗，有七病焉”，很是周全。一是管窥蠡测，选择不当；二是未深入研究，浅尝辄止；三是分唐界宋，心存成见；四是囿于“关系”，眼光狭窄；五是贪大求全，滥竽充数；六是妄加窜改，失去真貌；七是徇于私情，失去公平。最后一条，袁枚自称“亦不能免”。此人之常情，古今皆然。

四二

咏史有三体：一借古人往事，抒自己之怀抱，左太冲之《咏史》[1]是也。一为隐括[2]其事，而以咏叹出之，张景阳之《咏二疏》[3]、卢子谅之《咏兰生》[4]是也。一取对仗之巧，义山之“牵牛”对“驻马”[5]、韦庄之“无忌”对“莫愁”[6]是也。

题解

本条见《随园诗话》卷十四。

注释

[1] 左太冲之《咏史》：西晋诗人左思，字太冲。作《三都赋》，洛阳为之纸贵。所作《咏史诗》八首为咏史诗名篇。 [2] 隐括：概括。 [3] 张景阳之《咏二疏》：西晋文学家张协，字景阳。二疏，汉疏广为太傅，其侄疏受为少傅，称二疏。[4] 卢子谅之《咏兰生》：西晋文学家卢谌，字子谅。兰生，美酒。 [5] 义山之“牵牛”对“驻马”：唐诗人李商隐，字义山。其《马嵬》诗：“此日六年同驻马，他时七夕笑牵牛。”牵牛，星名。 [6] 韦庄之“无忌”对“莫愁”：唐诗人韦庄《忆昔》诗：“西园公子名无忌，南国佳人号莫愁。”西园公子，指魏文帝曹丕及其弟曹

植等;无忌,战国魏国公子信陵君的名号。诗把曹魏之“魏”与战国七雄之“魏”牵合在一起,由此引出“无忌”二字。莫愁,传说中美丽的歌女。

语译

咏史诗有三种类型:一种是借古人的往事,抒写自己的怀抱,左太冲的《咏史》就是这种。一种是概括史事,而以长声吟叹来表现它,张景阳的《咏二疏》、卢子谅的《咏兰生》就是这种。一种是取对仗之巧妙,义山的“牵牛”对“驻马”、韦庄的“无忌”对“莫愁”就是这种。

品评

咏史三体,一借古抒怀,二隐括其事,三取对仗之巧;一重意,二重事,三重词。其高下不言自明,作者的倾向也不言而喻。但所引诗句未必尽当,如韦庄诗自有其微讽的深意,并非只是“取对仗之巧”而已。

四三

作诗能速不能迟,亦是才人一病。心馀《贺熊涤斋重赴琼林》[1]云:“昔着官袍夸美秀,今披鹤氅[2]见精神。”余曰:“熊公美秀时,君未生,何由知之?赴琼林不披鹤氅也。”心馀曰:“我明知率笔[3],然不能再构思。先生何不作以示我?”余唯唯[4]。迟半月,成七绝句,心馀以为佳。余乃出簏中废纸示之,曰:“已七易稿矣。”心馀叹曰:“吾今日方知先生吟诗刻苦如是,果然第七回稿胜五六次之稿也。”余因有句云:“事从知悔方征[5]学,诗到能迟转是才。”

题解

本条见《随园诗话》卷十四。

注释

[1] 心馀《贺熊涤斋重赴琼林》：心馀，蒋士铨字。熊涤斋，单名本，涤斋其号，江西南昌人，康熙间曾官翰林院编修，后依其子寓居南京，与袁枚过从甚密。重赴琼林，清代科举制度中对考中进士满六十周年者的庆贺仪式。进士于考试中式满周甲之期，再逢是科考试，经由礼部出面奏准，得与新科进士同赴琼林宴，谓之重宴琼林，以庆贺曾取中进士而享高寿。 [2] 鹤氅：鸟羽所制的裘。[3] 率笔：败笔。 [4] 唯唯：恭敬的应答声。 [5] 征：证验。

语译

作诗能速不能慢，也是才人的一个毛病。蒋心馀《贺熊涤斋重赴琼林》云："当年穿着官袍显示出俊美秀丽，今日披上鹤氅显得有风采。"我说："熊公俊美秀丽时，你还未出生，从哪儿知道的？而且赴琼林宴不披鹤氅。"心馀说："我明知是败笔，但不能重新构思。先生为何不作一首给我学习？"我答应了。拖了半个月，写成七绝，心馀认为很好。我才取出纸篓中的废纸给他看，说："已经改了七稿了。"心馀感叹道："我今日才知道先生吟诗是这样刻苦，果然第七回诗稿胜过五六回的稿子。"我因有句说："做事从知道后悔时起才证验到学习的重要性，作诗到了能够慢慢修改的地步反而是一种才能。"

品评

此条针对"作诗能速不能迟"的才人之病，强调"诗到能迟转是才"，道出创作之艰辛，锤炼之必要。既是独到之见，也是甘苦之言，是袁枚以其"七易稿"之创作实践总结出来的创作奥秘，具有极强的说服力。

四四

赵云松观察[1]谓余曰："我本欲占人间第一流，而无如总作第三人。"盖云松辛巳探花[2]，而于诗只推服心馀与随园[3]故也。云松才气，横绝一代，独王梦楼[4]不以为然。尝谓余云："佛家重正法眼藏[5]，不重神通[6]。心馀、云松诗，专显神通，非正法眼藏。惟随园能兼二义，故我独头低，而彼二公亦心折也。"余有愧其言。然吾乡钱玙沙[7]前辈读《瓯北集》[8]而奇赏之，寄以诗云："忽堕文星[9]下斗台[10]，声华藉藉[11]冠蓬莱[12]。探花春看长安[13]遍，投笔身从绝域回[14]。风雅[15]名谁争后世？乾坤我欲妒斯才。登坛老将[16]推袁[17]久，不道重逢大敌来。"

题解

本条见《随园诗话》卷十四。

注释

[1] 赵云松：赵翼（一七二七—一八一四），字云松，号瓯北，阳湖（今江苏常州）人。官至贵西兵备道。诗人、史学家。观察，官名。 [2] 辛巳探花：乾隆二十六年辛巳（一七六一）殿试一甲第三名。 [3] 心馀与随园：蒋士铨与袁枚。 [4] 王梦楼：王文治，字禹卿，号梦楼，丹徒（今属江苏镇江）人。清书法家。 [5] 正法眼藏：佛教语。禅宗以全体佛法为"正法"，朗照宇宙谓之"眼"，包含万物谓之"藏"。正法眼藏即至高无上、无所不包的妙义。[6] 神通：佛教语。指先天智慧，通达无碍，变化无常。 [7] 钱玙沙：钱琦，字相人，号玙沙，杭州人。曾官布政使等职。 [8]《瓯北集》：赵翼自编的

诗集，五十三卷。 [9] 文星：文曲星。相传文曲星主文才，后亦指有文才的人。此指赵翼。 [10] 斗台：星斗。 [11] 藉藉：显著。 [12] 蓬莱：传说中的神山名。后指仙境。 [13] 长安：指代北京。 [14] 投笔身从绝域回：赵翼曾两参戎幕。第一次参与了用兵缅甸之役，第二次随军福建，平定“林爽文之乱”。 [15] 风雅：指诗文之事。 [16] 登坛老将：钱玙沙自称。 [17] 推袁：推举袁枚。 [18] 大敌：劲敌。指赵翼。

语译

赵云松观察对我说：“我本想占据人间第一流，而无奈总作第三人。”云松乾隆二十六年辛巳（一七六一）殿试一甲第三名，而于诗只推服心馀与我的原因。云松的才气，超出一代，只有王梦楼不以为然。曾对我说：“佛家看重正法眼藏，不看重神通。心馀、云松诗，专显神通，不是正法眼藏。惟有随园先生能兼备二义，所以我特别低头佩服，而赵、蒋二公亦佩服。”我有愧于其言。但我故乡的钱玙沙前辈读了《瓯北集》而大为欣赏，寄给他一诗云：“文曲星忽从星斗降落，声华显著蓬莱仙境第一。春闱高中探花时看遍长安花，又投笔从戎从边塞回来。后世谁能和他争风雅之名？天地中我要嫉妒这样的才人。我是诗坛老将一直推举袁枚，不料又遇到劲敌来了。”

品评

如果说袁枚是性灵派主将，赵翼则堪称副将，黄培芳《香石诗话》称“瓯北、子才一时并称”，可见赵翼之诗坛地位。袁、赵则相互赞赏，赵翼赠袁枚诗云“我最爱君诗，君亦爱我句”。两人还互称“同调”，共同倡导诗写性灵。袁枚《覆云松观察》称赵翼“凡所抒写，皆枚意中语，未知何时逃入先生腹中，走出先生腕下”。性灵派于乾隆诗坛独树一帜，影响深远，与袁、赵同心协力、步调一致大有关系。

四五

人必先有芬芳悱恻[1]之怀，而后有沉郁顿挫[2]之作。人但知杜少陵每饭不忘君[3]，而不知其于友朋、弟妹、夫妻、儿女间，何在不一往情深耶？观其冒不韪以救房公[4]，感一宿而颂孙宰[5]，要郑虔于泉路[6]，招李白于匡山[7]：此种风义，“可以兴，可以观”[8]矣。后人无杜之性情，学杜之风格，抑末也！蒋心馀读陈梅岑[9]诗，赠云：“一代高才有情者，继袁夫子[10]是陈君。”

题解

本条见《随园诗话》卷十四。

注释

[1] 芬芳悱恻：芬芳，比喻美好的德行。悱恻，忧思抑郁。 [2] 沉郁顿挫：深沉蕴藉，抑扬有致。 [3] 杜少陵每饭不忘君：苏轼《王定国诗集序》：“古今诗人众矣，而杜子美为首，岂非以其流落饥寒，终生不用，而一饭未尝忘君欤？”意谓杜甫时刻不忘国君。杜少陵，杜甫，自称少陵野老。 [4] 救房公：唐肃宗时宰相房琯，在安史之乱中，指挥军事失误，致有陈涛、青坂之败，罢相。杜甫时为左拾遗，上疏力救，也获罪罢官。 [5] 颂孙宰：杜甫避安史之乱，携家奔窜于彭衙（今陕西澄县），遇孙宰救济，有《彭衙行》感激孙宰。 [6] 要郑虔于泉路：杜甫《赠郑虔》：“便与先生应小诀，九重泉路尽交期。”要，要约，约定。泉路，指阴间。 [7] 招李白于匡山：杜甫《怀李白》：“匡山读书处，头白好归来。” [8] 可以兴，可以观：见《论语·阳货》，谓诗歌可以感发人的意志，考察风俗的盛衰。 [9] 陈梅岑：陈熙，字梅岑，秀州（治所今浙江嘉兴）人。官河南南河同知。有《腾笑轩诗钞》。为袁枚弟子。 [10] 袁夫子：指袁枚。夫子，

老师，尊称。

语译

人一定要有美德有忧思，才有深沉抑扬的作品。人只知杜甫时刻不忘国君，而不知他对于朋友、弟妹、夫妻、儿女之间，在哪里不是一往情深呢？考察他冒着犯错的风险上疏挽救房公，感激孙宰借一宿之恩而作诗颂扬，与郑虔要约于泉路相会，邀请李白于庐山相聚：此种情谊，“可以感发人的意志，可以考察风俗的盛衰”了。后人没有杜甫的性情，却学杜诗的风格，是舍本求末了。蒋心馀读陈梅岑诗，赠句云：“一代高才有情的人，继承袁夫子的就是你陈君。”

品评

诗人先有真性情而后有真诗。而情的范围是广泛的，如少陵并非只有思君爱国，亦有友朋、弟妹、夫妻、儿女之情，都属于“芬芳悱恻之怀”，都可以写出佳作。此论实际仍是针砭沈德潜的“有关系”、人伦教化的诗教观。而批评“无杜之性情，学杜之风格，抑末也”，则是讽刺盲目学杜的格调诗。

四六

诗文自须学力，然用笔构思，全凭天分。往往古今人持论，不谋而合。李太白《怀素[1]草书歌》云：“古来万事贵天生，何必公孙大娘浑脱舞[2]？”赵云松[3]《论诗》云：“到老始知非力取，三分人事七分天。”

题解

本条见《随园诗话》卷十五。

注释

[1] 怀素：唐代著名书法家，以狂草著称。 [2] 何必公孙大娘浑脱舞：意谓即使没有浑脱舞的启发，怀素的草书也同样会有成就。据《明皇杂录》，怀素看了公孙大娘舞《浑脱》，草书大进。公孙大娘，唐开元间教坊的著名舞妓。浑脱，曲名。 [3] 赵云松：赵翼，字云松。

语译

诗文自然需要一定的学问，但写作构思，全要凭天分。古今人提出的主张往往不谋而合。李太白《怀素草书歌》云："自古以来万事都重视天生的才能，何必学习公孙大娘《浑脱》舞的技巧？"赵云松《论诗》云："到老才知道作诗不是靠尽力就能成功的，三分是人力之所为，七分是先天具备的。"

品评

此条是标举性灵说的诗才论。创作条件有二，一是学力，二是天分，诚然不错，但"全凭天分"之说，未免绝对化，"三分人事七分天"则庶几近之。

四七

徐朗斋嵩[1]曰："有数人论诗，争唐、宋为优劣者，几至攘臂[2]。乃援嵩以定其说。嵩乃仰天而叹，良久不言。众问何叹。曰：'吾恨李氏不及姬家[3]耳！倘唐朝亦如周家八百年，则宋、元、明三朝诗，俱号称唐诗，诸公何用争哉？须知论诗只论工拙，不论朝代。譬如金玉，出于今之土中，不可谓非宝也；败石瓦砾，传自洪荒，不可谓之宝也。'众人闻之，乃闭口散。"余谓诗称唐，犹称宋之斤、鲁之削[4]也，取其极工者而言，非谓宋外无斤、鲁外无削也。朗斋，癸卯科[5]为主考谢金圃[6]所赏，已定元[7]矣，因三场策[8]不到而罢。谢刊其荐卷，流传京师，故朗斋咏《唐寅画像》云："锦瑟华年[9]廿五春，虎头金粟是前身[10]。虚名丽六[11]流传遍，下第江南第一人[12]。""丽六"者，其场中坐号也。次科亦即登第。

题解

本条见《随园诗话》卷十六。

注释

[1] 徐朗斋嵩：徐嵩，字鑅庆，号朗斋，昆山（今属江苏）人。举人。 [2] 攘臂：捋袖伸臂，形容激愤貌。 [3] 李氏不及姬家：意为李家唐王朝不如姬家周王朝年代长久。 [4] 宋之斤、鲁之削：《周礼·考工记》："郑之刀，宋之斤，鲁之削，吴粤之剑，迁乎其地而弗能为良，地气然也。"斤，斧头。削，曲刀（雕刻工具）。 [5] 癸卯科：乾隆四十八年（一七三八）乡试。 [6] 谢金圃：名墉，字昆城，号金圃、丰甫、东墅，晚号西髯，嘉善（今属浙江）人。乾隆十七年进士，改庶吉士，授编修。 [7] 定元：此指乡试选为第一，即解元。 [8] 三场策：第三场考试策问。 [9] 锦瑟华年：即青春岁月。李商隐《锦瑟》诗："锦瑟无端五十弦，一弦一柱思华年。" [10] 虎头金粟是前身：说自己生有佛根。佛教有金粟如来，晋代名画家顾恺之（小字虎头）在瓦官寺画有金粟如来像，画谱有"虎头金粟"之称。 [11] 丽六：谢墉刊程墨时，录徐嵩文于解首之前，不刊名而刊红号，曰"丽六"。 [12] 第一人：即上文"定元"。

语译

徐嵩说："有几个人论诗，争论唐、宋诗的优劣，几乎到了捋袖伸臂的程度，乃拉着我来确定其说是否有理。我乃仰天而叹，很久不说话。众人问叹息什么。我说：'我恨李氏唐朝不及姬家周朝罢了！如果唐朝亦如周家有八百年那么长久，则宋、元、明三朝诗，都号称唐诗，诸公何用争论呢？须知论诗只论优劣，不论朝代。譬如金玉，出于现在的泥土中，不可说它不是宝贝；败石瓦砾，传自远古，不可说它就是宝贝也。’众人闻后，于是无言地散开。”我认为诗称唐，好比称宋国的斧头、鲁国的曲刀，是取其极锋利者来说的，不是说宋国之外无斧头、鲁国之外无曲刀。朗斋，乾隆四十八年癸卯科乡试为主考谢金圃所赏识，选定为解元了，因第三场策问考试不到场而落榜。谢刊印其试卷，流传于首都，于是朗斋咏《唐寅画像》云：“锦瑟华年廿五个春天了，虎头的金粟如来画像是我的前身。我‘丽六’的虚名流传各处，却是落榜的江南第一人。”“丽六”者，其考场中的座位号码。下一科乡试就榜上有名了。

品评

此条引证徐朗斋针对唐、宋优劣之争所言“倘唐朝亦如周家八百年，则宋、元、明三朝诗，俱号称唐诗，诸公何用争哉”，风趣而有力，堪称妙论。而“论诗只论工拙，不论朝代”更是至理，袁枚《答沈大宗伯论诗书》云“尝谓诗有工拙，而无今古”，正是“抄袭”徐氏观点。此条袁枚又发挥说“余谓诗称唐，犹称宋之斤、鲁之削也，取其极工者而言，非谓宋外无斤、鲁外无削也”，则对唐以后之宋诗进行了肯定。袁枚论诗兼容唐、宋，亦正在于此。

四八

诗始于虞舜[1]，编于孔子[2]。吾儒不奉两圣人之教，而远引佛老[3]，何耶？阮亭好以禅悟比诗[4]，人奉为至论。余驳之曰：“《毛诗三百篇》[5]，岂非绝调？不知尔时，禅在何处？佛在何方？”人不能答。因告之曰：“诗者，人之性情也。近取诸身而足矣。其言动心，其色夺目，其味适口，其音悦耳，便是佳诗。

孔子曰：'不学诗，无以言。'[6] 又曰：'诗可以兴'。[7] 两句相应。惟其言之工妙，所以能使人感发而兴起。倘直率庸腐之言，能兴者其谁耶？"

题解

本条见《随园诗话补遗》卷一。

注释

[1] 诗始于虞舜："诗"最先见于《尚书·尧典》虞舜云："诗言志，歌永言。"虞舜，上古五帝之一，古代传说中的圣君。 [2] 编于孔子：据《史记》等书记载，孔子以前，古诗有三千馀篇，经孔子编定，存三百馀篇。即今《诗经》。 [3] 佛老：佛家和道家并称。 [4] 阮亭好以禅悟比诗：清王士禛（号阮亭）论诗，提倡"神韵"，标榜"妙悟"，常用佛教的理论谈诗。禅悟，对禅理的洞达，此即指禅理。禅，佛教语，原指静坐默念，引申为禅理、禅学等。 [5]《毛诗三百篇》：即《诗经》。秦代以后，讲授《诗经》的有数家，其中由汉代学者毛亨、毛苌传授的最流行，称为《毛诗》。 [6] 不学诗，无以言：意为不学习《诗经》，就不善于辞令。这是孔子对儿子孔鲤说的话。见《论语·季氏》。 [7] 诗可以兴：诗可以感发志意。见《论语·阳货》。

语译

"诗"这个词最先见于《尚书·尧典》"诗言志，歌永言"，经孔子编定。我们儒家不奉行两位圣人的教诲，却远引佛家与道家学说，是为什么呢？阮亭好以禅理比诗，人们奉为精辟的理论。我反驳他们说："《毛诗三百篇》，岂非绝妙的作品？不知那时，禅在何处？佛在何方？"人们不能回答。我于是告知他们说："诗，是表达人的性情。就近取之于身体的各部分就够了。其言词动心，其色彩夺目，其韵味适口，其音律悦耳，便是佳诗。孔子说：'不学诗，就没什么可说的。'又说：'诗可以感发人的志意。'两句相互应和。只因为其言词的工妙，所以能使人感动而奋起。如果是直率庸腐的言词，能感发谁呢？"

品评

此条反对王士禛“以禅悟比诗”，而以“身”论诗:“其言动心，其色夺目，其味适口，其音悦耳，便是佳诗。”此从读者接受的角度评判诗之优劣。首先是“动心”，亦即“感人”，“使人感发而兴起”，此为头等重要的。其次是“夺目”，即讲究文采，“若非华羽，曷别凤皇”（《续诗品·振采》）。再次是“适口”，有诗味可品。最后是“悦耳”，声律动听，所谓“三日绕梁，我思韩娥”（《续诗品·结响》）。袁枚之论通俗易懂，自比以禅喻诗之玄虚更切实际。

四九

近日有巨公[1]教人作诗，必须穷经读注疏[2]，然后落笔，诗乃可传。余闻之，笑曰：且勿论建安[3]、大历[4]，开府[5]、参军[6]，其经学何如；只问“关关雎鸠”[7]“采采卷耳”[8]，是穷何经、何注疏，得此不朽之作？陶[9]诗独绝千古，而“读书不求甚解”[10]，何不读此疏以解之？梁昭明太子《与湘东王书》[11]云：“夫六典[12]、三礼[13]，所施有地，所用有宜。未闻吟咏情性，反拟《内则》[14]之篇；操笔写志，更摹《酒诰》[15]之作；‘春日迟迟’[16]，翻学《归藏》[17]；‘湛湛江水’[18]，竟同《大诰》[19]。”此数言振聋发聩[20]。想当时必有迂儒曲士[21]，以经学谈诗者，故为此语以晓之。

题解

本条见《随园诗话补遗》卷一。

注释

[1] 巨公：大人物。当为翁方纲（官至内阁学士）一类人物，以考据为诗者。[2] 注疏：注和疏。注是对经书字句的注释。疏是对注释的注释。 [3] 建安：指建安七子。东汉末建安时期，孔融、陈琳、王粲、徐干、阮瑀、应玚、刘桢以文学著称，称建安七子。 [4] 大历：指大历十才子。唐代宗大历年间，诗人卢纶、吉中孚、韩翃、钱起、司空曙、苗发、崔峒、耿湋、李端等被称为大历十才子。 [5] 开府：即庾信，字子山，南阳新野（今属河南）人。官至骠骑大将军、开府仪同三司，世称庾开府。 [6] 参军：即鲍照，字明远，南朝宋东海(今江苏涟水)人。因曾官前军参军，世称鲍参军。 [7] 关关雎鸠：《诗·周南·关雎》的首句。关关，鸟类雌雄相和的鸣声。雎鸠，鸟名。 [8] 采采卷耳：《诗·周南·卷耳》的首句。采采，茂盛貌。卷耳，菊科植物名。 [9] 陶：指东晋末期南朝宋初期诗人、散文家陶渊明，字元亮，号五柳先生，谥号靖节先生，入刘宋后改名潜。 [10] 读书不求甚解：陶渊明《五柳先生传》："好读书不求甚解，每有会意，便欣然忘食。"不求甚解，指不钻牛角尖。 [11] 梁昭明太子《与湘东王书》：下面所引的一段话，出于梁简文帝萧纲《与湘东王书》，作者不是昭明太子，袁枚误记。引文与原文有出入。 [12] 六典：《周礼》所称六典，治典、教典、礼典、政典、刑典、事典。 [13] 三礼：这里指祭天、地、宗庙之礼。 [14]《内则》：《礼记》中的一篇。 [15]《酒诰》：《尚书》中的一篇。[16] 春日迟迟：《诗·豳风·七月》的句子，原作"迟迟春日"。迟迟，和煦。[17]《归藏》：相传的三《易》之一。 [18] 湛湛江水：《楚辞·招魂》："湛湛江水兮上有枫。"湛湛，形容水深。 [14]《大诰》：《尚书》中的一篇。 [20] 振聋发聩：比喻唤醒糊涂麻木的人。 [21] 曲士：乡曲之士，孤陋寡闻的人。

语译

最近有位大人物教人作诗，说一定要尽力钻研经籍，读通注与疏，然后再下笔，诗才能流传。我听到此话，笑说：暂且不论建安七子、大历十子、庾开府、鲍参军，他们的经学造诣如何；只问"关关雎鸠""采采卷耳"，是钻研什么经籍、什么注疏，才得到这样的不朽作品？陶渊明诗千古无二，但"读书不求甚解”，他为什么不读义疏以求甚解呢？梁昭明太子《与湘东王书》云：“六典、三礼，实施要有场所，运用要适宜。没听说吟咏情性之作，反而模拟《内则》之篇；挥笔言志，还摹仿《酒诰》之作；写‘春日迟迟’类的诗作，反而去学《归藏》；写‘湛湛江水’类的美词，竟会类同《大诰》。”这几句话可以唤醒糊涂麻木的人。想当时必有迂腐的儒生与孤陋寡闻的人，以经学谈诗，所以说这种话让他们明白。

品评

此条批评翁方纲肌理派以学问为诗，认为诗是吟咏性情的，并不依赖于学问，观点鲜明。所举从《诗经》到建安、大历、开府、参军、陶渊明等名家吟咏性情之例，无一是因穷经读注疏而写出“不朽之作”的。又援引“昭明太子”（实为萧纲）《与湘东王书》之言作为批判武器，更令“以经学谈诗者”只有举手投降的份儿。论据充足，具有很强的说服力。但引用有误记之处，是白璧微瑕。古人引用多凭记忆，不是临时翻书，不必苛求。

五〇

余买小仓山[1]废园，旧为康熙间织造隋公[2]之园，故仍其姓，易“隋”为“随”，取随之时义大矣哉[3]之意。居四十馀年矣，忽于小市上购得前朝顾尚书东桥先生[4]手书诗幅，题云：“茂慈词丈[5]就北山之麓构园，名随园，索余赋诗。因赠云：‘霜松雪竹忆归初，千载犹堪借客居。雨过泉声飞卷幔，云生岚翠[6]拥行裾[7]。金尊座对贤人酒[8]，石室山藏太史书[9]。共说高情丘壑在，苍生凝望意何如？’[10]”又曰：“谁向山居同揆[11]咏？主人原是谢公[12]才。”读其诗，想见主人亦是词馆[13]文学之士而归隐者。北山之麓，当即在小仓山左右。末署“天启五年[14]，友弟顾起元[15]书”。事隔二百年，而园名与余先后相同，事亦奇矣。惜茂慈二字，是字非名，终不知其为谁也。后考邑志：茂慈名润生，焦弱侯[16]之长子，守云南殉节。

题解

本条见《随园诗话补遗》卷一。

注释

[1] 小仓山：在今南京清凉山之东。 [2] 织造隋公：织造隋赫德。织造，官名。掌管织造丝织品，供皇室之用。 [3] 随之时义大矣哉：按原文应为“随时之义大矣哉”。见《易·随》。随时，顺应时势，切合时宜。 [4] 东桥：顾璘，字华玉，号东桥，长洲（今苏州）人，寓居南京。官至刑部尚书。著有《顾华玉集》。但下文署名为“顾起元书”。 [5] 词丈：对前辈诗人的敬称。 [6] 岚翠：山林中的雾气。 [7] 行裾：出行时所穿的衣衫。 [8] 贤人酒：古代隐语，谓清酒为圣人，浊酒为贤人。贤人酒即浊酒。这里亦有贤主人之酒的意思。[9] 石室山藏太史书：太史公司马迁《报任安书》称《史记》要“藏之名山，传之其人”。石室山，浙江衢州烂柯山，此指代南京的山。太史书，此指代著作。 [10]“共说高情”两句：谓茂慈情在山丘归隐，但苍生共盼其出山。《晋书·谢安传》：“功高百辟，情惟一丘。”“安石不出，如苍生何？” [11] 掞：发抒。[12] 谢公：谢安（三二〇—三八五），字安石，号东山，会稽（今浙江绍兴）人。东晋政治家，军事家。 [13] 词馆：翰林院。 [14] 天启五年：公元一六二五年。[14] 友弟：同“友生”，朋友。 [16] 顾起元：字太初，江宁（今江苏南京）人。明万历进士，官至吏部侍郎。有《客座赘语》。 [17] 焦弱侯：焦竑，字弱侯，江陵（今属湖北）人。明万历十七年（一五八九）殿试第一。明代学者，藏书家。有《焦氏藏书目》《澹园集》等。

语译

我买的小仓山废园,以前是康熙间织造隋公的园林,所以沿袭其姓,改“隋”为“随”,取《易·随》随时之义很普遍的意思。我居住四十馀年了,忽然从小集市上购得明朝顾尚书东桥先生手书的诗幅,题云:“茂慈诗家前辈靠近北山之麓构筑园林,名随园,要求我赋诗。于是赠诗云:‘看见霜松雪竹忆起您当初归隐的日子,即使千年仍值得借此处客居。雨过山泉发出声响,山泉形似飞卷的幕布,行云化成山林中的雾气,簇拥着行人所穿的衣衫。座位面对着金樽的浊酒,石室山藏着司马迁一样的著作。大家都说茂慈情系山丘隐居,而苍生共盼其出山他又会怎么想呢?’”又有诗句云:“谁羡慕山居共同抒情吟咏?主人原是谢公一样的人才。”读其诗,想见主人亦是翰林院文学之士而归隐者。北山之麓,当即在小仓山附近。末署“天启五年,友弟顾起元书”。事隔二百年,而园名与我的园名先后相同,事情很奇特了。可惜“茂慈”二字,是字非名,终不知其为谁。后考县志得知:茂慈名润生,焦弱侯的长子,守云南时殉节。

品评

此条考述随园前身的历史,是一条比较珍贵的资料。二百年前焦弱侯长子焦润生,于北山之麓“构园”,园即“名随园”,而主人“亦是词馆文学之士而归隐者”,与袁枚园名及袁枚身份竟无二致,造物如此奇妙,世事如此巧合,确实“事亦奇矣”!

五一

孔子论诗,但云兴、观、群、怨[1],又云“温柔敦厚”[2],足矣!孟子论诗,但云“以意逆志”[3],又云“言近而指远”[4],足矣!不料今之诗流,有三病焉:其一填书塞典,满纸死气,自矜[5]淹博。其一全无蕴藉，矢口[6]而道，自夸真率。近又有讲声调而圈平点仄以为谱者[7]，戒蜂腰、鹤膝、叠韵、双声以为严者[8]，栩栩然[9]矜独得之秘。不知少陵[10]所谓“老去渐于诗律细”[11]，其何以谓之律，何以谓之细？少陵不言。元微之[12]云：“欲得人人服，须教面面全。”[13]其作何全法，微之亦不言。盖诗境甚宽，诗情甚活，总在乎好学深思，心知其意，以不失孔、孟论诗之旨而已。必欲繁其例，狭其径，苛其条规，桎梏[14]其性灵，使无生人之乐，不已傎[15]乎！唐齐己有《风骚旨格》[16]，宋吴潜溪有《诗眼》[17]，皆非大家真知诗者。

题解

本条见《随园诗话补遗》卷三。

注释

[1] 兴、观、群、怨：《论语·阳货》：“《诗》可以兴，可以观，可以群，可以怨。”兴，感发志意。观，考察风俗盛衰。群，相互感染。怨，怨刺上政。 [2] 温柔敦厚：《礼记·经解》引孔子的话：“温柔敦厚，《诗》之教也。”孔颖达《疏》：“温，谓颜色温润；柔，谓情性和柔。诗依违讽谏，不指切事情，故言温柔敦厚，是《诗》教也。” [3] 以意逆志：《孟子·万章上》：“故说《诗》者，不以文害辞，不以辞害志。以意逆志，是为得之。”意谓对《诗》琢磨作品的主旨，不要钻个别字眼。 [4] 言近而指远：《孟子·万章下》：“言近而指远者，善言也。”指，同“旨”。 [5] 矜：自夸，自恃。 [6] 矢口：随口。 [7]“近又有讲声调”句：当时王士禛、赵执信、翁方纲等都有关于古近体诗声调平仄的著作。某处应平，某处应仄，都作了标记，要求是严格的。分见王士禛《王文简古诗平仄论》、翁方纲《五七言诗平仄举隅》、赵执信《声调谱》等书。 [8]“戒蜂腰”句：南齐沈约等讲求韵

律，探讨诗文声病，创立“四声八病”之说。蜂腰、鹤膝是所谓八病中的两病。五言诗每句中只有第三字是清音，其馀四字皆浊音叫蜂腰；反之为鹤膝。叠韵，就是同韵母的字构成词，叫叠韵。双声，就是同声母的字构成词，叫双声。[9] 栩栩然：欢喜自得貌。 [10] 少陵：杜甫号少陵野老。 [11] 老去渐于诗律细：见杜甫《遣闷呈路十九曹长》。 [12] 元微之：元稹字微之。 [13] “欲得人人服”两句：见元稹《见人咏韩舍人新律诗因有戏赠》：“欲得人人优，能教面面全。”引诗略有出入。 [14] 桎梏：束缚。 [15] 傎：荒谬。 [16] 唐齐己有《风骚旨格》：晚唐著名诗僧齐己的《风骚旨格》专注于诗歌艺术形式问题的探讨。[17] 宋吴潜溪有《诗眼》：此书未详。另有《潜溪诗眼》，北宋范温撰。范温号潜溪，故名。此书宋以后即散佚。当时各家称引皆简称《诗眼》。仅在《说郛》中保存三则，郭绍虞《宋诗话辑佚》辑得二十九则。所谓“诗眼”，即阐述作诗之诀窍和技巧。所谓“宋吴潜溪有《诗眼》”，或即此书而袁枚误记耶？

语译

孔子论诗，只是说兴、观、群、怨，又说“温柔敦厚”，足够了！孟子论诗，只是说“用自己的想法去揣度别人的心思”，又说“语言通俗易懂，意义深远富有哲理”，足够了！不料今天的诗人，有三种毛病：其一是填书塞典，满纸死气，自恃渊博。其一是全无含蓄，随口而道，自夸真率。最近又有讲声调圈平点仄而著为声调谱者，戒蜂腰、鹤膝、叠韵、双声以为严格者，欢喜自得，自夸得到独有的奥秘。不知少陵所谓“老去渐于诗律做得很细致”，其用什么称之为诗律，用什么称之为细致？少陵没有说。元微之说：“要能够让人人信服，必须做到面面齐全。”其怎么样做到全法，微之也没有说。诗的境界很宽广，诗的感情很鲜活，总的说在于好学深思，心知其意，以不失去孔、孟论诗的意思而已。若一定要使其规则繁琐，使其途径狭窄，使其条规苛刻，束缚其性情灵思，使人没有活人的乐趣，不太荒谬了吗！唐齐己有《风骚旨格》，宋吴潜溪有《诗眼》，他们都不是大诗人和真正懂得诗的人。

品评

袁枚论诗虽时引孔、孟之言作为批评的利器，但含义已经过其改造，这是子才聪明之处。此条批评今之诗流三病：一是以考据为诗，满纸死气；二是粗才，无含蓄蕴藉之致；三是大讲声律，死守教条。三病的要害在于“桎梏其性灵，使无生人之乐”，即全不合袁枚性灵说之旨。至于“不失孔、孟论诗之旨”，不过是袁枚的障眼法而已。

五二

刘知几[1]云：“有才无学，如巧匠无木，不能运斤[2]；有学无才，如愚贾操金[3]，不能屯货。”余以为诗文之作意用笔，如美人之发肤巧笑[4]，先天也；诗文之征文用典，如美人之衣裳首饰，后天也。至于腔调涂泽[5]，则又是美人之裹足穿耳，其功更后矣！

题解

本条见《随园诗话补遗》卷六。

注释

[1] 刘知几：唐代史学家，《史通》的作者。下面的话，引自《唐书》本传。

[2] 运斤：挥斧。 [3] 操金：操纵、运用钱币。 [4] 巧笑：美好的笑。《诗·卫风·硕人》：“巧笑倩兮，美目盼兮。” [5] 涂泽：指辞藻的修饰。

语译

刘知几说：“有才无学，如灵巧的木匠无木料，不能挥动斧子；有学无才，如笨拙的商人运用钱币，不能聚集起货物。”我认为诗文的立意运笔，如美人的头发皮肤、美好的笑容，是先天具备的；诗文的征引成文与使用典故，如美人的衣裳首饰，是后天得到的。至于格律与辞藻的修饰，那又是美人的缠足穿耳洞，其功夫更在后面了！

品评

此条引刘知几论史之言而发挥之，论“才”与“学”的关系。“作意用笔”，是靠先天诗才，如“我来天外”(《续诗品·精思》)的构思，“星月驱使，华岳奔驰”(《续诗品·用笔》)的想象，皆是“笔性灵”的体现。“征文用典”，则靠后天博习，“曰不关学，终非正声”(《续诗品·博习》)。诗人两者俱备，自有佳作。至于“腔调涂泽”，在声律、文辞上雕琢，已不足道矣！

五三

诗如射也，一题到手，如射之有鹄[1]，能者一箭中，不能者千百箭不能中。能之精者，正中其心；次者中其心之半；再其次者，与鹄相离不远；其下焉者，则旁穿杂出，而无可捉摸焉。其中不中，不离“天分学力”四字。孟子曰：“其至尔力，其中非尔力。”[2]至是学力，中是天分。

题解

本条见《随园诗话补遗》卷六。

注释

[1] 鹄：箭靶。　[2]“其至尔力”两句：语出《孟子·万章下》。

语译

作诗如射箭，一题到手，如射箭的有靶子，有本领的人一箭就射中，没有本领的人千百箭都不能射中。本领高强的人，正好射中靶心；本领稍低点的人射中靶心的半边；本领再低点的人，箭与箭靶距离不远；那些本领低下的人，箭就射偏或乱射，让人不可捉摸。其射中与射不中，不离“天分学力”四个字。孟子说：“其达到是你的膂力，其射中则不是你的膂力。”达到是学力，射中是天分。

品评

此条以射箭为喻，论天分与学力的结合。“能者一箭中，不能者千百箭不能中”。中与不中关乎“天分”，瞄得准是先天的才能。“至是学力”，是后天锻炼，要有足够的膂力使箭插入靶心。天分与学力缺一不可，无学力，虽有天分亦难成功；而无天分，再有学力亦是徒劳。所言大致不错。

五四

女弟子席佩兰[1]，诗才清妙，余尝疑是郎君孙子潇[2]代作。今春[3]到虞山[4]访之，佩兰有君姑之戚[5]，缟衣[6]出见，容貌婀娜，克称其才。以小照属题，余置袖中，即拉其郎君同往吴竹桥太史[7]家小饮。日未暮，而见赠三律来。读之，细腻风光，方知徐淑之果胜秦嘉[8]也。其诗云：“慕公名字读公诗，海内人人望见迟。青眼[9]独来幽阁里，缟衣无奈浣妆[10]时。蓬门昨夜文星[11]照，嘉客先期喜鹊知。愿买杭州丝五色，丝丝亲自绣袁丝[12]。”“深闺柔翰学涂鸦[13]，重荷先生借齿牙[14]。漫拟刘公知道韫[15]，直推徐淑胜秦嘉。解围敢设青绫障[16]？执贽遥褰绛帐纱[17]。声价自经椽笔[18]定，扫眉笔上也生花[19]。”“南极文昌[20]应一身，幸瞻藜杖[21]拜星辰。一编[22]早定千秋业，片语能生四海春。诗格要烦裁伪体[23]，画图敢自秘丰神？问公参透拈花旨，可是空王座下人？[24]”佩兰小照幽艳，余老矣，不敢落笔，带至杭州，属王玉如夫人[25]为之布景，孙云凤、云鹤[26]两女士题诗词，余跋数言，以志一时三绝[27]云。

题解

本条见《随园诗话补遗》卷八。

注释

[1] 席佩兰：字韵芬，号浣云，昭文（今江苏常熟）人。袁枚第一女弟子，孙原湘之妻。 [2] 孙子潇：孙原湘（一七六〇—一八二九），字子潇，一字长真，晚号心青，自署射姑仙人侍者，昭文（今江苏常熟）人。袁枚大弟子。嘉庆十年（一八〇五）榜眼，官编修。著《天真阁集》。 [3] 今春：此指乾隆五十九年（一七九四）春。 [4] 虞山：山名，在常熟。此指代常熟。 [5] 君姑之戚：指婆婆亡故的悲伤。 [6] 缟衣：白衣，孝服。 [7] 吴竹桥太史：吴蔚光，字哲甫，号竹桥，别号湖田外史，昭文（今江苏常熟）人。乾隆四十五年（一七八〇）进士，选庶吉士，授礼部主事，旋引疾归，乡居终老。太史，翰林院属官，指庶吉士。 [8] 徐淑之果胜秦嘉：秦嘉是东汉陇西人，字士会，妻徐淑，俱有文才，徐淑尤胜。这句是奖许席氏诗才胜过其丈夫孙氏。 [9] 青眼：与白眼相对。指喜欢或器重。 [10] 浣妆：洗去铅华。 [11] 文星：文昌星，又曰文曲星。喻有才的人。 [12] 袁丝：即汉文景时大臣袁盎。这里借指袁枚。 [13] 涂鸦：比喻书画或文词稚嫩拙劣。 [14] 借齿牙：受到称赞。苏轼《与王荆公书》之二：“愿公少借齿牙，增重于世。” [15] 刘公知道韫：刘公，晋名士刘柳。道韫，即晋才女谢道韫，谢安侄女。刘柳闻道韫之名，请与谈论，退而叹曰：“使人心形俱服。” [16] 解围敢设青绫障：据《晋书》，谢道韫丈夫王凝

之之弟献之，尝与宾客谈论，词理将屈，道韫遣婢告献之说：“愿为小郎解围。”乃施青绫步障自蔽，申献之前议，客不能屈。 [17] 执贽遥褰绛帐纱：此句再申愿为袁氏弟子的诚意。贽，专指献给老师的礼物。褰，揭起。绛帐纱，《后汉书·马融传》载马融“常坐高堂，施绛纱帐，前授生徒，后列女乐，弟子以次相传”。后因以“绛帐”作为师门、讲席的敬称。 [18] 椽笔：大笔。[19] 扫眉笔上也生花：指女子也能写出好诗。扫眉，描画眉毛。此指扫眉才子，即有才的女子。笔上也生花，即妙笔生花，比喻杰出的写作才能。王仁裕《开元天宝遗事·梦笔头生花》：“李太白少时，梦所用之笔头上生花，后天才赡逸，名闻天下。” [20] 南极文昌：南极星主寿，文昌星主文才。 [21] 藜杖：用藜的老茎做的手杖。此指代袁枚。 [22] 一编：当指袁枚的诗文集。 [23] 诗格要烦裁伪体：请求袁枚裁正作者诗格中不纯正的东西。本杜甫《戏为六绝句》：“别裁伪体亲风雅，转益多师是汝师。” [24] “问公参透”两句：意谓您精于佛学，看过我的肖像之后，请问我能否进入佛门。拈花，佛教故事，如来说法，拈花示众，弟子阿难领悟，微笑颔首。空王，即如来佛。 [25] 王玉如夫人：字清阁，云南人。杭州孙嘉乐妾。善诗画，与女云凤、云鹤等闺中唱和，颇有林下风。[26] 孙云凤、孙云鹤：孙云凤（一七六四——一八一四），字碧梧，仁和（今浙江杭州）人。孙嘉乐女。有《湘筠馆诗》。孙云鹤，字兰友，一字仙品，仁和（今杭州）人。孙嘉乐女，县丞金玮妻。 [27] 绝：独特，独一无二。

语译

女弟子席佩兰，诗才清妙，我曾怀疑其诗作是她丈夫孙子潇代作。今春到常熟走访她，佩兰正有婆婆亡故的悲伤，穿着白衣出见，容貌轻盈柔美，与其才很相配。席取出其画像请我题诗，我放到袖管中，即拉其丈夫往吴竹桥太史家小饮。天还没黑，而席佩兰派人送来三首律诗。读下来，觉得风光细腻，这才知道徐淑果然超过秦嘉。其诗云：“仰慕公的名字阅读公的诗，海内人人都觉得看见您太晚了。您以赞赏的眼光独自来到我的幽阁里，无奈我穿着孝服没有装扮。我的草房昨夜有文曲星光临，佳客将到来喜鹊都预先知晓。我愿买来杭州的五色丝，每根丝都亲自来绣袁公的画像。”“我在闺房里挥笔学涂鸦，又承蒙借先生之口给予赞赏。没有效仿刘柳婉转地赞叹谢道韫，而是直接推崇徐淑胜过秦嘉。我哪里敢像谢道韫一样设青绫步障自蔽为丈夫解围？只是想给先生送上礼物，揭起老师的帷帐。我诗作的声价自经先生大笔判定，我小女子的笔头也会开花。”“您寿星、文曲星都应验于一身，我侥幸瞻仰到您的手杖谒见到星辰。您的诗文集早已确定了千秋大业，片言只语能使四海生春。我的诗格要烦请您裁去不纯正的东西，我的画像不敢不公开。您精于佛学，看过我的肖像之后，请问我能否进入佛门？”佩兰小照幽艳，我老了，不敢落笔，带到杭州，嘱托王玉如夫人为之添画背景，孙云凤、云鹤两女士题诗词，我题跋了几句，以记录一时的“三绝”。

品评

此条记录了与第一女弟子席佩兰首次相见的情景，对席氏才貌赞许之意，溢于楮墨，甚至有“徐淑果胜秦嘉”之评。重视女子诗才，不失袁子才怜香惜玉的本色，也以实例反击了“女子不宜为诗”的腐朽偏见。

子不语选

赵大将军刺皮脸怪

赵大将军良栋，平三藩乱[1]后，路过四川成都，川抚[2]迎之，授馆[3]于民家。将军嫌其隘，意欲宿城西察院[4]衙门。抚军曰："闻此中关锁百馀年，颇有怪，不敢为公备。"将军笑曰："吾荡平寇贼，杀人无算[5]，妖鬼有灵，亦当畏我。"即遣丁役扫除，置眷属于内室，而己独占正房，枕军中所用长戟而寝。

至二鼓，帐钩声铿然[6]，有长身而白衣者，垂大腹，障[7]床面，烛光青冷。将军起，厉声喝之。怪退行三步，烛光为之一明，照见头面，俨然俗所画方相神[8]也。将军拔戟刺之，怪闪身于梁；再刺，再走，逐入一夹道[9]中，隐不复见。将军还房，觉有尾[10]之者，回目之，此怪微笑蹑[11]其后。将军大怒，骂曰："世那得有此皮脸怪耶！"众家丁起，各持兵仗[12]来。怪复退走，过夹道，入一空房，见沙飞尘起，簇簇有声，似其丑类共来格斗者。怪至中堂，挺然立，作负嵎[13]状。家丁相视无敢前。将军愈怒，手刺以戟，正中其腹，膨亨[14]有声，其身面不复见矣，但有两金眼在壁上，大如铜盘，光睒睒[15]射人。众家丁各以刀击之，化为满房火星，初大后小，以至于灭。东方已明。

将军次日上马行，以所见语阖城[16]文武，咸为咋舌[17]。终不知何怪。

题解

赵大将军，赵良栋，字擎宇。康熙时官大同总兵、宁夏提督，授勇略将军。破吴三桂，擢云贵总督，加兵部尚书。谥襄忠。皮脸，二皮脸。北方民间俗语，多指脸皮厚，不知羞耻。本文原载《子不语》卷一。

注释

[1] 三藩乱：清初封吴三桂为平西王，守云南；尚可喜为平南王，守广东；耿继茂为靖南王，守福建。是谓三藩。康熙十二年（一六七三）朝廷撤藩，吴三桂、尚可喜之子尚之信、耿继茂之子耿精忠相继谋反作乱，但失败。 [2] 川抚：四川巡抚。巡抚，总管省务的长官。 [3] 授馆：此指安排住宿。 [4] 察院：巡按御史驻跸的府第。 [5] 无算：不计其数。 [6] 铿然：声音响亮貌。 [7] 障：遮挡。 [8] 方相神：驱疫避邪的神。 [9] 夹道：指两壁间的狭窄小道。 [10] 尾：尾随。 [11] 蹑：跟踪。 [12] 兵仗：兵器。 [13] 负嵎：负隅。嵎，同“隅”。 [14] 膨亨：腹部膨胀如鼓。 [15] 睒睒：闪烁貌。 [16] 阖城：全城。 [17] 咋舌：因惊异而说不出话。

语译

赵良栋大将军，平定三藩之乱后，路过四川成都，四川巡抚迎接他，安排住宿于一民家。将军嫌地方狭窄，想要借宿城西察院衙门。巡抚说：“听说这里关锁了百馀年，颇有妖怪，不敢为公准备。”将军笑道：“我荡平贼寇，杀人无数，妖鬼有灵，也当怕我。”于是派遣服役壮丁打扫房间，安置眷属住在内室，而自己独占正房，枕着军中所用长戟而睡。

至二更天，帐钩发出响声，有一个高个子穿白衣的人，垂着大肚子，遮挡住整个床面，烛光都显得青冷。赵将军起身，厉声喝斥。怪退行三步，烛光因此而明亮起来，照见其头脸，仿佛是民间所画的方相神。将军拔戟刺他，怪躲闪至房梁上；将军再刺，怪再逃，被赶进一夹道中，隐匿不见了。将军回到房内，觉得有人尾随自己，回头一看，此怪微笑着跟踪其后。将军大怒，骂道：“世间哪能有如此脸皮厚的妖怪！”众家丁也惊起，各持兵器赶来。怪又退走，穿过了夹道，进入一间空房子，见沙飞尘起，发出簌簌的声音，好似其丑类同来格斗的样子。怪至厅堂，挺身而立，作出负隅顽抗的样子。家丁们相互看着，不敢向前。将军愈怒，以戟刺怪，正中其肚子，膨胀如鼓的肚子发出响声，但其头脸又不见了，只有两只金眼留在墙壁上，大如铜盘，光闪闪射人。众家丁各以刀砍之，于是金眼化为满房火星，开始很大，后来变小，直至熄灭。此时东方已发亮。

将军次日上马出行，以所见告诉全城的文武官员，官员都为此惊异得说不出话来。但始终不知是什么妖怪。

品评

此文刻画赵良栋不畏鬼怪、勇猛英武的形象。首先写其思想上不怕鬼怪，因为曾“杀人无算，妖鬼有灵，亦当畏我”。其次写其行动上不怕鬼怪，一旦遇鬼怪，即“拔戟刺之”，且一刺到底，直至刺中其腹，打败为止。文中颇注意赵氏神态细节的变化，由当初的“笑曰”，到遇鬼后的“厉声喝之”，再到“大怒”“愈怒”，形象十分生动，使人如闻其声，如见其貌，可体会到其内心的变化，亦推动了情节的发展。

平阳令

平阳令朱铼，性惨刻[1]，所宰邑[2]别造厚枷巨梃[3]，案涉妇女，必引入奸情训之。杖妓，去小衣[4]，以杖抵其阴，使肿溃数月，曰："看渠[5]如何接客！"以臀血涂嫖客面。妓之美者加酷焉：髡其发[6]，以刀开其两鼻孔，曰："使美者不美，则妓风绝矣。"逢同寅[7]官，必自诧[8]曰："见色不动，非吾铁面冰心，何能如此！"以俸满[9]，迁山东别驾[10]。挈眷至茌平[11]旅店，店楼封锁甚固。朱问故，店主曰："楼中有怪，历年不启。"朱素愎[12]，曰："何害？怪闻吾威名早当自退。"妻子苦劝，不听，乃置妻子于别室，己独携剑秉烛[13]坐。

至三鼓[14]，有扣门进者，白须绛冠，见朱长揖[15]。朱叱何怪，老人曰："某非怪，乃此方土地神也。闻贵人至，此正群怪殄灭[16]之时，故喜而相迎。"且嘱曰："公少顷怪至，但须以宝剑挥之，某更相助，无不授首[17]矣。"朱大喜，谢而遣之。须臾，青面者、白面者以次第[18]至，朱以剑斫，应手而倒。最后，有长牙黑嘴者来，朱以剑击，亦呼痛而陨[19]。朱喜自负，急呼店主告之。时鸡已鸣，家人秉烛来照，横尸满地，悉其妻妾子女也。朱大叫曰："吾乃为妖鬼所弄[20]乎！"一恸而绝。

题解

平阳令，浙江平阳县令。本文原载《子不语》卷二。

注释

[1] 惨刻：凶狠刻毒。 [2] 所宰邑：所治理的县。 [3] 梃：棍棒。 [4] 小衣：内裤。 [5] 渠：他。 [6] 髡其发：剃掉其头发。 [7] 同寅：同僚。 [8] 自诧：自夸。 [9] 俸满：官吏任满一定年限依例升调。 [10] 别驾：官名。此当指州通判。 [11] 茌平：县名，今属山东。 [12] 愎：刚愎任性。 [13] 秉烛：手持蜡烛照明。 [14] 三

鼓：三更，指半夜十一时至翌晨一时。 [15] 长揖：拱手高举，从上而下行礼。 [16] 殄灭：灭绝。 [17] 授首：被杀。 [18] 次第：依次。 [19] 陨：死亡。 [20] 弄：戏弄。

语译

平阳县令朱铄，性格凶狠刻毒，他所治理的县特别制造了厚枷巨棒，遇到涉案的妇女，一定要引入奸情训斥。鞭打妓女，要脱掉其内裤，用棍棒顶住其阴部，使肿溃数月，说：“看她如何接客！”还以妓女屁股上的血涂抹在嫖客的面上。妓女长得美的，惩治加倍残酷：要剃掉其头发，用刀割开她的两个鼻孔，说：“让美的变得不美，那么妓女卖淫的风气就断绝了。”遇到同僚的官吏，必自夸说：“见到美色心不动，不是我铁面冰心，怎能如此！”因为平阳令任满依例升调，朱改任山东通判。朱携带家眷来到茌平县旅店，见店楼封锁得很牢固。朱问原因，店主说：“楼中有怪，常年不开。”朱素来刚愎自用，说：“怕什么？妖怪听到我的威名早该自己退却了。”妻子苦劝，不听，于是安排妻子儿女在另外房间，自己独自带着宝剑点着蜡烛坐店楼等待。

到了三更，有一个敲门进来的人，一脸白胡须，头戴红帽子，看见朱就长揖。朱喝叱什么妖怪，老人答：“我不是妖怪，是此方的土地神。听说贵人到来，这正是群怪灭亡之时，所以高兴地来相迎。”而且嘱咐说：“过一会儿妖怪至，您只须用宝剑去砍杀，我再相助，妖怪就都会被杀掉。”朱大喜，表示感谢并送走了他。没多久，青面的、白面的妖怪按顺序来到，朱用剑砍，妖怪随手而倒。最后，有个长牙黑嘴的过来，朱用剑击，亦呼痛而死。朱欣喜自负，急呼店主告诉他。当时鸡已啼鸣，店主家人手持蜡烛来照看，只见横尸满地，都是他的妻妾子女。朱大叫道：“我是被妖鬼戏弄了啊！”悲痛而死。

品评

此文似不无宣扬因果报应之嫌，但告诫恶有恶报之理，亦具积极意义。而且刻画平阳令朱铄的性格缺陷，还是写出了其可悲结局的合理性。此人一是“性惨刻”，对女子尤无人性，所描述“杖妓”之残忍令人发指。二是“自诧”其惨刻，以“铁面冰心”不好色自炫，心理变态。三是刚愎自用，不听善言。故事情节安排颇具匠心，结局有出人意料之妙，令人震惊；只是其罪由妻妾承担，很不合情理。

鬼畏人拼命

介侍郎[1]有族兄某，强悍，憎人言鬼神事，每所居，喜择其素[2]号不祥者而居之。过山东一旅店，人言西厢有怪，介大喜，开户直入。

坐至二鼓[3]，瓦坠于梁。介骂曰：“若[4]鬼耶，须择吾屋上所无者而掷焉，吾方畏汝。”果坠一磨石。介又骂曰：“若厉鬼耶，须能碎吾之几，吾方畏汝！”则坠一巨石，碎几之半。介大怒，骂曰：“鬼狗奴，敢碎吾之首，吾方服汝！”起立，掷冠于地，昂首而待。自此寂然无声，怪亦永断矣。

题解

本文原载《子不语》卷二。

注释

[1] 介侍郎：介福，字受兹，号景庵、野园，满洲镶黄旗人。雍正年间官至礼部侍郎。

[2] 素：平素。　[3] 二鼓：二更，指晚上九时至十一时。　[3] 不祥：不吉利。

[4] 若：你。

语译

介侍郎有族兄某，为人强悍，憎恶人说鬼神事，每次居住的地方，都喜欢挑选平素号称不吉利的处所居住。一次经过山东一家旅店，人说西厢房有妖怪，介大喜，开门直入。

坐至二更，房梁上坠下瓦片。介骂道："你是鬼吗，你须选我屋上没有的东西扔下，我才怕你。"果然坠下一片磨石。介又骂道："你是恶鬼吗，你须能砸碎我的桌几，我才怕你！"于是坠下一块巨石，砸碎桌几的一半。介大怒，骂道："鬼狗奴，你敢砸碎我的头，我才服你！"于是站起身来，把帽子扔在地上，昂首等待。自此寂然无声，妖怪也永远断绝了。

品评

人鬼相对，人于明处，鬼于暗处。写鬼只写其动作，坠瓦、坠磨石、坠巨石，直至"寂然无声"，表现出鬼步步进逼，而终于偃旗息鼓、落荒而逃的过程。写介某主要写其骂声，从"骂""又骂"，直至"大怒，骂"，并辅以"起立，掷冠于地，昂首而待"之连续动作，就凸显出其"强悍"递增的气势，亦凸显出其与鬼"拼命"之雄豪气概。此文短小精悍，以少胜多。

李香君荐卷

吾友杨潮观，字宏度，无锡人，以孝廉[1]授河南固始县知县。

乾隆壬申乡试[2]，杨为同考官[3]。阅卷毕，将发榜矣，搜落卷[4]为加批焉。倦而假寐[5]，梦有女子，年三十许，淡妆，面目疏秀，短身，青绀[6]裙，乌巾束额，如江南人仪态，揭帐低语曰："拜托使君[7]，'桂花香'一卷，千万留心相助。"

杨惊醒，告同考官，皆笑曰："此噩梦也，焉有榜将发而可以荐卷者乎？"杨亦以为然。偶阅一落卷，表联[8]有"杏花时节桂花香"之句，盖壬申二月表题即谢开科事也[9]。杨大惊，加意翻阅，表颇华赡[10]，五策[11]尤详明，真饱学者，以时艺[12]不甚佳，故置之孙山外[13]。杨既感梦兆[14]，又难直告主司[15]，欲荐未荐，方徘徊间，适正主试钱少司农东麓[16]先生嫌进呈策通场未得佳者，命各房搜索，杨大喜，即以"桂花香"卷荐上。钱公如得至宝，取中八十三名。拆卷填榜[17]，乃商丘老贡生[18]侯元标，其祖侯朝宗[19]也，方疑女子来托者，即李香君。杨自以得见香君夸于人前，以为奇事。

题解

李香君，又名李香。明末南京秦淮名妓，"金陵八艳"之一。与河南商丘侯方域相爱。本文原载《子不语》卷三。

注释

[1] 孝廉：指举人。 [2] 乾隆壬申乡试：乾隆十七年（一七五二）选拔举人的考试。乡试，每三年于省城举行一次，考中为举人。 [3] 同考官：协助主考官阅卷的考官，多由本省州县官担任。 [4] 落卷：落选的试卷。 [5] 假寐：不脱衣而睡，打瞌睡。 [6] 青绀：青中透红色。 [7] 使君：汉时官名，即刺史。后亦指称地方官。 [8] 表联：首联。 [9] 表题即谢开科事也：表题，科举考试中表章体的试题。谢开科，乾隆壬申为太后六十寿恩科。 [10] 华赡：富有文采。 [11] 五策：五篇时务策奏议。 [12] 时艺：八股文。 [13] 置之孙山外：落榜。据范公偁《过庭录》：吴人孙山赴考，携乡人之子同去。孙山中最后一名，乡人之子未中。孙山先归，乡人问其子中否，孙山答："解名尽处是孙山，贤郎更在孙山外。" [14] 梦兆：梦中所预示的征兆。 [15] 主司：主考官。

[16] 钱少司农东麓：钱汝诚，字立之，号东麓，嘉兴（今属浙江）人。历官编修、户部右侍郎、刑部右侍郎。少司农，即户部侍郎。 [17] 拆卷填榜：拆开糊名密封的试卷，检视姓名，填写榜文。 [18] 贡生：考选府、县生员（秀才）送到国子监肄业的人。 [19] 侯朝宗：侯方域，字朝宗，号雪苑。入清后应河南乡试，中副榜。著有《壮悔堂集》。

语译

我的朋友杨潮观，字宏度，无锡人，以举人授河南固始县知县。

乾隆壬申乡试，杨为同考官。阅毕考卷，将发榜了，又搜查落选者的考卷为之加批语。因疲倦而打瞌睡，梦见有位女子，年三十左右，淡妆，面目疏朗清秀，小个子，着青中透红色的裙子，黑头巾束在额头，如江南人的仪态，揭开帐子低语说："拜托使君，'桂花香'一卷，请千万留心相助。"杨惊醒，告知同考官，同考官皆笑道："这是恶梦，哪有榜将发而可以举荐落选卷的呢？"杨也认为是这样。偶然阅一落选者的考卷，首联有"杏花时节桂花香"之句，是乾隆壬申二月表章体的试题，即太后六十寿恩科时的事。杨大惊，特别注意翻阅，表写得颇有文采，五策尤其写得详明，真是饱学之士，因为八股文不甚好，所以名落孙山。杨感受到梦中所预示的征兆，又难以直告主考官，想荐还没荐；正犹豫不定之时，正好正主考官钱少司农东麓先生嫌进呈的策议全考场未发现好的文章，命各房搜索，杨大喜，就以"桂花香"卷荐上。钱公如得至宝，取中八十三名。拆开糊名密封的试卷，检视姓名，填写榜文，是商丘老贡生侯元标，其祖为侯朝宗，这才怀疑来托情的女子，就是李香君。杨自以能见到香君于人前夸耀，认为是奇事。

品评

杨潮观"自以得见香君，夸于人前，以为奇事"，袁枚乃有心人，闻后将此"奇事"编入《子不语》。未料后来杨见到此文，恼羞成怒，写信大加批评。除了订正此文细节错误外，尤不满"夸于人前"诸语，称是"污蔑旧交"，并谩骂李香君为"婊子"，"弟生平非不好色，独不好婊子之色"，"名妓二字，尤所厌闻"，"似此乃佻达下流，弟虽不肖，尚不至此"。总之，全盘赖账"翻供"。可见杨潮观虚伪的道学面孔。袁枚读罢来信，亦不甘示弱，连写三封《答杨笠湖书》，逐条反驳杨氏谬论，痛快淋漓。后来未见杨氏再驳，当是理屈词穷矣。此文本身固奇，而所引发的杨、袁二人论战，尤其是一段富有奇趣的文坛公案。

鬼有三技过此鬼道乃穷

蔡魏公孝廉[1]常言："鬼有三技：一迷、二遮、三吓。"或问："三技云何？"曰："我表弟吕某，松江[2]廪生[3]，性豪放，自号豁达先生。尝过泖湖[4]西乡，天渐黑，见妇人面施粉黛，贸贸然[5]持绳索而奔，望见吕，走避大树下，而所持绳则遗坠地上。吕取观，乃一条草索，嗅之，有阴霾之气[6]，心知为缢死鬼，取藏怀中，径向前行。其女出树中，往前遮拦，左行则左拦，右行则右拦。吕心知俗所称'鬼打墙'是也，直冲而行。鬼无奈何，长啸一声，变作披发流血状，伸舌尺许，向之跳跃。吕曰：'汝前之涂眉画粉，迷我也；向前阻拒，遮我也；今作此恶状，吓我也。三技毕矣，我总不怕，想无他技可施，尔亦知我素名豁达先生乎？'

"鬼仍复原形，跪地曰：'我城中施姓女子，与夫口角，一时短见自缢。今闻泖东某家妇亦与其夫不睦，故我往取替代，不料半路被先生截住，又将我绳夺去。我实在计穷，只求先生超生。'吕问：'作何超法？'曰：'替我告知城中施家作道场[7]，请高僧多念往生咒，我便可托生。'吕笑曰：'我即高僧也。我有往生咒[8]，为汝一诵。’即高唱曰：‘好大世界，无遮无碍。死去生来，有何替代？要走便走，岂不爽快！’鬼听毕恍然大悟，伏地再拜，奔趋而去。后土人云：此处向不平静，自豁达先生过后，永无为祟[9]者。”

题解

穷，困窘。本文原载《子不语》卷四。

注释

[1] 孝廉：指举人。 [2] 松江：府名。治所今属上海。 [3] 廪生：府、县学生员成绩优者升廪生。廪生可升国子监学生，称岁贡。 [4] 泖湖：在松江西。 [5] 贸贸然：轻率、冒失的样子。 [6] 阴霾之气：指血腥阴冷的气息。 [7] 作道场：请僧道念经祈福。 [8] 往生咒：使死者可超生投胎的咒语。 [9] 祟：鬼神的祸害。

语译

蔡魏公孝廉常说："鬼有三技：一迷、二遮、三吓。"有人问："三技怎么样？"答道："我表弟吕某，松江的廪生，性格豪放，自号豁达先生。曾经经过泖湖西乡，天渐黑，看见一妇人面施粉黛，冒失地拿着一根绳索而奔，望见吕，走避在大树下，而所拿的绳子却遗坠在地上。吕拾取一看，是一条草绳，嗅了一下，有血腥的气味，心知其为吊死鬼，就把草绳藏在怀中，径直向前走。那个妇人走离大树，往前遮拦，吕某左行就左拦，右行就右拦。吕心知这是民间所称的'鬼打墙'，于是直冲而行。鬼没办法，长啸一声，变作披发流血的样子，伸出长舌一尺左右，朝着吕某跳跃。吕说：'你之前的涂眉画粉，是迷惑我；向前阻拒，是遮拦我；今作此丑样子，是吓唬我。三技用完了，我都不怕，想来无别的伎俩可用，你也知我素名豁达先生吗？'

"鬼就恢复了原形，跪地道：'我是城中姓施的女子，与丈夫吵嘴，一时想不开上吊。今听说泖湖东的某家妇也与她丈夫不和睦，所以我去取她命来替代，不料半路被先生截住，又把我草绳夺去。我实在没办法，只求先生超生。’吕问：‘怎么超生？’答：‘替我告知城中施家作道场，请高僧多念往生咒，我便可托生。’吕笑道：‘我就是高僧。我有往生咒，为你朗诵。’即高唱道：‘好大世界，无遮无碍。死去生来，有何替代？要走便走，岂不爽快！’鬼听毕恍然大悟，伏地一再叩拜，奔跑而去。后来当地人说：此处向来不平静，自豁达先生来过后，永无鬼神的祸害了。”

品评

豁达先生吕某果然豁达。因为他掌握了“鬼有三技”：迷人、遮人、吓人，更知鬼“三技毕矣”，就“无他技可施”的弱点，所以他面对女鬼之三技，毫不畏惧；而且有追穷寇的劲头，不为女鬼的可怜相所动，不为其超生，而“死去生来”。吕某的“豪放”并无多少行为动作，全凭其与女鬼的对话显示，“咄咄逼鬼”，有沛然莫之能御的勇气与生气。

陈清恪公吹气退鬼

陈公鹏年未遇[1]时，与乡人李孚相善。秋夕，乘月色过[2]李闲话。李故寒士，谓陈曰：“与妇谋酒不得，子少[3]坐，我外出沽酒，与子赏月。”陈持其诗卷，坐观待之。

门外有妇人，蓝衣[4]蓬首[5]，开户入，见陈便却去[6]。陈疑李氏戚也，避客故不入，乃侧坐避妇人。妇人袖物[7]来，藏门槛下，身走入内。陈心疑何物，就槛视之，一绳也，臭有血痕。陈悟此乃缢鬼，取其绳置靴中，坐如故。少顷[8]，蓬首妇出，探藏处，失绳，怒，直奔陈前，呼曰：“还我物！”

陈曰："何物？"妇不答，但耸立张口吹陈。冷风一阵如冰，毛发噤龂[9]，灯荧荧[10]青色将灭。陈私念："鬼尚有气，我独无气乎？"乃亦鼓气吹妇。妇当[11]公处成一空洞，始而腹穿，继而胸穿，终乃头灭，顷刻[12]如轻烟散尽，不复见矣。

少顷，李持酒入，大呼妇缢于床。陈笑曰："无伤[13]，鬼绳尚在我靴。"告之故，乃共入解救，灌以姜汤，苏。问何故寻死，其妻曰："家贫甚，夫君好客不已，头止一钗，拔去沽酒。心闷甚，客又在外，未便声张。旁忽有蓬首妇人，自称左邻，告我以夫非为客拔钗也，将赴赌钱场耳。我愈郁恨，且念夜深，夫不归，客不去，无面目辞客。蓬首妇手作圈曰：'从此入即佛国，欢喜无量[14]。余从此圈入而手套不紧，圈屡散。妇人曰：'取吾佛带[15]来则成佛矣。'走出取带，良久不来。余方冥然若梦[16]，而君来救矣。"访[17]之邻，数月前，果缢死一村妇。

题解

陈清恪公，据正文疑为陈鹏年。陈鹏年，字北溟，号沧州，湘潭（今属湖南）人。历官江宁知府、河道总督，谥恪勤。此处言"清恪"，有误。本文原载《子不语》卷四。

注释

[1] 未遇：未入仕途。 [2] 过：走访。 [3] 少：稍。 [4] 蓝衣：同"襤衣"，破衣。 [5] 蓬首：形容头发散乱。 [6] 却去：退去。 [7] 袖物：袖子里藏着东西。 [8] 少顷：片刻。 [9] 毛发噤龂：汗毛竖立，牙齿打战。龂，切齿。 [10] 荧荧：光微弱貌。 [11] 当：面对。 [12] 顷刻：片刻。 [13] 无伤：无妨。 [14] 无量：不可计算。苏轼《副使启》："感佩于怀，愧作无量。" [15] 佛带：即缢绳。

[16] 冥然：恍惚貌。　[17] 访：寻问。

语译

陈鹏年公未发达时，与乡人李孚关系很好。一个秋日的晚上，陈踏着月色走访李孚去聊天。李本是寒士，对陈说："与老婆讨酒没讨到，您稍坐，我外出买酒，与您赏月。"陈手持李的诗卷，坐着阅读等待他。

门外有个妇人，破衣烂衫，头发散乱，开门进来，看见陈就退去。陈怀疑是李氏亲戚，因为回避客人所以不进来，于是侧坐回避妇人。妇人袖子里藏着东西走进来了，东西藏在门槛下，自己走入内室。陈心里疑问是什么东西，就走近门槛去观察，是一根绳子，有臭味还有血痕。陈明白这是吊死鬼，就取来绳子放在靴子里，仍然坐在那里。过了一会儿，满头乱发的妇人走出来，摸取藏东西处，绳子不见了，大怒，直奔陈面前，呼叫："还我东西！"陈问："什么东西？"妇不答，只是耸立着张口吹陈。陈只觉冷风一阵如冰凉，汗毛竖立，牙齿打战，灯光微弱变成青色即将灭掉。陈暗想："鬼还有气，我难道没气吗？"于是也鼓气吹妇人。妇人面对陈公处出现一个空洞，开始腹部穿洞，接着胸部穿洞，最后就头也没有了，片刻间如轻烟散尽，看不见了。

过了一会儿，李孚端着酒进来，大呼其妇在床上吊死了。陈笑道："没关系，鬼绳还在我靴子里。"并告诉他原因，于是一起进室解救，灌上姜汤，李妇苏醒了。问她何故寻死，李妻说："家很穷，丈夫好客不止，头上只有一钗，也被他拔去买酒了。心里很苦闷，客人又在外室，不便声张。身旁忽出现一位满头乱发的妇人，自称是邻近人家的，告诉我丈夫不是为客人拔钗买酒，而是要赴赌钱场。我愈加郁闷愤恨，且想到夜深，丈夫不归，客人不离去，无脸面辞客。满头乱发的妇人手作圆圈说：'从此进去就是佛国，欢喜不可计算。'我从此圈进入但手套不紧，圈一再散掉。妇人说：'取我的佛带来就成佛了。'她走出取佛带，却很久不来。我正恍惚若梦时，而您来解救了。"询问了邻居，几个月前，果然上吊死了一个村妇。

品评

此文写陈鹏年遇缢死鬼，表现出智勇双全。智者，藏起鬼的缢绳，使其无法再害李孚妻，无意中救了李妻一命。勇者，面对缢死鬼口吹冷气，毫不畏惧，亦鼓气吹鬼，而阳气终胜阴气，使鬼“顷刻如轻烟散尽，不复见矣”。可见人终胜鬼。

秦毛人

湖广郧阳房县[1]有房山，高险幽远，四面石洞如房。多毛人，长丈馀，遍体生毛，往往出山食人鸡犬，拒之者必遭攫搏[2]，以枪炮击之，铅子皆落地，不能伤。相传制之之法，只须以手合拍叫曰“筑长城，筑长城”，则毛人仓皇[3]逃去。余有世好[4]张君名敔者，曾官其地，试之果然。土人曰：“秦时筑长城，人避入山中，岁久不死，遂成此怪。见人必问城修完否，以故知其所怯而吓之。”数千年后，犹畏秦法，可想见始皇[5]之威。

题解

秦，秦朝，指秦始皇时期。毛人，即今所谓野人。本文原载《子不语》卷六。

注释

[1] 湖广郧阳房县：指湖北郧阳府治所郧县。今属神农架地区。 [2] 攫搏：抓取、袭击。 [3] 仓皇：慌张。 [4] 世好：世交。 [5] 始皇：秦始皇。统一中国后筑长城。

语译

湖北郧阳府治所郧县有座房山，高耸险峻，林木幽深，四面的石洞有如房屋。此山有很多毛人，身长一丈多，浑身长毛，经常出山吃百姓的鸡和狗，谁若不让他们吃，必定被他袭击或抓走。百姓用土枪炮打他们，铅子儿都落在地上，不能伤害到他们。相传制服他们的办法是只要用手拍击叫喊说“筑长城，筑长城”，那么他们就慌忙逃跑。我有世交张敔，曾在那里做官，尝试过此法，确实如此。当地人说：“秦朝时期修筑长城，有些人逃避到山中，长生不死，于是变成此怪。他们看见人必问长城修完没有，所以知道他们所怕而吓唬他们。”经过几千年后，毛人还惧怕秦朝法律，可以想见秦始皇的威严。

品评

此文所叙毛人乃作者世交张敔所亲见，当非虚构。此文的毛人即当代所传野人的前辈，野人应该是存在的。此文提供了有关历史资料，弥足珍贵，不可仅以逸闻视之。当然，说毛人是秦朝时百姓避入山中，“岁久不死，遂成此怪”云云，只能姑妄听之，不可当真。

道士作祟自毙

杭州赵清尧好弈，闻落子声，必与对枰[1]。偶游二圣庵，见道人貌陋，与客方弈，而棋甚劣，自称炼师[2]。赵意薄[3]之，不与交言，随即辞出。

是夕上床就寝，有鬼火二团绕其帐上，赵不为动。俄[4]有青面锯齿鬼持刀揭帐，赵厉声呵之，旋[5]即消灭。次夕，满床作啾啾声如童子学语，初不甚分明，细听之，乃云：“我棋劣，自称炼师，与汝何干，而敢轻我？”赵方知是道士为祟，愈加不恐。旋又闻低声云：“汝大胆，刀剑不畏，我将以勾魂法取汝性命！”遂咒云：“天灵灵，地灵灵，当门顶心下一针。”赵闻之，觉满身肉趯趯然[6]如欲颤者，乃强制其心，总不一动，兼以手自塞其耳，然临卧则咒声出于枕中。赵坚忍月馀，忽见道士涕泣于床前曰：“我以一念之嗔[7]，来行法怖汝，要汝央求，好取些财帛。不料汝总不动心，我悔之无及。我法不行于人者，反殃其身，故我昨日已死，魂无所归，愿来服役，作君家樟柳神[8]，以赎前愆[9]。”赵卒不答。

明日，遣人往二圣庵视之，道士果自到[10]。嗣后，赵君一日前之事必先知之，或云道士为服役也。

题解

作祟，妖怪害人。自毙，自杀。本文原载《子不语》卷八。

注释

[1] 对枰：对弈，下围棋。 [2] 炼师：对懂得养生、炼丹之法的道士的尊称。 [3] 薄：鄙薄，看不起。 [4] 俄：短暂的时间，一会儿。 [5] 旋：不久，立刻。 [6] 趯趯然：跳动、抖动貌。 [7] 嗔：生气。 [8] 樟柳神：传说道教术士用樟、柳木刻成神像，摄生人魂附之，以供役使。 [9] 愆：罪过。 [10] 自到：自杀。到，用刀割颈。

语译

杭州的赵清尧喜欢下围棋，听到落棋子声，一定要和人家对弈。一次偶游二圣庵，见一道人相貌丑陋，正与一客人下围棋，但棋艺很低劣，还自称是“炼师”。赵很是看不起他，不和他说一句话，随即离开了。

这天晚上赵上床睡觉，见有两团鬼火在帐子上移动，赵不去理睬。一会儿有青面长着锯子一样牙齿的恶鬼，持刀掀开帐子，赵厉声呵斥他，恶鬼立刻就消失了。次日晚上，满床发出啾啾的声音，如同小孩子学说话，开始不很清楚，仔细听后，才听出是说：“我棋艺低劣，自称‘炼师’，管你什么事，而敢轻视我？”赵这才知道是道士在作怪，更加不怕。不久又听到恶鬼低声说：“你胆子大，不怕刀剑，我将用勾魂法取你性命！”赵听了觉得浑身肌肉跳动，身体像要颤抖，于是尽力控制内心，一直不动一下，还用手堵住耳朵，但到睡下又听到咒骂声从枕头里发出。赵坚持忍耐了一个多月，忽然见到道士在床前哭泣说：“我因为一时生气，来施法吓你，要你央求我，我好取些钱财。不料你一直不动心，我后悔也来不及了。我的法术对别人没有效，就会反过来祸害自己，所以我昨日已死了。现灵魂没有归处，愿来你这儿服役，做你家的樟柳神，以此来赎前罪。”赵始终没有回答。

第二天，派人往二圣庵查看，道士果然自到而死。以后，赵君一日前的事一定先知晓，有人说这是道士在为他服役。

品评

袁枚向不喜道士。此文中的道士，即写得令人憎恶。一是丑化其容貌，所谓“貌陋”。二是写其“棋劣”。三是突出描写其心胸狭窄，报复心强，因赵氏薄之，竟欲“以勾魂法”取其性命，只是赵氏不为其所动。四是写其贪财，欲以恐吓赵氏“好取些财帛”。但恶有恶报，“法不行于人者，反殃其身”。此文写道士主要借助其语言，反映其内心的卑鄙；而写赵清尧无一句语言，全靠写行为细节来表现其镇定无畏。

官　癖

相传南阳府[1]有明季[2]太守某殁于署中，自后其灵不散。每至黎明发点[3]时，必乌纱束带[4]，上堂南向坐，有吏役叩头，犹能颔[5]之作受拜状。日光大明，始不复见。

雍正[6]间，太守乔公到任，闻其事，笑曰："此有官癖者也。身虽死，不自知其死故耳。我当有以晓之。"乃未黎明即朝衣冠[7]，先上堂，南向坐。至发点时，乌纱者远远来，见堂上已有人占坐，不觉趑趄[8]不前，长吁一声而逝。自此怪绝。

题解

官癖，做官有瘾。本文原载《子不语》卷十一。

注释

[1] 南阳府：治所在今河南南阳。　[2] 明季：明末。　[3] 发点：点卯，官衙官员查点到班人数。　[4] 乌纱束带：指乌纱帽与官服。　[5] 颔：点头。　[6] 雍正：清世宗胤禛年号，一七二三至一七三五年。　[7] 朝衣冠：指穿戴好上堂的官服与帽子。　[8] 趑趄：欲进不进，犹豫不决。

语译

相传南阳府有明末某太守死于官署中，自后其幽灵不散。每至黎明官员点卯时，必定头戴乌纱帽，身穿官服，上堂朝南向坐着，有吏役叩头，还能向吏役点头，作出受拜的样子。日光大亮，才看不见了。

雍正年间，太守乔公到任，听说了这件事，笑说："这是有官瘾的人。身虽死了，却不自知其死，所以才会这样。我会有办法让他明白的。"于是天未亮就就穿戴好上堂的官服与帽子，先上堂，朝南坐好。到点卯时，戴乌纱帽的幽灵远远走过来，看见堂上已有人占了座位，不禁犹豫不前，长吁一声而消失。从此以后此怪绝迹。

品评

人常说某人有“官瘾”，但比之文中某太守之“官癖”，则是小巫见大巫。做官可以成癖，死后亡灵不散，每天黎明还来点卯，“作受拜状”，可见其生前为官时，一定享受到作威作福的好处。如果是清官，为百姓辛苦劳累，恐无此癖矣！讽刺之意，含而不露。

秀民册

丹阳[1]荆某，应童子试[2]。梦至一庙，上坐王者，阶前诸史[3]捧册立，仪状甚伟。荆指册询吏："何物？"答曰："科甲册[4]。"荆欣然曰："为我一查。"吏曰："可。"荆生平以鼎元[5]自负，首请鼎甲[6]册，遍阅无名。复查进士、孝廉册，皆无名。不觉变色。一吏曰："或在明经[7]、秀才册乎？"遍查亦无。荆大笑曰："此妄耳！以某文学[8]，可魁天下，何患不得一秀才！"欲碎其册。吏曰："勿怒。尚有秀民册可查。秀民者，皆有文而无禄者也。人间以鼎甲为第一，天上以秀民为第一。此册为宣明王[9]所掌，君可向王请之。"

如其言，王于案上出一册，黄金丝穿白玉牒[10]。启第一页，第一名即丹阳荆某。荆大哭。王笑曰："汝何痴也！汝试数，从古有几个名状元、名主试乎？韩文公孙究[11]中状元，人但知韩文公，不知有兖。罗隐[12]终身不第[13]，至今人知有罗隐。汝当归而求之实学[14]可耳。”荆问：“科第中皆无实学乎？”王曰：“既有文才，又有文福，一代不过数人，如韩、白、欧、苏[15]是也。此其姓名别在紫琼宫[16]上，与汝尤无分也。”荆未对。王拂衣起，高吟曰：“一第区区何足羡，贵人传者古无多。”荆惊醒怏怏[17]，卒[18]不第以终。

题解

秀民，原指德才出色者。此指“有文而无禄者”。本文原载《子不语》卷十一。

注释

[1] 丹阳：今属江苏镇江市。 [2] 童子试：科举中录取秀才的考试，包括县试、府试、院试三个阶段。 [3] 诸史：众史官。 [4] 科甲册：记载科举出身的簿册。 [5] 鼎元：科举考试中状元、榜眼、探花的总称。 [6] 鼎甲：同“鼎元”。以鼎有三足，一甲共三名，故称。 [7] 明经：贡生。考取生员送国子监肄业者。 [8] 文学：才学，有学问者。 [9] 宣明王：宋代对陶唐氏之大正阏伯的封号。传说其为高辛氏子，居商丘，奉祀大火之星，后世祭大火，因以其配。 [10] 牒：表册。 [11] 韩文公孙兖：韩愈之孙韩兖。韩愈谥号“文”，故称文公。 [12] 罗隐：字昭谏，新登（今属浙江）人。唐末文学家。 [13] 不第：科举未考取，落第。 [14] 实学：切实有用的学问。 [15] 韩、白、欧、苏：唐韩愈、白居易，宋欧阳修、苏轼。 [16] 紫琼宫：道教所传仙宫，又名紫霞宫。 [17] 怏怏：闷闷不乐貌。 [18] 卒：终于，最后。

语译

丹阳荆某，参加童子试。梦至一庙，上坐的是一位王者，阶前有众史官捧着簿册站立，仪容形貌很不一般。荆某手指簿册询问吏役：“这是什么东西？”

答道:“科甲册。”荆某高兴地说:“为我查一查。”吏役说:“可以。”荆某生平以鼎元自负,请先看鼎甲册,遍阅无他的名字。又查进士、孝廉册,都无其名。荆某不觉改变脸色。一吏役说:“或许在明经、秀才册?”遍查亦没有其名。荆某大笑道:“这些簿册不真实!以我的才学,可以夺魁天下,何怕得不到一个秀才!”想要扯碎其簿册。吏役说:“请勿发怒。还有秀民册可查。秀民,都是有文名而无禄位的人。人间以鼎甲为第一,天上以秀民为第一。此册为宣明王所掌握,你可向王请求查看。”

正像吏役所说,宣明王在案上出示一簿册,是用黄金丝穿的白玉表册。打开第一页,第一名就是丹阳荆某。荆某大哭。王笑道:“你多么傻啊!你试着数数,从古以来有几个名状元、名主试?韩文公之孙韩兖考中状元,人只知晓韩文公,不知有韩兖。罗隐终身落第,至今人们都知晓有罗隐。你应当回去,求得实学就可以了。”荆某问:“科举出身的都没有实学吗?”王答:“既有文才,又有文福,一代不过几个人,如韩愈、白居易、欧阳修、苏轼就是。他们的姓名另外在紫琼宫上,和你更无缘分。”荆某未回对。宣明王撩起衣衫站起来,高吟道:“录取了区区功名何足羡慕,贵人自古传名的就不多。”荆某惊醒后闷闷不乐,最后以落第而死。

品评

此故事反映了袁枚反对封建科举制的态度。袁枚认为如今靠八股文而中“鼎甲”者丝毫不说明他们有真才实学,历史上的科举状元亦不例外。此文以韩愈之孙韩兖虽中状元,却毫无文学建树,罗隐一生未仕,却名垂千古为例,从正反加以论证,十分有力。故借王者言曰:“一第区区何足羡,贵人传者古无多。”明代文学家凌濛初早就说过:“话说人生只有科第一事,最是黑暗,没有甚准的。自古道:‘文齐福不齐。’随你胸中锦绣,笔下龙蛇,若是命运不对,倒不如乳臭儿、卖菜佣早登科甲去了。”可先后发明。

鬼借官衔嫁女

新建[1]张雅成秀才，儿时戏以金箔纸制盔甲、鸾笄[2]等物，藏小楼上，独制独玩，不以示人。忽有女子，年三十馀，登楼求制钗、钏、步摇[3]数十件，许以厚谢。秀才允之，问安用此，曰："嫁女奁[4]中所需。"张以其戏，不之异[5]也。明日，女来告张曰："我姓唐，东邻唐某为某官，我欲倩郎君求其门上官衔封条一纸，借同姓以光蓬荜[6]。"张戏写一纸与之。次夕钗钏数足，女携饼饵数十、钱数百来谢。及旦视之，饼皆土块，钱皆纸钱，方知女子是鬼。

数日后，半夜山中烛光灿烂，鼓乐喧天，村人皆启户遥望，以为人家来卜葬[7]者。近视之，人尽披红插花，是吉礼[8]也。山间万家，素无居人，好事者欲追视之，相去渐远，惟见灯笼题唐姓某官衔字样。方知鬼亦如人间爱体面而崇势利，异哉！

题解

本文原载《子不语》卷十二。

注释

[1] 新建：县名，今属江西。 [2] 鸾笄：凤形的簪子。 [3] 步摇：妇女首饰名。 [4] 奁：女子盛放梳妆用品的盒子。 [5] 不之异：对此不奇怪。 [6] 蓬荜：蓬门荜户，草屋。 [7] 卜葬：择墓地殡葬。 [8] 吉礼：指婚礼。

语译

新建县的张雅成秀才，儿时玩游戏，用金箔纸做成盔甲、鸾笄等物，藏在小楼上，自己做自己玩，不给人看。忽有一女子，三十馀岁，登楼要求制钗、钏、步摇等饰品数十件，许诺给丰厚的酬谢。张秀才答应了她，问用来做什么，女子回答说："嫁女首饰盒中需要。"张以为她开玩笑，对此并不奇怪。第二天，女子来告张说："我姓唐，东边的邻居是某官，我想请郎君求得其门上官衔封条一张，可借同姓唐使我蓬荜生辉。"张戏写了一张给她。次日晚上所做钗、钏饰品的数目凑足了，女子带来数十个饼类、数百枚铜钱来致谢。等到早上一看，饼都是土块，钱都是纸钱，才知女子是鬼。

数日后，半夜时分山中烛光灿烂，鼓乐喧天，村人都开门遥望，以为是人家来殡葬的。就近一看，人尽披红插花，原来是婚礼。山间都是大片坟墓，向来无人居住，好事者想追上去看，但相离渐远，只见灯笼上题有唐姓某官衔字样。这才知道鬼也如人间一样爱体面而崇尚势利，真是奇怪！

品评

鬼嫁女借人间官衔以炫耀，故事虽荒诞不经，但亦折射出"人间爱体面而崇势利"的不良社会风气。此"鬼"不过是世间人的化身而已。记事比较生动，而且有出人意料之感，曲折回旋之妙。

择风水贾祸

湖北孝感县张息村明府[1]，葬先人于九嵕山[2]。事毕，别买隙地[3]五亩许，将造宗祠[4]。

工人动土竖柱，得一朱棺，盖已朽坏，中露一尸，骷髅甚大，体骨长过中人，胸贯三铁钉，长五六寸，腰有铁索，环绕数匝。工人不敢动，告知明府。一时宾客尽劝掩埋，另择竖柱之所。张不可，曰："我用价买地，本非强占。且风水所关，尺寸不可移。此古墓也，可以迁葬。”乃自作祭文，具牲牢[5]祭之，祭毕仍令迁棺。

工人锹方下，遽仆地，喷血，骂曰：“我唐朝节度使崔洪也[6]，以用法过严，军人作乱，缚我钉死。国家衰乱，不能为我泄忿诛凶，葬此八百馀年。张某何人，敢擅迁我墓，必不能相恕也！”言毕，工人起，而张明府病矣。诸宾客群为祈请，病竟不减，舁[7]归数日而卒。

题解

风水，指宅基地与坟地周围的风向、水流、山脉等形势，被认为决定人的祸福。贾祸，惹祸。本文原载《子不语》卷十二。

注释

[1] 明府：汉魏时对郡守的尊称。唐以后指县令。 [2] 九嵕山：位于今陕西礼泉东北。其主峰有唐太宗昭陵。 [3] 隙地：空闲的土地。 [4] 宗祠：同族人祭祀祖先的祠堂。 [5] 牲牢：祭祀用的牲畜。 [6] 节度使崔洪：节度使，官名，总揽数州军事、财政。崔洪，当系“崔珙”之误。崔珙，唐文宗朝曾任节度使。崔洪，乃晋朝人。此当袁枚误书。 [7] 舁：此指用轿子抬。

语译

湖北孝感县张息村县令，于九嵕山殡葬先人。事毕，另买了闲地五亩左右，用来建造祠堂。

工人挖土竖柱子，发现一只红色棺材，其盖子已经腐朽破烂，棺材中露出一具尸骨，骷髅很大，体骨长过一般人，胸部贯穿着三根铁钉，长五六寸，腰部有铁索，环绕数圈。工人不敢动，告知县令。宾客立刻都劝县令快掩埋掉，另外选择竖柱建祠堂的地方。张县令不同意，说：“我花钱买地，并不是强占。

而且事关风水，一尺一寸都不可移动。这是古墓，可以迁葬别处。”于是自作祭文，备好祭祀用的牲畜，来祭奠古墓尸骨，祭祀完毕仍令迁走棺材。

一工人铁锹刚挖下，就迅速倒在地上，口中喷血，骂道：“我是唐朝节度使崔珙，因为用法过严，军人叛乱，把我绑起来钉死。当时国家衰乱，不能为我泄忿诛凶，葬此处八百馀年了。张某是什么人，敢擅自迁我墓，我一定不会宽恕他！”说完，工人就站起来了，但张县令却病倒了。众宾客一起为张县令祈请，病竟未见好转，用轿子抬回家没几天就死了。

品评

袁枚自称一生“不信风水”(《牍外馀言》)，其所谓“不知《青乌经》(按，《葬经》)几卷”(《子才子歌示庄念农》)。《与张司马》更云：“青囊一书，皆术者之妄词，古之贤圣，未有闻焉。”本文从张息村明府因迷信风水而招灾惹祸的角度，说明风水之说的荒谬，尽管其故事本身亦荒谬不经。《牍外馀言》云“惑风水以其吉利”者，乃“所谓庸而已矣”。张明府为造宗祠，相信风水，选中古墓地，且死不改变地方，以为“风水所关，尺寸不可移”，可谓“庸”，结果因古墓中鬼魂附身，大病而卒。这说明相信风水者难有好下场，警诫之意甚明。

僵尸贪财受累

绍兴[1]王生[2]某，食饩[3]有年。村中富家延之为师，因屋宇湫隘[4]，适相距里许，有新室求售者，遂买使居，且曰：“家中摒挡[5]未尽，学徒暨馆童[6]辈明晨进馆，先生一夜独眠，能无惧乎？”王自负胆壮，且新室也，何畏之有？乃命童携茗具[7]，引至书斋。王周视室内毕，复至门前徙倚[8]。时已夜矣，月色大明，见山下燐火[9]荧荧，趋往视之，光出一白木棺中。

王念："此鬼磷耶？色宜碧，而焰带微赤，得无为金银气乎？"忆《智囊》[10]所载有胡人[11]数辈，凶服[12]舆榇[13]而藁葬[14]城外者，捕人迹之，榇中皆黄白[15]也。"此棺毋乃[16]类是？幸无人，可攫[17]而取也。"遂取石块，击去其钉，从棺后推卸其盖，则赫然一尸，面青紫而腹膨亨[18]，麻冠草履。越俗：凡父母在堂，而子先亡者，例以此殓[19]。

王愕然退缩，每一缩则尸一跃，再缩而尸蹶然[20]起。王尽力狂奔，尸自后追之，王入户登楼，闭门下键，喘息甫定，疑尸已去，开窗视之，窗启，而尸昂首大喜，从外跃入，连扣门，不得入。忽大声悲呼，三呼而诸门洞开，若有启之者，遂登楼。王无奈何，持木棍待之。尸甫上，即击以棍，中其肩，所挂银锭，散落于地。尸俯而拾取，王趁其伛偻[21]时尽力推之，尸滚楼下。旋闻鸡啼，从此寂无声响矣。明日视之，尸跌伤腿骨，横卧于地，遂召众人扛而焚之。

王叹曰："我以贪故招尸上楼，尸以贪故被人烧毁。鬼尚不可贪，而况于人乎？"

题解

僵尸，此指尸体。本文原载《子不语》卷十三。

注释

[1] 绍兴：今属浙江。 [2] 生：对读书人的统称。 [3] 食饩：秀才补廪生，官府供给廪饩。饩，粮食，引申为俸禄，补贴。 [4] 湫隘：狭小。 [5] 摒挡：收拾料理。 [6] 馆童：学馆里的书童。 [7] 茗具：茶具。 [8] 徙倚：徘徊。

[9] 爝火：小火。《庄子·逍遥游》："日月出矣，而爝火不息。"此指鬼火。
[10]《智囊》：明冯梦龙所编笔记小说。 [11] 胡人：古代汉人称汉人以外部族为胡人，通常指北方和西方的游牧民族。 [12] 凶服：丧服。 [13] 舆榇：载棺以行。 [14] 藁葬：草草埋葬。 [15] 黄白：黄金白银。 [16] 毋乃：莫非。 [17] 攫：夺取。 [18] 膨亨：膨胀。 [19] 殓：给死者穿衣入棺。 [20] 蹶然：快速。 [21] 伛偻：弯腰。

语译

绍兴王生某，做了多年的吃公家俸禄的廪生。村中一富家聘请他为私塾老师，因屋宇狭小，恰好相距一里左右的地方，有出卖新房子的，于是买来让王生居住，并且说："家中还没收拾好，学员和书童等要明晨进馆，先生一夜独眠，不会害怕吗？"王自负胆子大，而且是新房子，有什么可怕的？于是主人命书童携带茶具，把王生引到书斋。王环视了室内后，又走到门前徘徊了一会儿。当时已天黑了，月色大明，见山下有小火苗闪亮，赶往察看，见火光出自一口白木棺材中。王暗想："此为鬼火吗？鬼火颜色宜碧绿，但此光焰带微红，难道是金银光气？"想起《智囊》所载有胡人数辈，穿着丧服载棺以行，草草埋葬城外者，捕役追踪他们，发现棺材里都是黄金白银。"此棺内莫非也像这样？幸亏无人，可攫取带走。"于是取来石块，敲掉棺材铁钉，从棺后推卸掉棺盖，则令人惊悚地看见一具尸体，面青紫而腹膨胀，头戴麻冠，脚穿草鞋。越地风俗：凡是父母健在，而子女先亡者，按规矩都是这种入殓法。

王惊愕地退缩，每一退缩则尸体一跃，再退缩而尸体快速立起。王尽力狂奔，尸体自后追他，王进门登楼，关门下门闩，喘息方始平定，疑心尸体已离去，就开窗察看，窗开后，见尸体正昂首大喜，从室外跃入，接连扣门，不能入。尸体忽大声悲呼，三呼而诸门都大开，好像有人打开一样，于是登楼。王没办法，手持木棍等着它。尸体刚上来，就用木棍一击，正中其肩，所挂的银锭，都散落在地。尸体俯身拾取，王趁其弯腰时尽力一推，尸体滚到楼下。很快听到鸡叫，从此寂无声响了。翌日查看，见尸体跌伤腿骨，横卧在地上，于是召众人扛走去焚烧掉。

王叹道："我因为贪婪所以招来尸体上楼，尸体因为贪婪所以被人烧毁。鬼尚且不可贪婪，何况人呢？"

品评

全文围绕"贪"做文章。王生想得意外之财，半夜大胆开棺攫金，引来恶鬼追杀，几乎丧命。恶鬼追杀王生被王木棍击落所挂银锭，急于弯腰拾取，而被王乘机从楼上推下跌断腿骨，天亮被焚。其所贪几无二致。故事结尾借王生之口道出主旨：贪婪招灾。"鬼尚不可贪，而况于人乎？"属画龙点睛之笔，可为贪者戒。

科场二则（选一）

雍正丙午[1]，江南乡试[2]，其时聘各近省甲科[3]司分校[4]事，皆少年英俊，有张垒者科分[5]既久，自居前辈，性尤迂滞[6]，每晚必焚香祝天曰："垒年衰学荒[7]，虑不称阅文之任，恐试卷中有佳文及其祖宗有阴德者，求神明暗中提撕[8]。"众房考[9]笑其痴，相与戏弄之，折一细竿，伺其灯下阅卷有所弃掷，则于窗纸外穿入挑其冠。如是者三，张大惊，以为鬼神果相诏[10]也，即具衣冠向空拜，又祝曰："某卷文实不佳，而神明提我，想必有阴德之故。如果然者，求神明再如前指示我。"众房考愈笑之，俟其将弃此卷，复挑以竿。

张不复再阅，直捧此卷上堂，而两主司[11]已就寝矣。乃扣门求见，告以深夜神明提醒之故。大主考沈公近思[12]阅其卷，曰："此文甚佳，取中有馀，君何必神道设教[13]耶？"众房考噤口不敢言。及榜发，见此卷已在榜中，各哗然，笑告张曰：“我辈弄[14]君。”张正色曰：“此非我为君等所弄，乃君等为鬼神所弄耳！”众亦折服。

题解

科场，科举考试的场所。本文原载《子不语》卷十四。

注释

[1] 雍正丙午：雍正四年（一七二六）。 [2] 乡试：考举人的考试，三年一次，在省会举行。 [3] 甲科：中进士。 [4] 司分校：担任校阅试卷的考官。 [5] 科分：科举中式的年份。 [6] 迂滞：迂腐迟滞。 [7] 学荒：学业荒疏。 [8] 提撕：提醒。 [9] 房考：即分房阅卷的考官。 [10] 诏：告知。 [11] 主司：主考官。 [12] 沈公近思：沈近思，字位山，号暗斋，钱塘（今浙江杭州）人。累官至左都御史。 [13] 神道设教：利用鬼神之道教化。 [14] 弄：戏弄。

语译

雍正丙午年江南乡试，其时聘请各近省中进士者担任校阅试卷的考官，这些人大都少年英俊，但其中有位名张垒的，科举中式的年份比较久，以前辈自居，性情特别迂腐迟滞，每天晚上必焚香向天祷告说：“我年老学业荒疏，担心不能胜任阅文的工作，恐怕试卷中有好文章及其祖宗有阴德的，请求神明暗中提醒我。”众考官讥笑他痴傻，一起戏弄他，折了一根细竹竿，窥探其灯下阅卷有弃掉的试卷，就在窗纸外穿入挑他的帽子。连挑了三次，张大惊，以为鬼神果然来告知他，就整理好衣帽向空作揖，又祝祷说：“某卷文其实不好，但神明提醒我，想必是有阴德的缘故。如果是这样，请求神明再如前指示我。”众考官更加嘲笑他，等他想弃掷此试卷时，又用竹竿去挑他。

张不再阅卷，直捧此卷上堂，但两主考官已睡觉了。于是敲门求见，告诉深夜神明提醒的事情。大主考沈近思公看了此卷，说：“此文甚好，录取绰绰有余，你何必利用鬼神之道搞这套呢？”众考官闭口不敢言。等到发榜，见此卷已在榜中，引起轰动，笑着告诉张说：“是我们戏弄了你。”张神色庄重地说：“这不是我被你们所戏弄，而是你们被鬼神所戏弄！”众考官也表示信服。

品评

考官张垒性迂滞，年衰学荒，仅因“科分既久”，即参加阅卷，已是荒唐，而求神明暗中提醒之举，尤其可笑。由此可见封建科举之弊端。更可怕的是张垒受人戏弄将弃卷拾起呈主考官，竟被主考官誉为“此文甚佳，取中有馀”，其水平甚至不及张垒。文末写其馀“少年英俊”诸房官，竟被张垒“君等为鬼神所弄”之言所“折服”，则可悲矣。科场诸公无一明白人，科举之腐败写到极致。袁枚晚年《示儿》云“不教应试只教吟”，良有以也。

全　姑

荡山[1]茶肆全姑，生而洁白婀娜，年十九。其邻陈生，美少年，私与通，为匪人[2]所捉。陈故富家，以百金贿匪。县役知之，思分其赃，相与牵扭到县。县令某自负理学[3]名，将陈决[4]杖四十。女哀号涕泣，伏陈生臀上愿代。令以为无耻，愈怒，将女亦决杖四十。两隶[5]拉女下，私相怜，以为此女通体娇柔，如无骨者，又受陈生金，故杖轻扑地而已。令怒未息，剪其发，脱其弓鞋[6]置案上，传观之，以为合邑戒，且贮库焉。将女发官卖。案结矣。

陈思女不已，贿他人买之，而己仍娶之。未一月，县役纷来索贿，道路喧嚷。令访闻大怒，重擒二人至案。女知不免，私以败絮草纸置裤中，护其臀。令望见曰："是下身累累者何物耶？"乃下堂扯去裤中物，亲自监临，裸而杖之。陈生抵拦，掌嘴数百后，乃再决满杖[7]，归家月馀死。女卖为某公子妾。

有刘孝廉[8]者，侠士也，直入署责令曰："我昨到县，闻公呼大杖，以为治强盗积贼[9]，故至阶下观之。不料一美女，剥紫绫[10]裤受杖。两臀隆然，如一团白雪，日炙之犹虑其消，而君以满杖加之，一板下便成烂桃子色。所犯风流小过，何必如是？"令曰："全姑美，不加杖，人道我好色；陈某富，不加杖，人道我得钱。"刘曰："为父母官，以他人皮肉，博自己声名，可乎？行当[11]有报矣。"奋衣[12]出，与令绝交。

未十年，令迁守松江[13]。坐公馆，方午餐。其仆见一少年从窗外入，以手拍其背者三，遂呼背痛不食。已而背肿尺许，中有界沟，如两臀然。召医视之，医曰："不救，而[14]成烂桃子色矣。"令闻，心恶[15]之，未十日卒。

题解

本文原载《子不语》卷十六。

注释

[1] 荡山：雁荡山，在今浙江温州一带。 [2] 匪人：行为不端的人。 [3] 理学：此实指处事迂腐、拘泥礼法的道学。 [4] 决：判决。 [5] 隶：皂隶，衙役。 [6] 弓鞋：旧时缠足妇女所穿的鞋子。 [7] 满杖：杖刑打满一百下。 [8] 孝廉：指举人。 [9] 积贼：惯偷。 [10] 绫：丝织品。 [11] 行当：将会。 [12] 奋衣：拂袖，表示愤怒。 [13] 松江：府名，治所华亭，今属上海松江。 [14] 而：通"尔"，你。 [15] 恶：畏惧。

语译

雁荡山一茶馆的全姑，长得洁白，身材婀娜，十九岁。其邻居陈生，是个美少年，暗里与其交好，被行为不端的人发现。陈生乃富家，就把百两银子赠送给了此人。县役知道了，想分其财产，就把陈生与全姑一起牵扭到县衙门。县令某自负其理学名声，将陈判决打四十棍。全姑哀号流泪，伏在陈生屁股上愿意代其受罚。县令认为无耻，更加恼怒，对全姑也判决打四十棍。两个衙役拉全姑到堂下，暗自怜悯，认为此女通体娇柔，好像没有骨头的人，又接受了陈生的银子，所以木棍只是轻轻地击打地面而已。县令恼怒未止，剪掉全姑头发，又脱掉其弓鞋放在几案上，传给众人观看，作为全县的警戒，而且存放在仓库里。最后将全姑由官衙卖掉。于是结案了。

陈生思念全姑不已，花钱请其他人买下全姑，而自己仍娶了她。不到一个月，县役都来索取财物，道路上吵闹不停。县令查知后大怒，重新抓来二人至县衙。全姑知道免不了挨打，就偷偷把败絮、草纸放在裤子里，保护自己的屁股。县令望见了说："你这个下身里重叠的是什么东西啊？"于是下堂扯去全姑裤中的东西，亲自监督，脱掉全姑裤子打棍子。陈生阻拦，被掌嘴数百下后，县令竟然又判决杖刑打满一百下，陈生归家月馀就死了。全姑被卖给某公子为妾。

有一位刘孝廉，是侠士，直入县署谴责县令说："我昨天到县，听见你呼用大棍棒，我以为是惩治强盗惯偷，所以到阶下观看。不料见一美女，剥掉紫绫裤挨打。两臀隆起，如一团白雪，日晒它还担心其消溶，而你却以满杖击打她，一板子打下去便成了烂桃子颜色。她所犯不过是风流小错，何必这样呢？"县令答道："全姑长得美貌，不加杖刑，人说我好色；陈某富，不加杖刑，人说我得钱。"刘说："你身为父母官，用他人的皮肉，博得自己的声名，行吗？你将会有报应的。"刘孝廉拂袖而出，与县令绝交。

不到十年，县令升为松江太守。一日坐公馆，正在午餐。其仆人看见一少年从窗外跳入，在县令背上拍了三下，县令就呼背痛，吃不下东西。过了一会儿背肿起约一尺，当中有界沟，如两片屁股。召医生来诊视，医生说："没救了，你屁股成烂桃子色了。"县令听后，心里畏惧，不到十日就死了。

品评

此文乃反理学的力作。“县令某自负理学名”，嘲讽之意甚明。而其作为就是严惩一对自由恋爱的青年男女，酷刑达到无以复加的地步，且将全姑“发官卖”。事后因故又再对全姑施满杖之刑，又卖为某公子妾。如此狠毒，只因为“全姑美，不加杖，人道我好色；陈某富，不加杖，人道我得钱”的假道学。而刘孝廉斥之曰：“为父母官，以他人皮肉，博自己声名，可乎？”一针见血地戳穿县令恶行的卑劣目的，可视为袁枚亲自所下的针砭。再与前所言“自负理学名”一挂钩，则“理学”杀人之意甚明，可谓春秋笔法。至于县令的下场则是对恶人惩罚的构想而已。

狐道学

法君[1]祖母孙氏外家有孙某者，巨富也。国初海寇之乱[2]，移家金坛[3]。一日，有胡姓携其子孙、奴仆数十人，行李甚富，过其门，云是山西人，“遇兵不能行，愿假[4]尊屋暂住”。孙接其言貌，知非常人，分一宅居之。暇日过与闲话，见其室中有琴剑书籍，所读者皆《黄庭》《道德》[5]等经，所谈者皆心性、语录[6]中语，遇其子孙、奴仆甚严，言笑不苟。孙家人皆以“狐道学”称之。

孙氏小婢有姿，一日遇翁之幼孙于巷，遽[7]抱之，婢不从，白[8]于胡翁。翁慰之曰：“汝勿怒，吾将杖之。”明日日将午，胡翁之门不启，累叩不应。遣人逾墙开门阅之，宅内一无所有，惟书室中有白金[9]三十两置几上，书“租资”二字。再寻之，阶下有一掐死小狐。

法子[10]曰："此狐乃真理学也。世有口谈理学而身作巧宦[11]者，甚愧狐远矣。"

题解

道学，即理学。本文原载《子不语》卷二十二。

注释

[1] 法君：法嘉荪，字苹侣，丹徒（今属江苏镇江）人。工篆刻。 [2] 海寇之乱：指顺治十六年（一六五九）六月，郑成功率军攻占镇江事。 [3] 金坛：县名。在今江苏西南部。 [4] 假：借。 [5]《黄庭》《道德》：《黄庭》，道家经名；《道德》，即《老子》。 [6] 心性、语录：指宋明理学家著作。 [7] 遽：急迫。 [8] 白：告诉。 [9] 白金：银子。 [10] 法子：对法嘉荪的尊称。 [11] 巧宦：善于钻营谄媚的官吏。

语译

法嘉荪祖母孙氏娘家有孙某人，是巨富。国初因为海寇之乱，移家金坛。一日，有胡姓的人携其子孙、奴仆数十人，所带的东西很多，经过其门前，说是山西人，"遇见乱兵不能再走了，愿借尊屋暂住"。孙某看其言语形貌，知道不是一般人，就分了一宅供其居住。孙某空闲的日子走访胡翁与其聊天，见其室中有琴剑书籍，所读的皆是《黄庭》《道德》等经，所谈的皆是心性、语录中语，对待其子孙、奴仆甚严厉，不随便说笑。孙家人皆用"狐道学"来称呼他。

孙氏一小婢女颇有姿色，一日在小巷遇到胡翁的幼孙，胡幼孙急迫地抱住她调戏，小婢女不服从，告诉了胡翁。胡翁安慰她说："你不要恼怒，我将用棍棒揍他。"次日快中午时分，胡翁的门还不开，多次敲门都不回应。于是孙氏派人跳墙开门查看，发现宅内已一无所有，只见室中有银子三十两放在桌几上，写着"租资"二字。再寻看，台阶下有一只被掐死的小狐狸。

法子说："此狐是真理学。世上有口谈理学而身作善于钻营谄媚的官吏的，应该惭愧其距离狐狸很遥远了。"

品评

袁枚一生反理学，特别是反伪道学家。故事中的"狐道学"，乃是"真理学"。其幼孙调戏小婢，被"狐道学"处死，其搬家时还留下"租资"。比起人世"口谈理学而身作巧宦者"，其"真理学"还是有值得称道处的。故事以反衬之法，批判伪道学之无耻，十分深刻。

铁公鸡

济南[1]富翁某，性悭吝[2]，绰号"铁公鸡"，言一毛不拔也。忽呼媒纳妾，价欲至廉，貌欲至美，媒笑而允之。未几，携一女来，不索价，但取衣食充足而已。翁大喜过望，女又甚美，颇嬖[3]之。

一日，女置酒劝翁曰："君年已老，需此多钱无用，何不散之贫人，使感德耶？"翁大怒拒之，嗣后且防之，虑其花费。如是者半年，启其所藏，已空矣。翁知女所窃，拔刀问之。女笑曰："君以我为人乎？我狐也。君家从前有后楼七间，是我一家所居。君之祖父每月以鸡酒相饷[4]，已数十年。自君掌家，以多费故罢之，转租取息，俾[5]我一家无住宿处，怀恨在心，故来相报耳！"言讫不见。

题解

铁公鸡，比喻人吝啬，一毛不拔。本文原载《子不语》卷二十三。

注释

[1] 济南：今属山东。 [2] 悭吝：吝啬，小气。 [3] 嬖：宠爱。 [4] 饷：赠送，款待。 [5] 俾：使。

语译

济南某富翁，性格小气，绰号“铁公鸡”，是说他一毛不拔。一日富翁忽然叫来媒人说要纳妾，要求价钱要极其便宜，相貌要极其美丽，媒人笑着答应了他。不久，带一女子来，不讨价钱，只要求衣食满足而已。富翁大喜过望，女子又甚美，颇宠爱她。

一日，妾摆酒劝富翁说：“您年已老，需这么多钱也没用，为何不散发给穷人，让他们感激您的恩德呢？”富翁大怒，拒绝了她，此后还防备她，担心她花费钱财。这样有半年后，富翁打开其藏钱的地方，发现已空空如也了。富翁知道是妾所偷，就拔刀威胁问她。妾笑道：“您以为我是人吗？我是狐狸。您家从前有后楼七间，都是我一家所居。您的祖父每月还以鸡酒相款待，已几十年了。自从您掌家后，因为费用大所以就停止款待了，还改为租借取租息，使我一家无住宿处，我怀恨在心，所以来报复罢了！”说罢就不见了。

品评

“铁公鸡”富翁某，名副其实。由纳妾“价欲至廉，貌欲至美”一事即已暴露无遗。而写其婚后，妾以“君年已老，需此多钱无用，何不散之贫人，使感德耶”相劝，他仍宁要钱而不要德，又进一步突出其“悭吝”。最后其钱财被狐妾盗空的下场，亦是因悭吝使狐妾“一家无住宿处”所遭的报复。故事始终在富翁“悭吝”上做文章，“铁公鸡”形象跃然纸上。

沙弥思老虎

五台山[1]某禅师[2]收一沙弥，年甫三岁。五台山最高，师徒在山顶修行，从不一下山。

后十馀年，禅师同弟子下山。沙弥见牛、马、鸡、犬，皆不识也。师因指而告之曰："此牛也，可以耕田；此马也，可以骑；此鸡、犬也，可以报晓，可以守门。"沙弥唯唯[3]。少顷[4]，一少年女子走过，沙弥惊问："此又是何物？"师虑其动心，正色[5]告之曰："此名老虎，人近之者，必遭咬死，尸骨无存。"沙弥唯唯。

晚间上山，师问："汝今日在山下所见之物，可有心上思想他的否？"曰："一切物我都不想，只想那吃人的老虎，心上总觉舍他不得。"

题解

沙弥，佛教称出家初受十戒的和尚。本文原载《续子不语》卷二。

注释

[1] 五台山：佛教四大名山之一，在今山西五台县东北。 [2] 禅师：和尚的尊称。[3] 唯唯：恭敬的应答声。 [4] 少顷：一会儿。 [5] 正色：面色庄重。

语译

五台山某禅师收了一个小和尚做徒弟，年才三岁。五台山最高，师徒在山顶修行，从未下山过一次。

后过了十几年，禅师同弟子下山了。小和尚看见牛、马、鸡、狗，都不认识。

禅师于是手指这些动物一一告诉他说："这是牛，可以耕田；这是马，可以骑；这是鸡、狗，可以报晓，可以守门。"小和尚恭敬地说是是。一会儿，一少年女子走过，小和尚惊问："这又是什么东西？"禅师担心他动心，就面色庄重地告诉他说："这个名老虎，人靠近她，必遭咬死，尸骨无存。"沙弥恭敬地说是是。

晚间上山，禅师问："你今日在山下所见之物，有没有心上想念他的？"答说："一个东西都不想，我只想那吃人的老虎，心上总觉放不下他。"

品评

孔子说："饮食男女，人之大欲存焉。"(《礼记·礼运》)告子说："食色，性也。"(《孟子·告子上》)但佛教要禁欲，宋理学家亦要"去人欲"。而故事中的小和尚自从初见了被禅师诳说为"人之近者，必遭咬死"的"老虎"——女子后，就一切都不想了，总是放不下那"老虎"。这无疑是人情欲本性使然。这种"大欲"是无法扼杀的。在人的自然本性前，禅师的威胁着实软弱无力。本文作者评判语"不着一字"，只是客观记述，但讽刺意义"尽得风流"。(司空图《诗品·含蓄》)

后　记

本书稿的完成得益于内子周嫣女士的协助，周女士承担了核对部分书稿引文，以及查找、打印、复印资料等事宜，特此说明，并表示谢忱。

王英志

二〇一九年十月